Sugiyama Sumiko
杉山寿美子

モード・ゴン

一八六六—一九五三

アイルランドのジャンヌ・ダルク

Maud Gonne
1866-1953

国書刊行会

目次

モード・ゴン　一八六六―一九五三

――アイルランドのジャンヌ・ダルク――

亡き叔父　航　三　郎　へ

プロローグ

モード・ゴン、1890年代

ヴィクトリア朝の絶世の美女《グレイト・ビューティ》の一人とも、当時ヨーロッパ随一の美女とも称えられたその美貌に触れず、モード・ゴンを語ることはできない。

身の丈六フィート、柳のような容姿、やわらかな、はしばみ色の目、林檎の花のような顔の色、ブロンズ色に輝く髪毛、彼女が部屋に、舞踏会に現われると、人々の頭はそこへ向き、会話は止んだ。彼女が馬車から降り立つと、通りの子供たちは驚き、感嘆の叫び声を挙げた(1)。

「驚嘆すべき」、「目が眩《くら》むような」、「桁外れの」等々と、彼女の美しい容姿、容貌を、同時代の証人たちは様々な形容語に表わし、伝えている。モード・ゴンが「生きた伝説」に等しい存在だったのは、何を置いても、彼女が、六フィートの身長に支えられた稀代の美女だったことに拠る。ダブリンの街で、彼女を見掛けた人々は、一瞬、「女神が地上に降り立った(2)」幻覚を覚えたという。

モード・ゴンを「生きた伝説」に仕立てた要因の一つは、W・B・イェイツの存在である。最も偉大なアイルランド詩人、二〇世紀の英語圏で最も優れた詩人の一人と評価される彼。モード・ゴンに出会った時、イェイツは二三歳。「実在する女性にこれほど美しい女《ひと》がいると思いもしなかった(3)」と告白する彼は、一目で恋に落ちた。その時から、モード・ゴンはイェイツのミューズとなった。数々の愛の詩が書かれ、愛の物語が生まれる始まりである。イェイツの詩の中で、ヴィクトリア朝の美女は、トロイのヘレンに、ケルト伝説の絶世の美女デアドラに準《なぞら》えられ、「生きた伝説」から不滅の神話の座を獲得する。彼女は――

麗しい、誇らかな足取りで歩んだ、
まるで雲の上を歩くように、
ホーマーが詠った女。(「ホーマーが詠った女」)

しかし、イェイツにとって、モード・ゴンは「情《つれ》なき美女」、詩人の献身にも、度重なる求愛にも応えることはなかった。モード・ゴンにはそれ相応の事情があった。イェイツに出会った時、すでに彼女はフランス人ジャーナリストの愛人であり、その後、二人の子の母となり、最初に生まれた男児を幼くして亡くす。社会慣習《コンヴェンション》が重きを成し、それに沿って、人々が自らの行動を律したヴィクトリア朝社会の中で、モード・ゴンはそれを平然と無視し、意のままに生き続けた。しかし、その代償も軽くはない。庶子に社会の厳しい批判の目が向けられた時代、彼らの存在は表沙汰にできない秘密である。生きた伝説、トロイのヘレンと称えられる一方で、我が子の死に悲嘆に暮れ、愛人の裏切りに苦悩する一人の女の顔があった。公と私の二つの顔、その間の極端な落差は彼女の人生の最後まで尾を引き、不幸の影を落とし続ける。

モード・ゴンがイェイツに私生活の秘密を告白するのは、二人の出会いからほぼ一〇年後のこと。その後も、彼女は、愛人との別れ、独立運動闘士との電撃的結婚、離婚訴訟、と意のままに行動を起こし、その度にイェイツは事件に巻き込まれ、翻弄され、詩人の生涯の最後まで、二人の人生は交錯し続けた――二本の平行線のように。「情なき美女」は、イェイツに「あなたと結婚しないことを、世界は私に感謝すべき」(4)と究極の一言を残し、他方、詩人は彼女に捉われ、生涯の最後まで、「モード・ゴン詩」と呼ばれる作品を書き続けた。半世紀に及ぶ彼の長い愛の遍歴そのものが一つの伝説となる。

モード・ゴンの名に、もう一つ伝説が加わる――アイルランドのジャンヌ・ダルク。モード・ゴンの自叙伝『女王の僕《しもべ》』（*A Servant of the Queen*）は、彼女が七〇歳を過ぎて書かれた半生の記録である。その冒頭に、彼女は「私は女王を見た」と題する序文を置いている。アイルランド西部、列車の車窓から、夕暮の薄れゆく光の中に――

私は、黒髪を風に吹かれている、長身の、美しい女王を見た。それは、フーリハンの娘キャスリーンだった。彼女は、泥炭沼の危なっかしい表面を石から石へ飛んで横切り、丘へ向かっていた。小さな白い石は彼女の背後に一筋の道となって光り、やがて暗闇の中へ消えていた。(5)

「女王」は、アイルランドの人々が「フーリハンの娘キャスリーン」と呼び慣らわした国土の化身。ヨーロッパ西端の小さな島国が隣国に支配され始めたのは、起源を辿れば、中世に遡《さかのぼ》る。それから七世紀半を経て、アイルランド南部二六州が独立を遂げるのは一九二二年。幾世紀もの間、強大な支配者に隷属を強いられた「女王」が自由を勝ち取る道程の「小さな石の一つ」として、「女王の僕」として生きた生涯を回想した文が上記の一節である。

モード・ゴンは、一八六六年、英陸軍将校を父に、ロンドンの富裕な織物商の娘を母に、誕生した。アイルランドは彼女の誕生の地ではなく、祖国と呼び得る民族の繋がりも乏しい。幼い頃、父がアイルランドの陸軍基地へ配属になり、二歳に満たない彼女は両親と共に海峡を渡った。モード・ゴンは、イングランドが支配の見張り番として植民地へ送り込んだ「駐屯部隊」の娘である。長じた彼女は、島国を祖国と思い定め、その「自由」「独立」のため武力闘争をも是とする過激な革命家に変身した。モード・ゴンが、両親から受け継いだ価値観や伝統が属する強大な国家に反旗を翻し、その悪を、非を正す反逆者《レベル》に変身した背後に、どのような動機・力が作用していたのか、その考察は後の章に譲りたい。彼女が、「アイリッシュ・ナショナリスト」として活動を開始する一八八〇年代半ば、アイルランドはかつてないナショナリズムの高揚に沸いた時代である。支配者の高みから民衆の中に降り立ち、「打倒大英帝国」を叫ぶ美しい革命家に、フランスのヒロインに因んだ伝説が生まれたとしても不思議はない。

アイルランドの「自由」と「独立」――それが、彼女自身の言葉によれば、モード・ゴンの人生の「唯一の目的にして目標[6]」となり、それを勝ち取るための闘いが彼女の人生そのものとなった。彼女が与《くみ》した同志は支配者からの分離・独立を唱えた急進的ナショナリストたち。アイルランドの「自治《ホーム・ルール》」権回復を目指す議会運動がナショナリズムの主流だった時代、彼らはごく僅かな少数派であり、時に、「一握りの狂信者たちの一団[7]」と誹《そし》られた。一九一六年復活祭に、一握りの狂信者たちが引き起こした武装蜂起は、この国の歴史を覆した。この事件を境に、アイルランドは激動、混迷の年月へ突き進んでゆく。対英独立戦争（一九一九）、南部二六州から成るアイルランド自由国誕生（一九二二）、アイルランド内戦（一九二二）と、国家を根底から揺るがす破局的事件が相次いだ。一九二三年五月、内戦が終結した後も、「人々が負ったトラウマは深く[8]」、傷が容易に癒えることはなかった。南部二六州がアイルランド共和国を宣したのは一九四九年――「北」六州を欠いたまま。

モード・ゴンは、アイルランドが幾世紀もの歴史の闇を破り、ついに自由と独立を勝ち取ったほぼ一世紀の歴史を生き、一九五三年、八六歳で生涯を閉じた。

いくつかの伝説に包まれたモード・ゴンの生涯は、「伝説」が先行し、その「事実」「真実」に迫ることは容易ではない。一つには、長年、ファーストハンドの資料は彼女の自叙伝一冊のみだったことに拠る。それも彼女の半生の記録に過ぎず、黙秘事項は全て素通り、日付は少なく、時系列順は曖昧。ついに、「モード・ゴンの複数人生──と嘘」と題する記事で、彼女は「個人的、政治的理由から、事実、出来事、日付を、隠蔽、歪曲、変更、並べ替えた」[9]と非難されるに至る。『女王の僕』は、モード・ゴンの半生を知る貴重なファーストハンドの資料であることに変わりはないが、そこに記された記述を鵜呑みにするには危険な書でもある。

モード・ゴンの伝記に関しては、サミュエル・レヴェンソンのパイオニア的作品（一九七六）に、ナンシー・カードーゾのそれ（一九七八）が続いた。しかし、二冊とも、モード・ゴンの自叙伝の記述をそのまま追随した箇所が多く、正確な伝記から遠い。三つ目の、マーガレット・ウォードの書（一九九〇）も、事実の誤認や資料の不備が指摘されている。[10]

幸い、近年、新たにファーストハンドの資料が公刊された。イェイツとモード・ゴンの間に交わされた書簡[11]（一九九二）、モード・ゴンと、ニュー・ヨークで弁護士を営むアイリッシュ・アメリカンで、アート・コレクターとして名高いジョン・クインとが交わした書簡（一九九九）、更に、フランス人の愛人との間に誕生したモード・ゴンの娘イズールトが、イェイツとエズラ・パウンドへ書き送った手紙（二〇〇四）である。三つの書簡集は、資料を提供し、編集に関与したモード・ゴンの孫娘アナ・マックブライド・ホワイトによって明らかにされた、家族しか知り得ない情報を多く含み、モード・ゴンの人生の「事実」「真実」に迫る貴重な資料となっている。また、イェイツの自叙伝、書簡集、ロイ・フォスターによって詩人の生涯を克明かつ詳細に跡づけた伝記二巻も、モード・ゴンに関する貴重な資料・情報を提供している。

本書は、そうしたファーストハンドの資料を中心に、知り得る「事実」、判明している「日付」に基づいて、モード・ゴンの生涯を辿った。詳細な日付は不明のものも多いが、大まかな時系列的輪郭はほぼ明らかになっている。

アイルランドの歴史が重大な局面を迎える一九世紀末から二〇世紀初頭、首都ダブリンを舞台に、その長身と美貌を背に、際立った光彩を放ったモード・ゴン。その物語は、幼い彼女が海峡対岸の島国へ渡った時から始まる。

第一章　連隊長の娘　一八六六―一八八七

社交界へのデビュー、プレゼンテーション・ドレスのモード・ゴン

一八六八年、英軍大尉トマス・ゴンはアイルランドの英陸軍最大基地カラ（Curragh）へ配属になった。前年、植民地支配転覆を謀る秘密組織ＩＲＢ（アイルランド共和国同盟）が反乱を起こし、島国の不穏な動きを封じ込めるため、英国政府が送り込んだ兵力増強の一環である。この時、両親と共に島国へ渡った娘モードは二歳に満たない幼い少女。彼女が、長じた後、打倒大英帝国を旗印に、「アイルランドのジャンヌ・ダルク」の名を馳せることになろうと、父親はおろか、誰も予想し得なかっただろう。

モード・ゴンは、一八六六年一二月二一日、父親の部隊が駐屯する陸軍基地のあった、サリー州アルダショットの近くで誕生した。彼女は、長じて、「私はアイリッシュ」と公言する。しかし、それを裏付ける確証は乏しい。母イーディス・クックの実家はロンドンの富裕な織物商、生粋の英国人《イングリッシュ》である。クック家の家業を創業したイーディスの祖父ウィリアム・クックは、一代で、一家を英国有数の織物商に育て上げた。一八六九年、彼は、二〇〇万ポンドの財産を築いて、[1]八五歳で生涯を閉じた。イーディスの父は長男、彼女は、姉妹二人が夭折《ようせつ》したため、事実上独り子である。

父方のゴン家は、一説によれば、「遠い昔」、アイルランド西部メイヨーからスコットランドへ移住、メイヨーに戻った一族が直系の先祖であるという。[2]しかし、「遠い昔」の語が示すように、確証があるわけではない。一八世紀後半、モード・ゴンの曽祖父ウィリアム・ゴンがアイルランドからスペインに渡り、そこでワイン輸出業を起こし成功した。モード・ゴンの父トマス・ゴンは四人兄弟の一番下、家業の海外オフィスで働くことを視野に外国で教育を受けたが、軍人の道を選び、陸軍に入隊した。アイルランドの基地へ配属になったゴン大尉は三三歳、ＩＲＢの反乱の余波に揺れる政情不安な地への赴任である。

アイルランドは、帝国の植民地の中で、支配の長さも、辿った歴史も、他に例を見ないきわめて特異な国である。隣国による支配の始まりは、一一六九年、ヘンリ二世がアイルランドへ送り込んだアングロ・ノルマン軍侵攻に遡る。中世の間、イングランドの支配権はダブリン周辺区域に限られた。しかし、一六世紀初期、宗教改革（一五一七）、英国国教会樹立（一五三四）を経て、プロテスタント国家となったイングランドがカトリック信仰の厚いアイルランドに対し支配権の強化・拡大を図り始めて以後、この島国は、度重なる侵略と、それに抵抗する大小の反乱、その度に支配者に屈する、長い、屈辱の歴史を辿った。

アイルランドに本格的な独立運動が起きるのは一八世紀末、ヨーロッパを覆った「自由」「平等」の波は西の果ての島国にも及んだ。一七九八年、政治結社「ユナイティッド・アイリッシュマン」のリーダー、ウルフ・トーンは、「イングランドとの繋がりをわれわれの絶えざる政治的諸悪の根源」と呼び、「祖国の独立[3]」を唱えて、武装蜂起に打って出た。結果は、又しても、無惨な敗北。ウルフ・トーンは獄中で自ら命を断ち、二年後、「合併法」が成立、アイルランドは帝国に併合された。

「ユナイティッド・アイリッシュマン」が身を挺して示した「分離・独立」、「武力闘争」路線は、「九八」の合言葉と共に、後の世代に受け継がれ、この島国の伝統となってゆく。一八〇三年の、「ユナイティッド・アイリッシュマン」の残党ロバート・エメット、一八四八年の「アイルランド青年党」（Young Ireland）、そして一八六七年のＩＲＢと、半世紀余の間に、三度、島国の男たちは強大な支配者に勝算のない戦いを挑み、逮捕・投獄、苛酷な刑罰と、同じ轍を踏んだ。勝算よりも、武力闘争の伝統の火を燈し続けることが目的化し、命を落と

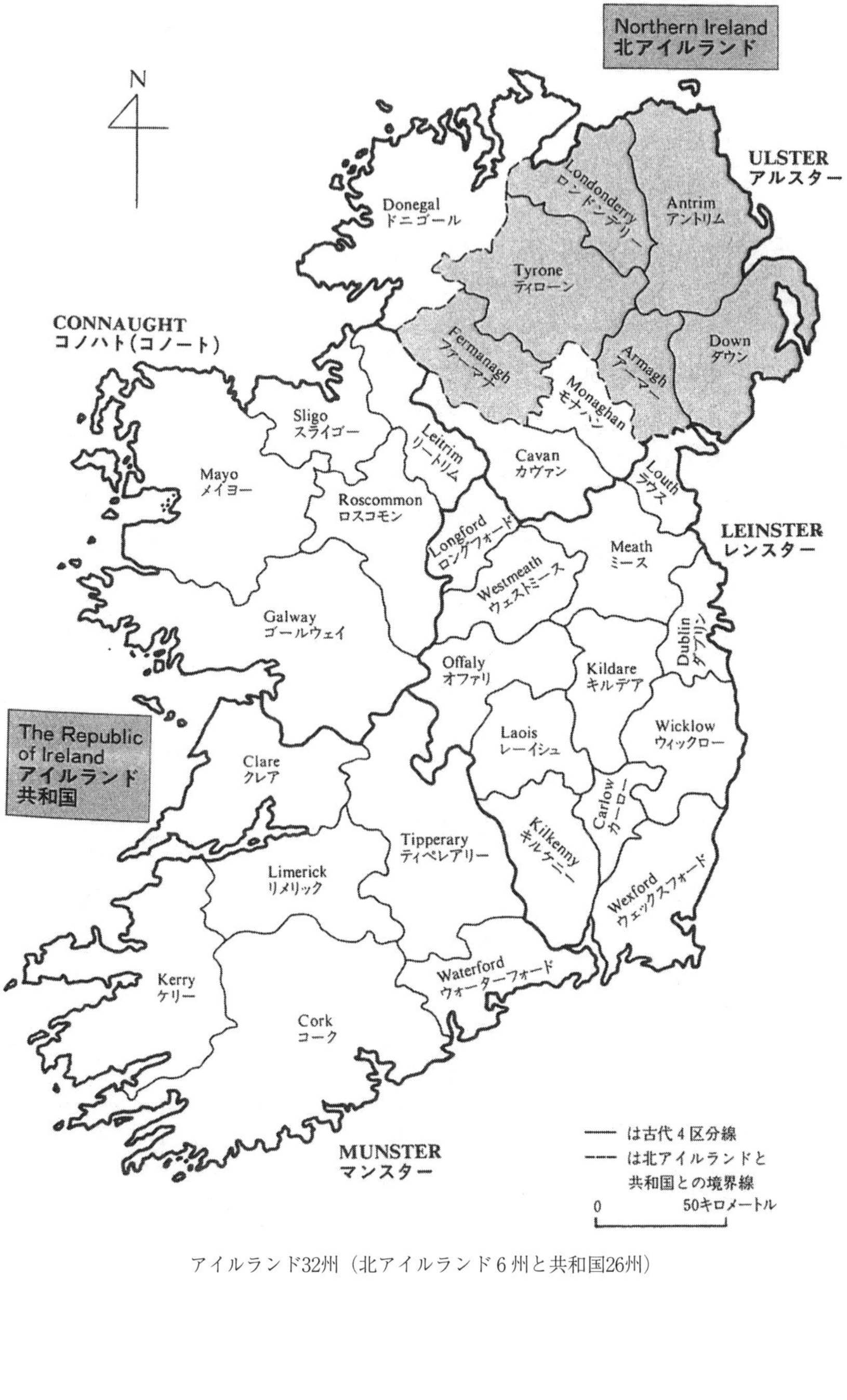

アイルランド32州（北アイルランド６州と共和国26州）

した勇者たちは殉教者として崇められる特異な精神風土が培われていった。

一九世紀後半、一八四〇年代の大飢饉によって疲弊しきった島国に替わって、闘争の火を燈し続けたのは大西洋対岸である。一八四五年から一八五五年の一〇年間に、およそ二〇〇万の移民が島国からアメリカへ流入、(4)その多くが住み着いた東海岸、特にニュー・ヨーク市は、祖国の独立を悲願とする愛国運動の一大拠点を成していた。島国の政治犯の多くは、脱獄、逃走、釈放後、この移民の街にエグザイルとして住み着き、アイルランド系住民の力を背に、革命の火を温め反撃の機会を狙うことになる。IRBは、アメリカが資金源――かつ武器供給源――となって、一八五八年に設立され、勢力の拡大・発展を図った秘密組織である。同年、アメリカに、IRBを支援するため「フィニアン同盟」(5)が、一八六三年、「クラン・ナ・ゲール」が設立され、大西洋両岸の兄弟組織は、緊密な連携の下、支配者の隙を突いた不穏な事件を引き起こした。脱獄、牢獄爆破、そして一八八〇年代の一〇年間、ロンドンの議会建物や鉄道の高架下に爆弾を仕掛けた「ダイナマイト戦争」である。イングランド社会を恐怖に陥れたこうした事件は、支配者たちへの警鐘であると同時に、「武力闘争」路線を誇示する目的でもあった。(6)


両親と共に海峡を渡った少女は、この危険な時代、危険な精神風土が根ざした島国で、少女期を送ることになる。

ゴン大尉一家は、ダブリンの北西三五マイル、陸軍基地近くのバンガローに仮住まいし、ここで、妹キャスリーンが誕生した。やがて、一家はダブリン郊外ドニブルックに住まいを定める。両親と小さな妹を交えた幸せな日々は、しかし、長くは続かなかった。

モード・ゴンの自叙伝は、四歳の彼女が、父の腕に抱かれて母の棺を見下ろす場面から書き起こされている。

トミーは言った、「どんなことも恐れてはいけない。たとえ死であっても」。私は彼の腕に抱かれていたけれども、声は遠く、異様だった。四歳に過ぎなかったから、死が何を意味するのか分からなかったけれど、私は怯えていて、彼の言葉は私の心に沈んで、忘れられないものとなった。

トミーは私の父。彼は私を腕に抱いてママの棺の側に立ち、ナースが妹のキャスリーンを抱いてその傍らに立っていた[7]。

トマス・ゴン、モード・ゴンの父

娘の記憶に残る母は「ユリのように背の高い、とても美しい女《ひと》」[8]。母は、結婚から五年、四歳と三歳に満たない二人の娘を残し、二七歳の若さで逝った。結核が進行していた彼女は、第三子の出産を控えロンドンへ戻り、出産後間もなく息を引き取った。生まれた子も二、三週間後に母の後を追った。

一連の出来事、そして母の死は、物心のつき始めた少女を不安と動揺の混乱に陥れたに違いない。その最中に、父が幼い娘に諭した教え――彼女が自叙伝の冒頭に置くことを選んだ教え――は、やはり父のもう一つの、意思の力を信じる教えと共に、モード・ゴンの二大信条となって彼女の人生を支え続けた。「人は、意識的、潜在意識的に恐怖心がなければ、危害を受けることはない[9]」、「勇気と意思は不屈であり、〔……〕何事も為し遂げることができる[10]」――後に、彼女はこうした神がかり的な信念から、命の危険も顧みず銃口の前に立ち塞がる、暴動の先頭に立って警察と対峙するといった、恐れを知らぬ行動を見せる。

イーディス・ゴンの命を奪った結核は、彼女の生家クック家のいわば家病。イーディスは、二歳で母を、一一歳で父を、更に二人の姉妹を同じ病で失った。下の娘キャスリーンは結核を発症し、姉娘のモード・ゴンも肺疾患に陥り易い体質で、気管支炎や喀血《かっけつ》症状を度々呈した。

早くに両親を亡くした母イーディスは、寄宿学校で、辛い、惨めな少女期を送った。母は、二人の娘を同じ境遇に遭わせないよう言い残して他界した。願いは叶えられ、モードとキャスリーン姉妹は父の元で育つことになる。幸せな――今となっては、悲しい――思い出に満ちたドニブルックの家を引き払い、ゴン大尉は二人の娘を連れ陸軍基地近くのバンガローに移った。軍人の父が男手一つで幼い二人の娘の養育は困難。母の生前からゴン家に仕えていたナースが姉妹の母親替わりとなる。自叙伝の中で、モード・ゴンが「ボウ」、「ボウィ」と呼ぶメアリ・アン・メレディス。彼女は、一家がアイルランドに留まる間、その後、ゴン大尉が海外任務で各国を移動する年月――モード・ゴンが一六歳になる頃まで――、忠実なナースとして、二人の少女たちに寄り添い、成長を見守った。

モード・ゴンが最も愛し、最も影響を受けた人は父トマス・ゴンであると言われる。外国で教育を受けた彼は六か国語を操り、「チャーミングで、鷹揚、人気者、リベラルなコスモポリタン」[11]――ヴィクトリア朝家父長のイメージから遠い、当時の時代と社会の中で例外的な父親だった。彼は、この時代の女子たちを縛った規律や拘束を二人の娘に課すことは少なかった。特に姉娘に甘い父親。父を「トミー」とファースト・ネイムで呼んだ姉娘との関係は親子というより友達で、娘の成長に伴って、恋人に近いそれ。モード・ゴンの父親に対する情緒的愛着、執着を「不健康」[12]と指摘する人もいる。

モード・ゴンの動物好きは有名。「動物と私はいつも互いを理解し合った」[13]と、彼女は言う。後に、パリ―ロ

ホゥス岬、岬の先端に灯台

ンドン―ダブリン間を頻繁に移動した彼女は、その度にペットを連れ回った――「カナリア一〇羽、オウム一羽、サル一匹、猫一匹」[14]といった具合。この頃、モードの友達は灰色のロバ。ロバの首に頭を埋めて眠ってしまうこともあった。母の愛を欠いた少女は、それに替わる温もりを、そこに、見出していたのだろうか。動物好きも、モード・ゴンのもう一つの趣味となる庭いじり《ガーデニング》も父親譲りで、軍人の父は、バンガローのヴェランダやポーチに花を育て、花の種の蒔き方や枝の剪定の仕方を幼い娘に教えた。

そうして、姉娘に気管支炎の症状が現われ、医師の勧めで、一家は、アイルランド海に突き出た岬の漁村ホゥスへ移転した。「あの頃のホゥスほど美しいと思える場所は何処にもない」[15]と、モード・ゴンは振り返る。「海は、時に、ママのトルコ石よりも青く、しばしば霧が懸って海を神秘的に覆い、青さを一層際立たせた」[16]。岬の先端に立つ灯台の向いの「不格好な小さな家」[17]が新しい住まいである。海辺の村は子供たちの理想的な遊び場。海岸の岩場の水溜りに棲《す》むヒトデやクラゲの不思議な生き物たちは幼い好奇心を魅了し、海水の水溜りは即席の小さなスイミング・プールに早変わりした。ヒースの繁る岬の丘陵を、姉妹は二人だけで自由に歩き回った。週末になると、父が陸軍基地から戻って来る。鉄道の駅まで馬車で出迎えた二人は、帰り道は、父が手綱をとる馬車で、おみやげのケーキや玩具の包みを開くのが待ち遠しい思いで、家路に向かった。

モードとキャスリーン姉妹——従順で、おとなしい妹とレベルの姉、妹は社会慣習に忠実に人生を生き、姉はそれに背を向け、性格も生きた人生も両極端。しかし、幼くして母を——やがて、父を——亡くす姉妹の絆は強固。姉は妹に寄り添い、妹はレベルの姉を非難することもなく、二人の間に「一度たりとも争いの影が差すことはなかった[18]」という。

イングランドからやってきたナースは社交家で、近隣の小さなキャビンに住む村人たちとの交流が生まれる。ここで、ゴン大尉の二人の娘は、アイルランド社会を二分する根源的民族対立の中に身を置くことになった。ナースは、通り掛かったキャビンに立ち寄って、お茶を飲みながら雑談を交わすのが常。その間、子供たちは無邪気、モードとキャスリーン姉妹は、裸足の、襤褸《ぼろ》を纏《まと》った村の子供たちと遊び、泥炭の火で焼いたパンケーキや、大きな鉄鍋で煮たジャガイモをごちそうになった。しかし、もてなしは一方通行、姉妹の洗礼式の銀製マッグとスプーンが整然と置かれたゴン大尉一家の食卓に、村の子供たちが招かれることはなかった。

村人たちのキャビンには、ウルフ・トーンやロバート・エメット、その他の愛国のヒーローたち——殉教者たち——のカラーの絵が、マリア様のフロモと並んで、壁に懸っていた。男たちの名前も、彼らが何者かも、姉妹は知る術もなく、村人たちも口を閉ざしていた。彼女たち——と、英国人のナース——は「あちら側[19]」、即ち「駐屯部隊」の一員である。幼い少女に、島国の複雑な歴史や社会事情が理解できる筈はない。しかし、彼女たちと彼らを分ける壁を感じ取ることはあったであろう。

或る日曜日、姉娘が六歳になった頃、ゴン一家はホゥス卿の居城に招かれた。午後、姉妹は、「黒のヴェルヴェット、ピンクのシルク・ストッキング、ダチョウの羽根飾りの、つばの広い帽子[20]」の出で立ちで、庭のジャイアント・ストロベリを喰らってご満悦。その光景を目にした婦人たちは眉を顰《ひそ》めた。ゴン大尉の二人の娘は「野蛮人の子供と同じで、野放し――その通りだった――ショッキングなほど無知[21]」。それまで、ものを習うことも、教わることもなかった姉妹の家庭教師として、イングランドから、牧師の娘が送られてきた。しかし、彼女の生半可な知識で二人の教育は不可能。その冬、モードとキャスリーン姉妹は、ナースと家庭教師と一緒に、ロンドンに住む、母イーディスの叔母オーガスタ・タールトンの元へ送られた。モードが七歳の時。「自由の終わりだった[22]」と、彼女は言う。

ホゥスの青い海、ヒースの丘陵を自由に歩き回った日々は反転、帝国の首都、ハイド・パークに近い「大きな家[23]」が姉妹の新しい生活の場である。ここに、オーガスタ叔母は、独り、八人の召使を従えて、暮らしていた。ヴィクトリア朝の上・中流階級《アッパー・ミドルクラス》の一員であるオーガスタ・タールトンに仕える八人の召使たちの間にある厳格な序列、日々の生活を律する堅苦しい規律、更に、女主人の奇癖、偏狭、吝嗇《りんしょく》を列挙することに、モード・ゴンの自叙伝は余念がない。

聖職者だった夫を亡くし、子供のない叔母が愛情を注ぐ対象は「タイニー」（ちび）と

ホゥス城

いう名の、しつけの悪い犬。彼が粗相する度、家中を巻き込む騒動に発展した。ベルを鳴らして従僕《フットマン》が呼び出され、執事、上級メイド、下級メイドの順に伝令、最後の彼女が塵取りとスポンジと水バケツを持って現われる。午後、タイニーを連れて、黄色の二輪馬車で外出するオーガスタ叔母の行き先の一つはコヴェント・ガーデンのフルーツ・マーケット。値切った末に買い求めた果物は、従僕から執事に渡り、「みすぼらしいコレクション[24]」がディナー・テーブルの真中に置かれた銀製の、豪華なデザート・スタンドに乗って現われた。糊の利いたモスリンのドレスにブルーのサッシュを結んで、姉妹が叔母と共にするのはデザートだけ。「林檎が半分、又はオレンジが半分とビスケット一枚[25]」がデザート皿に乗っていた。「フルーツは高価な贅沢品で、ふんだんに頂くものではない[26]」と、叔母は二人に繰り返すことを忘れない。

毎朝、八時四五分、祈禱の時間。テーブルの頭にオーガスタ叔母、向いに姉妹と家庭教師の三人が着き、サイドボード傍に並んだ椅子に八人の召使が厳格な序列に従って着席した。姉妹のナースが飛び入りした朝、彼女の席順を巡って混乱が起きた。

モード・ゴンは、後に、オーガスタ叔母を訪問した折に目撃した或るエピソードを自叙伝に記している。ヴィクトリア女王の、即位一〇年毎に祝われた記念祭《ジュビリー》の年で、祈禱の後、退出する筈の召使は、その朝、留め置かれた。「女王様に愛と感謝の印として……[27]」と女主人に促されて、執事が半ソヴリン（半ポンド）を皿の上に置き、他の召使たちも、給金に応じて、それに倣った。彼らの雇用は女王に対する「自発的」忠誠心の証に懸っていた。記念祭の基金が立派な額に達したのは、召使を抱える家々で、商店や工場で、同じプレッシャーが掛けられたからだと、モード・ゴンは理解したという。

オーガスタ叔母は、姪のイーディスが一一歳で父を亡くし孤児になった時、彼女を引き取らずに寄宿学校へ送った。叔母は子供が嫌い。モードとキャスリーン姉妹はハイド・パークに近い家を去ることになる。その日、姉娘は、踊り場の鏡の前で、声を張り上げて唄った――

　フレー、フレー、フレー！
　今日、私たちは出て行くの。(28)

次に二人が預けられたのは、母の叔父フランシス・クックの家。テムズ川上流リッチモンドに豪勢な邸宅を構えるフランク叔父は、イーディスの父が三八歳で亡くなった後、クック家の長の地位に就いた。邸宅に付属する二棟のギャラリーに、絵画や他の美術品――時代の最も優れたコレクションの一つ――が展示されていた。イーディスの祖父が集めた美術品は全てフランク叔父へ渡り、彼の兄の独り子イーディスに残されたのは、サインの無い、ヴィーナスとキューピッドの絵一枚だけだったのは何故なのか、モード・ゴンは訝《いぶか》った。

　フランク叔父は、時の皇太子妃――後のエドワード七世の妻、アレグザンドラ王妃――を称えて、音楽、その他の芸術を志す女子学生のために、八万ポンドを費やしてハウスを建て、その見返りに子爵《バロネット》の称号を得た。フランク叔父の、地位と富に相応しい世間に向けた寛大な顔とは対照的に、リスボン出身の妻エミリ・ルーカスに対する仕打ちは非道。美しい女《ひと》だった彼女は、モード・ゴンが叔父の家にいた頃――

　年老い、色香を失い、黒いシルクのロング・ドレスとマンティーラを身に着け、まぶしいばかりの財宝の中で、忘れ去られた亡霊のように暮らしていた。フランク叔父は、美しいリッチモンド・パークをドライヴする馬車も彼女に許さなかった。時たまロンドンへ行く時、彼女は馬車を雇って行くしかなかった。(29)

「女性たちは重きを成さず、娘たちはそれ以下[30]」の時代である。しかし、変化の兆しも現われ始めていた。エミリ・ルーカスの死後、フランク叔父は、六四歳で、離婚歴のあるアメリカ人女性テネシー・クラフリンと再婚した。彼女は、姉のヴィクトリアと共に、ウォール街で女性ストックブローカー第一号として鳴らし、女性参政権論者、自由恋愛論者として名を――悪名を――馳せた女《ひと》。「女性は、絶対的自由な行動の権利を有することを立証しなければならない[31]」。女性の権利を高らかに謳《うた》った新しい義理の叔母の勇ましい言動を、モード・ゴンは知っていただろうか。

モードとキャスリーン姉妹がロンドンへ送られた、翌一八七四年、ゴン大尉は、サリー州アルダショットの陸軍基地に戻った。ここに二年間留まった彼は、一八七六年、オーストリア、ウィーンへ大使館付き武官として派遣され、その後、ボスニアへ、更に、一八七九年一一月から一八八一年三月まで、「連隊長」としてインドへ渡航、海外任務が続いた。その間――モードが一〇歳から一六歳まで六年間――姉妹の生活の場は、南フランスを拠点に、ヨーロッパ大陸へ移った。

異国へ赴任する父は、南フランス、カンヌとグラスの間に小さなヴィラを借り、ここに二人の娘を託した。「花咲くヴィラ《ヴィラ・フロリ》」は、その名の通り、「花々の巣」、「ミモザとペパーの木々が長い羽根のような繁みを作ってヴィラの上に垂れ下がり、周りはオレンジやレモン畑、カーペットのように敷き詰めたパルマ・スミレはフラワー・マーケットに出された[32]」。

姉娘は一〇歳に、妹は八歳になった姉妹のために、カンヌ出身のフランス人女性が家庭教師に就いた。モード・ゴンが「マドモアゼル」と呼ぶ彼女は――

強固な共和主義者で、私が知る最も有能なフランス人女性だった。〔……〕彼女は、私たちが学習を愛し、遊びと同じくらい楽しいと思うように仕向けることに成功した。彼女は歴史を教えた。共和主義的偏向を持った歴史と言う人もいるだろうが、人間の歴史だった。彼女は、私たちに人を愛すること、美しさを愛し、美しさは何処にでもあることを教えた。[33]

「私が身に付けた僅かな教育は彼女から得たもの[34]」と、モード・ゴンは言う。「マドモアゼル」は、引退した時のために、近くにヴィラを建て、庭を作っていた。後に、かつての教え子がそこを訪ねると、彼女はミモザの木が植わった庭でバラや野菜を育て、殆《ほと》んど自給自足の生活。「自立・独立はあらゆるものの中で最も尊いもの[35]」と語った共和主義者の彼女の言葉は、アイルランドの独立のために歩み出していたモード・ゴンの耳に、特別な響きを放ったに違いない。

ゴン大尉は機会を捉え娘たちに合流し、赴任地から隔週毎に手紙を書き送った。動物好きは父と娘たちが共有する志向。父の手紙には、動物たち――軍人の彼が愛する馬、ペットの犬や猫、ラクダ、象、ジャングルの鳥――がしばしば登場した。インドで、ゴン連隊長は制服を着ずに舞踏会に現われ、将軍の怒りを買ったことなど、身辺のエピソードも話題の一つ。赴任地の政治情勢にも話題は及ぶ。「間もなく、ロシアの大軍がダニューブ川を渡り、トルコ人たちはそれを阻止しようとするでしょう[36]」。遠い異国から、父は姉娘の気管支炎を気遣った。「綿に包《くる》むよう体を大切にして、決して疎かにしてはいけません[37]」。

南フランスに移り住んで四年が経過した一八八〇年五月、モードとキャスリーン姉妹は、ナースと家庭教師と共に、スイス、ジュネーヴに移り、一〇月までここに滞在した。姉娘のインフルエンザとナースのリュウマチ治療のため、医師の勧めに拠った。この間、春にローマへ、秋にフランスへ、それぞれ一か月の旅行に出掛け、冬は、ロンドンのオーガスタ叔母の元で、父の帰国を待った。

一八八一年三月、ゴン連隊長はインドから帰国した。前年一二月に一四歳の誕生日を迎えたモードは、この時、すでに背丈が五フィート一〇インチに伸び、スカートを下ろし、黄金色に輝く溢れんばかりの髪毛を後ろに束ねた彼女は大人びた美しいレディに育っていた。モード・ゴンの美貌が人目を惹き始めるのは、この頃からである。この後、トマス・ゴンはサンクト・ペテルスブルグに大使館付き武官として派遣され、モードとキャスリーン姉妹は引き続きヨーロッパに留まった。


ゴン一家がアイルランドを離れていた間に、この国の政治・社会情勢は新たな展開を辿っていた。一つは、IRBの「武力闘争」路線に替わって、議会運動の台頭である。英国議会下院で議員総数のほぼ六分の一を占めるアイルランド議員たちが、結束して、アイルランドの利益、特に、一八〇一年、「合併法」によって失った「自治」権回復を目指し動き始めた。「自治推進派《ホーム・ルーラー》」は、政治家のみならず人々の政治信条の色分けを表わす呼び名となる。自治運動とも呼ばれる議会運動は、一八七五年、パーネルの登場によって、目覚ましい進展を遂げる。南部二六州の全議員を彼の指揮下に束ねた「アイリッシュ・パーティ」は、「保守」と「リベラル」の二大政党が政権を争う英国議会下院でキャスティング・ヴォートを握り、パーネルはリベラルの党首グラッドストンと手を結んで、「自治」法成立が議会運動の焦点となる。

もう一つは、一八七九年、マイケル・ダヴィットによって設立された「土地同盟」である。この国の長い植民地支配が生んだ弊害の一つはいびつな土地所有制度である。土地の大半は、植民移住者を先祖に持つ一握りのプロテスタントの支配階層が所有し、カトリック教徒の小作人たちの生活は、時に、人間の生存条件以下。一八八〇年、特に貧しいアイルランド西部で、彼らの生活環境を「世界のどの国民より劣悪」、彼らは「家畜を飼うだにしない場所に住み、飢餓寸前の状態に置かれている」(38)と、証言した人がいる。農村の惨状の一つは追い立て

（eviction）、地代を滞納して小作地を追われる農夫たちの存在である。土地同盟は小作人を組織化し、土地所有者に対抗する手段として、集団で地代の不払いを実行。「土地戦争」と呼ばれた運動は「土地裁判所」の設置を促し、農村社会に革命的変化をもたらした。

一八八〇年代、「自治」と「土地」を軸に、アイルランドはかつてないナショナリズムの高揚に沸いた時代。この一〇年間に君臨したのが、「アイルランドの無冠の王」と呼ばれたパーネルである。「自治」とパーネルの影に、ＩＲＢの武力闘争路線は翳《かげ》り、後退したかに見えたが、彼らが掲げた「共和国」の理想と、独立は武力で戦い取るものと信じた彼らの信条が辿った行方は、歴史の道筋によって、いずれ明らかになる筈である。

一八八二年五月六日、新しいアイルランド総督としてスペンサー伯爵が着任した。新総督は、「妖精女王」の異名を持つ夫人と共に、ダブリン市街を馬車で行進する着任の儀式に臨んだ。モード・ゴンの自叙伝に、彼女が妹と共にこの儀式を見物していた記述があり、[39]この時までに、ゴン一家はアイルランドに戻っていたと思われる。

この日、ダブリンで最も格式の高いキルデア・ストリート・クラブの特等席に陣取った姉妹の耳に楽隊の演奏と馬の蹄の音が聞こえ、スペンサー伯爵の乗った四頭立ての馬車を囲む隊列が通り過ぎていった。ゴン連隊長も隊列の一人。伯爵夫人は「妖精女王」の呼び名には「年を取り過ぎ、太り過ぎ」、馬車行列は「ショーとして、それを待った時間の甲斐がなかった」と、モード・ゴンは自叙伝に記している。「任務を終えた父が迎えに来てくれた時は嬉しかった」[40]。この冷めた反応が一五歳の彼女のものか、後年の付け加えか、疑問。当時、モード・ゴンが「連隊長の娘」であることに疑問を抱いていた形跡はない。

新総督着任当日、夕刻、海峡両岸社会を揺るがす大事件が起きる。アイルランド行政府事務長官と事務次官が暗殺された。総督の下でアイルランド行政を担う二人は、公邸が建つ、ダブリン郊外に広がるフィーニックス公園で襲われ、刺殺された。「フィーニックス公園暗殺」の名で知られる事件は、「インヴィンシブル」（「不屈」の意）を名乗るＩＲＢの過激分子による犯行。ダブリンの街中が話題で沸騰した筈のこの血なまぐさい事件に、モード・ゴンの自叙伝は何ら触れていない。武力闘争を是とした彼女の意図的沈黙であろう。

フィーニックス公園暗殺にも、アイルランド全土を覆う騒然とした状況にも、「駐屯部隊」社会が特に変わるところはなかったであろう。この島国に平和な時代は少なかった。モードとキャスリーン姉妹の出現は、「陸軍基地の軍人たちの間で、新総督着任と殆ど同じ関心を呼んだ(41)」と、姉娘は言う。上層階層の娘にとって、「プレゼンテーション」と呼ばれる社交界へのデビューは人生の最も華やかな儀式の一つである。行政府が置かれたダブリン城で、総督主催の舞踏会がその舞台。ゴン連隊長の姉娘にもその機会が訪れた。人々の注目の的はプレゼンテーション・ドレスである。モード・ゴンのドレスは、七色に輝くビーズを散りばめ、三ヤードの裾《トレイン》に、湖に咲く睡蓮の花をイメージしたデザイン。ドレスの長い裾を引いて優雅におじぎ《コーテシィ》するのは至難の業で、ダンス教室に通ってレッスンを受ける娘も多い。モード・ゴンは小さな抵抗を示し、独り、鏡の前で練習した。煌《きら》めくドレスと睡蓮の花の裾を難なくさばいて、プレゼンテーションの儀式を終えた翌日、モード・ゴンは、英国皇太子である父——後のエドワード七世——と共にダブリンを訪れていた王子の一人、クラレンス公爵と踊る機会を得た。プリンスはダンス下手、サテンのダンス・シューズのつま先を踏まれたモード・ゴンは、王族への敬意から、悲鳴を押し殺した。この頃、オスカー・ワイルドもダブリンを訪れていたようである。後に、彼は、「貴女を見ました。睡蓮の花のようだった(42)」とモード・ゴンに語った。

プレゼンテーションを終えた娘を待ち受けるのは社交中心の日々。ダブリン城で催される舞踏会や様々な名目で開かれるディナー・パーティは目白押し、陸軍将校たちの間でハウス・パーティに招き、招かれる機会も多い。ゴン連隊長と彼の美しい姉娘は人気者で、果てしない招待状が舞い込んだ。「立場上、断ることはできない(43)」と父は言い、娘は、背延びして、父のホステス役を務め始めた。

トマス・ゴンは、アイルランドに帰還した頃から一八八五年まで特定のポストに就かず、比較的有閑の身、この間、二人の娘を連れ、ヨーロッパ諸都市を旅行することが多かった。行く先々で、父と姉娘はハネムーンのカップルか愛人同士に取り違えられた。二人ともそれが満更でもない。モード・ゴンは美女につきもののラヴ・ロマンスも経験する。ローマ、月夜のコロセウムで、初めてのプロポーズ。彼女自身の証言によれば、求婚したのはイタリア人青年――実際は、ゴン一家の友人だったという。「イタリア人青年」は、恐らく、ラヴ・ロマンスを演出するためのモード・ゴンのフィクションであろう。

父の叔母メアリはシズランヌ伯爵夫人。七〇歳を超える彼女は異色の存在で、パリに在住、すでに二人の夫をあの世へ送り、「秘書」と称する若い英国人の恋人がいた。美しい娘を掘り出し、世に送り出すことを趣味とするメアリ叔母は、トマス・ゴンの姉娘に目を細めたに違いない。手に入れたトロフィーは、世の人々に披露しないでいられないのがこの叔母の流儀。美しく装ったモード・ゴンは、馬車で、叔母の横に座って、フォンテンブローの森のプロムナードを駆け抜けた。プリマ・ドンナが舞台の中央でライム・ライトを浴びるに似た場面、瞬間に、若い美しい娘の例に洩れず、モード・ゴンの虚栄心は高揚した。「私は見栄っ張りだった[44]」と、彼女は告白する。叔母に誘われ訪れたドイツの鉱泉地で、彼女は、居合わせた英国皇太子に話しかけられた。すでに四〇歳を超えるプリンスは名うてのプレイボーイ。スキャンダルを恐れた父は、ワーグナーのオペラ鑑賞を口実に娘をバイロイトへ連れ去って、リスクを回避する一幕もあった。

アイルランド行政府が置かれたダブリン城は植民地支配の牙城《がじょう》である。ここは、舞踏会やディナー・パーティが催され、豪奢な生活に明け暮れる支配階層が集う社交の中心でもある。城の外では――「薄着の襤褸を纏った群衆が歩道で震えながら、時に、何時間も待っていた。シルクやサテン、毛皮に身を包んだ貴婦人たちが馬車から降り立って、暖かい、光溢れる賑わいの中へ消えて行くのを見るため[45]」。この「ぞっとする落差[46]」は農村社会も同じ。「土地戦争」にもかかわらず、多くの小作人たちが、「世界のどの国民よりも劣悪」と評された生活環境の中に沈んでいた。こうした現実が、連隊長の娘の目にどのように映っていたのだろうか。

モード・ゴンは自叙伝に、或るエピソードを綴っている。アイルランド中央部の或るカントリ・ハウスに招かれた折の出来事。食事の席で、ホストの主は土地同盟を悪しざまに罵《ののし》り、狩猟からの帰り道に見かけた小作人の一人を話題にした。小作地から追い立てられたその農夫の一家は行く当てもなく、路傍に身を寄せ、夜を明かそうとしていた。妻は瀕死の状態。「それで、あなたは何もしなかったのですか」と問うモード・ゴンに、返ってきた返事は——「死ぬなら死ねばよい。〔……〕あの手の輩《やから》は思い知らせる必要がある」(47)。翌朝、モード・ゴンはダブリンへ帰っていった。彼女が植民地支配の不正を正す決意を固める切っ掛けはこの出来事だったと、彼女は言う。それから間もなく、モード・ゴンは父から思い掛けない決意を聞くことになる。トマス・ゴンは、陸軍を辞し、自治推進派の議会議員候補として立つ決意を娘に打ち明けたという。

二つのエピソードとも、その真偽は不明。特に後者に関して、後に、アメリカのジャーナリストに「貴女の父は愛国の士《パトリオット》でしたか」と問われ、モード・ゴンは、「いいえ、彼は親英派でした。英陸軍の連隊長でした」(48)と応えている。トマス・ゴンの自治推進派への転向は、父がアイルランドを軍事支配する英軍部隊の高官だったことに対する、娘の罪悪感が生んだフィクションであろう。前者に関しても、この頃、モード・ゴンが特定の政治信念に立って行動していた形跡はなく、これも、後者と似た動機から、後に付け加えたフィクションの可能性も否定できない。「完全なレトリック」(49)と、モード・ゴンの伝記作家の一人マーガレット・ウォードは断言する。しかし、モード・ゴンがアイルランドに合わせて一〇年近い年月を暮らし、その間に、植民地の苛酷な現実、特に農村社会の惨状が目に入らなかった筈はない。

一八八六年一一月、ゴン一家は陸軍将校の一人クロード・ケインのカントリ・ハウスに招待された。娘二人はキルデア州聖ウルストンズ(St Wolestons)へ先に発ち、陸軍基地に留まった父は発熱、急遽、姉妹はダブリンへ引き返した。父の症状は改善せず、一一月三〇日、体調不良を訴えて一〇日後、トマス・ゴンはこの世を去った。五一歳、死因は腸チフス。幼くして母を亡くした二人の娘に叶う限り愛情を注ぎ、慈しんだ父。二〇歳の誕生日を目前に、突然、訪れた最愛の父の死は、娘の心に何をもってしても埋め難い喪失感を残した。モード・ゴンは、その華麗な外観とは裏腹に、幸せという形容語から遠い人生を生きる。母の死に次ぐ父の急死は、天の、運命の非情を、彼女に思い知らせる出来事だったに違いない。

トマス・ゴンの遺体は、「長年にわたって、ダブリンで最も堂々たる」[50]と報じられた葬送の儀式を経て、サリー州アルダショットの陸軍基地近く、妻の眠る墓地へ運ばれ、そこに埋葬された。

孤児となったモードとキャスリーン姉妹は、父が、二一歳の成人に達するまで彼女たちの後見人に指名した、ロンドンに住む父の長兄ウィリアム・ゴンの元に身を寄せることになった。ゴン一族の長であるこの独身の伯父は、「リッチな、頑固者の老人」[51]。彼は、命令と服従をかざして、父の突然の死に半ば呆然、悲嘆に暮れる姉妹の前に、立ちはだかった。姉娘が七歳の時、アイルランドのホゥスから帝国の首都に移り、母の叔母の家に預けられた時の再現に似ていなくもない。しかし、彼女は、あの時のように、大人の意に逆らうことは難しい少女ではなかった。争いは好まず、従順な妹は自分の世界に引き籠り、姉娘はレベルの本性を発揮し始める。それは、野生の馬が、調教索に繋がれ、野生の本性を発揮するに似ていたかもしれない。

或る日、トラファルガー広場で労働者の集会が開かれた。伯父の外出禁止令を尻目に、モード・ゴンはバスに乗って広場へ向かった。「素晴らしい群衆だった。同じ熱狂で団結、激しい歓声を挙げていた」[52]。スピーチに立ったのは労働運動の旗手トム・マン。モード・ゴンは、自叙伝に、意味深遠な回想を綴っている。「私はスピーチを覚えていないが、興奮は今も覚えている。興奮のあまり、多くを覚えていない」[53]。群衆、熱狂、興奮――「アイルランドのジャンヌ・ダルク」が幾度となく経験する場面の原型が、トラファルガー広場の集会にあった。しかし、結末はお粗末。警官のバトン・チャージが始まると、群衆は、蜘蛛の子を散らすように四方八方に消えた。「英国の群衆は何時もこうだ」(54)。外国人と思しきスピーカーが吐いた一言に、モード・ゴンは同意したであろう。

その晩、夕食の席で、昼間の出来事を平然と言ってのける姪に、伯父の顔は黒ずんだ紫色に変わり、執事は手に持っていた皿を危うく落としそうになった。

この一件から数日後、ウィリアム・ゴン宅で、ヴィクトリア朝メロドラマさながらの一幕が演じられた。見知らぬ女性が訪れ、生後六週間になる女児がトマス・ゴンの子供であると言い、涙ながらに金銭援助を訴えた。突っ撥ねるウィリアム伯父。モード・ゴンには思い当たる場面があった。父が、瀕死の床で、震える手で小切手にサインし、或る女性に宛て送るよう指示していたからである。モード・ゴンの自叙伝の中で「ミスイズ・ロビンズ」と「ダフネ」の名で登場する母子の実名は、マーガレット・ウィルソンとアイリーン。明かされた父の秘密に、娘は心穏やかではなかったであろう。しかし、彼女の取った行動は称賛に値する。異母妹は、引退し、イングランドで暮らしていたナースのメアリ・アン・メレディスに預け――ナースの死後、アイリーンはモード・ゴンの元に引き取られた――、マーガレット・ウィルソンは、知り合ったロシア人貴族の一家に家庭教師として送り込んだ。彼女はこの一家に二〇年間留まり、娘に再び会うことはなかった。

アズコットに住むチャールズ伯父は父のもう一人の兄、メイとチョティの二人の娘がいた。ヴィクトリア朝家父長の典型のようなウィリアム伯父の家の屋根の下で、息の詰まるような日々を送るモードとキャスリーンの味方は、この二人の従姉妹。チョティは優しく利己心がなく、メイはレベル。従姉妹たちも、家の重圧の下で、彼女たちなりの不平、不満を抱えていた。事につけ盾つくモードを持て余したウィリアム伯父は、切り札として、両親の遺産は何もない、子供のないオーガスタ叔母の養女になる以外生きる道はないと、最後通牒を突き付けてきた。伯父の切った切り札は、逆の効果と結果を生んだ。四人の従姉妹は家から自由になる手立てを相談。その結果、チョティとキャスリーンはスレイド・アート・スクールに通い、メイはチャーリング・クロス病院で、ナースの訓練を受けることになった。職業としてというより、看護の技術を身に付けるため。クリミア戦争でフロレンス・ナイティンゲールの活躍は一躍女性の名を高め、ナースは女性の職業として注目を浴びていた時代である。モード・ゴンもナースを志したが、彼女の肺疾患体質から失格。結局、彼女は女優の道を選んだ。モード・ゴンは、ダブリンで、チャリティ・ショーに出演した経験もあり、発声訓練も受けていた。彼女の美貌をもってすれば、成功の道が開けるかもしれない。ダブリンの頃から、この美女に目を留めていたアメリカ人俳優ハーマン・ヴェジン一座の主役女優として、モード・ゴンは出発することになった。

娘たちの「反乱」は、喜劇の一幕付き。チョティとキャスリーンが通うスレイド・アート・スクールを見学に訪れたオーガスタ叔母は、偶然、開いていた教室のドアからヌードのモデルが目に入り、慌てふためいて逃げ帰った。

それから四か月後、六フィート大のポスターができ上がった。演目は「ぞっとするような」[55] メロドラマ、主演女優モード・ゴンの名が一フィート大の文字で記されたポスターを手にしたウィリアム伯父の驚愕はいかばかりだったろう。女優は娼婦と殆ど同義語の時代である。家名を汚すことなく、舞台名を名乗るよう懇願する伯父の手紙に、「自分の糧を稼ぐことは家名を尊ぶことになると思います」[56]と、モード・ゴンは返事を返した。しかし、リハーサルと発声練習に明け暮れた日々が祟《たた》り、いざ巡業がスタートする場になって、彼女は喀血、病床に伏してしまった。緊急事態にウィリアム伯父は軟化、モードとキャスリーン姉妹に四万ポンド[57]の両親の遺産が遺されていること、成人すれば、それぞれ二万ポンドを受け継ぐことができると、二人に告げた。

姉娘は成人まで数か月、誰に束縛されることのない自由な人生が待っていた。

第二章　アイルランドを祖国として　一八八七—一八九一

モード・ゴン、21歳の肖像画（セアラ・パーサー制作）

フランス中南部オーヴェルニュ州、鉱泉保養地ロワイア（Royat）はヨーロッパの上層階層の人々が療養・保養のために集う社交地である。喀血し病床に倒れたモード・ゴンは、妹と共に、メアリ叔母に付き添われ、保養のためここに滞在していた。一八八七年夏。或る暑い一日、プロムナードの木陰に座す彼女の元に、長身のフランス人男性が歩み寄り、紹介が交わされた。雲行きの怪しい空から雨粒が落ち始め、やがて激しい雷雨に変わった。ホテルに退避した人々の間から、モード・ゴンは独りカーテンをすり抜け、ルーフ・バルコニーに出た。

雨が洪水のように落ちていた。うっとりするような甘い香りが地面から立ち上り、庭のバラの花びらは嵐に打たれ砕け散った。稲妻は絶え間なく光り、雷鳴は休みなく、山々から反響が轟き返った。〔……〕

やがて背後で声がした、「お嬢さん、叔母様に、貴女を探してくるよう頼まれました。中に入るよう言っておられます」。〔……〕長身のフランス人だった。(1)

モード・ゴンは恋に落ちた。長身のフランス人はリュシアン・ミルヴォア、三三歳、既婚、妻とは別居中である。

当時、フランスは第三共和制の時代、ブーランジェ将軍は、共和制を打破し、フランスの栄光回復を謳う国粋主義《ナショナリズム》政党を率いて脚光を浴びる時の人である。一八七〇年、独仏戦争でドイツに奪われたアルザス－ロレーヌ奪還が彼らの鬨《とき》の声。ミルヴォアはナポレオンを崇拝する一家の出身で、祖父は詩人、ブーランジェ将軍の副

リュシアン・ミルヴォア

官的地位にあった政治ジャーナリストである。病気療養のための鉱泉保養地滞在は表向きの理由で、軍事大臣の座を追われ、ロワイアに近い地方のポストに左遷された将軍の近くにあるためだった。

その日から、モード・ゴンは、「毎日、鉱泉で、プロムナードで、ミルヴォアに会い、共に散策した」(2)。年長の彼は失った最愛の父に替わる存在だったのであろう。ミルヴォアは既婚者であり、離婚が容易ではないカトリック教国フランスで、モード・ゴンに結婚の望みは閉ざされていた。しかし、彼の愛人となることに、彼女はさして抵抗はなかったかもしれない。意思の命ずるまま――それがモード・ゴンの行動指針であり、結婚という社会慣習に譲歩して、情熱を犠牲にすることは彼女の選択肢にはなかった。ミルヴォアの愛人となった時から、パリがモード・ゴンの生活拠点となり、それは、いくつかの事情が絡んで、三〇年間に及ぶ。パリで秘かに進行する私生活と、世の人々に向けた公の顔と、彼女のダブル・ライフの始まりである。

ミルヴォアとの出会いは、モード・ゴンがアイルランドの活動家に転ずる人生の一大転機となる。モード・ゴンに、彼女が進む道を指し示したのは彼だったという。「ジャンヌ・ダルクがフランスを解放したように、貴女はアイルランドを解放しなさい[3]」。彼はそう言った。モード・ゴンはアイルランドのために、ミルヴォアはアルザス－ロレーヌ奪還のために闘い、互いに協力し合うことも、彼は提案した。イングランドはフランスの宿敵であり、ミルヴォアは、彼が崇拝するナポレオンを破った国へ特別な憎悪を抱いていた。二人の関係は単なる色恋沙汰ではなく、大英帝国を共通の敵とする「同盟」と、モード・ゴンは言う。「それは、死に至るまでの盟約だった[4]」。

ミルヴォアの説得文句に美女を口説き落とすレトリック的要素を見破ることは容易《たやす》い。ナポレオンを英雄崇拝する彼が、大国の支配に苦しむ小国にどれほど共感・共鳴を寄せていたか、疑問。他方、モード・ゴンにドイツを敵視する理由はなかった。ミルヴォアの反革命・反動的ナショナリズムと、革命を目指すアイルランドのナショナリズムは、本質的に異質な思想である。しかし、両者に跨《また》がる乖離も、恋する彼女の目に矛盾とは映らなかったのであろう。モード・ゴンは知的理論家でも、深遠な思想家でもない。むしろ単純な公式・図式を行動の拠り所とした。共通の敵――彼女には、「同盟」の大義名分として不足はなかったのであろう。

モード・ゴンが劇的転向を果たしたこの時、父の死から一年も経過していない。自叙伝に記された真偽の怪しいエピソードを除いて、それまで、彼女が特定の政治信条に立って行動した形跡はない。ミルヴォアとの出会いを機に、彼女が「私はアイリッシュ」と名乗り、両親から受け継いだ伝統や価値観が属す国家へ反旗を翻す「アイルランドのジャンヌ・ダルク」へ、過激な変身を促した動機、力は何だったのか。

アイルランドがゴン家の「祖国」だったか否か、厳密な考証は置いて、父トマス・ゴンは祖父の出身地であるアイルランドに自身のルーツを見ていたことも、また、事実である。モード・ゴンが父と共に島国で過ごした幼・少女期、特に岬の漁村ホゥスに暮らした日々は、彼女の人生の中で数少ない幸せな年月だった。そこを去った後、定住地を持たなかった彼女にとって、アイルランドは唯一「ふる里」と、「故国」と呼び得る位置を占めていたのかもしれない。その後、彼女の「自由」を奪った帝国の首都、そこに住む、無力な少女を威圧する大人たち、父の死後、命令と服従を強いるゴン一族の家父長ウィリアム・ゴンへ向けられた怒りと憎悪は、無力な小国を圧する強大な帝国へ向けた怒りと憎悪へ育っていったのかもしれない。モード・ゴンが合わせて一〇年近い年月アイルランドに暮らし、その間に、植民地の悲惨な現実、特に農村の惨状が目に入らなかった筈はない。モード・ゴンが常に心を寄せたのは無力な犠牲者たち――貧しき人々、政治犯囚人たち、小作地から追い立てられる農夫たち、飢える子供たち――であり、彼らの窮状を救うため、彼女は行動を起こした。それは、生涯、一貫して変わることのなかった姿勢であり、火を見れば消火に走らないではいられないにも似た衝動に比すこともできよう。島国では、多くの人々が「アイルランドのジャンヌ・ダルク」を必要としていた。

一〇月、ミルヴォアは、モード・ゴンのために、ブーランジェ将軍との面会の場を用意した。将軍を取り巻く人々が集うレストランでのディナー。ハンサムで、金髪、清んだグレイの目をした将軍に、彼に期待される役割、即ち政権奪還を果たすだけの冷徹非情さが備わっているか、モード・ゴンは訝った。時が、彼女の疑問に答えてくれる筈である。

この後、いまだ回復期にあったモード・ゴンは、友人のリラ・ホワイトの招きで、彼女の父がトルコ大使として駐在するコンスタンティノープルへ一か月の休暇へ旅立った。リラの父サー・ウィリアム・ホワイトはトマス・ゴンの親友だった人。未婚の女性は「シャペロン」と呼ばれる既婚女性の同伴なしに外出もままならない不自由なこの時代、モード・ゴンは、一日、出港するマルセイユの港町を、独り、彷徨《さまよ》い歩いて自由を満喫した。或る店で小さなマーマセットを手に入れ、「シャペロン」と名づける。彼女の「シャペロン」である。見送りに来たミルヴォアは、独り旅立つモード・ゴンに、護身用として小さなリヴォルヴァーを渡した。

六日間の地中海の船旅の間、ここでも、彼女は大胆不敵な行動を見せる。最初の寄港地、ギリシア、サイラでの出来事。彼女は、船長の下船禁止令を無視して、船の周りに寄って来た物売りのボートの一つに飛び乗って上陸、二、三時間、陸地を踏む心地よい感触を楽しんだ。しかし、帰りのボートは船と逆方向へ漕ぎ進み、彼女はリヴォルヴァーを物売りの商人に向けて立ちはだかり、船に帰り着くまで同じ姿勢を取り続けた。冒険コミック顔負けの一コマ。

一か月のコンスタンティノープル滞在を、モード・ゴンは心ゆくまで満喫した。ヨーロッパ各国から派遣された若い大使館員たちとボスポラス海峡をセーリングし、美しい風景が広がる田園地帯へ乗り出した。エギゾティックな魅惑に満ちた街の探索も、尽きない興味を掻《か》きたてる。街への外出は屈強な大使館警備員が先導し、長い杖で歩道の人々を払いのける狼藉に、モード・ゴンは辟易。しかし、彼を撒《ま》くのは容易ではない。モード・ゴンは、リラと共に、トルコのプリンセスの衣装に扮し、大使館の庭を歩いて遊び戯れた。しかし、それも、英国大使が大使館にハーレムを囲っていると噂が立ち、大使から厳重注意を受け、中止となった。

一八八七年一二月二一日、コンスタンティノープルを発って間もなく、モード・ゴンは二一歳の成人を迎えた。両親の遺産二万ポンドは彼女に自立と自由を約束していた。帰りの船が寄港したナポリで、モード・ゴンはミルヴォアからのメッセジを手にする。パリに戻った彼女に、成人の記念に相応しい、冒険とスリルに満ちたミッションが待っていた。

それは、ロシアを巡るドイツとフランスの外交駆け引きで、北の大国がドイツに加担する前に、それを阻止し、ブーランジェ将軍に協力を取りつける水面下の外交折衝である。ロシアの協力なくして、アルザス－ロレーヌ奪還は覚束ない。ロシアへ協力を要請する密書をサンクト・ペテルスブルグへ届ける使者として、モード・ゴンに白羽の矢が立った。スパイが横行する当時、そうした疑惑から最も遠い彼女は秘密のミッションに打ってつけの人選だった。

一八八八年春、モード・ゴンは、密書をドレスの裏に縫いつけて、サンクト・ペテルスブルグへ向け出発した。ベルリンで、ロシア人の秘密使者と思しい男性が同じ列車に乗り込んできた。彼は、独り旅する若い女性が気になる様子。国境の駅で、モード・ゴンのパスポートに不備が発覚、危うく彼女は足止めを喰らいそうになる。しかし、窮地に陥った若い、美しい女性に手を差し伸べない紳士はいない。入国管理官に顔の利くロシア人男性の計らいで、彼女は国境を無事通過。モード・ゴンの自叙伝の記述によれば[5]、二人は手を握り合って、アイルランドやロシアの話題に興じながら、一路、サンクト・ペテルスブルグを目指した――彼は彼女が何者か露知らずに。密書はしかるべき手に渡り、モード・ゴンはミッションを全うした。

二週間のサンクト・ペテルスブルグ滞在からモード・ゴンが得た収穫の一つは、W・T・スティードと出会ったことである。『ペル・メル・ガゼット』を編集する彼は、当時、英国を代表するジャーナリストの一人、英露関係改善を視野に、ロシアの実情を取材するため古都に滞在していた。スティードは、後に、「世界で最も美しい女性の一人[6]」と、モード・ゴンに最大の賛辞を送っている。アイルランドで活動を開始する手掛かりを模索するモード・ゴンに、スティードは、土地同盟の設立者マイケル・ダヴィットに会うよう助言した。

マイケル・ダヴィットはメイヨー出身。彼が幼い頃、ダヴィット一家は小作地を追われ、ランカシャーへ移住した。一一歳の時、彼は綿紡工場で機械に巻き込まれ、右腕を失う。成人した後、ダヴィットもまた、アイルランドの愛国青年の多くが辿った道を歩んだ――ＩＲＢ党員、逮捕・投獄、七年間獄中にあった。この頃、ダヴィットは英国議会下院議員である。

モード・ゴンは、スティードの助言に沿って、ダヴィットに会うため、ウェストミンスター宮殿へ出掛けた。カードに面会を希望する議員の名前と、用件の欄に「重要」と記入して提出。ダヴィットを待つ間、近くにいた年配の女性から、女性参政権運動のリーフレットを手渡された。「私は運動について殆ど何も知らなかったが、女性投票権は大いに賛成だった」[7]。このいささか空々しい言は熱意の欠如の証。賛意は表明しても、モード・ゴンが運動の旗を振ることは一度もなかった。

やがて現われたダヴィットに、モード・ゴンは「アイルランドのために仕事がしたい」[8]と切り出した。服装、身なりから上層階層の一員と思しい、美しい、若い娘の言葉の真意を、ダヴィットは計り兼ねている様子。「土地戦争」はアイルランドの農村社会を一種の無政府状態に陥れ、英国政府は島国を無法の地と宣伝することに躍起。「イングランドが犯罪、暴力と呼ぶものは戦争行為で、正当なものです」[9]と、勇ましい意見を述べる彼女に、ダヴィットは益々困惑、女性用下院傍聴席券を渡して引き下がった。スパイかもしれないと、彼は疑ったという。「連隊長の娘」にしばしば向けられた嫌疑である。ダヴィットから有益な助言を得ることができなかった彼女は、独り、アイルランドへ向かった。

「私はダブリンへ戻るのが怖かった。父のいないそこはとても淋しい場所だろうから」[10]。アイルランドを去って一年半余、そこへ帰る心情をモード・ゴンはこう述べている。イングランドへ送られる父の棺を見送った時、固い決意を胸に秘めてダブリンへ戻ってくることを、彼女は想像しただろうか。ゴン大尉がアイルランドへ配属になった時、一家はダブリン郊外ドニブルックに暮らした。その頃、親しい隣人で、幼友達だったアイーダ・ジェイムスンの好意で、モード・ゴンはジェイムスン家に滞在することになる。一家はウィスキー製造業者で、体制支持派の「ユニオニスト」。しかし、愛国の熱気が渦巻く当時、時代の空気に触れ易い若者の心情は、また、別である。アイーダはジェイムスン家の一番下の娘。モード・ゴンの志を聞いた彼女は、「エール」(Eire) ――古ゲール語に由来するアイルランドの古名――と刻んだ金の指輪を二つ作り、いつも指に嵌めているよう誓い合った。彼女は、知人のチャールズ・オルダムをお茶に招き、モード・ゴンを紹介する。

オルダムは、当時、二〇代後半の青年、プロテスタントの自治推進派で、トゥリニティ・カレッジの講師であ

通りがオコンネル通り、当時、正式な呼び名はサックヴィル通りだった。

1900年頃のオコンネル橋、橋の正式名称はカーライル橋、対岸の北岸に

る。彼が一八八五年に設立した「コンテンポラリ・クラブ」は主義、信条を超えたディスカッション・グループで、五〇名の会員に街の知識人たちが名を列ねていた。オルダムは、女性は会員資格を有しないクラブの集まりにモード・ゴンを同行した。トゥリニティ・カレッジに近い彼自身の部屋――

モード・ゴンがジョン・オレアリにお会いしたいと言っています。皆さんもモード・ゴンに会いたいだろうと、私は思いました。[11]

オルダムの単刀直入な紹介に、「背の高い、痩せた、目立ってハンサムな老人が、怪訝な表情を浮かべて、暖炉の傍の肘掛椅子から立ち上がった」[12]。ジョン・オレアリ、IRBリーダーの一人である。

医学生だったオレアリは、二八歳の時、IRBを設立したジェイムズ・スティーヴンズに誘われ党員となり、党の機関紙『ザ・ピープル』の編集に携わった。一八六五年、仲間と共に逮捕・投獄、二〇年の刑を宣告される。収監された、ドーセット州ポートランド監獄で、採石の強制労働は苛酷をきわめた。一八七〇年クリスマス、彼らに科された刑期軽減を訴えるアムネスティ運動が実を結び、時の首相グラッドストンは、国外追放を条件に、彼らの釈放を発表した。仲間の多くが大西洋対岸に散って行った一方、オレアリはパリをエグザイルの地に選んだ。一八八五年、逮捕から二〇年後、ダブリンへ帰還した彼は「老人」と呼ぶには尚早の、五〇代半ば。

オレアリがダブリンを不在にしていた二〇年の間に、アイルランドの独立運動は変容した。IRBの武力闘争路線は「ヒロイックな過去」となり、パーネル率いる議会運動に国家の「有望な未来」[13]が懸っていた。そうした中で、オレアリは、高潔な人格、稀少本収集を趣味とする幅広い知識と教養、更に、イェイツが「ローマのコインに相応しい」[14]と呼んだ、端正な、ハンサムな容貌から人望を集めるIRBの象徴的存在である。ダブリンに戻った後、彼が自らに課した使命は、特にプロテスタントの青年層に分離・独立思想を浸透させることである。

ジョン・オレアリ

イェイツは彼の最も有望なレクルート。二人は、オレアリがダブリンへ帰還した年、オルダムのコンテンポラリ・クラブで出会った。イギリス・ロマン派にどっぷり浸かっていた二〇歳の青年詩人は、翌年、ＩＲＢ党員になったとされる。オレアリが彼に与えたインパクトはそれほど大きかった。以来、この筋金入りの「フィニアン」はイェイツの「師」である。

オレアリにソファに導かれ、モード・ゴンは「私はアイルランドのために人生を捧げるつもりです[15]」と訴えた。上層階層の若い娘に宣伝価値を認めたオレアリは、アイルランドの歴史や文学を学ぶよう助言した。講演活動を視野に入れ、それに備えるためである。オレアリが妹エレンと暮らす自宅を訪れるようになったモード・ゴンは、エレン・オレアリとも親交を結ぶ。彼女の婚約者は獄死し、待ち続けた兄と共に暮らす日々を得た彼女は兄の身の回りの世話に勤しむ毎日。モード・ゴンの目に映った、エレンを包む「ロマンスと悲しみの不思議な後光[16]」は、ＩＲＢ党員を肉親に持つ女性たちに共通するものだったかもしれない。

モード・ゴンは、イェイツと彼女と、オレアリの若き弟子を自任する。しかし、「若くて、性急[17]」、書物よりも行動《アクション》に逸《はや》る彼女にオレアリは落胆、モード・ゴンを「弟子」の一人に数えることはなかった。しかし、女性に慇懃だったと言われるオレアリが、モード・ゴンに直接苦言を吐くことはなかったであろう。女性に会員資格を閉ざすコンテンポラリ・クラブにも、一か月に一度、「レイディーズ・ナイト」が開かれるようになる。クラブの集まりが散会するのは、しばしば、日付が変わった未明の時刻。モード・ゴンは、オレアリや他のクラブ会員に見送られ、家路に着いた。

オレアリやオルダムの後ろ盾を背に、モード・ゴンが次に手掛けたのは「アイリッシュ・コンサート」と名づけた催しである。プログラムは全てアイルランドの音楽と詩。アイーダ・ジェイムスンとの共同企画で、美しい声を持つアイーダはうってつけの協力者。モード・ゴンはダブリン市民病院の婦長から、女性の心得として看護の実技を教わっていた。コンサートは病院を支援する慈善目的で開かれ、チャールズ・オルダムは自身の部屋を会場として提供した。コンテンポラリ・クラブの会員や父トマス・ゴンの旧友が詰め掛けたコンサートは、アイーダがアイルランドのバラッドを唄い、モード・ゴンは詩を朗読、盛会となった。「アイリッシュ・コンサート」に英国国歌「ゴッド・セイブ・ザ・クイーン」は場違い。替わりに、トマス・ムアの『アイリッシュ・メロディーズ』の定番の一つ、「エリンよ、忘るなかれ」(〝Let Erin Remember〟)を唄って締め括くった。

エリンよ、古《いにしえ》の日々を忘るなかれ、
息子たちがエリンを裏切った以前の日々を、
西の国のエメラルドが
異邦人の王冠を飾った以前の日々を。(18)

「エリン」は、中ゲール語に由来するアイルランドの古名。

企画の成功に、愛国団体からコンサートの依頼が舞い込む一方、『アイリッシュ・タイムズ』は、「ダブリンのコンサートで、英国国歌の欠落は未聞のこと(19)」と抗議の声を挙げた。こうした展開に、体制支持派のジェイムスン家が愉快な筈がない。アイーダの母の感情を配慮して、モード・ゴンは、ダブリンの街一番の目抜き通り、オコンネル通りに面したグレシャム・ホテルに移った。そこは田舎から出てきた聖職者や男たちで溢れ、ウェイターやメイドは、スパイなのかそうではないのか、やたらと会話に割り込んでくる。やがてモード・ゴンは、アイルランド国立図書館近く、本屋の二階にフラットを借り、ここが、ダブリンの彼女のホームとなる。

モード・ゴンの出現に、「私たちは騒然となった」[20]。「私たち」の一人スティーヴン・グインはこう証言する。彼はオックスフォードを卒業したばかりの二〇代半ばの青年。狭いダブリンの街で、長身と美貌、パリのファッションに身を包んだ彼女が巻き起こしたセンセーションの渦は想像に難くない。モード・ゴンの型破りな行動も、保守的な街の人々を驚かせた。未婚の女性が独り出歩くことはきわめて稀な時代、彼女は、愛犬のグレイト・デイン「ダグダ」（ケルト神話の主神の名）を連れて、街を闊歩し、男性のエスコートなしに幌《ほろ》のない馬車に乗った。

彼女の生き方は、彼女が美しくもなく、貧しくとも、人々の噂を呼んだだろう。彼女は、一般の標準からすればリッチで、とても背が高く、ずば抜けて美しかったから、騒々しいゴシップが立ち、その中を、彼女は無関心というより面白がって動いていた[21]。

モード・ゴンの行く所、在る所、影のように付き従う愛犬ダグダは、或る時、彼女の後についてウェストミンスター・ホテルの食堂へ入っていった。会話に夢中になっている彼女のところへ、ウェイターが寄ってきて――

食堂にブルドッグはいかがなものかと抗議する方々がおられます。〔……〕「連れ出しなさい」と、ミス・ゴンは僅かも会話を途切らすことなく言った。ウェイターはブルドッグを見て、慎重な男らしく引き下がった。暫くして、マネージャーが現われた。「マダム、恐れ入りますが、犬を連れ出していただけませんか。ルー

モード・ゴンと愛犬ダグダ

ルに反しております」。「連れ出しなさい」と、ミス・ゴンは会話を続けながら言った。結果、ブルドッグはそこに留まった。[22]

「ブルドッグ」は「グレイト・デイン」の誤り。彼は、「ウルフハウンド」に間違えられることもしばしば。

オレアリの周りには、政治、文学、芸術、諸々の分野の青年たちが集まり、小さなグループを成していた。ダグラス・ハイドはその一人。一八九三年、国語復活を目指して「ゲール同盟」が設立される。ゲール語に堪能なハイドは、同盟会長として、一八九〇年代の文化・文学運動を担う中心人物の一人となる。

一八八八年一二月一六日（日）、ハイドはシーガソン宅に赴いた。「ドクター・シーガソン」の呼び名で通る彼は、医師にして、アイルランド神話や伝説を題材にした詩集の著者、文学人でもある。この日、ハイドの日記の記録――

そこで、私は目が眩むほど美しい女性に会った――ミス・ゴン。部屋の男性たちは皆彼女の周りに集まっていた。彼女は素晴らしく背が高く、美しい。午前一時半まで留まり、談笑。彼女の美しさで頭がくらくらする。[23]

二日後、モード・ゴンが開いたパーティに出掛けたハイドは、最初の日ほど「目が眩むことはなかった」[24]。翌一八八九年二月、彼はモード・ゴンにゲール語のレッスンを始める。三月まで続いたレッスンは、彼女のフラットでオムレツを作ってランチを食べ、おしゃべりに時間を費やすことの方が多かったようである。[25]頻繁に移動するモード・ゴンは語学学習には不向き。彼女のゲール語レッスンは、結局、立ち消えになった。

一八八〇年代、上げ潮のようなナショナリズムのうねりに乗って、ダブリンの街に、文学、政治、社会等の愛国組織や団体が設立されていた。しかし、女性に会員資格を認める政治運動組織は一つもなく、モード・ゴンは、「ナショナルな運動の中に女性の占める場所はない[26]」と思い知らされる。

唯一、女性が闘争の表舞台で活躍したケースは、パーネルの妹アナ・パーネルが指揮した「婦人土地同盟」である。一八八一年一〇月、英国政府の弾圧によって、ダヴィットやパーネルを始めとする土地同盟関係者が投獄され、彼らが獄中にあった間、同盟の活動を維持・継続したのが婦人土地同盟である。しかし、翌年五月、獄中にあった男たちが釈放された後、婦人土地同盟はパーネルによって資金を断たれ、解散に追い込まれた。モード・ゴンはオレアリに、婦人土地同盟について問うたことがある。「彼女たちは正しくはなかったかもしれない。活動を止められたのは、彼女たちが男たちよりも正直で、誠実だったからだ[27]」と、オレアリは応えた。

土地同盟の戦略によって農村社会の状況は改善しつつあったものの、依然として、小作地から追い立てられる農夫は跡を絶たない。土地同盟は、同盟主要関係者の投獄によって解散に追い込まれ、一八八二年、追い立て支援のため「国民同盟《ナショナル・リーグ》」が設立された。モード・ゴンは同盟の事務所を訪れ、参加の意思を表明すると、ここでも、女性を排除する壁に阻まれる。しかし、翌日、同盟の幹事で議会議員のティモシー・ハリントンがモード・ゴンを訪ねて来た。彼もまた、この長身の美女に宣伝価値を見出した一人。ハリントンはモード・ゴンに、追い立てが進行するドニゴールへ赴き、実情を自身の目で見るよう提案した。アイルランドの北端、西海岸に位置するドニゴールは、島国の中で最も貧しい地域の一つ。モード・ゴンがそこへ姿を現わせば、世の耳目を集める宣伝効果は測り知れず、「ともあれ、貴女が行けば人々に勇気を与えます。強い味方がいることを彼らに知らせて下さい(28)」と、ハリントンは弁じた。

冬が訪れようとする季節、モード・ゴンは、従姉妹のメイを誘って、馬でドニゴールを巡ることになった。愛犬ダグダを連れての旅。カトリック信仰の厚いアイルランドで、カトリック教会は社会のあらゆる局面で影響力を揮《ふる》い、農夫たちを支援、指導する役割を担っていたのは地域の聖職者たち、中には投獄される者もいた。モード・ゴンは、ドニゴールの中心レターケニー（Letterkenny）の町に立ち寄り、ハリントンから紹介状を託されたラップホウの司教を訪問した。その日は司教区会議が開かれた日で、一〇人の聖職者たちが居並ぶディナーの席で、追い立てが話題に上った。土地同盟が警察へも脅威を与える大規模な運動を展開した日は過ぎ去り、追い立てに対抗する手段は「熱湯、棒切れ、石(29)」といった原始的それ。「私は土地所有者を撃ち殺してしまえと思ったが、恭しい人々の面前で、言葉にして発する勇気がなかった。言わなかったことに、卑怯者だと感じた(30)」。目的のためには手段を選ばず――モード・ゴンの思考回路を表わす一場面である。

翌朝、従姉妹二人はドニゴールの北端、海岸沿いのファルカラ（Falcarragh）へ向け出発した。周辺一帯の土地を所有するオルファーツの小作人一五〇名が追い立ての公告を受けていた。海岸に近づくにつれ寒風と雨に晒《さら》され、ダグダは尖った石で足に切り傷を負い(31)、行程は難をきわめた。ファルカラの手前の町で、ケリー神父の家に着いた頃、モード・ゴンは余りの寒さに口を利くことも、歩くこともできない有様。ファルカラに着くと、教

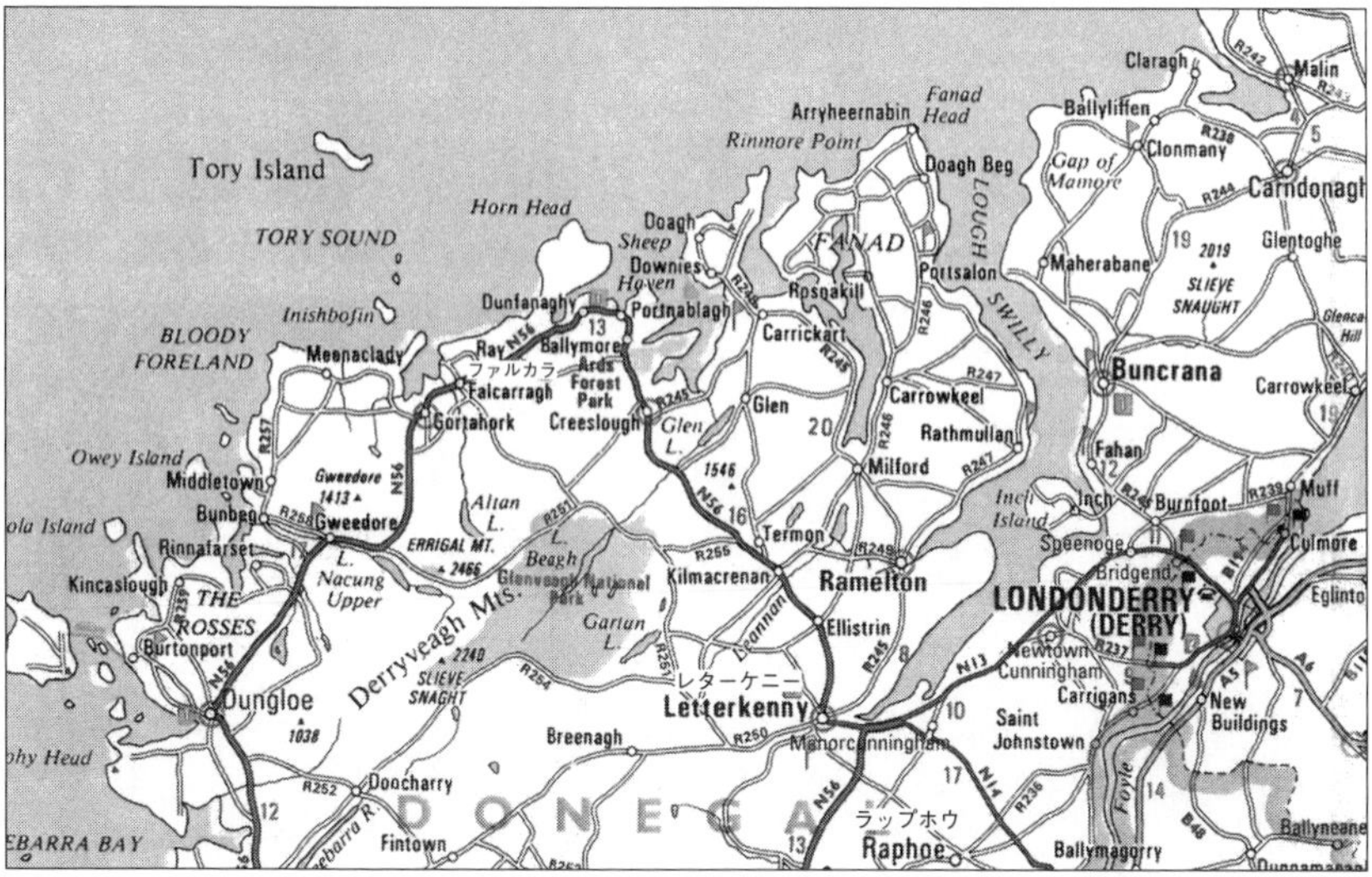

ドニゴール地図

区の司祭に案内された裁判所で、オルファーツの所有地から泥炭を盗んだ罪で、六名の者の審理が進行中。オルファーツの土地代理人が犯行現場を目撃した証人として出廷し、判決を下す判事は原告のオルファーツ自身。アイルランドの農村において、こうした茶番じみた裁判が罷《まか》り通っていた時代である。海岸さえもオルファーツの所有権に帰し、堆肥にするため海藻を拾い集めた農夫たちは投獄された。「アイルランドに、空気以外自由《フリー》なものは何もない[32]」と、教区の牧師補は嘆いた。

追い立ては、地代を滞納した極貧の——貧しいという以外何の罪もない——小作人一家を、時に、家畜小屋同然の住居から追い出し、路傍に放り出す、残忍かつ醜悪な行為。モード・ゴンはその現場に臨むことになる。オルファーツの土地代理人に引き連れられた「緊急要員」（土地所有者に雇われた追い立て実行部隊）と共に、執行官が現われ、追い立て令状を読み上げた。住居から、そこに住む家族と家財・生活道具一切を排除しなければ、追い立ては完了しない。激しい抵抗に遭った場合、破壊槌（battering ram）で住居をまるごと破壊する、或いは、家族の留守を狙って、小屋に火を放って焼いてしまうケースもあった。

破壊槌（battering ram）

最初、寝たきりの老婆と彼女の娘、二人の子供たちが暮らす二部屋の小さなコティッジが執行にあった。夫はスコットランドに出稼ぎ中。閂《かんぬき》を掛けた戸口は簡単に破られ——

老婆が、マットレスに乗せられ、マリア様の小さな像とロザリオのビーズをやせ細った手に握り締めて、運び出された。彼女は目が眩んだように瞬かせた。何年も外に出ていなかった。〔……〕傍らで、娘と子供たちが泣き、僅かな家財道具が外に投げ出された。[33]

執行官が破れた戸口に板を打ちつけて、追い立ては完了した。次のコティッジは、老夫婦が自分たちで歩いて出てきた。彼らは、デリーのスラムに暮らす娘夫婦の元に身を寄せるという。次は、妻が前日に出産したばかりの一家。彼女は、赤子と一緒に、マットレスに乗せ運び出された。更に次は……一五〇件の追い立て執行が続いた。

国民同盟は、追い立て支援策として、新たに小屋を建て、そこに追い出された家族を収容する戦術を展開していた。中心となって活動していた議会議員パット・オブライアンを、モード・ゴンはドニゴールへ呼び、彼のノウハウと力を借りることにした。「ランド・リーグ・ハット」と呼ばれた小屋は、「周辺一帯の共同作業で、少年・少女は競い合って壁にする石を集め、農夫は屋根を葺《ふ》く麦藁を提供、屋根葺き職人や石工は隣人愛から進んで力を貸し、誰も支払いを要求する者はいなかった[34]」。小屋が完成すると、近隣の人々が集い、フィドルの音、黒ビールと手作りのパンケーキで祝った。しかし、追い立てられた家族の中には、街へ、移民船へ、貧民院へ漂流せざるを得ない者たちも少なくなかったであろう。「あの冬、幾人が命を落としただろう[35]」。後年、モード・ゴンは思い巡らした。「赤ん坊や幼い子供たちは過密な貧民院でハエのように死んでいった[36]」。

この冬、ドニゴールで、追い立ての現場に臨んだ体験は、モード・ゴンの活動の原点となる。それは、土地所有者に対する憎悪、モード・ゴンの目に無益な議論に明け暮れる議会議員への不信と侮蔑、そして、何よりも、全ての元凶である国家へ向けられた敵意となって、生涯、彼女の活動を支え続けた。追い立ての現場から受けた衝撃は、それほど根深く、大きかった。

アイルランドへ渡って活動を開始した後、モード・ゴンは一つの場所に長く留まることはなかった。パリにはミルヴォアが、ロンドンには妹キャスリーンとメイとチョティの従姉妹が暮らし、彼女はパリ―ロンドン―ダブリン間を頻繁に移動した――その度に、彼女のペットも移動した。モード・ゴンがイェイツ一家を訪問したのはそうした折の一つだったと思われる。

一八八九年一月三〇日、ロンドン、ベッドフォード・パークに住むイェイツ一家に馬車が乗りつけた。降り立ったのはモード・ゴン。一家の主、肖像画家のJ・B・イェイツに宛てた、エレン・オレアリの紹介状を携え

W・B・イェイツ、21歳、
父J・B・イェイツによるデッサン画

た訪問目的は、むしろ息子の詩人W・B・イェイツに会うためである。

私は、実在する女性に、これほど美しい女《ひと》が存在すると思ってもみなかった。有名な絵画、詩、何か過去の伝説の世界の女《ひと》だった。〔……〕彼女は背丈がとても高く、神々の種族のように思われた[37]。

イェイツは一目で恋に落ちた、二三歳。モード・ゴンは一歳年下。デビュー作『アッシーンの放浪』が出版されたばかり、詩人の「人生のトラブルの始まり[38]」である。

イェイツの妹たちは、訪問者がスリッパ履きであることを目敏《ざと》く見つけ、「彼女の女王気取りの笑みを憎んだ[39]」。J・B・イェイツは、戦争を賛美する若い女性に困惑。息子の詩人は、この日、彼女が話したことを殆ど何も覚えていないという。彼の記憶に残ったのは――「木漏れ日の差す林檎の花のように光り輝いて立つ彼女[40]」の姿――生涯、忘れることはなかった。

その日、イェイツはモード・ゴンに食事に誘われ、「多分、九日間だったロンドン滞在中、殆ど毎日、彼女と食事を共にした[41]」。モード・ゴンが訪問した翌日、彼は、それをダブリンの女友達キャサリン・タイナンに報告[42]。四日後、エレン・オレアリに宛てた手紙で――「彼女が、地球は平ら、月は空に放り投げた古びた帽子だと言えば、私は彼女に与して誇りに思います[43]」。三月、イェイツは再びキャサリン・タイナンへ弁解じみた手紙を送った。「私が『ミス・ゴンに捕まった』と、誰が貴女に言ったのでしょう。彼女はとても『器量よし』だと思います。そう思っているだけです」[44]。タイナンは、イェイツが一度は結婚も考えた女友達、その彼女に向けたポーカー・フェイスであろう。

イェイツにとって、モード・ゴンは「有名な絵画、詩、何か過去の伝説の世界の女《ひと》」。その彼女に愛人が存在すると知るべくもなく、この後、彼女の身に起こる出来事も彼は知らず、詩人の恋は、「美しき誤解」に包まれたまま、一八九〇年代が経過していった。

イェイツ一家を訪問した後、モード・ゴンはパリへ向かった。「同盟」の同志ミルヴォアの周辺も風雲急を告げていた。一月、ブーランジェ将軍一派はパリの補欠選挙に勝利し、クーデターの噂が取り沙汰され始めていた。しかし、四月、逮捕の脅威に、将軍はブリュッセルへ逃亡、一派の野望は潰えた。

モード・ゴンがミルヴォアの子供を身ごもったのは、この頃だとされる。

一〇月、妹キャスリーンの体調が思わしくなく、姉は看病のためロンドンを訪れた。彼女は妊娠六か月。蚊帳の外に置かれたイェイツは、「偶然、モード・ゴンがロンドンにいると聞き、直ちに駆けつけ、五分かそこら彼女に会った」[45]。以後、幾度も繰り返されるパタンである。

一二月、キャスリーンが陸軍将校トマス・ピルチャーと結婚することになり、結婚式のため、再びモード・ゴンはロンドンを訪れた。ゴン一家には、一族の女性たちは幸せな結婚はできないと、言い伝えられていた。一八世紀、或る先祖がよからぬ手段で教会の土地を奪い、教区牧師が掛けた呪いのせいだという。キャスリーンの結婚は離婚に終わり、姉のそれは更に悲惨な結末を迎える。

翌一八九〇年一月一一日、モード・ゴンは男児を出産、生まれた子はジョルジュと命名された。庶子に社会の厳しい批判の目が向けられた時代、秘密の壁は更に厚くなった。アイルランドから遠ざかってほぼ一年、モード・ゴンは身重の身から解放されるのを待っていたかのように、誕生して二、三か月の赤ん坊をパリに残し、ドニゴールへ向かった。追い立て支援のためである。

ドニゴールに戻ったモード・ゴンは、教区の司祭から、人々が、彼女は「シィーの女」だと噂していると知らされる。「シィー」（Sidhe）はアイルランドの妖精、この摩訶不思議なものたちは、古代の神々として、田舎人たちの土俗信仰の対象である。「シィーの女」は白い馬に乗ってドニゴールに現われ、勝利をもたらすのだという。何人も彼女に抗うことはできない。迷信深い田舎人たちの間で、何処からともなく現われ、善意を施す、女神と見紛う美しい女の周りに、そうした噂が立ったとして不思議はない。しかし、モード・ゴンも人の子、無敵の「シィーの女」を演ずるのは容易ではない。

何時の時代にも、おせっかいな人々はいるものである。モード・ゴンが逗留するホテルは、追い立ての現場を見るため、イングランドからアイルランドの北の果てまでやって来たシンパたちで溢れていた。「イングランドがアイルランドに対して為した幾世紀もの悪を正す決意[46]」を繰り返す彼らに、アイルランドからの撤退のシナリオは視界にない様子。モード・ゴンは彼らを避けようとしても、夕方、ホテルに引き揚げる時刻になると質問攻めにされ、「彼らの溢れる同情から逃れることは困難だった[47]」。

ドニゴールまでモード・ゴンを追って、訪問客が現われた。彼女の自叙伝に「サー・ジョン」の名で登場するリベラルの議会議員。以前から、リベラルの政治サロンのホステスこそモード・ゴンに相応しい役と、彼女に求婚していたこの年配の紳士は、モード・ゴンを追ってダブリンへ、更にドニゴールまで追ってきた。同じ説得文句を繰り返す「サー・ジョン」が取り出したのは大きなダイアモンドのペンダント、ダブリンで買ったのだという。宝石で女心を買う侮辱に憤ったモード・ゴンは、ペンダントを、地代を滞納していた農夫に与えてしまった。「シィーの女」が宝石を撒いていると、新たな噂が立つ。この幕間狂言じみたエピソードは後日譚《たん》付き。遠征目的が不調に終わった「サー・ジョン」は、農夫から、滞納していた地代と引き替えに、ダイアモンドを取り戻した。

もう一人、モード・ゴンを追ってきた人がいる。ミルヴォアである。彼は、誕生したばかりの子供を――そして、彼自身を――パリに放置して、モード・ゴンがアイルランドに留まっている理由を、自身の目で確かめるためドニゴールを目指した。しかし手前の町で、体調を崩した彼は、そこでダウン。予告も相談もなく、突然、現われたミルヴォアに、モード・ゴンは苛立った。彼の存在自体が危険な噂を呼ぶかもしれない。彼が逗留するホテルに赴くと、彼女は、言葉も通じず、高熱を出してベッドに横たわる彼を発見、一週間、病人の看病に当たることになった。ミルヴォアはモード・ゴンにパリへ戻るよう迫り、拒否する彼女、二人の間に深刻な争いが生じたという。ミルヴォアをパリへ送り返し、翌日、独り、モード・ゴンはダブリンへ発った。彼に課した罰というより、二人が同道する危険を回避したのであろう。

　ダブリンに戻ったモード・ゴンは発熱し、咳き込み続けた。ドクター・シーガソンは、一晩中、彼女に付き添って看護。しかし、病状が改善すると、止めるドクターの忠告を振り切って、彼女は再びドニゴールへ。そこは、大西洋から吹きつける、時に、呼吸も困難な烈風が吹き荒《すさ》ぶ地。モード・ゴンは、農家の小さなベッドルームで、泥炭から立ち上る煙にむせ、血筋の混じった咳と闘いながら過ごすこともあった。愛人の説得にも耳を貸さず、ドクター・ストップを振り切って、何よりも、誕生して間もない我が子をパリに残して、彼女をそこへ駆り立てたものは何だったのか。モード・ゴン自身は次のように答えている。「むき出しの山に身を寄せ合う家族たちのこと、彼らを再び家に住まわせる喜びを、私は思った。それ以外、考えることができなかった[48]」。「私は一つの考えにとり憑かれる[49]（one-idea'd）」と彼女は自認する。モード・ゴンが支援に当たったのは個々のケースであり、彼女の支援活動によって救われた家族がどれほどの数に上ったか、疑問である。「私は、かつては大規模な運動だったその周辺で活動していたフリーランスに過ぎなかった[50]」と、彼女自身が認めている。

　六月の終わり、ティモシー・ハリントンからモード・ゴンに新しい依頼が舞い込んだ。ランカシャーのバローーインーファーネスで補欠選挙が実施され、モード・ゴンの宣伝価値を計算したハリントンは、リベラルの自治推進派候補の応援に、彼女を駆り出そうというのである。ハリントンと共に選挙区に向かうと、政治集会はすでに進行中。モード・ゴンは、いきなり、議長からスピーチに指名された。一五〇〇名の聴衆、スピーチは初体験である。ハリントンに誘導されて、彼女は、自身の目で見た生々しい追い立ての実情を話し始めた。「五〇年前に建てた家から追い出された老夫婦、前日に生まれたばかりの赤ん坊と路傍に放り出された女、幼い子供たちは……[51]」。モード・ゴンは、センテンスの途中で、急に怖じ気づき、椅子に崩れ落ち泣き始めた。呆然とする彼女に、感きわまって流した涙と受け取った聴衆は立ち上がって、拍手喝采を送っていた。この後、毎日、彼女は五つの集会でスピーチに立ち、戸別訪問に回った。選挙結果は勝利。

「保守系の新聞は、敗戦の政治的意義を過小評価するため、勝利は美しい女性によって勝ち取られたと、見出しを載せた[52]」。誇らしい舞台を独占した口調で、モード・ゴンはこう語る。しかし、彼女の伝記作家マーガレット・ウォードは、モード・ゴンが選挙結果を左右するほど要の役割を果たしたのか疑問視する。[53]モード・ゴンが応援に立ったのは、リベラルの候補である。それにもかかわらず、バローーインーファーネスは保守党の堅固な牙城だったためリベラルは候補を立てることができず、彼女が応援したのはアイルランドが独自に立てた候補だったと、モード・ゴンは自叙伝に記している。[54]ウォードはこの事実に反する記述に注目、後年、英国の政治家との連携・協力を頑固に拒否した彼女が、一貫性を主張するため、過去の事実を脚色した可能性が高いと指摘する。[55]これも、モード・ゴンの「嘘」の一つかもしれない。

ランカシャーから、再び、モード・ゴンはドニゴールへ戻った。そこに、彼女に逮捕状が出されたと知らせが入る。「ランド・リーグ・ハット」は、時に、土地の不法占拠など法に触れる場合もあった。肺疾患体質の彼女に、投獄は死の宣告に等しい。逃走の手筈はすでに整っていた。彼女は、ボディガードにつき添われ、荒野を通過する夜行列車を止め、北アイルランドを西海岸から東海岸へ横断、ラーン（Larne）の港から船でロンドンへ、更にフランスへ脱出した。島国の政治犯が幾人も辿った逃走ルート、「アイルランドのジャンヌ・ダルク」を志す彼女に相応しい劇的脱出劇である。

この頃、一八九〇年八月、モード・ゴンに関する警察の最初のリポートがファイルされているという。(56) ランカシャーの選挙応援中に、警察の目に留まり、網に懸ったのであろう。

フランスに戻ったモード・ゴンは、医師から、南フランスで療養するよう勧告された。さもなければ、六か月後、扉のあちら側に行ってしまうと警告する医師は、地中海に面するサン・ラファエルを奨めた。漁港と、野菜と果物のマーケットと、滞在客の殆どいないホテルが二軒建つ小さな漁村。ここに、ミルヴォア——と、恐らくジョルジュ——が合流し、モード・ゴンは、一日中、地中海を見下ろす松林の中で、読書をし、絵を描き——彼女は絵心の持ち主——、時にはキノコ狩りをして過ごす日々。ようやく訪れた一見平和な日常にも、不吉な影が侵入していた。当時、英仏関係が好転し、アルザス-ロレーヌ奪還を御旗に掲げるブーランジェ将軍一派は英国との同盟に傾斜しつつあった。それは、モード・ゴンにとって、許し難い路線である。更に、ミルヴォアは、自身の政治的野心から、モード・ゴンに、他の男性の愛人になるよう迫っていた。

モード・ゴンは性に対し至って保守的、彼女にとって性が正当化されるのは子供の存在である。ミルヴォアの愛人となった後、性に嫌悪感を覚え、彼から離れていることが多かったと、後に、彼女はイェイツに告白する。(57) モード・ゴンの行動パタンから、恐らく、それは事実であろう。性に消極的な愛人の女に、他の男性との性的関係を迫る愛人という皮肉な図式である。

そうした彼女の元に、イェイツから詩が送られてきた。「死の夢」と題する詩——

私は、或る女《ひと》が異国で死んだ夢を見た、
近くに親しい者もいず。

噂好きのダブリン市民にとって、モード・ゴンは格好の標的である。「南フランスで、モード・ゴンが死にかかっている[58]」とイェイツの耳に入れたのは、肖像画家のセアラ・パーサー。モード・ゴン、二一歳の肖像画は彼女の作品である。パーサーは、更に、イェイツに耳打ちした。「パリで、モード・ゴンと食事を共にしたことがあった。とても背の高いフランス人男性が一緒だった[59]」。イェイツは、周辺で囁《ささや》かれる噂にも、雑音にも、耳を塞ぎ続けた。「死の夢」は、初め、「墓碑」と題された作品。詩を受け取ったモード・ゴンは、着実に回復していた頃で、自分の「墓碑」が「とても可笑しかった[60]」――彼女の自叙伝の記述。

翌一八九一年、初春の頃、彼女はパリへ戻った。

モード・ゴンがダブリンに姿を現わすのは、劇的脱出劇からほぼ一年後、一八九一年夏。七月二三日、イェイツは、彼女が滞在するホテルにモード・ゴンを訪ねた。彼女を見るや、イェイツは溢れる憐憫の情に圧倒されそうになる。モード・ゴンは、骨が浮き出るほど顔が痩せ細り、「何か不幸、幻滅に沈んでいる様子[61]」。傷つき、崩れ落ちそうな美女は、無限の憐れみを掻き立て、詩人を呪縛する力の一つである。「以前の固い言葉の響きは消え、淑《しと》やかで、所在なげな[62]」彼女に、詩人の恋は再燃、それ以上、恋に抗い、戦うことは望まなくなった。翌日、彼が北アイルランドに住む旧友の元へ向かうと、そこへ、モード・ゴンから手紙が送られて来た。前世で、二人は、アラビア砂漠の何処かで、奴隷に売られた兄と妹だった夢を見たというのである。イェイツはダブリンへ急行、モード・ゴンに求婚した。八月三日。しかし――「いいえ、結婚はできません――理由があります――決して結婚はしません」と応じた彼女は、イェイツに「友情」を求めた[63]。言葉に儀礼を超えた響きが籠っていた。

これ以後、幾度も繰り返される求婚劇の最初で、二人の関係は一つのパタンに定着した。モード・ゴンにとって、イェイツは困った時に頼る兄か友人のような存在、彼の求愛に応えるでもなく、彼を完全に拒みもせず、何時でも手綱を手繰《たぐ》り寄せることができる距離を保ち続けた。「何時もあなたの友」――イェイツへ宛てた手紙に、モード・ゴンは決まってこう記した。恋するイェイツは無力、必要とされることを喜びとし、一途に献身的愛を注ぎ続ける――必要が、何時か、愛に変わると信じて。

翌日、二人はホゥスへピクニックに出掛けた。モード・ゴンが幸せな少女期を送った岬の漁村は、イェイツ一家も一時期暮らした思い出の場所である。この日からほぼ半世紀後、イェイツ晩年の詩「美しくも気高きもの」の一つに――

ホゥス駅で列車を待つモード・ゴン、
あの真っ直ぐな背と不遜な頭はパラス・アテナ神。

詩人の記憶に生き続けたこの日の一コマ。しかし、現実は散文的。その日、イェイツの出費は一〇シリング（半ポンド）で、彼には「大金」(64)だった。モード・ゴンと会う度、イェイツはオレアリに一ポンド、二ポンドと借金を請い、お金の工面に頭を悩ませた。

数日後、イェイツからモード・ゴンに「白い鳥」と題する詩が送られてくる。「恋人よ、海の泡の上に浮かぶ白い鳥になれたなら！」と詠嘆する詩は、美しくも、儚い、淡い悲しみを湛《たた》えた、イェイツ初期の詩の典型の一つ。再燃した恋から創作のエネルギーを汲《く》み出すように、七月から一〇月の間に、「白い鳥」を含む六篇の抒情詩が、詩人のペンから紡ぎ出された。イェイツは詩を書き入れたノートブックを「霊の炎」と名づけ、モード・ゴンに贈る。

それから、毎日、二人は逢瀬を重ね、イェイツはモード・ゴンに、制作中の劇『伯爵夫人キャスリーン』を読んで聞かせた。飢饉に苦しむ民の窮状を見兼ね、金貨と引き換えに悪魔に魂を売る劇のヒロインは、我が身を顧みず、農民たちの支援に奮闘するモード・ゴンの投影、「貴女のために書いた劇」[65]と、イェイツは言った。

そうしている中、突如、モード・ゴンは、秘密政治組織に呼び出されたと奇妙な理由をイェイツに告げ、パリへ急行した。真相は、ジョルジュの命が危ないと、ミルヴォアからの知らせだった。八月三一日、ジョルジュは髄膜炎《ずいまくえん》で死亡、母は悲嘆の底に突き落とされる。幼子を他手に預け放置した罪悪感と責任に、彼女は我が身を責めたであろう。殆ど母国語に等しいフランス語を忘れ、クロロホルムに頼る夜が続いた。秘密の壁を破ってイェイツに書き送った手紙には、「養子にした子」が死んだこと、「病気の子供を医師から医師へ連れ回った[66]」と、悲痛な、乱れた文面が綴《つづ》られていた。母は、セーヌの河岸、フォンテンブローの森のはずれの村に小さなチャペルを建て、そこにジョルジュの小さな遺体を葬った。

母、父、そして我が子の死に、モード・ゴンは打ちのめされる想いだったに違いない。人知れず短い命を終えた子供の死も、自身の悲嘆も、全て表沙汰にできない秘密である。それが悲しみと孤独感を一層募らせたであろう。モード・ゴンの孫娘アナ・マックブライド・ホワイトは、モード・ゴンの内面の真実は、彼女の自叙伝や書簡から窺い知ることはできないと語る。

彼女は、外面は、忙しく、時に狂おしい生活を送りながら、砂漠を果てしなくさ迷っている夢が繰り返し現われ、後年、不断の孤独感を彼女は語った。若くして彼女の人生のパタンとなってしまった悲劇の連続を語ることは殆ど不可能で、彼女はますますエネルギーを外へ向け、政治活動の中で自身の理想に心を寄せ、献身的に働いた[67]。

ジョルジュを葬ったチャペル

モード・ゴンの第一子ジョルジュ

ジョルジュの死を機に、モード・ゴンは以前にもまして政治活動へのめり込んでゆく――「内なる真実を直視する恐怖(68)」から逃れるように。

ジョルジュの死から一か月後、九月三〇日、ブーランジェ将軍は、熱愛する女性の死に、彼女の墓でピストル自殺し果てた。一時は、政権掌握も取り沙汰された将軍一派の野望の茶番劇的結末である。

一〇月六日、パーネルが急死した。前年一一月、彼の個人的スキャンダル発覚に端を発する熾烈《しれつ》な政治抗争の末の死、アイルランド社会を大混乱に陥れる。

一〇月一一日、モード・ゴンは、期せずして、パーネルの遺体を積んだ同じ船で、アイルランドへ帰ってきた。早朝、フェリー港キングズタウンの埠頭に、イェイツはモード・ゴンを出迎え、ホテルに同行。黒一色に身を包んだ彼女をパーネルの死を悼《いた》む大袈裟な装いと、人々は思った。

その日、雨の降りしきる中、ダブリンの街をグラスナヴィン墓地へ向かう長い――アイルランドにおいて最大の――葬列が続いた。パーネルの遺体が土に下ろされようとした時、突然、鉛色の空が裂け、流星が落ちるのを多くの人々が目撃した。モード・ゴンも目撃者の一人である。

彼女は、「明らかに、病み」、イェイツに「子供の死の詳細を繰り返し、繰り返し、語った。語ることによって、心の安らぎを得ているようだった(69)」。或る日、イェイツの友人Æが二人に合流する。本名はジョージ・ラッセル。Æなる風変りなペン・ネイムを持つ彼は、画家にして詩人、神秘思想家である。Æが輪廻を話題にすると、モード・ゴンは問いかけた。「何時、子供は生まれ変わるのでしょう。もし生まれ変わるなら、何処に?」「同じ家族に生まれ変わることもあり得ます(70)」。Æの答えに、モード・ゴンが深く心を動かされている様子を、イェイツは見逃さなかった。

モード・ゴンは「サイキック」(psychic)と呼ばれる一人。子供の頃、「灰色のヴェール」を被った「悲しげな目をした、黒髪の美しい女」が、「ベビー・ベッドに身を屈《かが》めているのを見た(71)」時から、この女は彼女にとり憑いて、たびたび姿を現わした。透視能力をも自認するモード・ゴンの特殊な体質は、イェイツにとって、特別な意味を持った。彼もまた、超自然界・現象に魅せられた一人、星占いは日常茶飯、降霊会に出没し、心霊現象を追い求めた。オカルトは、モード・ゴンを彼に振り向かせ、ついには彼女の愛を勝ち得る望みを繋ぐ特別な領域となる。モード・ゴンの「灰色の女」に、イェイツ周辺のオカルト関係者たちの関心が集まった。降霊会に呼び出され、ヴィジョンに映し出された女は、モード・ゴンの前世のペルソナである古代エジプトの女祭司で、愛人の祭司に唆《そそのか》されて、金銭のため虚偽の宣託を下した。そのため、女のパーソナリティの一部が生き残り、モード・ゴンにとり憑いたのだという。女は嬰児殺しを告白した。

イェイツは、一八九〇年来、マックグレガー・メイザーズが主宰する秘教集団「黄金の夜明け」の会員である。ジョルジュの死による精神的危機に、降霊会やヴィジョンに救いを求めたモード・ゴンは、一一月二日、イェイツの説得に応じ、「黄金の夜明け」に入会した。彼は、中世の錬金術師と彼の妻をモデルに、モード・ゴンと二人で、秘教に身を捧げ生きるプランを立て始める。彼の「美しき誤解」は留まるところがない。モード・ゴンは秘教集団に加わったものの、彼女の目に、教団の入会の儀式に身に着ける「マントやバッジ」はいささか滑稽。教団のメンバーは、少数の例外を除いて、「英国中流階級の愚鈍のエッセンス」[72]。特に彼女を興醒めさせたのは、教団のパスワードがフリーメイソンのそれと同じだったこと。それを知った彼女は、一八九四年一二月、「黄金の夜明け」から脱会を決意する。「アイルランド人の知るフリーメイソンは英国の組織であり、大英帝国をサポートするため利用されてきた」[73]。モード・ゴンの言い分である。イェイツの落胆は大きかった。しかし、オカルトは二人が共有する世界であり、超常現象を求めてメスカリンと思しい薬物に頼り、また、宇宙空間で、二人の霊と霊の出会い、結婚といった摩訶不思議な体験が二人を結びつける絆となり続ける。

第三章　アイルランドのジャンヌ・ダルク　一八九一—一八九八

——輝かしい日々——

政治集会のモード・ゴン、1890年代

第一節　追い立て・政治犯囚人・文学運動

一八九一年、パーネルの死はアイルランド史の一大転換点となる。前年一一月、パーネルの個人的スキャンダル発覚によって、彼の下に結集した政治勢力はパーネル派と反パーネル派に分裂、両者の醜悪な政治抗争はパーネルの死後九年間続いた。「自治」の夢は失墜、ナショナリズムの高揚に沸いた一八八〇年代は、出口の見えない混迷の一〇年に譲った。

この政治空白を埋めるのが、パーネルの死と相前後して起きた文化・文学運動である。一八九一年、ロンドンにアイルランド文学協会が、一八九二年、ダブリンに国文学協会が設立され、文学運動が開始された。運動を興し、率いたのはイェイツ。モード・ゴンは後者の協会副会長の一人に名を列ねた。

国文学協会が正式に採択した推進事業の一つは、アイルランドを代表する図書の選定・出版と、アイルランド全土に貸出し図書室ネットワークを作る企画である。いずれも広く一般読者にアイルランド文学普及を目的とする企て。イェイツが最初から思い描いたモード・ゴンの役割は後者。「養子の子」の死に心を乱す彼女が、悲しみから立ち直るためには、何か仕事が必要と腐心するイェイツは、ダブリンのオレアリに、「彼女に必要なものは、我を忘れて夢中になれる仕事です」、「手を貸して下さい[1]」と、依頼の手紙を書き送っている。

しかし、イェイツの懸念は杞憂だったかもしれない。モード・ゴンは強靭な意思と行動力の持ち主、一八九二年初め、フランスで、講演活動に乗り出した。同時に、アイルランドの政治犯囚人釈放を求めるアムネスティ運動も彼女の活動の一つ。一八九〇年代初め、モード・ゴンはこの三つを、時に並行して、追い求めた。「不幸な時ほど仕事に勝るものはない[2]」と語る彼女は、立ち止まって不幸を振り返る余裕を自ら断つように、この間、パリ―ロンドン―ダブリンを頻繁に往復、フランスの地方都市を巡り、アイルランドの田舎町に赴き、「同じ場所に一か月留まることは少なかった[3]」。

一八九二年初め、「虐げられた民」と題するモード・ゴンの記事がフランスの雑誌に掲載された。ドニゴールの追い立てを取り挙げたこの記事は、ミルヴォアの提案によって始まり、彼の助けを借りて書き上げたものだという。記事は、やがてモード・ゴンが手を染めるジャーナリズム活動へ繋がる布石となる。講演もこの記事が切っ掛けで始まったらしい。記事に対する反響から講演依頼を受けたとモード・ゴンは自叙伝に記し[4]、イェイツには、「或るフランスの友人が、悲しみに沈んでいる彼女を見て、最初の講演を提案した[5]」と語った。「友人」は、恐らく、ミルヴォア。講演は、依頼を受けたモード・ゴンを彼が後押しして、実現したのであろう。

一月初め、パリのカトリック大学で行った講演は、フランスの地方都市へ、更に、オランダ、ベルギーまで延びる大々的講演旅行に発展した。五月一一日、モード・ゴンは「フランスの講演旅行を、一時、閉じた[6]」とイェイツが友人に報告した手紙から、一月以来、彼女は講演活動に明け暮れていたものと思われる。

ヨーロッパの片隅に位置するアイルランドはヨーロッパ諸国の視界から外れ、その実情が正確に国外に伝わることは少なかった。メディアが未発達なこの時代、支配者による情報操作が比較的容易だったこともその一因である。世界に冠たるジャーナル『タイムズ』を通し、「イングランドは世界の耳を獲得し、アイルランドに関して、自身に最も都合のよい話を語る術を心得ている[7]」と述べたイェイツの言は、事の核心を突いていた。モード・ゴンの講演目的は、追い立てと獄中にあるアイルランドの政治犯囚人の存在を、フランスの聴衆に知らせることによって、「イングランドがアイルランドの周囲に築いた沈黙の壁を破り、フランスのみならずヨーロッパ諸国に、アイルランドの独立闘争の真実を伝える[8]」ことにあった。追い立ての犠牲者と獄中の政治犯囚人のための募金も兼ねていた。

講演は講演に留まらない。モード・ゴンをインタヴューした記事、講演を取材、掲載した新聞報道は、木霊《こだま》が幾度も反響を繰り返すに似た広報力を発揮する。ダブリンのメディアも黙してはいなかった。パーネル派の新聞『ユナイティッド・アイルランド』は、モード・ゴンの講演活動に相当の紙面を割いた一つ。七月二日、「二、三か月前に、フランスの新聞が、ミス・ゴンの活動を取り挙げた記事は二〇〇〇に達し、今では、その数を数えることはできない(9)」と報じている。

アイルランド国内外に、「アイリッシュ・ナショナリスト」の活動家としてモード・ゴンの名が注目され始めるのは、この講演活動を通してである。そうしたパブリシティに大いに貢献したのはイェイツのペンだったかもしれない。パリのカトリック大学で行われた講演を受け、一月一六日、イェイツは、『ユナイティッド・アイルランド』に「新しいスペランツァ」と題する記事を寄稿している。「スペランツァ」は、オスカー・ワイルドの母、レイディ・ワイルドの若き日のペン・ネイム。熱烈なナショナリストだった彼女は、「アイルランド青年党」の機関紙として創刊された愛国運動の拠点『ネイション』に、「スペランツァ」の名で、詩や散文を投稿、一躍、名を馳せた。

イェイツの記事は、「フランスにアイルランドの実情を伝える」モード・ゴンの講演活動の意義を強調する。「パリの耳を集めることはヨーロッパの耳を集めること(10)」。「彼女を声高に称賛する」(11)『フィガロ』、その他の新聞から、イェイツは抜粋、引用。「大きな黒い目に炎が満ちる」「ケルトの女ドゥルイッド(12)」と、或る新聞は彼女を呼んだ。「幾世紀もイングランドがアイルランドを支配下に置いた圧制は、神に対する、人類に対する犯罪です。圧制者に対し私の魂に溢れる憤りを、あなた方の心と良心に伝えることができれば、国を愛する者として、一人の女として、私は使命を果たすことができます(13)」と訴える彼女に、聴衆の「女性たちは皆目に涙を溜め、男性も感情を抑えることができなかった(14)」。

愛する女《ひと》を称えるイェイツのペンは熱を帯び、記事を次のように結んでいる。

何という比類のない光景であろう――この二五歳の若い娘が、政治家たちを聴衆にして、母国語以外の言葉で、名だたるスピーカーよりも彼らの心を動かすとは。アイルランドにとって何を意味するだろう。新しい「スペランツァ」の誕生である。彼女は声の力で、旧い「スペランツァ」がペンの力で為した全てを、いやそれ以上のことを為し遂げるであろう。新しい雄弁家がここに誕生した。彼女は、美しさの力に黄金の舌の力を添えて、アイルランドによりよい未来を切り拓く驚異の旗手となるであろう。[15]

モード・ゴンの名は大西洋対岸にも達した。ここでも、イェイツの貢献は大きい。七月三〇日、アイリッシュ・アメリカンを読者層に持つ新聞『ボストン・パイロット』に彼が寄稿した記事の題は――「モード・ゴン」。彼女が講演活動を開始して八か月。講演は「勝利に次ぐ勝利、勝利は前のものに勝り」、「この新しい不思議《ワンダー》――スピーチをする美女[16]」に何千もの聴衆が集まった。最新のニュースは、前の週、ボルドーで、彼女がスピーチを終えると、「一二〇〇の聴衆が立ち上がって、熱狂的拍手を送った[17]」。

モード・ゴンが聴衆を魅了する秘密を探るイェイツは、彼女のスピーチが、女性特有の「ハートの論理[18]」に訴えるからだと分析する。一八四〇年代の飢饉を取り挙げた彼女の講演の一部――

家族全員が食物を最後の一粒まで喰い尽くし、死を悟った時、彼らはもう一度太陽を仰ぎ見て、それからキャビンの戸を石で閉じました。断末魔の苦しみを他人に見られないためでした。数週間経った後、火の消えた炉端に、彼らの骸骨が発見されたのです。[19]

イェイツが「美しさの力」と呼んだモード・ゴンの美貌は彼女の強力な武器。一時は女優を志した彼女は、イェイツが「何時も甘美で低音《スウイート・アンド・ロウ》」[20]と形容した魅惑的な声と、ドラマティックな演技力を備え、演台こそ、そうした彼女の資質が最大限に発揮される場。講演旅行は大成功を収めた。

フランスの講演活動は、モード・ゴンが「アイルランドのジャンヌ・ダルク」へ踏み出す一歩となる。

フランスはアイルランドの伝統的友好国である。カトリック国同士の特別な絆は一七世紀末に遡る。イングランドの王位争いから発した名誉革命のこの時代、アイルランドは隣国の内戦の主戦場となり、ジェイムズ二世率いるカトリック軍はオレンジ公ウィリアムのプロテスタント軍に敗退、敗者たちはこぞってフランスへ逃亡した。その数およそ一万四千[21]――「野鴨《ワイルド・ギース》」と呼ばれた人々の先駆けである。彼らと彼らの子孫はルイ一四世と一五世に仕え、ヨーロッパの戦場で「アイルランド部隊」が立てた武勇・武勲は大陸中に聞こえた。

一八九〇年代初め、パリに、彼らの子孫たちから成る「聖パトリック協会」が設立され[22]、講演旅行で一躍有名人となったモード・ゴンは、三月一七日、聖パトリックの日に協会が催す祝宴に招待された。協会会長のティローン・オニール子爵、ゴールウェイ・オケリ伯爵、クレモン伯爵等々、錚々《そうそう》たる会員の居並ぶ中、女性は彼女のみ。彼らと遠い過去の先祖の国を結ぶ絆は「家系図のみ」で、彼らは「反動的で、フランス共和国政府に敵対した」[23]。スピーチを請われたモード・ゴンが、彼らの先祖の国で自由のための闘争が進行していること、追い立てや政治犯囚人たちの存在を訴えても、彼らの間にどれほどの共感を呼ぶこともなかった。モード・ゴンは、毎年、聖パトリックの日に催される協会の祝宴に招待され、叶う限り参加した。しかし、「アイルランド部隊」の子孫たちに闘争の支援を期待できないことは、初めから、明らか。教会のミサで見かけた、パリの街で家庭教師として働く貧しいアイルランドの娘にむしろ、モード・ゴンは期待を寄せた。

パリで開かれた或るパーティで、モード・ゴンは、紳士然とした男性から「貴女は英国政府にスパイされている」[24]、用心するよう忠告を受けた。英国スパイがパリまでと、彼女は半ば笑い飛ばしたが、家の中で、或る異変に気づく。引き出しに保管していた手紙が二、三通消えていた。家に住むのは彼女とメイドのマリアだけ。メイドの部屋を調べてみると、三脚台にカメラを据え、手紙を撮影したフィルムが発見された。マリアを問い詰めると、彼女の息子が犯人で、手紙が渡ったのは後のフランス首相クレマンソーだという。彼はフランスの政界で親英派のリーダー。英国政府の情報要員《エイジェント》と目される男から彼が受けた多額の金銭授受を、ミルヴォアに暴露されるのを阻止するため、モード・ゴンの手紙を恐喝として利用するためだった。マリアを雇ってすでに四年、信頼していたメイドに家の中でスパイされていた事実に、彼女は愕然とする。過激な活動家として警察にマークされ始めたモード・ゴンは、彼女の行くところ――ダブリン、ロンドン、パリで――、密偵の影が後を追い始めた。

モード・ゴンが政治犯囚人釈放を求めるアムネスティ運動に関心を寄せたのは、「国民同盟」の追い立て支援に携わって投獄された人々の釈放を求める中で、「反逆罪」(treason felony) 犯と呼ばれる囚人の存在を知った時である。一八四八年、アイルランドの政治犯を狙って、彼らを、国家転覆を謀る「重罪犯」として処罰する「反逆罪法」が制定された。一八六五年、オレアリ、その他のＩＲＢ党員が、二〇年という異常に長い刑期を宣告されたのは、この法の存在である。彼らが収監された、ドーセット州ポートランド監獄、採石の強制労働は苛酷をきわめた。同じ法の下、投獄された一団の囚人たちが存在した。一八八〇年代、「ダイナマイト戦争」に関与したＩＲＢの過激分子たちである。その数一九名。[25] 彼らの中には、苛酷な獄中の環境と拷問によって、心身の機能を喪失する者も少なくなかった。

オレアリを師とし、ＩＲＢ党員のイェイツはこの秘密組織にも人脈を通じていた。モード・ゴンは、イェイツに連れられ、ロンドン・アムネスティ協会の会議に出席する機会を得る。一八九二年に設立された協会は、会長が英国ＩＲＢを束ねるマーク・ライアン、協会会員も大半がＩＲＢ党員である。一八九三年から翌年にかけ、モード・ゴンは、他の活動の合間を縫って、アムネスティ協会がイングランドやスコットランドで開く集会に参加、スピーチに立って、獄中の囚人の存在と彼らに課された残酷な刑罰を公の場に晒し、そうした政治犯を生む支配者の非を糾弾した。

彼女のもう一つの目的は囚人との面会である。囚人たちは、四か月に一度、近親者による二〇分の訪問、面会が許された。しかし、家族はアイルランド、スコットランド、アメリカに散り、面会を受ける囚人はごく少数。モード・ゴンは、ウィリアム伯父の紋章と住所が記された便箋を手に入れ、アイルランドの家族に代わって面会したいと、八度の訪問許可を求める手紙を内務省に送った。イーディス・ゴンと署名。イーディスは彼女のミドル・ネイムである。希望通り、八度の訪問許可が下りた。

ポートランド監獄視察を希望する英国人ジャーナリストと連れだって、モード・ゴンはドーセット州へ向かった。鉄道の駅を降り目に入ったのは、切り出した石を積んだカートを、馬のように引く一団の囚人たち。二人は、動物園の檻のようなケージの中に通された。ここが面会場所。囚人は別のケージの中。突然、現われた訪問者――それも、長身の美女――に、囚人たちは猜疑心が先行し、殆ど口を利かない。或いは、獄中で沈黙を強いられ口を利くことも忘れてしまったようだった。モード・ゴンは、「場所の恐ろしさと囚人たちの苦しみに殆ど思考が麻痺し」[26]、彼女も同行したジャーナリストも発する言葉を失った。モード・ゴンの自叙伝に拠ると、寡黙な囚人たちの中で、「オキャラハン」の名で登場する男[27]は別だった。獄中で片目を失った彼は、もう一方の目を失う恐怖に怯え、失明の原因が獄中の暴行であることを訴えようとした。阻止しようとする獄吏、ケージの鉄格子に必死に縋《すが》りつく男、両者が争う中――

説明し難い、不思議なことが起きた。私は、夢を見ているように立ち上がって、オキャラハンにもう言わなくていいと言った。何が言いたいか、私は分かっていた。もう少し辛抱して欲しい、六か月以内に自由になれると約束した。次の囚人が入って来た時も、私は夢の中にいて、彼は一八か月で自由に、次の囚人には一年で釈放されると言った。[28]

彼女は言う。

奇蹟を起こす聖女か、神のお告げを下す巫女にも似て、「私が告げた順に、期限内に、彼らは釈放された[29]」と、

モード・ゴンの言葉を裏付ける事実は存在しない。[30] 一八九三年、三名の囚人が刑期を待たず釈放された。モード・ゴンの貢献もあったであろう。しかし、彼女一人の貢績でもなければ、まして彼女が起こした「奇蹟」ではない。議会派のリーダー、ジョン・レッドモンドも、牢獄の環境改善や囚人の早期釈放を訴え奔走した一人。[31] 三名の釈放は、そうした各方面から寄せられた努力の成果である。最後の囚人が釈放されたのは一八九九年、それを受け、同年、ロンドン・アムネスティ協会は解散した。

モード・ゴンは、自らが起こしたとする「奇蹟」を信じていたのだろうか。獄中の政治犯の存在は彼女の中の「女」を表面に引き出したと、イェイツは言う。[32] モード・ゴンが「理」を超えた「情」に突き動かされていたと、イェイツは言いたいのであろう。「この男たちはアイルランドのために、大英帝国に対する闘争のために苦しみ、今もその苦しみは続いていた。外の人々は彼らを忘れていた。悪夢だった[33]」、と彼女は言う。アイルランド国内外の人々から見捨てられた囚人の存在を公の場に引き出し、彼らの釈放を訴えた、モード・ゴンのアムネスティ活動の意義は評価されよう。獄中の政治犯の生活環境改善と彼らの釈放は、生涯、彼女が自らに課す大義の一つとなる。しかし、大義の正当性によって言動が全て正当化されるものではない。モード・ゴンの「フィクション」も、ここに至っては、彼女の人格と名誉を傷つけるものにしかならないと指摘するマーガレット・ウォードの意見[34]は傾聴に値する。

イェイツの劇『伯爵夫人キャスリーン』の題名のヒロインは、モード・ゴンを投影した人物。飢饉に苦しむ民を救うため、金貨と引き換えに魂を悪魔に売り渡した彼女は――

憐憫に心狂い、魂を売り渡してしまった、〔……〕
私は、愛しい人が魂を破滅させてしまうに違いないと思った、
狂信と憎悪にとり憑かれていたから。（「サーカスの動物逃亡」）

「憐憫に心狂い」――モード・ゴンを行動へ駆り立てる衝動、情動を鋭く突いた詩人の観察である。

一八九三年一月初め、イェイツがパリのモード・ゴンに書き送った手紙の断片が残っている。「貴女のために、次の一連の講演を立案、準備中です(35)」と書き始めた手紙は、ダブリンの国文学協会が推進する貸出図書室ネットワーク作りのため、モード・ゴンに講演日程を知らせたもの。ネットワーク作りは、地方の町を巡って、講演で企画の趣旨を説明、それに賛同する町に、国文学協会から一〇〇冊の図書と新図書購入資金をいくらか送って、図書室を立ち上げる計画だった。モード・ゴンの講演には、イェイツも同行する予定。彼の手紙によれば、一月二〇日から二月末まで、ダブリンの集会を一つ挿《はさ》んで、コークを起点にメイヨーのウェストポートまで、アイルランド西部の町を五つ巡る強硬日程である。

イェイツは、こうした活動を支えた原動力を、「大いなる愛国心と、それ以上に美しい女を求める欲望(36)」だったと、自叙伝の草稿に記している。文学運動は、アイルランドに「アイルランド文学」を打ち立てるイェイツの祖国愛から発していた。彼の祖国愛に偽りはなかったが、モード・ゴンと手を携えて事業を推進し、その過程で

彼女の愛を獲得する望みが、イェイツの活動を支えるより大きな原動力となっていったのであろう。とりわけ地方の町を巡る講演は、彼にとって、モード・ゴンと共に過ごす稀少にして、貴重な時間。また、イェイツの思惑の裏には、講演活動でフランスに留まったままの彼女を、アイルランドへ呼び戻す意図も隠れていた。モード・ゴンの講演旅行の成功を伝える新聞報道を目にしながら、「名前も知らない協力者たちに嫉妬していた」[37]と、イェイツは告白する。最初の講演を提案したと、彼女が語った「或るフランスの友人」は特に気掛りな存在だったろう。

モード・ゴンに課した講演日程の背後に潜むイェイツの思惑は、しかし、思惑に終わった。一月二〇日と一月二七日に予定されたコークの講演は、「モード・ゴンが病気のためパリを離れることができず」[38]中止となり、実現したのはロックレーとニュー・ロスのみ。他の町も中止となったようである。七つの貸出図書室が計画されたが、実現したのは三つに留まった。

国文学協会のもう一つの推進事業、アイルランドを代表する図書リスト選定・出版も、イェイツが力を注いだ企画である。ここでも、彼は苦戦を強いられた。「アイルランド新図書」と名づけられた事業は、半世紀前、「アイルランド青年党」が企てた「アイルランド図書」のリヴァイヴァル企画。「旧図書」の編集に携わったチャールズ・ガヴァン・ダフィに、「新図書」企画をいわば横取りされる羽目になった。

ダフィは一八一六年生まれ、「アイルランド青年党」員として、『ネイション』紙を創刊した一人であり、その編集に長く携わった。一八五五年、彼はメルボルンに移住し、ヴィクトリア州議会議長を長年務めた著名な政治家でもある。功なり名を遂げた彼は、「愛国心盛んな青年時代に始めた事業を完結するため、アイルランドへ戻って来た」[39]。その彼の前に立ち塞がったのは年若い青年詩人。「旧図書」から漏れた、教育目的を主眼とする書を推すダフィと、真に優れた「アイルランド文学」創造に繋がる作品の選定・出版を目論むイェイツと、新旧世代対決の様相を帯びたバトルは、ダフィの編集経験と政治家としての名声の前に、――オレアリの支持を背にしても――イェイツの敗退は目に見えていた。個人的挫折感に加え、イデオロギーの後退、敗退もイェイツには痛手。彼の二重の苦汁に追い打ちをかけたのは、モード・ゴンが彼の側に立たなかったことである。

三月、二人の間に激しい口論が起きた。直接の原因はJ・F・テイラー。職業は弁護士、モード・ゴンを取り巻く賛美者の中で、彼は政治犯の法廷弁護を引き受け、モード・ゴンから好意を得る数少ない男性の一人である。図書リスト選定バトルで、テイラーはダフィ支持に回った。イェイツは、口論の発端を巡って、記憶の断片を次のように綴っている――「彼女は美しかった。彼［テイラー］との口論で、私はひどい態度で振る舞った。それが始まりだった。いつものことだった[40]」。最後のセンテンスは、テイラーを巡って、モード・ゴンとイェイツの間で、同様の口論が頻発していたことを示している。「モード・ゴンに近づく者に誰彼となく嫉妬した[41]」と告白するイェイツである。彼女が好意を示すテイラーであれば、尚更であろう。モード・ゴンとの出会いから四年が経過、「情なき美女」を追って自らに禁欲を課す彼の心身のフラストレーションが極限に達し、歯止めを失って起きた事件であろう。

それから二、三日後、モード・ゴンは風邪をこじらせ肺疾患の重症に陥った。彼女のダブリンの主治医ドクター・シーガソンは、図書リスト選定バトルでイェイツに敵対した一人。罰として、イェイツは病床のモード・ゴンに近づくことを禁じられた。

ダブリンの街には、仕事を失った多くの老人がモード・ゴンから施しを受け、その一人の老女が勝手に彼女の部屋に入り込んで、ナースとして居座ってしまった。「顔色は不健康な土色、湿った病的な手[42]」をしたこの女が、イェイツがモード・ゴンの病状を知る唯一の情報源。あろうことか、女は、モード・ゴンに「愛人が二人存在し」、病を押して、彼女は「二人の決闘に立ち会うためフランスへ急ぎ戻る決心をした[43]」等々、街に横行すると思しい噂をイェイツの耳に流し込んだ。やがて従姉妹のメイが救出に現われ、自分の足で歩くこともできないモード・ゴンは、メイに付き添われてダブリンを離れた。

長い間、蚊帳の外に置かれたイェイツの耳に、街に流れる噂が達する。イェイツはモード・ゴンの愛人で、違法な手術が行われ、彼はそれに立ち会ったというのである。噂を流したのは、モード・ゴンのフラットを預かる二人の女の一人。

失意の詩人は、アイルランドの北西、母の故郷スライゴーの叔父の元に引き籠った。大西洋を臨む台地に山と湖と川が点在する港町は、詩人の故郷に等しい――彼にとって、「世界の他の何処よりも美しい(44)」――場所。ここで、イェイツは、もう一度、「自身に勇気を呼び戻すため(45)」、「夜明けの中へ」を書いた。

母なる愛蘭《エール》はいつも若く、
朝露は常《とわ》に輝き、夜明けは仄かに白む。
たとえ、誹謗の炎の舌に焼かれて、
希望は落ち、愛は朽ちるとも。

モード・ゴンの音信は、長い間、途絶えた。

一八九四年二月七日、イェイツはパリを訪れ、月末まで滞在した。彼がヨーロッパ大陸へ渡った旅はこれが初めて。パリ訪問の目的はヴィリエ・ド・リラダンの『アクセル』初演を観るためである。

モード・ゴンは、無論、私の主たる関心事だった。彼女はフランスに留まったままだった。病気だと、聞いていた。私は彼女に会った。私たちの関係はそれなりに友好的《フレンドリ》だったが、以前の親しさはなかった。彼女と一緒に或る友人を訪れ、彼女が階段をゆっくり、登りにくそうにしているのが目に留ったことを、私は覚えている。[46]

モード・ゴンは妊娠三、四か月。無論、イェイツは何も知らない。講演活動で、彼女はフランスに留まる時間が長く、その成功によってミルヴォアとの「同盟」は修復、第二子の懐妊に繋がった。死んだ子供が「同じ家族に生まれ変わることもあり得る」と語ったÆの言葉に、ジョルジュの生まれ変わりを願うモード・ゴンは、彼を葬ったチャペルで身ごもったと信じていたようである。真偽は不明。

パリ滞在の終わりに、イェイツは、モード・ゴンと共に、『アクセル』を観劇した。五時間の長丁場。口語のフランス語を殆ど解しないイェイツは、モード・ゴンの助けを借りても、「雰囲気以上を理解することは困難だったろう」[47]。一八九〇年代、詩人イェイツが追い求めたのは、文学運動の会議室や演台の世界から遠い、至上の愛と美を象徴する「神秘の薔薇」。日常の卑俗性を排し、あの世の魅惑をふりまく『アクセル』は、当時、イェイツの「聖なる書」であり、アクセルの恋人サラは——モード・ゴンと二重映しになった——彼の夢の恋人のイメージである。

フランスから帰国直後、世紀末詩人たちが集う会で、イェイツは或る女性に紹介される——オリヴィア・シェイクスピア。ライオネル・ジョンソンの親類に当たる彼女は娘を一人持つ人妻。年長の夫との関係は冷え切り、ハンサムな長身の青年詩人に積極的に接近したのは彼女である。人妻の攻勢を受け、イェイツはオリヴィアとの関係にずるずるのめり込んでいった。

一八九四年八月六日、モード・ゴンは女児を出産、生まれた子はイズールト[48]（Iseult）と名づけられた。彼女が成人し、多くの人が「事実」を知るようになった後も、イズールトは「親類《カズン》の子」、「姪」、或いは「養女」である。モード・ゴンは、やがて、講演旅行のためアメリカへ渡航する。彼女が自叙伝に記した渡航の日付は「一八九四年一一月のある寒い日」[49]、自叙伝の中の数少ない日付の一つである。実際は、一八九七年一〇月。明らかに、イズールトの誕生から他人の目を逸らす意図である。

翌年四月、モード・ゴンは、イズールトのため、デイロ通りの広いアパートに移った。ジョルジュの悲劇の教訓からも、幼い娘が二歳を過ぎる頃まで、モード・ゴンは育児に専念、パリに留まった。この間、政治活動から遠ざかる彼女が政治に関与した数少ない一つは、一八九五年夏、英国で総選挙が実施された折。リベラルの候補、グラッドストン政権下、アイルランド行政府事務長官だったジョン・モーリーを蹴落とすため、モード・ゴンは、彼の選挙区であるイングランドの北、ニューカッスルまで遠征した。政治犯囚人釈放に応じなかったモーリーに対する彼女の復讐劇である。選挙結果は、モーリーの落選を含む保守の圧勝。保守政権が続く次の一〇年間、アイルランドの「自治」は沈んだ。

イズールトが一歳を過ぎた、一八九五年一一月初め、モード・ゴンは二週間ほどダブリンに滞在していた。この間、彼女がイェイツに立て続けに書き送った四通の手紙が残されている。この当時、短期間に四通の手紙はきわめて異例の事態。「異例」の原因は、イェイツの中で起こりつつあった「異変」である。九月下旬、彼はベッドフォード・パークの父の家を出て、世紀末詩人仲間の一人アーサー・シモンズのフラットに引っ越した。出会って一年半が経過するオリヴィア・シェイクスピアと愛人関係に踏み出そうとしていたからである。イェイツは三〇歳、「世界で一番美しい女《ひと》」[50]を追い求めて自らに課した禁欲も限界の域に達していた。

「異変」を直感したモード・ゴンは、「オカルト」がイェイツを手繰り寄せる最も有効な「餌」であることを、意識的か、無意識的か、心得ていたようである。一一月三日付の一通目の手紙を、「先週、あなたは私が絡んだオカルト・ワークかヴィジョンを何か手掛けましたか」[51]と書き始めた彼女は、続く二通目の手紙で、イェイツとの「オカルト・インタヴュー」、即ち、彼のゴーストに会ったと語る。

昨日の夜、九時頃、私は数人の人たちとホテルの応接室に座っていました。その時、突然、私は、あなたがそこに、私が読んでいたあなたの本が乗ったテーブルの近くに立っているのを感じました。〔……〕。一二時少し前、私は半醒半睡の状態に陥り、あなたと会って、一緒にホゥスの崖を降りました。でも、海鳥は皆眠っていて、暗く、冷たく、恐ろしい風が吹いていていました。(52)

ホゥスは二人を結ぶ絆の一つ。その荒涼とした風景は、冷えてゆく二人の距離を直感したモード・ゴンの心象風景であろう。その頃、ロンドンで、イェイツは、オリヴィアと彼女の友人の来訪に備えケーキを買いに外出、鍵を部屋の中に置き忘れたことに気づき、一騒動を演じていた。二つの愛の間で、揺れ、惑う、詩人の姿が浮かび上がる。

手紙の「爆弾(53)」に続いて、一一月一三日、モード・ゴンはロンドンに現われ、イェイツと食事を共にする。イェイツの中で、「旧い愛は蘇り、新しい愛と闘い始めた(54)」。こうした行動に出るモード・ゴンに「何か悪戯をしている考えはなかった(55)」と、イェイツは断言する。しかし、モード・ゴンの行動が「新しい愛」に「壊滅的攻撃(56)」を加えたことは、疑問の余地がない。

翌一八九六年二月、イェイツは、ユーストン駅近く、ウーバン・ビルディングズにフラットを借り、そこに越した。以後二〇年間、ここが彼のロンドンの生活拠点となる。「愛する女《ひと》が得られないなら、暫《しば》しの間でも、別の女性に身を捧げれば心の安らぎになるだろう(57)」と、彼は自身に言い聞かせ、すでに愛人同然のオリヴィア・シェイクスピアと同棲に近い関係が始まった。

パリでは、モード・ゴンとミルヴォアの「同盟」が継続中。ブーランジェ将軍亡き後、国民会議代議士に選出され、政治家として順調なキャリアを積んでいた彼は、一八九三年、パナマ運河を巡るスキャンダルに巻き込まれ失脚。失意の彼は、モード・ゴンに説得され、新聞『ラ・パトリ』（*La Patrie*,「祖国」の意）の編集に就いた。それが功を奏し、新聞はパリの有力紙の一つとなり、彼は政治ジャーナリストとして返り咲く。ミルヴォアの新聞は、モード・ゴンがフランスで反英プロパガンダを展開する格好の場。新聞のコラムを賑わせた帝国を弾劾する記事は、スタッフの名で掲載された場合でも、多くはモード・ゴンの手になるものだという。(58) 英国人ジャーナリスト、クリス・ヒーリは彼女のパリの生活を次のように証言する。

デイロ通りの彼女の立派なアパートに、国民会議代議士やジャーナリスト、不満分子たち――フランスの世論形成に力を持つ男たちの姿があった。〔……〕彼女の能力を過小評価するのはよくない。彼女は目敏く、ウィットに富み、敵対する者たちを結びつけ、共通の敵に向かわせる稀有な能力を身に付けていた。(59)

一八九六年末、ダブリンのフラットで、モード・ゴンが新聞を開くと、「アイルランド人とニヒリストによるロシア皇帝暗殺陰謀」の見出しが目に飛び込んだ。パリを訪問中のロシア皇帝暗殺を謀ったＩＲＢ過激分子数名が、英国、フランス、オランダで、英国警察によって拘束されたと報じる記事だった。余りに不自然な事件に、英国秘密警察が仕組んだ謀略に違いないと直感した彼女は、陰謀を暴くべく、即座に、行動を起こした。

翌年、英国で逮捕されたアイヴォリこと、エドワード・ベルの審判が始まると、モード・ゴンは、Ｊ・Ｆ・テイラー――イェイツと激しい口論を起こした原因の弁護士――に彼の法廷弁護を依頼。テイラーは事件が英国情報要員によって仕組まれた謀略であることを示す「証拠」を提示し、アイヴォリは無罪放免となる。一方、フランスで、過激分子グループの「ナンバー・ワン」を自称するパトリック・タイナンが逮捕されていた。モード・ゴンは、渋るミルヴォアを動かし、タイナンが英国へ強制送還されるのを阻止することに成功する。英国秘密警察の裏をかいた彼女は、胸の空く思いだったに違いない。
秘密の、国家転覆を目論む組織の中で、裏切りや誹謗中傷から安全な者は誰もいない。モード・ゴンの行くところ中傷が彼女に付き纏い、特にマッカシー・ティーリングなる、警察が「半ば気のふれた」[60]とマークする年配のIRB党員につけ狙われた。一八九七年三月末、イェイツへ送った手紙で、彼女は、聖パトリック協会が催す恒例の祝宴の前に起きた事件に触れている。ティーリングが、協会幹事クレモン伯爵に、「モード・ゴンは英軍連隊長の娘であり」、「英国のスパイになった」等々[61]と、垂れ込んだというのである。伯爵が彼女に寄せる信頼は厚く、ティーリングの告発を否定する書状が、ハリントンやダヴィットから協会へ送られ、モード・ゴンは難なく濡れ衣をクリアした。しかし、特定の餌食に陰湿かつ執拗に付き纏うのが、こうした卑劣な徒の顕著な特徴。モード・ゴンが小作農民の支援活動を繰り広げるアイルランド西部で、「パリのミスター・ティーリングから」西部の人々へ宛て、モード・ゴンは「複数の庶子をもうけた邪悪な、堕落した女であり」、「英国へ情報を流していると、フランスから疑われている」[62]と警告する怪文書が出回った。モード・ゴンの献身的活動は「噂を凌《しの》いだ」[63]ようである。

一八九六年一二月初め、再度、イェイツはパリを訪問、一月半ばまで滞在した。「二つの愛」を天秤の両皿に懸けるモード・ゴンと同様、イェイツも、愛人を持つ身でありながら、依然、モード・ゴンは「旧い誘惑」[64]。パリ訪問の目的は、「英雄たちの城」と名づけたケルトの秘教構想をモード・ゴンに諮《はか》り、推し進めるためである。ナショナリズムとオカルトを綯《な》い交ぜにしたような「英雄たちの城」をイェイツが着想したのは、前年四月、ロスコモンに住むダグラス・ハイドを訪問した折に遡る。近くのキー湖に浮かぶ小さな島に、島全体を占めて城が立ち、湖岸は木々が生い茂る美しい場所。ここを、古代ギリシアのエルーシスかサモトラキーに通じる、ケルトの秘教センターに作り上げようというのである。モード・ゴンは最も良き協力者。彼女の解説によれば、「英雄たちの城」は――

アイルランドの国土は力強い生命が息づき、目に見えない者たちが住んでいると、二人とも感じていた。ナショナルな運動が力を失い、志気が沈んだ時、私たちは心の安らぎを求めてそこへ行った。国土の隠れた力に触れることができれば、アイルランドを解放する力を得ることができるだろう。(65)

イェイツのパリ滞在は、この街に移り住むマックグレガー・メイザーズと彼の妻(哲学者ベルクソンの姉妹)の協力を得て、秘教の儀式を作り上げる作業に費やされた。モード・ゴンは、無論、協力者。「英雄たちの城」は、一つには、彼女を射止めるための企てである。

私は、モード・ゴンとこうしたアイディアを完全に共有し、それを実現する過程で彼女を勝ち得ると、信じて疑わなかった。政治は彼女に会う手段に過ぎなかったが、これは完璧なリンクで、喧嘩をした後でも、すぐに親密さを取り戻した。(66)

「完全」「完璧」の語がどれほどモード・ゴンに当て嵌まったか、疑わしい。彼女が想い描いていた構想は政治色に染まったものだったに違いない。

今回のイェイツのパリ訪問は一か月半の滞在であり、その頃の心境を、彼は次のように回想している。

私はモード・ゴンに会う機会が多く、私の希望は復活した。彼女の所へ行って、火に手を入れ、ひどい火傷を負って証明すれば、私ほどの熱愛を軽々しく捨ててはいけないと、彼女は分かってくれるだろうか。彼女に会いに行く度、私は幾度もそう考えた。そうしなかったのは苦痛の恐怖からではなく、狂気の恐怖からだった。時々、自分が気が狂っているのではないかと訝った。[67]

「英雄たちの城」は、モード・ゴンへの愛に次ぐ——それと不可分の——イェイツの「強迫観念《オブセッション》」となって、着想から一〇年間、彼を捉え続けた。しかし、構想は未完に終わる。愛の破綻が原因である。

第二節　ヴィクトリア女王即位六〇周年と「九八」運動

パーネルの死後、分裂と抗争に沈んだアイルランドの独立運動は、一八九七年、俄かに、勢いを盛り返し始める。翌一八九八年はユナイティッド・アイリッシュマンの反乱から一世紀、一〇〇周年を運動を立て直す好機と捉え、「アイルランド青年同盟」を中心とした急進的ナショナリストたちが、一〇〇周年記念祭へ向け動き始めたからである。もう一つ、一八九七年、ヴィクトリア女王は即位六〇周年を迎え、盛大な祝賀行事が予定される中、ナショナリストたちは、この反英闘争の一大好機を「九八」運動のいわば前哨戦に位置づけ、二重の盛り上がりを図った。

これを機に、モード・ゴンは政治活動を再開する。イズールトも二歳を過ぎ、彼女がこの絶好のタイミングを逃す筈がなかった。一月一日、パリ滞在中のイェイツの協力を得て、モード・ゴンは「アイルランド青年同盟」のパリ支部「アイルランド協会」を設立した。アイルランドの伝統的友好国フランスは、ユナイティッド・アイリッシュマンの反乱に援軍を送った歴史を持つ。協会は、パリ在住のアイルランド人を結集し、フランスから「九八」運動を支援する狙いである。

協会発会式に臨んだ一人はJ・M・シング。彼はトゥリニティ・カレッジ卒業後、ヨーロッパ大陸を放浪していた二〇代半ばのアイルランド青年。前年末、イェイツとの出会いは彼の人生の一大転機となり、文学運動を継承する演劇運動の看板劇作家として活躍するのがシングである。モード・ゴンの戦略に乗ったシングだったが、彼女の「革命的、半軍事」[1]路線に同調できず、早々に、協会から退いた。

「九八」運動の一環として、モード・ゴンがパリで企てたもう一つは月刊紙の発行。一八九七年五月一日、『自由なアイルランド』（*L' Irlande Libre*）の名で、第一号が発刊された。普通の新聞サイズ、四ページから成る新聞は、ダブリンの「九八」運動の動向、文学その他の話題、モード・ゴン自身の活動を報じた情報提供の場。ミルヴォアとの「同盟」は、再び、揺らぎ始めていたが、モード・ゴンは彼の新聞に寄稿、ミルヴォアは彼女の新聞に記事を寄せた。イェイツもモード・ゴンの新聞に二つ記事を投稿している。『自由なアイルランド』は一八九八年一〇月まで、更に、一九〇〇年四月、ヴィクトリア女王のアイルランド訪問に抗議して「号外」が発行された。

三月四日、ダブリンで、「九八」へ向けた政治集会が開かれた。「アイルランド青年同盟」が呼びかけた集会は、オレアリを議長に、参加者は二、三〇〇人。ダブリン「九八」委員会が正式に発足し、翌一八九八年八月一五日のウルフ・トーン記念祭を目指し始動する。

イェイツを会長とする「アイルランド青年同盟」ロンドン支部は、英国在住のアイルランド人から成る愛国組織である。すでに二月、「九八」祝賀委員会に組織替えし、議長の座に就いたイェイツは、ロンドンを代表してダブリンの集会に臨んだ。アイルランド人の連帯・結束を謳う「九八」運動にもかかわらず、集会は、冒頭から、党派間の罵り合いと主導権争いに荒れ、険しい船出となる。モード・ゴンの目に、オレアリは「高貴な旗頭」、しかし、「状況を把握し、利用するには老い過ぎている」[2]。しかし、オレアリ以外に旗頭の務まる人材がいなかったことも事実であろう。

「九八」運動の中で、終始、英国圏の運動を牽引したのはイェイツである。オレアリを「師」とし、ＩＲＢ党員の彼ではあるが、イェイツは詩人――それも、「頽廃《デカダンス》」のレッテルを貼られた世紀末詩人の一人。その彼が、

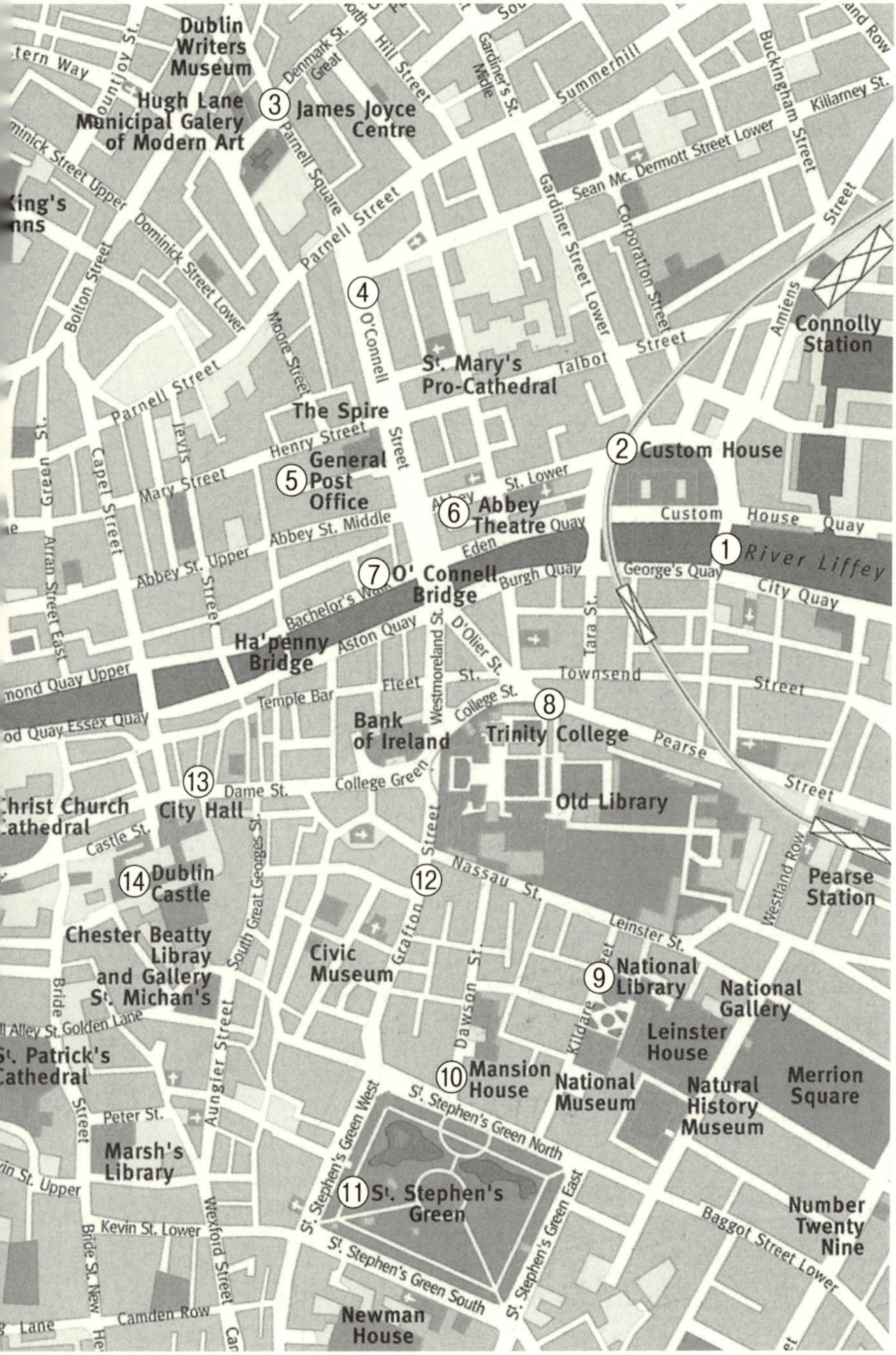
Dublin Writers Museum
Hugh Lane Municipal Galery of Modern Art
3 James Joyce Centre
King's Inns
4
St. Mary's Pro-Cathedral
Connolly Station
The Spire
2 Custom House
5 General Post Office
6 Abbey Theatre
1 River Liffey
7 O' Connell Bridge
Ha'penny Bridge
8
Bank of Ireland
Trinity College
13 City Hall
Christ Church Cathedral
Old Library
14 Dublin Castle
12
Pearse Station
Chester Beatty Libray and Gallery
St. Michan's
Civic Museum
9 National Library
National Gallery
Leinster House
St. Patrick's Cathedral
10 Mansion House
National Museum
Natural History Museum
Merrion Square
Marsh's Library
11 St. Stephen's Green
Number Twenty Nine
Newman House
Parnell Square
Parnell Street
O'Connell Street
Gardiner Street Lower
Corporation Street
Talbot Street
Henry Street
Mary Street
Capel Street
Abbey St. Middle
Abbey St. Upper
Custom House Quay
George's Quay
City Quay
Burgh Quay
Eden Quay
Bachelor's Walk
Aston Quay
Westmoreland St.
D'Olier St.
Townsend Street
Pearse Street
Fleet St.
College St.
Temple Bar
Essex Quay
Dame St.
College Green
Grafton Street
Nassau St.
Dawson St.
Kildare Street
Leinster St.
Westland Row
South Great Georges St.
Aungier Street
Castle St.
Golden Lane
Bride Street
Peter St.
Kevin St. Lower
Camden Row
Wexford Street
St. Stephen's Green North
St. Stephen's Green South
St. Stephen's Green West
St. Stephen's Green East
Baggot Street Lower
Summerhill
Buckingham Street
Killarney St.
Sean Mc. Dermott Street Lower
Amiens Street
Hill Street
Denmark St. Great
Dominick Street Upper
Dominick Street Lower
Bolton Street
Moore Street
Jervis Street
Arran Street East
Ormond Quay Upper
Tara St.

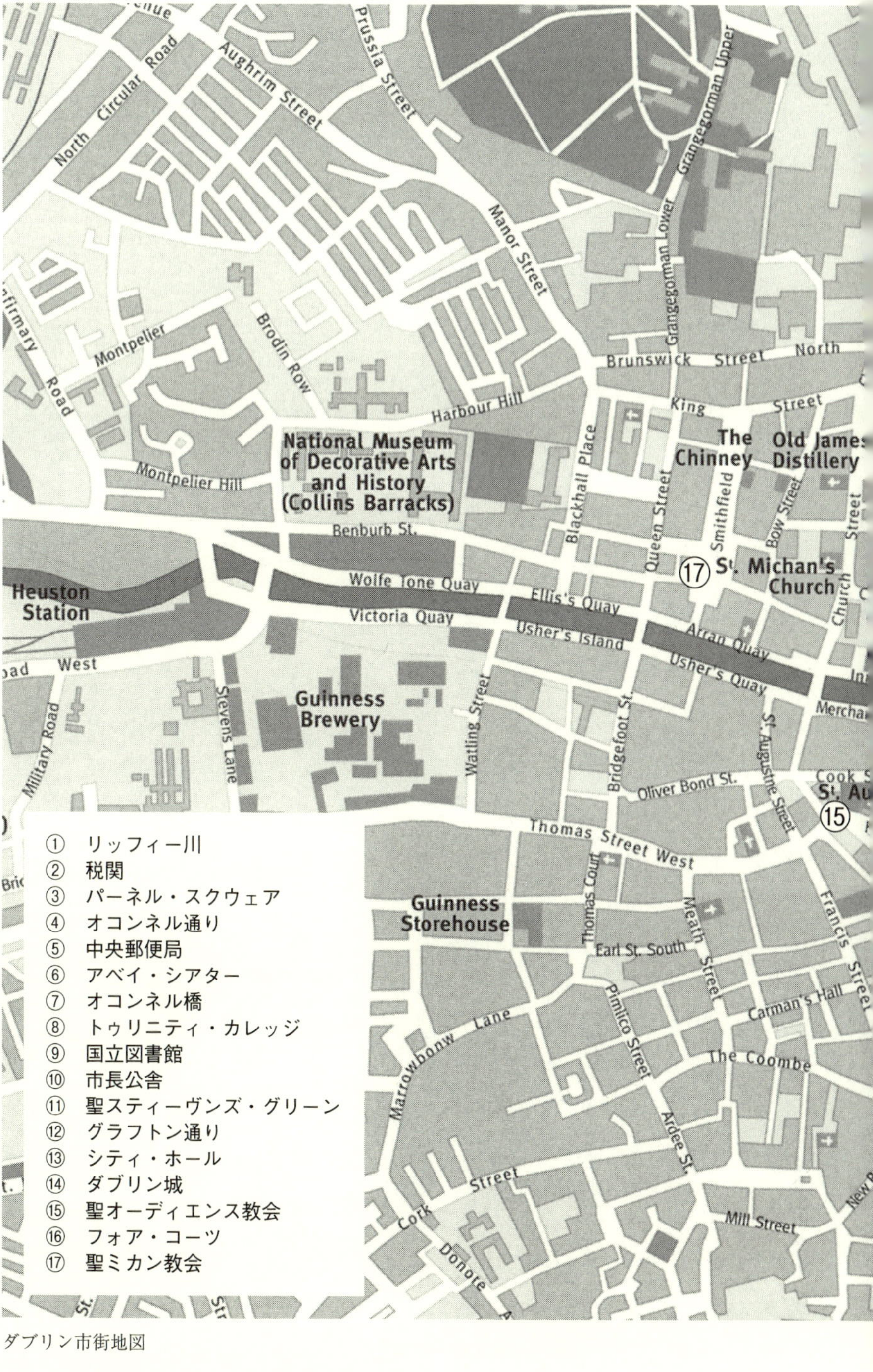
North Circular Road
Aughrim Street
Prussia Street
Grangegorman Upper
Grangegorman Lower
Manor Street
Infirmary Road
Montpelier
Brodin Row
Montpelier Hill
Harbour Hill
Brunswick Street North
King Street
Blackhall Place
Queen Street
Smithfield
Bow Street
The Chinney
Old James Distillery
National Museum of Decorative Arts and History (Collins Barracks)
Benburb St.
Heuston Station
Wolfe Tone Quay
Victoria Quay
Ellis's Quay
Usher's Island
Arran Quay
Usher's Quay
⑰ St. Michan's Church
Church Street
West
Military Road
Stevens Lane
Guinness Brewery
Watling Street
Bridgefoot St.
St. Augustine Street
Oliver Bond St.
Cook St
⑮
Thomas Street West
Thomas Court
Guinness Storehouse
Meath Street
Earl St. South
Francis Street
Carman's Hall
Pimlico Street
Marrowbone Lane
The Coombe
Ardee St.
Cork Street
Mill Street
Donore
① リッフィー川
② 税関
③ パーネル・スクウェア
④ オコンネル通り
⑤ 中央郵便局
⑥ アベイ・シアター
⑦ オコンネル橋
⑧ トゥリニティ・カレッジ
⑨ 国立図書館
⑩ 市長公舎
⑪ 聖スティーヴンズ・グリーン
⑫ グラフトン通り
⑬ シティ・ホール
⑭ ダブリン城
⑮ 聖オーディエンス教会
⑯ フォア・コーツ
⑰ 聖ミカン教会

ダブリン市街地図

詩人の本分からも領分からも遠い政治闘争をリードする役割を担う羽目になったのは、イェイツは党派抗争の外に立っていたこと、詩人には稀な組織力が備わっていたこと、そして何よりも、「政治はモード・ゴンに会う手段」のイェイツにとって、「九八」運動は彼女に接近する絶好の機会であり、その誘惑に抗し切れなかったのであろう。一八九七年と一八九八年、イェイツは、自らの行動に半信半疑のまま、彼周辺の人々が驚きと懸念をもって見守る中、モード・ゴンに「鼻面を引かれ(3)」、政治集会、会議、デモ、講演旅行と、生涯で政治活動に最も深入りする二年間となる。

「九八」運動は、党派間の、個人同士の非難、中傷、謀略が交錯する中も進み、アイルランド国内各地に、更に、ヨーロッパ、アメリカ、南アフリカ、オーストラリアと、世界へ散ったアイルランド人の在る所、「九八」委員会支部が設立されていった。

そして、六月二〇日、ヴィクトリア女王即位記念日が訪れ、この年一番の山場を迎える。六月二一日と六月二二日、二つの集会が開かれ、後者は死傷者を出す暴動に発展した。その渦中にあったモード・ゴンの集会の記録も、イェイツのそれも、二つが輻輳《ふくそう》し、事実を正確に伝えるものではない。

まず、六月二一日、ジェイムズ・コノリ率いる「アイルランド社会共和党」が開いた抗議集会。コノリはマルクス主義者。労働運動の旗手として名を知られることになる彼も、当時、殆ど無名の存在。すでに前年、コノリの党員となっていたモード・ゴンは、集会で、スピーチを引き受けていた。六月二〇日はウルフ・トーン生誕記念日である。キルデア州、ボーデンズタウンにある彼の墓に詣でる墓参の行列は、IRB党員を始めとする急進的ナショナリストたちの恒例行事。モード・ゴンは墓に花輪を贈り、トーンの仲間が葬られたダブリンの聖ミカン教会へ花を手向《たむ》けに訪れると、門は閉ざされ中へ入ることができなかった。

六月二一日、コノリの集会が開かれたトゥリニティ・カレッジ正門に近いフォースター・プレイス。スピーチに立ったモード・ゴンは、「低い声で」、前日の出来事を語った後、一呼吸置いて、叫んだ――「ヴィクトリアの即位記念日だという理由で、アイルランドの死者たちの墓に花を手向けてはいけないのか」[4]。聴衆は熱狂した。

翌六月二二日、ダブリン「九八」委員会は全国の代表からなる大会を、この日に合わせ、開催した。女王の記念祭に抗議し、それに対抗する意図である。午後六時から一一時、一〇〇周年記念祭実行委員と議長オレアリを選出し、記念事業はウルフ・トーン、その他のユナイティッド・アイリッシュマンの像建立に決定した。イェイツは英国圏を代表してスピーチに立った。彼は雄弁で知られるアイルランド人の一人。モード・ゴンが聴いた彼のスピーチで「ベスト」[5]と、彼女が折り紙をつけたそれ。

来る年、アイルランドは〔……〕神聖にして聖なる大義を祝います。祝賀から、もう一度、アイルランドの人々を一つに結ぶ運動が起きることを願いましょう。自国の殉教者を崇めることに異を唱える国民は、敗者であり、威信を失墜した国民であります[6]。

会場のシティ・ホールの外に群衆が押し寄せ、大会終了後、モード・ゴンとイェイツは、時間を追って数を増す群衆と共に、リッフィー川を渡って、オコンネル通りを上り詰めたラトランド・スクゥエア（現在、パーネル・スクゥエア）のナショナル・クラブへ向かった。モード・ゴンは、「頭を仰け反り、笑いながら、歓喜の表情を浮かべて歩いている」[7]。クラブに着くと、窓の一つにスクリーンを懸け、追い立ての光景と、絞首台に命を落とした政治犯の顔が映し出されていた。コノリのアイディア。ナショナル・クラブに「オレンジ・ホール」が隣接し、ここは女王の記念祭を祝賀する人々で溢れていた――二つの国家、二つの民族の一縮図。イェイツとモード・ゴンがナショナル・クラブの建物の中にいると、窓ガラスの割れる音が聞こえた。群衆が投石を始めたのである。そこに、ジェイムズ・コノリの「アイルランド社会共和党」が、「大英帝国」と書いた棺を乗せた手押し車を引いて現われた。それを機に、警官がバトン・チャージを開始し、警官と群衆の乱闘に発展、奪い合いとなった棺は、ついにオコンネル橋からリッフィー川へ投げ込まれた。「大英帝国の棺だ、大英帝国は地獄に落ちろ[8]」――群衆は合唱した。

この夜の乱闘で、群衆の足に敷かれて老婆が一人命を落とし、「二〇〇人を超える負傷者が病院で手当てを受けた」と報じた新聞は、病院へ行かなかった「軽傷者の数も忘れるべきではない[9]」と言い添えている。

乱闘中のモード・ゴンの行動――警官がバトン・チャージを始めたと叫んで、男がナショナル・クラブの建物の中へ飛び込んでくると、「モード・ゴンは立ち上がって、外に出ると言い、負傷すると、誰かが言った。私は、ドアをロックして、彼女を外に出すなと言った[10]」。イェイツの回想である。事件から日の浅い、六月三〇日、彼が友人に宛てた手紙に、「彼女を全力で乱闘から守ることができたのは幸いでした。〔……〕私が阻止したことに、彼女はとても憤慨しています。彼女がナショナル・クラブから出ることを、私は拒否しました[11]」とあり、乱闘の間、モード・ゴンはナショナル・クラブにいわば監禁されていた――それが真相のようである[12]。千載一隅のチャンスをイェイツに阻まれたモード・ゴンの憤りは想像に余りある。建物から飛び出そうとする彼女に、「何をするつもりか[13]」イェイツは問うたという。モード・ゴンが彼に送った抗議の手紙――

> あなたは私に最も卑怯なことをさせました。〔……〕戦場で、兵士に説明を求めるでしょうか。〔……〕私は、私が何を欲し、何をするつもりか、長々説明することはできません。私の人生のルールは、その時々に沸くインスピレーションに従うことで、それがいつも私を正しく導いてくれます。〔……〕
>
> あなたは、あなたの行動路線ではないことに関わるべきではありません。あなたには為すべきより高い仕事があります――私は違います。私は、群衆の真只中にあるために生まれたのです[14]。

乱闘の翌朝、モード・ゴンは、逮捕・拘留されたコノリに朝食を差し入れ、罰金を支払って拘留を解き、法廷弁護の手続きを済ませた。騒動の後、彼女がコノリに書き送ったと思われるノートが残されている。

ブラボー！　おめでとう！〔……〕英国の記念祭を、抗議集会の一つもなく迎える屈辱から、あなたはダブリンを救いました。あらゆる不利な条件の中、やってのける勇気を持っていたのは、唯一、あなただけでした。[15]

モード・ゴンはコノリを「私が知る最も勇敢な男[16]」と呼んだ。

二日間、騒動の渦中にあったモード・ゴンもイェイツも心身の疲労はピークに達していた筈である。七月二日、グラスゴーの集会に参加した後、モード・ゴンはパリに戻り、七月初旬から、健康回復のため、従姉妹のメイと共にサヴォア県の鉱泉保養地エクス・レ・バンに三週間滞在した。唯一の気晴らしはギャンブル。占い師の助言に沿って賭けた彼女は大勝。獲得した金額は、逮捕・拘留された人々の法廷弁護費用に回された。

一方、集会の後、イェイツはアイルランド西部ゴールウェイへ向かい、七月下旬、グレゴリ家を訪問、一家の屋敷クールで夏の二か月を過ごした。前年、オリヴィア・シェイクスピアとの関係は破綻、彼の「人生で最も悲惨な時期[17]」と位置づけるこの夏は、イェイツの生涯で大きな転換点となる。「一八九七年、新しい場面が現われ、新しい役者が登場した[18]」と、後年、彼は振り返った。新しく登場した主役はグレゴリ夫人。かつてゴールウェイに一万五千エーカーの土地を所有したグレゴリ家は、プロテスタントの植民移住者を先祖に持つ支配階層一家。当時、グレゴリ夫人は一児を持つ、四〇代半ばの未亡人である。すでに前年夏、イェイツと交友を結んだ彼女は、この夏を機に、詩人のパトロンとして、また、この夏、二人のさりげない会話から演劇運動がスタートし、その最大の協力者として、イェイツに最も身近な存在となってゆく。

秋、「九八」運動は再開。英国圏代表のイェイツとフランスを代表するモード・ゴンは、スコットランドとイングランド中部を巡る講演旅行に出た。列車の長旅、車中の二人の会話はあの「英雄たちの城」。一〇月三日、マンチェスターで、「九八」委員会ロンドン支部とパリ支部の大会が開かれ、二つが合流し、英国・フランス「九八」一〇〇周年協会を設立、会長にイェイツを選出した。「長い、疲労を強いられる」政治集会に議長として臨んだイェイツは、「政治の果てしない瑣末さにかつてない試練[19]」を経験。しかし、憩いの一時は、モード・ゴンと共に、マンチェスター市立美術館にロゼッティの《シリアのアシュタルテ》を見に訪れた折。モード・ゴンは「とても優しく、友好的です。でも、それ以上か否かは、分かりません[20]」と、イェイツはグレゴリ夫人に報告した。彼女は、今や、イェイツの身の上相談相手である。イェイツがモード・ゴンに送ったと思われる手紙に、「あなたの人生で、私がそれほど場所を占めることを、私は望んでいません[21]」と、彼女は返事を返した。

アイルランドの人々にとって、アメリカ、特にアイルランド系住民の多い東海岸への講演旅行は文字通り「ドル箱」である。一〇月一七日、モード・ゴンは講演旅行のため、コーク湾クイーンズタウン（現在、コウヴ）からアメリカへ旅立った。「九八」運動とロンドン・アムネスティ協会のため基金を募る目的。アメリカのＩＲＢ組織は二つに分裂、激しい党派抗争を繰り広げていた頃、彼女を待ち受ける「多難[22]」を、イェイツは懸念した。一〇月二三日、ニュー・ヨーク港へ入ったモード・ゴンを、『ニュー・ヨーク・タイムズ』は「アイルランドのジャンヌ・ダルクの到来[23]」と報じ、彼女の訪問目的を、一〇〇万のアイリッシュ・アメリカンに「九八」記念祭に参加を呼び掛けるためと解説。メディアが、記事でモード・ゴンをフランスのヒロインに準えたのは、恐らく、これが最初だと言われる。

モード・ゴンの第一声の場はニュー・ヨーク八番街のグランド・オペラ・ハウス。「彼女は祖国同胞の大会衆に迎えられた」。「男性たちは立ち上がってアイルランドのこの若い女王に喝采を送り」、司会者は彼女を「アイルランドのジャンヌ・ダルク[24]」と紹介。二〇〇〇のアイリッシュ・アメリカンの聴衆に、彼女が発するメッセジは――

アイルランドの人々は、依然として、国家の自由を勝ち取る決意を固めています。女王の記念祭は〔……〕略奪・強奪・収奪の六〇年を記念するものでした。アイルランドの記念祭は独立のための最も貴い闘争を映すものとなるでしょう。〔……〕アイルランドは、過去一〇〇年の間に、一〇〇万の人々が餓死しました。今世紀初め、アイルランドの人口は八五〇万でした。今日、四五〇万に過ぎません[25]。

アイルランドが失った人口の多くはアメリカへ流れ、聴衆は彼らの子供たちであり、孫たちである。

彼女の声は明瞭で力強く、効果的に論点を述べた。彼女の言葉に、幾度か、鳴り響く歓声が挙がり、物語の悲劇的部分では、すすり泣きや呻き声がはっきり聞きとれた。過去一世紀の間に、彼女の国の人々が耐え忍んだ窮乏と欠乏を彼女が物語る間、多くの人々がハンカチを目に当てていた[26]。

ニュー・ヨークの後、ダイナマイト戦争で投獄された「反逆罪」犯の一人ジェイムズ・イーガンが同行、モード・ゴンはボストン、フィラデルフィア、ワシントン等、東海岸の諸都市を巡り、デンヴァーまで遠征。ここで、思いがけない出来事に遭遇する。自由時間のできた一日、劇場を去るモード・ゴンとイーガンの前に、「三人の騒々しい若者」が現われた。彼らはコロラド山中の金鉱で働くアイルランド出身の者たち、「ミス・ゴンを誘拐して[27]」、そこへ連れて行くのだという。月夜の晩、「峡谷や断崖の際を走る[28]」道路を抜け、翌朝、鉱山の村へ着くと、メイヨー出身の女性が用意したベーコン・エッグとお茶の朝食が待っていた。アメリカ講演旅行中最も楽しい一日。様々なサイズや種類、金の小さな破片がピカピカ光る「岩石」をお土産に、モード・ゴンは次の講演地へ向かった。

一二月二七日、ニュー・ヨーク、帰国を前に最後に開かれたレセプションで、ブルックリンのアイルランド系女性たちから、世界に「散ったエリンの子たちに団結と独立の教義を説くため」[29]、大西洋を渡ってやって来た「アイルランドのジャンヌ・ダルク」へ感謝状が贈られた。ニュー・ヨーク港の波止場へ見送りに現われたのはオドノヴァン・ロッサ、オレアリらと共に投獄されたＩＲＢのヴェテランである。

悪条件下の講演旅行にもかかわらず、モード・ゴンは、二か月で、四四七六ドル[30]（約一〇〇〇ポンド）を集め、ロンドン・アムネスティ協会と「九八」一〇〇周年委員会に等分された。後者は、ダブリンとロンドンの間で、五〇〇ポンドの争奪を展開する。

新年一月四日、クイーンズタウンに帰着したモード・ゴンは、ダブリンへ立ち寄り、メイヨーのカスルバー（Castlebar）へ向かった。アイルランド西部、特にメイヨーはユナイティッド・アイリッシュマンの反乱と縁の深い土地である。反乱が起きた一八世紀末、英国と交戦中だったフランスは島国に援軍を送り、一七九八年八月二二日、アンベール将軍率いる一〇〇〇余の軍が、メイヨーの北、キララ（Killala）に上陸し、バラナァ（Ballina）に進軍。カスルバーで仏軍とバトルを交えた英軍は敗走、逃げ脚の速さから「カスルバーのレース」の名を残した。一月九日、バラナァの「フレンチ・ヒル」で開かれた集会の参加者は――警察のリポートによれば――七五〇〇人[31]。モード・ゴンは、今や、群衆のアイドルである。

この冬、アイルランド西海岸は、前年秋、ジャガイモの胴枯《どうが》れ病が蔓延し、飢饉の様相を呈していた。二月から三月、モード・ゴンは活動の拠点をメイヨーに置き、一七九八年の反乱と縁の深いこの地で、「九八」運動と

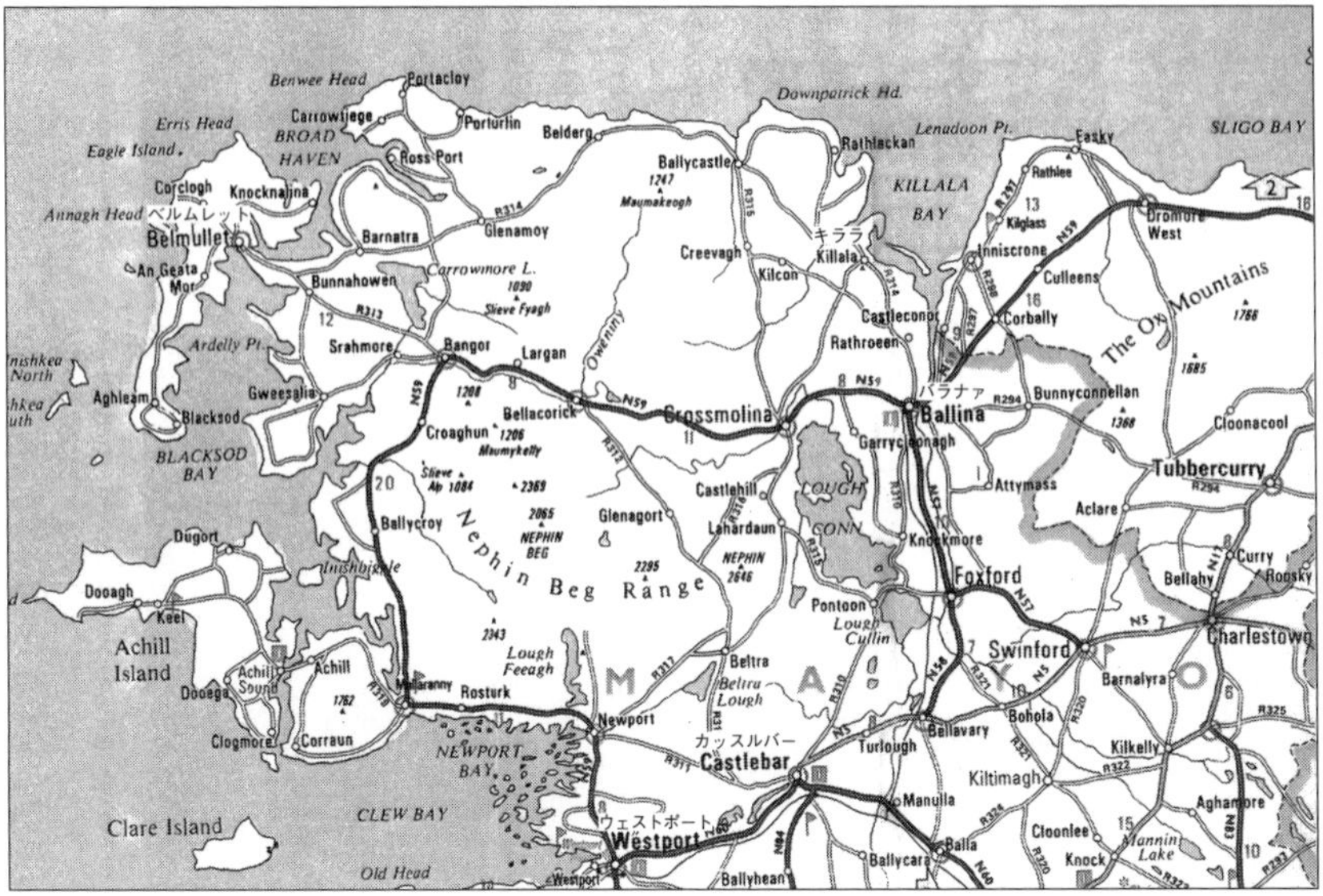

メイヨー地図

飢饉救済活動に携わった。

飢饉対策として、彼女は、ジェイムズ・コノリと共に、「生命権と財産権」と銘打ったリーフレットを作成していた。モード・ゴンが署名し、コノリが作文したと思われるリーフレットに曰く――

教会の最高権威は、餓える人々と彼らが食物を得る権利との間に人の法は介在しないとする点で、見解が一致する。その権利には、食物のある所、公然、隠密、いずれの手段であれ、また、所有者の許可の有無を問わず、食物を得る権利が含まれる。(32)

要するに、土地所有者から牛や豚を奪い、それを食物にして餓えを凌ぐよう説いた、公然たる犯罪行為の勧め。カトリック信仰の厚い田舎人の良心を宥《なだ》めるため、複数のローマ法王や枢機卿の言葉――「食物が極度に困窮した場合、あらゆる物は万民の共有物である」(33)（マニング枢機卿）等――を冒頭に並べた、苦心の――或いは牽強付会の――作である。半世紀前、アイルランドを襲った大飢饉の最中、一〇〇万の人々が餓死する横で、食物を積んだ船がアイルランドの港を出港していた苦い経験を踏まえ、食物を目の前にして、人々が飢え死にする光景は二度と繰り返さない――モード・ゴンは意を決していた。彼女自身が二五ポンドを投じて印刷したリーフレットは、彼女が行く先々で配布されたが、それに従う者は殆どいなかった。

飢饉はメイヨーの北に集中、バラナァの西に広がる泥炭地エリス一帯がモード・ゴンの活動域である。「エリスから帰ってきたところです。貧困は想像を絶する恐ろしさです[34]」と、三月初め、バラナァの町から、彼女はイェイツに報告している。新しい一〇の墓が掘られ、痩せこけた男が食べ物の欠片を求めて沿岸警備員に縋りついてきた等々と、目と耳に飢饉の惨状が飛び込んで来た。

メイヨーの西北端、大西洋につるはしが突き出た形のムレット半島は陸の孤島。三月四日、半島の付け根に位置するベルムレット（Belmullet）で集会が開かれた。近隣一帯で一万六千人が飢餓に晒された危機に、教区牧師は必死。聖職者たちと集会に臨んだモード・ゴンは、飢饉の実情と救済対策の不備・不足を訴え、熱弁を揮った[35]。

飢饉救済対策の目玉は、一家に一人、道路工事――と称する、殆ど無益な土木作業――に従事して支払われる六ペンスの日当である。ジャガイモの種芋まで喰い尽くし、食物が底をついた人々にとって、それが殆ど唯一の命綱。しかし、一〇人を超えることも珍しくはない家族全員を養うには焼け石に水に等しい。

モード・ゴンは教区牧師と共に飢饉救済対策改善案を練り、日当を一二ペンス（一シリング）に増額、来シーズンのためジャガイモの種芋無料配布を柱とした五項目から成る要求書を作成した。折しも、地方行政官と、アイルランド行政府・ダブリン城から派遣された行政官が飢饉の実情を話し合う場があり、モード・ゴンは、教区の牧師補に伴われ、会場の裁判所へ向かった。その日、ベルムレット近隣から、裸足の、襤褸を纏った何千もの男女が裁判所の建物の周りに集まった。モード・ゴンが動員した人々。要求書を読み上げる彼女に、嘲笑の笑みを浮かべ応える行政官たち。モード・ゴンは、要求が容れられない場合、人々は略奪、暴動、流血に訴えるしかないと迫った。「開いた窓から、群衆が立てる騒然とした囁き声と、何千もの裸足の足が固い土を打つ異様な、低い音が聞こえた[36]」。行政官たちは、数の脅威に、要求を呑《の》んだ。

飢饉に熱病の蔓延はつきもの。村の女たちの協力を得て、モード・ゴンは、病人たちのために、取り寄せたコンデンス・ミルクとオートミールの粥を炊《た》き出し、沿岸の漁村にニシンの加工場建設を確約、家々を訪れ、学校を訪問、文字通り東奔西走。その傍ら、貧しい農家の一室で、夜を徹して記事を書き、三月九日、『フリーマンズ・ジャーナル』に「エリスの救済活動」を、三月一〇日、ダブリンの他の二紙に記事を投稿。「破けた衣服は、大西洋の烈風に吹かれ、痩せこけた身体を覆うこともままならず、青ざめた唇は助けを懇願する飢えた人々の群れ」を、「悪夢[37]」と呼ぶ彼女の記事が向かう結論は一つ――打倒大英帝国。「アイルランドの苦しみはイングランドの政策が直接招いた結果であり、イングランドによる支配を打倒するまで、真の、恒久的解決策はない[38]」。

バラナァは、西部コノートの「九八」運動拠点の一つ。三月一二日、翌日に予定された集会のため、モード・ゴンは町に入った。彼女が集会の主催者たちと列車を降りると、少年が、片手にバーナーを掲げ、もう一方の手に持った花束を彼女に差し出した。彼女が待機する馬車《ワゴネット》に乗ると――

馬を外し、有志の者たちが馬車を引いた。〔……〕バンドの演奏と行進、群衆は歓声を送り、ミス・ゴンは、満面の笑顔で、大いに感謝し歓迎に応えた。夕刻、〔……〕八時、隊列が組まれ、大勢の男たちが松明《たいまつ》やタールの桶に火を燈して行進。バンドの演奏。〔……〕[39]

翌三月一三日、マーケット広場で開かれた集会の参加者は一万二千人[40]。「グリーン」のドレスに身を包んだモード・ゴンが演壇に立つと歓声が沸き上がった。「甘美な声、明瞭な発声、優雅な身のこなしは筆舌に尽くし難い」、「効果は殆ど電気的[41]」と報じた地方新聞記者も彼女の魅力に落ちたようである。

四月、モード・ゴンはパリに戻った。

パリの私の小さなアパートに戻った時、私は疲れ果て、二週間、ベッドから出ず、小説を読んで過ごし、手紙にも応えなかった。でも、私はメイヨーの飢饉をくい止め、多くの命を救ったと思う[42]。

「英国議会の議論は為し得なかったこと[43]」と、モード・ゴンは自叙伝に書き添えている。四月下旬、イェイツがパリを訪れた時、モード・ゴンは「気管支炎で、依然、片方の肺が冒され、安静が必要[44]」。五月末まで、彼女はパリに留まった。

「夏が近づくにつれ、祝賀ペースは加速し」、六月に入ると、ダブリンの街は、「無数の集会やデモが開かれた[45]」。六月一二日、モード・ゴンは、幌のない馬車で集会の一つに向かう途中、馬が躓《つまず》いて、地面に投げ飛ばされ、片腕を骨折、顎と顔に傷を負った。事故に動転したのは彼女自身よりイェイツ。知らせを受け駆けつけた彼は、彼女のベッドの傍に付き添って、本を読み、手紙を代筆し、殆ど毎日、グレゴリ夫人に症状を手紙で報告。幸い、一週間もすると、彼女は外出できるまでに回復した。

六月二〇日、ウルフ・トーン生誕記念日。恒例となった彼の墓に詣でる墓参の行列に――警察のリポートによれば――「極悪の部類のダブリン被疑者五二〇〇人[46]」が参加。墓前で、オレアリを議長に一万人の集会を開き、気勢を上げた。

ロンドンでも、祝賀行事が進んだ。八月九日、英国・フランス「九八」一〇〇周年協会が主催して開かれた宴に約二〇〇〇人が参加。会場はオックスフォード通りのイタリアン・レストラン――

モード・ゴンは美しいイヴニング・ドレス姿で遅れて到着した。彼女は特別な歓迎を受け、席へ導かれた。私は初めて彼女を見た。とても背が高く、むしろ大柄、空気の精《シルフ》というよりジュノー。茶褐色の髪毛、顎と頬の丸い美しい輪郭、光に当たると薄いブルーに輝く目、部屋を、ゆっくり、彫像のように動く姿は鮮烈。(47)

参加者の一人が残した点描である。

八月一三日、ウルフ・トーン記念祭へ向け、イェイツとモード・ゴンは、フランス代表の一人シプリアーニ(48)と共に、ロンドンを発った。夕刻、フェリー港キングズタウンに到着した三人は、ダブリン代表団と熱狂的群衆に迎えられ、そこでスピーチ。ダブリンの駅で列車を降りると、ここにも群衆が三人を待ち受け、シティ・バンドの演奏と旗手を従えて行進。ホテルに着くと、再び三人は感謝のスピーチ。イェイツが群衆にこれほど熱狂的に迎えられたのは、一九二三年、ノーベル文学賞受賞の際を置いてない。

そして、八月一五日、「九八」運動のクライマックス、ウルフ・トーン記念日を迎えた。この日、街を通り抜けた祝賀行列は、オコンネル生誕一〇〇周年祭（一八七五）以来最大規模。メモリアル・カーを先頭に、英国圏代表のイェイツとフランスを代表するモード・ゴンは、シプリアーニと共に、三番目の馬車に乗った。「九八」運動に乗り遅れた議会議員たちは、遥か後方を、徒歩で行進。議会派のリーダー、ジョン・レッドモンドは行列の先頭に出て、「あなたの場所はずっと後方です、ミスター・レッドモンド(49)」と諫められた。

ダブリンの街は地方や海外からの訪問客で溢れ、何万もの人々が沿道を埋めた。二時二五分、ラトランド・スクエアを出発した祝賀行列は、オコンネル通りを下り、ユナイティッド・アイリッシュマンの反乱と縁の深い市内各所を巡り、ウルフ・トーン像の礎石を敷く場所に選定された、グラフトン通りの向い、聖スティーヴンズ・グリーンの一角に、行列の最後尾が到着したのは六時三〇分。(50)

そこに設《しつら》えられた演壇に一〇〇人を超える人々が立ち、熱狂的な大群衆が取り囲んだ。イェイツも――新聞報道によれば(51)――モード・ゴンも演壇の上。終始、「九八」運動の旗頭を務めたオレアリが群衆に語りかけた。

われわれがアイルランドの自由を真に欲するなら、〔……〕もう一度、字義通りの意味でアイルランド人《ユナイティッド・アイリッシ》は一つ《ユマン》にならなければならない。私自身は、ナショナルな意味でも、われわれ全てがアイルランド人として一つであることを望みたい。(52)

こうスピーチを結び、オレアリはウルフ・トーン記念像の礎石を置いた。それぞれ一トン以上の巨大な二つの石。イングランドを代表してスピーチに立ったイェイツが、「この運動を作ったのは民衆自身」と言うと、群衆は、「ノー、ノー、運動を作ったのはモード・ゴン」(53)と返した。イェイツの自叙伝の草稿に記されたこのエピソードは、新聞報道にも、モード・ゴンの自叙伝にも、記録がない。イェイツは名うての神話作者《ミス・メイカー》。群衆の掛け声は「モード・ゴン神話」に彼が投じた一石だったのだろうか。

モード・ゴンは、演壇に立つことを拒否したと、新聞報道に反する記述を自叙伝に残している。(54)議会議員たちが記念祭に招待され、彼らといわば呉越同舟の状況に、彼女は憤っていた。スピーチを請われなかったことも、彼女は不満だったかもしれない。組織に属さないフリーランスの――女性の――彼女は、ナショナリスト全勢力が一堂に会した大式典の中で、著名な政治家たちや名だたるＩＲＢ闘士たちの中に埋没、孤立していた。組織の統制や制約を嫌い、衝動的行動に逸る彼女が同志の多くと反目していたことも、また、事実である。

ダブリンの式典後、モード・ゴンは、フランス代表団を伴って、ユナイティッド・アイリッシュマン縁《ゆかり》の地、メイヨーのバラナァとカスルバーで執り行われた記念祭に臨んだ。八月二一日、バラナァのマーケット広場で、彼女はアンベール将軍記念碑の除幕を行った。(55)「バラナァで、長年、いかなる場合も、これほど多くの人々が集った集会はなかった(56)」と、また、「カスルバーで、大きな、重要な集会が開かれ〔……〕大いなる熱狂が広

フランスのアーティストによって描かれたアンベール将軍記念碑除幕式の図

がった」[57]と、新聞は報じている。ダブリンの『ユナイティッド・アイルランド』は、モード・ゴンは「戦闘的民族の眠れる魂を呼び覚まし、猛々しい歓呼の声がメイヨーの町を走った」[58]と、勇ましい報道を流した。首都ダブリンと地方の町と、モード・ゴンを取り巻く二つの対照的な光景は、彼女がナショナルな運動の中で占める特異な位置を映し出している。

「九八」運動は、運動から、一世紀前の武装蜂起に似た動きが起きることを期待した人々にとって、空鉄砲に終わったかもしれない。記念事業の中心ウルフ・トーン像も、ついに、実現することなく終わった。しかし、ナショナリスト勢力の連帯・結束を謳った「九八」運動は、その限りでは、確かな成果を残した。二派に割れ、反目を続けた議会派は、一九〇〇年、パーネル派のリーダー、ジョン・レッドモンドの下に統合し、IRBの二つの党派も距離を縮め連携を深めてゆく。二年間にわたって繰り広げられた「九八」運動は、パーネルの死後、低迷を

バラナァの町はずれに移されたアンベール将軍記念碑

きわめた独立闘争に新たな命を吹き込んだ。それが運動の最大の成果であろう。

九月初めパリに戻ったモード・ゴンは、「記念祭の騒動と疲労の反動で[59]」一種の放心状態に陥り、一一月になっても、「心はブランクで麻痺状態[60]」。その頃、ミルヴォアは若い愛人を作り、モード・ゴンとの関係は破綻に向かっていた。「心がブランクで麻痺状態」だったのは、むしろ、それが原因だったかもしれない。

モード・ゴンとイェイツが再会したのは一一月の終わり、ダブリンでのこと。二人が街に滞在する場合、イェイツは、よからぬ噂を回避して、モード・ゴンとは別のホテルに投宿した。一二月七日、モード・ゴンから口づけされた夢を見て目覚めた彼は、彼女が滞在するホテルに赴いて、見た夢を告げた。その晩遅く、彼女は、前夜、同じ夢を見たと話し始める。夢の中で、何か精霊のような者に二人は「手と手を結び合わされ、結婚したと告げられた[61]」。そう言って、その場で、モード・ゴンはイェイツの唇にキスをした。二人の出会いからほぼ一〇年、初めてのことである。

翌日、前日の衝動を悔いる彼女はイェイツに「あなたの妻にはなれない(62)」と言って、徐々に、私生活の秘密を語り始める。全て、スキャンダルにねじ曲げられ、彼の耳に達していたことだった。モード・ゴンの告白によれば、彼女がミルヴォアに出会ったのは一九歳の時、その場で恋に落ちた。ダブリンの父の元に帰った彼女は——

或る夜、暖炉の火に当たりながら、将来のことを思った。自分の人生を自分で支配したいと願い、父の蔵書の中に、偶然、魔術に関する書を見つけ、悪魔に祈れば、きっと助けてもらえるだろうと思った。〔……〕彼女は悪魔に自分の人生を支配させて欲しいと請い、見返りに魂を差し出した。その時、時計が一二時を打ち、突如、祈りが聞き遂げられたのだと彼女は感じた。二週間経たない中に、父が急死し、彼女は後悔に打ち拉《ひし》がれた(63)。

父の死後、ミルヴォアの愛人になったこと、二人の子供の誕生、最初に生まれた子の死など、彼女の告白はすでに周知の事柄である。ミルヴォアとの出会いが父の生前の出来事だったと語ったモード・ゴン自身の告白も、メフィストフェレスとの契約じみたエピソードも、その真偽を明らかにする術はない。イェイツはモード・ゴンに「安らぐことのできない魂(64)」を直感していた。モード・ゴンの告白は彼女の心に潜む或る罪悪感、彼女の人生に付き纏う悲劇の影を説明しているかもしれない。

しかし、何故、この時点で、モード・ゴンはイェイツに全てを告白したのだろう。モード・ゴンの心理の綾を、マーガレット・ウォードは次のように読み解く。

私生活の周りに周到に秘密を張り巡らし、ごく少数のフランスの親友と近親の家族しかその状況を知る者はいなかった。そのために弄《ろう》した虚偽と欺瞞《ぎまん》はモード・ゴンに過大な重圧を課した。特にミルヴォアとの関係が破綻し始めた今、スキャンダルが彼女の政治的キャリアを損なうことを恐れ、友人に打ち明けて救いを得ることも不可能だった。ダブル・ライフのストレスと重圧は以前から明らかだったが、緊張は更に高まり、ついに彼女は折れ、イェイツに全てを語った。[65]

モード・ゴンの告白は結婚を迫るイェイツを拒むいわば楯だったと、彼は受け取った。「結婚の希望を全て奪ってしまいました[66]」と、一二月一五日、彼はグレゴリ夫人に書き送っている。しかし、逆の見方、即ち、告白は結婚への道を容易にするためだったと解釈する人もいる。[67] ミルヴォアとの関係が破綻に向かっていたことを考えれば、彼女が衝動的にイェイツに走った可能性は否定できないかもしれない。

モード・ゴンの側の動機が何であれ、イェイツが受けたショックは想像に余りある。「昨日と今日、私は危機の中にいて、疲れ果てました[68]」（一二月八日）、「マストが根元から折れたボロ船のような気分です[69]」（一二月一五日）。彼はグレゴリ夫人に告白。一二月八日付の、動転したイェイツの手紙をヴェニスで受け取ったグレゴリ夫人は、急遽、休暇を切り上げ、ロンドンへ、更にダブリンへ急行、モード・ゴンにも面会した。イェイツとの結婚の意思の有無を問うグレゴリ夫人に、「結婚より、考えるべき重要な事柄があります[70]」と彼女は応えた。

一二月一九日、モード・ゴンはパリへ発つ。前日、結婚を迫るイェイツに、彼女は性に対する「恐怖、怖れ[71]」を理由に彼を拒んだ。モード・ゴンの後を追って、結婚を承諾するまで傍を離れないように促すグレゴリ夫人に、イェイツは――「いいえ、私は疲れ果てました。これ以上のことはできません[72]」。イェイツの側の或る優柔不断、強引さの欠如に、モード・ゴンが落胆を感じたことも事実であろう。一方、イェイツは、一〇年間信じてきた「美しき誤解」と明かされた事実の落差に動転、混乱していたことも否めない。「二人とも何を望んでいるのか分からなかったのかもしれない[73]」。穿《うが》った見方をするイェイツの伝記作家ロイ・フォスターの見解が、或いは、真実に近いのかもしれない。

イェイツがパリへ渡ったのは翌年一月、最後の日。モード・ゴンの告白は続いた。二月九日、グレゴリ夫人に書き送った彼の手紙――

ここで、私は気の滅入る時間を送っています。前月と、私がここに滞在していた間殆ど、彼女が話すのは余りに苦痛だと見受けられ、問うことを控えている二、三のことを除いて、彼女は、徐々に、より詳しく、自分の人生を物語りました。(74)

二月一七日、イェイツはロンドンへ戻り、その日、グレゴリ夫人を訪問した。「咳とインフルエンザを引きずり」、「落ち込んでいる」(75)彼に、グレゴリ夫人は同情。モード・ゴンは「利己心と虚栄心から、彼を弄んでいるのではないかと思う」(76)。二月一九日、グレゴリ夫人は日記にこう書き入れた。

モード・ゴンの告白劇とドタバタ騒動じみた迷走の果てに、二人が辿りついた着地点は「霊的結婚《スピリチュアル・マリエッジ》」――前世で、二人は兄と妹だったというモード・ゴンの夢に基づいたオカルト的決着である。

一八九九年春、ジャーナリストのヘンリ・ネヴィンソンはダブリンを訪れた。島国の首都にやって来る著名人たちは、皆、「チャールズ・オルダムの網に懸かり、コンテンポラリ・クラブに招かれた」(77)。ネヴィンソンもその例に洩れず、クラブで、彼はモード・ゴンに会った。

彼女の美しさに圧倒された。実際、驚嘆するばかり。最初、一目見て、崇拝《アドレイション》の想いで息を飲んだ。長身、完璧な容姿、この世にこれ以上ないほど美しい髪毛と顔。(78)

ネヴィンソンは更に興味深い観察を残している。周りで交わされる政治の議論に退屈しているモード・ゴンに目をやりながら——

あのたくましい、美しい顎が何を意味するか、私は知った。彼女が焦がれるのは理論や議論ではなく行動なのだと分かった。その時、何か予言めいた洞察で、彼女が結婚する相手を予知した。「最初の活動家《マン・オヴ・アクション》」と私は独りごちた、「彼女が最初に出会う活動家が彼女をものにするだろう」、と。[79]

上記の観察を含むネヴィンソンの書は、モード・ゴンが結婚した後に書かれたものであり、後知恵《ハインドサイト》も交じっていたかもしれないが、彼の予言が現実となる日は近い。

同じ頃のスケッチをもう一つ。四月、ダブリンで開かれた現代絵画展に、イェイツとモード・ゴンが連れだって訪れた折——

周りの人々は絵よりも二人を楽しんでいるようだった。誰もがキャンバスを見るのを止め、二人を眺める位置取りをした。二人は殆ど同じ背丈で、自分たちが巻き起こしているざわめきに注意を払うこともなく、絵の話をしながら、そこに立っていた。[80]

壁の絵よりも美しい、絵のような二人——モード・ゴンとイェイツの周りに「伝説」が築かれた一コマである。

第四章　エリンの娘とボーア戦争のヒーロー　一八九九—一九〇三

モード・ゴンの新聞『自由なアイルランド』
1900年4月、ヴィクトリア女王のアイルランド訪問に抗議して発行された号外の表紙

一八九九年一〇月一一日、南アフリカで始まったボーア戦争は、「九八」運動で蘇生したアイルランドの独立運動を更に勢いづける起爆剤的役割を果たした。「ボーア」（オランダ語で、「農民」の意）と呼ばれるオランダ系移住者たちが、彼らが建国したトランスヴァール共和国の独立を死守するため、オレンジ共和国と手を結んで、大英帝国を相手に打って出た戦いに、アイルランドのナショナリストたちが自分たちと同じ大義を重ね合わせ見たのは事の必然的成り行きである。アフリカ南端の地に「アイルランド部隊」が編成され、ボーア側に立って戦い、遠いヨーロッパ西端の島国では、「反英・親ボーア」キャンペーンが華々しく繰り広げられた。その中で、鍵となる二人の人物が浮かび上がる——ジョン・マックブライドとアーサー・グリフィス。マックブライドはモード・ゴンの夫となる人であり、グリフィスは、一九〇〇年前後、彼女が最も緊密な連携関係を結んで活動した急進的ナショナリストである。

一八九六年、ジョン・マックブライドは、ヨハネスブルクに発見された金鉱の魅力に魅かれ南アフリカへ渡り、年末、アーサー・グリフィスも後に続いた。彼の場合、確たる動機は定かではないという。マックブライドは三〇代を出たばかり、グリフィスは二〇代半ばの青年。二人は友人同士で、二人ともＩＲＢ党員。ウルフ・トーン記念日をヨハネスブルクで迎えた二人は記念祭を企画、盛大な祝賀パレードが、バンドの演奏に乗って、アイルランドとトランスヴァールの旗を翻しながらアフリカの町を行進した。

アーサー・グリフィス

それから間もなく、グリフィスは「九八」記念祭の興奮と熱気の残るダブリンへ帰還し、一八九九年三月、友人のウィリアム・ルーニーと共に、週刊紙『ユナイティッド・アイリッシュマン』を立ち上げた。初め四ページから出発した小さな新聞を維持するため、財政援助をしたのがモード・ゴンである。[1] 彼女は、ウィリアム・ルーニーが一八九三年に設立したケルト文学協会のオフィスを、イェイツと連れだって幾度か訪れたことがあり、二人はそこでグリフィスと知り合った。グリフィスは、一貫して武力闘争路線を否定し、非暴力主義を唱え続けた。しかし、アイルランドの分離・独立を唯一の信条として編集された『ユナイティッド・アイリッシュマン』は、当時、この国で最も急進的ナショナリズムを代弁するジャーナルであり、紙面は「反英・親ボーア」キャンペーンを展開する格好の場となる。

一方、南アフリカに留まったマックブライドは、帝国とトランスヴァールの軍事衝突は不可避と見て、アイルランド部隊編成に着手、部隊長としてアイリッシュ・アメリカンのジョン・ブレイクを招いた。ブレイクは、米陸軍士官学校ウェストポイント出身、騎兵隊に所属したプロの軍人である。マックブライドは軍事訓練も経験も皆無、部隊のナンバー・トゥー、「少佐《メイジャー》」の地位に留まった。しかし、アイルランド部隊は、実質上、「マックブライド部隊」であり、島国の人々は部隊をその名で呼んだ。隊員数は、「一〇〇〇のアイルランド部隊が……」と、ダブリンの愛国的メディアは威勢のよい報を流したが、実数は二〇〇前後、[2] 隊員の殆どが、マックブライドと同様、ズブの素人である。従って、「部隊」「大佐」「少佐」等の呼称は形のみ、実戦でどれほどの戦力になり得たか疑わしい。しかし、マックブライド自身の言葉を借りれば、「民族を圧する宿敵[3]」との戦いは、アイルランドを南アフリカに移したミニ代理戦争の意味合いを帯び、「一万キロ離れたアイルランドでそのインパクトは絶大[4]」、反英感情を煽り立てる絶好の宣伝材料として利用された。

　国から国へ世界中にニュースが駆け巡る、
　イングランドの地に高々とアイルランドの勝利の旗が翻る。
　遠いアフリカで、今日、英国人《イングリッシュ》は怖じ気づき逃げのびる、
　マックブライド部隊が掲げるグリーンと黄金の旗の前に[5]。

マックブライド部隊を称えるバラッドが、彼の故郷メイヨーから発し、アイルランド中を駆け巡る中、ボーア戦争を戦った五〇万[6]に近い英軍兵士の相当数はアイルランド出身であり、マックブライド部隊はアイルランド人が祖国同胞と敵対し、血を流す、この島国の悲劇を映し出していたことを忘れてはならない。

開戦前から、大国のエゴむき出しの軍事行動を非難する声が国際世論の趨勢《すうせい》。「ジョン・ブルが、二万を相手に、九万、一〇万の男を掻き集め、胸を打って、このヒロイズムをご照覧あれと天に呼び掛ける光景[7]」と、イェイツは帝国を揶揄した。「ジョン・ブル」は英国人《イングリッシュ》の代名詞。アイルランドは、遠い国土の戦争に「親英派」と「親ボーア派」が入り乱れ、興奮に沸き立っていた。ナショナリストたちにとって好機到来。「イングランドの困難はアイルランドの好機——幾度、私はこの言葉を聞いただろう。言葉を行為に移す決心を固めていた[8]」。自叙伝にこう記すモード・ゴンは、決意通り、常に「反英・親ボーア」キャンペーンの中心であり、そうした動きを

逐一報道する『ユナイティッド・アイリッシュマン』は、彼女の活動をクローズ・アップして取り挙げた。

開戦前、一〇月一日、トランスヴァール集会が開催される。オレアリを議長に、リッフィー川河岸の税関を会場に開かれた野外抗議集会。集まった群衆は一万五千。[9] ナショナリストたちが党派を超えて参集、マイケル・ダヴィットもその中にあった。モード・ゴンは、スピーチで、兵士徴募阻止を唱え、「アイルランド中で徴募軍曹を監視し、必要なら、徴募の最も行われやすい場所、即ちパブの中まで跡をつけ阻止すべし[10]」と訴えた。手段を選ばずが彼女のポリシー。夕刻、群衆は即席のデモ隊列を成し、街の主な通りを行進、「ミス・ゴンとトランスヴァールへ歓呼の声を鳴り響かせ、静かに解散した[11]」と、グリフィスの新聞は報じた。

当時、ダブリンの人口約三〇万人の八〇パーセント超がカトリック教徒。こうした集会が開かれる度、彼らは、日頃の鬱憤を吐き出すチャンスとばかりに、どっと街に繰り出し、数の力を誇示した。

開戦直前、一〇月七日、モード・ゴンが会議を司会して、トランスヴァール委員会が設立された。アイルランド部隊を支援し、より組織立った「反英・親ボーア」キャンペーンを展開する目的である。彼女の発案によって、委員会の名の下、「旗」をアイルランド部隊へ送ることが決議された。「グリーン」の地に、島国のエンブレムの一つ「ハープ」を金で象《かたど》った「アイルランド・トランスヴァール部隊旗」が、一二月下旬、南アフリカへ渡った。

決議事項のもう一つは、英軍への志願と兵士徴募阻止である。「英軍への志願はアイルランドに対する反逆」と呼び掛けるリーフレットが作られ、文面が、毎週、『ユナイティッド・アイリッシュマン』紙面の一角を飾った。しかし、この頃、グリフィスの新聞読者は僅か。二万五千枚のチラシがダブリン周辺に配布され、一〇〇〇枚のポスターが街に貼られたが、「速やかに、警察によって撤去された[12]」。もう一つ、ヴォランティアの救急部隊派遣も委員会が採択したアイルランド部隊支援策。しかし、救急部隊派遣は実現せず、少人数のヴォランティアが、渡航費を委員会が負担して、南アフリカへ向かった。

アイルランド部隊、ジョン・マックブライド（向かって右）とジョン・ブレイク

モード・ゴンの妹キャスリーンの夫は英陸軍将校トマス・ピルチャー。彼も南アフリカ戦線に派遣された一人である。一一月、キャスリーンは戦地に赴き、翌年四月中旬までそこに留まった。その間、彼女は英軍負傷兵の看護に当たっている。インペリアリストの妹と、打倒大英帝国を叫ぶ姉と、敵対関係にありながら、仲のよい、不思議な姉妹である。キャスリーンがロンドンに帰国後、六月、「ミスイズ・ピルチャーに会う機会が多い」と言うイェイツは、「彼女は強固なインペリアリストで、だから尚更、彼女が姉に寄せる感嘆と献身はチャーミングです[13]」と、グレゴリ夫人に耳打ちしている。

一二月、トランスヴァール委員会の出番が巡ってくる。植民地担当相のジョセフ・チェンバレンに、トゥリニティ・カレッジから名誉博士号が贈られることになった。トゥリニティ・カレッジは、ナショナリストからプロテスタント支配の牙城と見なされる学問の府であり、他方、植民地担当相はボーア戦争を仕掛けた張本人、グラッドストン政権下、「自治」法案に強固に反対した一人である。

一二月一七日、名誉博士号授与式の日、トランスヴァール委員会が開催を予定した抗議集会は警察によって禁止された。当日、未明一時、モード・ゴンの元を訪れた警部は、通された彼女の寝室で、禁止令を読み上げた。それに怯《ひる》む「アイルランドのジャンヌ・ダルク」ではない。集会の議長オレアリを始めとするナショナリストの兵《つわもの》たちも集会の会場、税関裏手の広場に参集。この日のヒーローはジェイムズ・コノリ。警官が会場を固める中、モード・ゴンと彼、委員会の他のメンバーの乗った馬車《ブレイク》が乗りつけた。御者が警官に引きずり下ろされると、コノリが御者台に飛び乗り、手綱を取って警官の中に突っ込むと、遠巻きに囲んでいた群衆が馬車の後ろに殺到。警官は数の力に為す術もなく、馬車と群衆が、そのままダブリンの街を行進する異様な光景が現出した。「オコンネル通りの距離の半分は、馬車の後ろをゆっくり行進する人々で真黒に埋まった」[14]。リッフィー川を渡って、トゥリニティ・カレッジにさしかかると、「猛烈な野次とブーイングの嵐」[15]。アイルランド行政府が置かれたダブリン城付近で、騎馬警官が出動、群衆に向かって襲ってきた。

逃げ道を断たれた人々は戦い返すしかなかった。ダブリン市民たちは怒っていた。そんな風に捉まった彼らは、厄介なファイター集団となる。石でヘルメットの顎鎖が真二つに断たれ、無帽で、顔から血を流し馬に乗っている者、馬から引きずり下ろされ、幾つもの拳で滅多打ちにされ、地面でもがいている者もいた。群衆の中には彼らの警棒を振り回す者や、[奪った]剣をしっかり握り締めている者が二、三いたが、振るうことはしなかった[16]。

こう回想するのは劇作家ショーン・オケイシー。当時、二〇歳に達しない青年だった彼も街に繰り出した一人である。

コノリは市の中心を一周して元の集会場に戻ったところで逮捕。逮捕容疑は——無免許で馬車を駆った罪、二ポンドの罰金が科された。この日、騒動は夜まで続き、市内各所で親英派と親ボーア派の小競り合いが発生、ユニオン・ジャックに火が放たれた。因みに、植民地担当相は、群衆と衝突を恐れ、正門を避け、脇の門から大学へ招き入れられたという。

この頃、帝国の軍隊はボーア軍に苦戦を強いられ、「ブラック・ウィーク」[17]と呼ばれた一二月一〇日からの一週間、主要な三つのバトルに敗れる屈辱を舐めていた。ダブリン市民たちは南アフリカの戦況に一喜一憂。ナショナリスト寄りの新聞の一つ『アイリッシュ・インディペンデント』のオフィスで――

昼も夜も、スクリーンに最新の戦況が映し出され、英軍の勝利は赤、ボーアの成功はグリーンの光が燈った。そこに集まった何千もの人々は、グリーンの光が燈ると歓声を、赤の光に呻き声と野次を挙げた。[18]

こう回想するのもショーン・オケイシーである。

ＩＲＢにとって好機到来。彼らの間で、或る謀略が謀られていた。英軍兵士を戦場に送る船の船倉に、爆弾を石炭に見せかけ仕掛ける案である。ドクター・レイズは、ブリュッセルに駐在するトランヴァール共和国のヨーロッパ代表。モード・ゴンは、代表に、ＩＲＢの謀略を実行するための資金提供を諮るためベルギーの首都に赴く。提案を聞いて啞然とするドクター・レイズに、彼女は事もなげに言ってのけた。「敵を殺すのが陸上であれ、海上であれ、私には違いがあるとは思えません」[19]。結局、ドクター・レイズは提案を受け入れ、二〇〇〇ポンドを、モード・ゴンの代理と称する男に手渡した。それは資金を着服するための詐欺行為で、犯人と名指しされたのはフランク・ヒュー・オドネル。パーネル派の議会議員だったこの男を表わす語は――変人。イェイツの文学運動から発展した演劇運動は、この年五月、アイルランド文学座設立記念公演を迎えていた。演目の一つはイェイツの『伯爵夫人キャスリーン』。オドネルは、劇の宗教的正統性を巡って、劇を誹謗中傷する怪文書をダブリンの街中にばら撒いた人物である。周囲からの圧力に、彼が返上した五〇〇ポンドは、議会派のリーダー、ジョン・レッドモンドから、イェイツを経由して、IRBの金庫に返った。

同じ頃、フランスの情報将校は、英国IRBのトップ、マーク・ライアンに宛てたモード・ゴンの紹介状を携え、諜報活動のためロンドンへ渡った。彼は、ライアンが用意した「秘書」によって正体を暴露され、フランスへ送還される羽目に。この「秘書」もオドネル。二つの事件の犯人射殺を主張するIRB党員もいたが、イェイツとモード・ゴンはそれを阻止、同時に、二人は秘密組織を脱退した。二つ目の事件によって、フランス情報当局がモード・ゴンに寄せた信頼は失墜。また、同じ頃、フランスとイングランドの宿敵同士は距離を縮め、二国間関係が改善する中、彼女はパリの社交界からも疎遠になり始める。「以前はマドモアゼル・ゴンをお迎えしましたが、最近は存じません[20]」と、或る社交界婦人が漏らした言葉を、英国人ジャーナリスト、クリス・ヒーリは記録に留めている。

一九世紀最後の年が明け、早々に、モード・ゴンは講演旅行のためアメリカへ旅立つ。新世界の人々に親ボーア感情を喚起し、国際社会から英国の孤立を図る狙いである。一月二八日、ニュー・ヨーク市、音楽アカデミーの大講堂から講演はスタートした。大半がアイリッシュ・アメリカンから成る聴衆に祖国の近況を伝えるのも講演の重要な一部である。ダブリンで「反英・親ボーア」キャンペーンが繰り広げられる中、話題は満載。武力闘争を是とするモード・ゴンは、イングランドが兵力を南アフリカに殺《そ》がれている隙を突いた武装蜂起の可能性も、視界に入れていたようである。戦闘的メッセジで、彼女は音楽アカデミーの講演を締め括くった。

自由は血の犠牲なくして勝ち取ることはできません。私たちにチャンスが訪れようとしています。大英帝国の終わりは間近です。母国があなた方を呼んでいます。あなた方の母国は、長きにわたって、悲しみの国土だったのです。[21]

殺戮も、流血も知らない「アイルランドのジャンヌ・ダルク」は、「血の犠牲」の真の意味をどれほど理解していただろう。

モード・ゴンが一二の都市を巡って獲得した基金三〇〇〇ドル[22]は、経費を差し引いて、『ユナイティッド・アイリッシュマン』維持のため、アーサー・グリフィスに渡った。

三月八日、モード・ゴンは帰国の船旅に着いた。パリに帰着した彼女を待っていたのは重症のインフルエンザに苦しむイズールト。五歳半になる娘に肺炎の症状も疑われ、母は旅の疲れに心労が重なる日々。その懸念が去ると、月末、彼女自身が腸カタルを患い、医師から安静を言い渡された。脇目も振らず仕事に励み、その後体調を崩す、いつものパタンである。

モード・ゴンが、パリで、床に臥《ふ》せ焦燥感を募らせていた頃、再び、アイルランドは一大騒動の渦中にあった。四月初旬、ヴィクトリア女王の島国訪問が予定されていた。英国王・女王の訪問は、常に、ナショナリストの反英感情を刺激する。ヴィクトリア女王は八一歳、島国訪問に政治的意図はないと発表されたが、兵士を募る目的であることは明らか。非難、公憤の声が声高に挙がり始める。女王の見え透いた意図を、「人差指と親指の間に一シリングを挿み、シリング硬貨の袋をガードルにぶら下げ[23]」と皮肉ったのは、辛辣な舌で知られる作家ジョージ・ムア。イェイツも、三月二〇日、『フリーマンズ・ジャーナル』に寄せた抗議文[24]を皮切りに、攻勢を掛けた。

四月三日、女王はフェリー港キングズタウンに到着。翌朝のダブリン行幸を控え、イェイツは、再度『フリーマンズ・ジャーナル』に、過激な抗議文を寄稿した。

明朝、ヴィクトリア女王に敬意を示さんとする者たちは、民の沈黙は王の教訓と言ったミラボーのセンテンスを思い起こすべきである。女王は、アイルランドから自由を奪い、南アフリカ共和国から自由を奪いつつある帝国の長であり、シンボルである。沿道に立ってヴィクトリア女王を歓呼して迎える者は、帝国に歓呼の声を送り、アイルランドの名誉を汚し、帝国の犯罪を黙認する者たちである。[25]

こうした抗議にもかかわらず、女王は盛大な歓迎をもってダブリン市に迎え入れられた。

その日、ダブリン郊外に広がるフィーニックス・パークに、五〇〇〇人の学童が招待され、女王から茶果が振る舞われた。無心な子供たちを籠絡する最も嘆かわしい行為と、反撥と憤りがナショナリストたちの間から沸き起こる。

四月七日、『ユナイティッド・アイリッシュマン』紙上に、「飢饉女王」（“The Famine Queen”）と題するモード・ゴンの記事が掲載された。「九八」記念祭後停止した彼女の新聞『自由なアイルランド』は、女王の訪問に抗議する「号外」を発行、そこに発表された記事の英語ヴァージョンである。

萎《しな》びた手にシャムロック［三つ葉のクローバー］を握り、彼女は図々しくもアイルランドに兵士を——民族の根絶を図る兵士たちを求めんとする。〔……〕女王よ、己が国へ帰るがよい。恥辱の赤い制服を着る用意のあるアイルランド人はもういない。〔……〕見よ！兵士徴募要員は、独り、空の手で、私の緑の丘や野から帰ってゆく。希望が蘇ったからだ。〔……〕[26]

「飢饉女王」は、挑発、煽動効果を狙ったモード・ゴンの面目躍如たる文、彼女の最も有名な記事の一つである。

四月七日付の『ユナイティッド・アイリッシュマン』は差し押さえに遭った。グリフィスのオフィスは警察の手入れを受け、新聞は売場から没収、郵送のものもインターセプトされた。『ユナイティッド・アイリッシュマン』を「ミス・ゴンと武力闘争派の機関紙[27]」と呼んだのはロンドンの『タイムズ』。モード・ゴンにとって、「悪名」は名誉のバッジ。差し押さえによって新聞の購読部数が伸びると、彼女はご満悦である。グリフィスの新聞は、五月、更に九月にも、差し押さえ処分に遭う。

四月一三日付、イェイツに宛てたモード・ゴンの手紙に、次のような文が挿まれている。「私はミスター・マローン部隊に大変お世話になっています[28]」。件《くだん》の部隊はダブリン首都警察密偵部隊。モード・ゴンに警察の尾行がつき始めたのが何時のことか定かではない。しかし、ボーア戦争が始まり、「反英・親ボーア」キャンペーンの中心にあって、兵士徴募阻止を声高に叫ぶ彼女に、尾行は「オープンかつ鉄面皮」に。彼女が滞在する「ホテルの向いに一人一日中、多分夜も張りつき、もう一人は店の中まで彼女の跡をつけ回した[29]」。モード・ゴンは、警察とのイタチごっこを、彼らを挑発する絶好のチャンスと面白がっている様子。故意に婦人用下着売り場に立ち寄って密偵を面喰らわせ、ダブリンの通りを、馬車を疾走させ密偵にスピード・レースを仕掛け、泡を噴かせてしたり顔。モード・ゴンは、生涯レベル、密偵の影に付き纏われ続ける。

『フィガロ』は、ダブリンの上層社会からスクープしたゴシップ記事を売り物とする新聞である。編集長のラムジー・コールズは親英派。モード・ゴンの兵士徴募阻止活動に苦々しい目を向ける彼は、英軍将校を父に持つ彼女は英国政府から恩給を受給し、従って英国のスパイであると示唆する中傷記事を新聞に掲載した。それに激怒したグリフィスは、『フィガロ』のオフィスに乗り込んで、南アフリカから記念に持ち帰ったステッキでコールズを打ちすえ――ステッキを折り――逮捕、二週間獄中にあった。グリフィスは寡黙で、控え目な人柄。その彼がこの蛮行に及んだのは、怒り心頭に達したのであろう。モード・ゴンはラムジー・コールズを名誉棄損で訴え、勝訴する。

四月一五日、復活祭日曜日、グリフィスに同情したモード・ゴンや他のナショナリストの女性たちが、ウィリアム・ルーニーのケルト文学協会のオフィスに集まって、折れたステッキの償いに、替わりのステッキ――「金のリング、ゲール語で名前を刻んだ、丈夫で、素敵なブラックサンザシ(30)」のそれ――をグリフィスに贈ることを決めた。この集まりで、四月四日、ヴィクトリア女王主催の野外パーティに、お菓子やケーキの誘惑にめげず、参加を拒否した「愛国的」子供たちのために、遠足か、野外パーティを開くことが決まった。『ユナイティッド・アイリッシュマン』紙上で、ルーニーが提案した企画である。

四月二八日付のグリフィスの新聞はそうした動きを報じ、モード・ゴンを長とする、女性たちの実行委員会が結成されたこと、すでに企画に賛同し寄付金を寄せた人、パン、フルーツ、ハムなどいわば物納の約束、協力要請に市内の業者たちから色よい返事が返っていることを伝えている。

「愛国子供の会」(Patriotic Children's Treat)と名づけられた企画は、それまでナショナルな政治運動組織から会員資格を阻まれていた女性たちが、次々と実行委員会に参加を表明し、五月一九日までに五九名を数えた(31)。また、ケルト文学協会やゲール運動協会など、ダブリンの愛国協会・団体が協力を申し出、地方からも賛同・協力が寄せられ、ダブリンの街を挙げての一大イヴェントに発展する。実行委員会は、毎週、ミーティングを開き、参加する子供たちの名簿作りや具体的プラン作成に励んだ。『ユナイティッド・アイリッシュマン』は、「愛国子供の会」のコラムを設け、企画の進捗状況を報告、個人で、団体で、寄付金や物資を寄せた人名リストを掲載して、盛り上がりを図った。

初め、キルデア州、ボーデンズタウンにあるウルフ・トーンの墓に詣でる遠足が計画された。墓前で、「愛国的」子供たちにトーンの教えを説き聞かせ、ヴィクトリア女王の招待を拒否して示した勇気を更に強固なものにするのだという。しかし、参加する子供の数が万単位に膨れ上がり、列車での移動は困難。ダブリン市中心から二マイル、クロンターク・パークを会場にした野外パーティに変更された。

七月一日（日）、「愛国子供の会」の日がやってくる。この日、イヴェントに参加した子供の数は、何と、三万人。[32]「ダブリンは、三万の学童が列を成して行進する素晴らしい光景を、かつて目にしたことがなかった[33]」と、次号の『ユナイティッド・アイリッシュマン』で、グリフィスは取材記事を興奮気味に書き出している。午後一時過ぎ、市の中心をスタートした三万の児童の行列が、一地点通過に要した時間は一時間半。子供たちは、グリーンの旗を振り、「愛国の唄」をうたいながら行進し、モード・ゴンは、彼女の「副官」と呼ばれたモーラ・クインと共に、幌のない馬車に乗って伴走。先頭集団が会場に到着した頃、最後尾はまだオコンネル通りにあった。

「愛国子供の会」は、子供たちを主役にした一大愛国デモンストレーションである。それを演出したのは、モード・ゴンを長とする、女性たちを中心とした大人たち。当日前の四日間、一〇〇人を超える男女が動員され、準備に当たった。用意された物資は――三万トンのお菓子とビスケット、五万個のバン、三〇〇ダースのミネラル・ウォーター、数千のサンドウィッチ、数箱のオレンジ、大量のミルク。大半が善意の寄付である。小分けして袋に詰め、一二台の輸送車で会場に運ばれた。

夏の日の午後、子供たちはゲームやスポーツに興じ、ゲール運動協会が催したアイルランドの国技ハーリングの試合を観戦した。散会する前、スピーチに立った一人は、無論、モード・ゴン。男の子たちは英軍や警察に志願して、自分自身を辱めるような行為を慎むこと、女の子たちはナショナルな理想の進展に向って努力するよう、彼女は説いた。イェイツは複雑な想いで見つめていた。自叙伝に、彼は次のように記している。「子供たちは、彼らの教会の司祭の前で、アイルランドが自由を勝ち取るまで、イングランドに絶えざる敵意を抱き続けることを誓った。彼らが三〇歳前後に達した時、幾人が爆弾やライフルを担ぐことになるだろう[34]」、と。

「愛国子供の会」はダブリンの一伝説となる。後年、「私も愛国子供の会の一人でした[35]」と、モード・ゴンは大人になった彼らからしばしば歩み寄られ、声を掛けられたという。

　モード・ゴンの組織力とリーダーシップ、女性たちがそのパワーを遺憾なく発揮した「愛国子供の会」は更なる展開を生んだ。実行委員会のメンバーが中心となって、女性たちから成る愛国組織の設立である。「エリンの娘たち」(Inghinidhe na hEireann《インギニ・ナ・ヘーリヤン》)と名づけられる会は、パーネルの妹アナ・パーネルが率いた婦人土地同盟に次ぐ女性組織。しかし、ヨーロッパの夏は人々が旅行やスポーツに興じる休暇の季節であり、発会式は秋に持ち越された。

　夏の終わり、モード・ゴンの人生で、一つの節目となる出来事が訪れる。ミルヴォアとの別れ。彼は、若い愛人を連れてイズールトの前に現われるようになり、モード・ゴンは彼との関係に終止符を打つ決心をする。彼の愛人となって一〇余年。その間、二人の子供をもうけ、一人を失い、幸せという形容語と縁遠い歳月だったかもしれない。政治的「同盟」という大義名分も、多分に、モード・ゴンの一方的思い込み。ミルヴォアは、馬鹿げたアイルランドの革命家たちと悪しざまに酷評することも少なくなかった。性に距離を置く彼女に、彼が不満を燻《くゆ》らせていたであろうことは想像に難くない。モード・ゴンが自叙伝に描く別れの場面は、出会いの場面と同様、限りなくロマンティック——「モン・ブランの麓、雪を頂く山々の裾野に花が咲き乱れ、雪を被った高峰」を見つめながら、彼女の「心は石になった[36]」。最愛の父を置いて、モード・ゴンが真に愛した男性はミルヴォアであると言われる。彼に出会った時二〇歳——或いは、一九歳——だった彼女は、今、三四歳。女の人生で最も華やかな歳月を費やした「同盟」の終わりは、モード・ゴンの人生にまた一つ不幸、悲劇を加えた。

　秋が訪れ、一〇月五日、「エリンの娘たち」の発会式を迎えた。会長にモード・ゴンを選出、副会長に、ダイナマイト戦争に関与して投獄されたジェイムズ・イーガンの妻アニー・イーガン、婦人土地同盟のメンバーだったジェニー・ワイズ－パワー、北アイルランド詩人で、ナショナリスト・ジャーナル『シャン・ヴァン・ヴォフト』[37]の共同編集者アナ・ジョンストン、アリス・ファーロング――錚々たる顔ぶれが並んだ。会員は、著名なナショナリストを父や兄弟に持つ女性たち、ダブリンの街で働く若い娘たち、幅広い階層、多彩な人員構成である。

政治・文化的会である「エリンの娘たち」の目的は――

① アイルランドの独立達成
② ゲール語、アイルランド文学・歴史・音楽・芸術の学習クラスを開設し、特に子供たちの間に奨励
③ アイルランドの産業育成と普及
④ イングランドの低俗な文学・唄・娯楽など、悪しき影響の排除
⑤ 会の活動を支える基金の創設[38]

会は聖ブリジットを守護聖人に頂き、会員全員がゲール語名を名乗った。モード・ゴンは「メーヴ」、コノート女王にして勇猛な女戦士の名。会員は「互いに助け、支え合い[39]」と謳われた「エリンの娘たち」はフェミニスト志向に裏打ちされた組織である。グリーンとブルーのリボン・サッシュ、バッジとして身に着けた「タラ・ブローチ」のレプリカが会員章となった[40]。

「エリンの娘たち」は、「ダブリンの若い娘たちがナショナルな活動に参加できる殆ど唯一の組織だった[41]」と、会員の一人は証言する。「アイルランドのジャンヌ・ダルク」の異名を持つ、美貌の会長はカリスマ的存在、会員たちの憧れの的である。一方、モード・ゴンは同性の同志を得た。会の幹事モーラ・クインはモード・ゴンの「副官」と呼ばれ、一歳年下のエラ・ヤングはモード・ゴンのよき協力者、よき友人となる。

会の活動の中で、子供たちを対象にした教育・啓蒙活動は、特に成果を挙げた分野である。アイルランドの伝統的唄やダンスも教育プログラムの一環。後に、カルフォルニア大学でケルト神話を講じるエラ・ヤングは、子供たちにアイルランドの歴史・神話・伝説を教えるクラスを受け持った。教室は、ストランド通りの空き家になった屋根裏部屋――

がたがたの階段を上り詰めたところ、狭い通りを見下ろす部屋に、八〇人ほどの、ダブリンの野放しの子供たちが集まった。新聞売りの子、それまでずっと通りの路地を遊び場にしてきた子供たち、自分の名前も満足に書けない愛国的少年少女たちである。通りの叫び声やゴロゴロ音を立てる荷車の騒音が絶えず、窓を開けると、叫ぶこともままならず、窓を閉めると、埃《ほこり》にむせ返って、話すことは尚更困難だった。皆ぎゅうぎゅう詰めで立ったまま、椅子を置く場所もなかった。(42)

エラ・ヤング自身がこう回想する。

ボーア戦争は進行中、反英プロパガンダは会のもう一つの活動の柱である。当時、オコンネル通りは、二つのゾーン――西側は英軍人と彼らのガールフレンドに、東側はダブリンの一般市民に分けられていた。「エリンの娘たち」は、毎晩、オコンネル通りに出掛けて、ブリティッシュ・ゾーンに侵入――

英軍人と歩いているアイルランドの娘たちにチラシを配り、「祖国の敵」と交際しないように訴えた。〔……〕言うまでもなく、彼女たちは怒った軍人とガールフレンドに取り囲まれ、攻撃され、一般市民の側の聖域に駆け込まなければならないこともしばしば。そこには、必ず彼女たちのサポーターがいた。(43)

帝国に対する「無血ゲリラ戦[44]」と、彼女たちは言った。「いかなる場合も、叶う限り過激なアクション[45]」が、会のポリシーである。

「エリンの娘たち」の発会式に先立つ、九月三〇日、アーサー・グリフィスが中心となって、愛国協会・団体を傘下に統合する「ゲール・クラブ」が設立された。政治的、経済的自助・自立を掲げたクラブのスローガンは、次の二語に結晶する――「シン・フェイン」(Sinn Fein, ゲール語で「われわれ自身」の意)。「シン・フェイン」は分離・独立を目指す急進的ナショナリストの旗印となってゆく。一九〇二年、「エリンの娘たち」はゲール・クラブの正式会員として迎えられた。女性たちがナショナルな政治運動組織に正式に受け入れられた最初である。

南アフリカの戦況は――初め苦戦を舐めた英軍は、大量の兵士投入によって攻勢に転じ、一九〇〇年に入り、

エリンの娘たちのブローチ

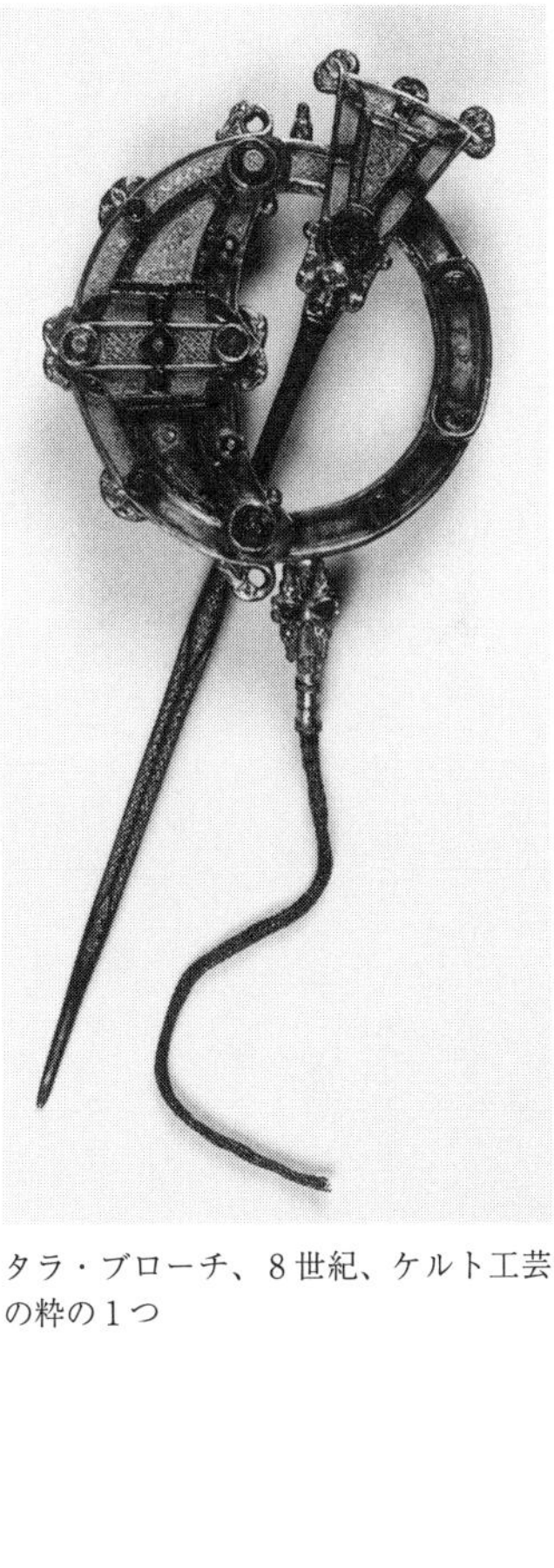
タラ・ブローチ、8世紀、ケルト工芸の粋の1つ

主要都市を制圧、ボーア軍はゲリラ戦に戦術転換を強いられた。現地の地理に疎《うと》いアイルランド部隊はゲリラ戦には無用の長物、九月、解散を余儀なくされる。開戦からほぼ一年、一一月初め、マックブライドは、逮捕の待つ英国圏を避け、パリのリヨン駅に帰還した。凱旋帰国とは言い難いものの、今や、「マックブライド少佐」の名で通る彼はアイルランドの国民的英雄。彼をリヨン駅に出迎えた母や兄に交じって、アーサー・グリフィスとモード・ゴンの姿があった。列車から降り立ったのは――「筋金入り、軍人風の風貌、赤髪、南アフリカの太陽に焼かれた赤レンガ色の肌[46]」の男性。仕事のないマックブライドのために、グリフィスとモード・ゴンは彼をアメリカ講演旅行に送り出す計画を立てていた。アイルランド部隊を率いてボーア戦争を戦った「マックブライド少佐」その人は、どんな雄弁・能弁よりも、戦争の大義を訴える力を発揮する筈である。彼が物語る部隊の実戦の模様に、モード・ゴン自身が胸を躍らせた。彼女が主導して南アフリカへ送った部隊旗に、「夜、若い隊員が歩み寄って、襞《ひだ》に口づけした[47]」と、マックブライドが語ったエピソードは、とりわけ彼女の心をくすぐったに違いない。一二月二日、「少佐」は、グリフィスが用意した講演原稿を携え、アメリカへ旅立った。しかし、勇猛果敢さにかけては人後に落ちない彼も、南アフリカをアメリカの大都市に移した講演は苦戦の連続。助けを求められたモード・ゴンは、急遽、アメリカへ向かうことになる。

二〇世紀最初の年が明け、一月の殆どをインフルエンザで臥せていたモード・ゴンは、三度目の大西洋渡航の準備を慌ただしく整えて出立、二月一〇日、ニュー・ヨークで、マックブライドに合流した。アメリカのＩＲＢ組織「クラン・ナ・ゲール」が後援、立案した講演旅行は、四八日間、二七都市を巡る強硬日程。「アイルランドのジャンヌ・ダルク」と「ボーア戦争のヒーロー」は「恐るべきコンビ[48]」。しかし、ボーア戦争熱は冷め、ニュー・ヨークの聴衆の歓迎は期待を裏切るものとなる。依然、スピーチに苦戦するマックブライドに、「少佐は多少の練習を積んで、原稿なしに話ができないものか。原稿を読み上げては、興味を大いに殺いでしまう[49]」と、或るジャーナリストは苦言を呈した。一方、モード・ゴンは――

ミス・ゴンは、立ち上がると、歓声に迎えられ、ハープの形をしたバラを贈られた。しかし、彼女がボーア戦争から話題を切り替え、アイルランド連合同盟に激しい攻撃を始めると、明らかに、聴衆は当惑し、落胆した様子だった。(50)

アイルランド連合同盟は、一九〇〇年、パーネル派と反パーネル派が和解、統合して設立された議会派の組織である。

ニュー・ヨークを出ると、聴衆の数も歓迎も改善した。講演のスターは、何と言っても、モード・ゴン。或る時は「赤いドレスに銀色のベルト、広いピクチャー・ハット」を被り、また或る時は「ブルーのドレス(51)」で演壇に登場、相変わらず、戦闘的メッセジを送り続けた。

三月二五日、三フィートの雪の積もるミシガンから、モード・ゴンがイェイツに送った手紙の第一声は――「アメリカ講演旅行は本当に疲れます(52)」。講演がスタートして一か月余、「レセプション、ミーティング、宴(53)」の連続は、体力だけでなく神経の消耗を強いた。共に行動するマックブライドは、「心配事や疲労をできるだけ除く」配慮を示す「とてもよい人」。「彼はなかなかスピーチが上手くなっています(54)」と、モード・ゴンは書き添えている。

五月六日、ダブリンで、ウィリアム・ルーニーが二七歳の若さで逝った。死因は過労。グリフィスと共に『ユナイティッド・アイリッシュマン』を立ち上げ、二人で新聞を発刊し続けたルーニーは、いくつものペン・ネイムを使い分けて、記事を書いたと言われる。ルーニーの死のショックに、グリフィスは一週間入院した。悲報を知らせる彼の電報を、モード・ゴンはボストンで手にする。更にフィラデルフィア、セイント・ルイスに、彼女に帰国を促すグリフィスの短い、悲痛な手紙が待っていた。五月半ば、彼女は、マックブライドをアメリカに残

モード・ゴンの妹、キャスリーン

し、帰国を決意。講演旅行中、マックブライドは彼女に求婚したという。

フランスへ帰国した彼女は、イズールトを預けたラヴァールの修道院を訪れた。七歳半になる娘に、母の四か月の不在を償うプレゼントは、アメリカから秘かに持ち帰ったアリゲーター。イズールトが母との再会を楽しむ間もなく、五月二八日に予定された従姉妹メイの結婚式のため、モード・ゴンは慌ただしくロンドンへ向かった。

モードとキャスリーン、チョティとメイ——

歳月は、ゴン一族の四人の従姉妹たちの人生を大きく変えた。英陸軍将校の妻であるキャスリーンは四人の子供の母。しかし、軍人の夫は妻を「顧みず、不実[55]」、幸せな結婚から遠い。メイのナース修業はお嬢さまの一時の気紛れに終わり、彼女はブリッジに明け暮れる、「退屈で、単調な繰り返しに流される」日々。結婚は彼女の「冒険[56]」である。

モード・ゴンがロンドンに着いた日、夕食が進行中に、イェイツが彼女に会いに訪れた。旅行用の黒っぽい服と黒のヴェール姿の姉、淡い金髪、白のイヴニング・ドレス、「丈の高い百合のような」妹——「私たちは奇妙なコントラストだったに違いない[57]」と、モード・ゴンは振り返る。彼女の身なりに不満顔のイェイツがキャスリーンの装いを褒めると、彼女は「美しくあらんとするのは重労働です[58]」と応えた。イェイツの「アダムの呪い」は、この時のことを詩にした作品――

或る夏の終わり、私たちは共に座していた、
あの美しい淑やかな女《ひと》、貴女の近しい友と、
貴女と私、そして詩の話を語らった。

詩全体を覆う疲労感に合わせ、初夏は夏の終わりに移行。縫っては縫い返し、一行に何時間も要する詩作、美しい女性は美しくあらんと重労働を強いられ、アダムの堕落《フォール》以来、労働を免れる優美なものは何もない、と詩人は嘆く。

初夏の夜空に三日月が懸かり、「貴女だけの耳に入れたい一つの想い」で、イェイツは三八行の詩を結んでいる。

貴女は美しい、私は古《いにしえ》からの
愛の作法通りに貴女を愛そうと努めました、
幸せに満ちているように思えたのに、私たちの心は
あの痩せこけた月のように疲れてしまいました。

出会から一〇余年、人の心も、天空の月のように、満ちれば欠ける宇宙の法則を免れ得ないのかもしれない。

次の日、モード・ゴンは、イェイツと連れだって、ウェストミンスター寺院に「リア・フェイル」(Lia Fail,「運命の石」の意)を見に出掛けた。伝説によれば、古代アイルランド王がその上で戴冠したと伝えられる石は、

モード・ゴンを風刺した戯画、1902年頃

一三世紀、エドワード一世によってイングランドへ持ち去られ、ウェストミンスター寺院、イングランド王が戴冠式に座す椅子の下に置かれた。アイルランドにとって屈辱の象徴。「リア・フェイル」を見るためウェストミンスター寺院をしばしば訪れたというモード・ゴンは、石をアイルランドへ持ち帰る日を空想して、新たな闘志を汲んでいたのであろう。

モード・ゴンへの求婚は今や習慣化したイェイツの儀式であり、「ノー」と応えるのが彼女のそれ。この時も儀式が交わされ、「情なき美女」は、「あなたと結婚しないことを、世界は私に感謝すべき」と究極の一言を残した。[59]

イェイツの文学運動から発展した演劇運動は、一八九九年、アイルランド文学座設立以来、ダブリンの街に一種の演劇熱を作り出していた。「エリンの娘たち」も、会員の若い娘たちによる演劇公演が活動の一つ。古代アイルランドの神話や伝説、アイルランドの歴史に名を残す愛国の勇者を描いた作品の公演に徹し、愛国心を鼓舞、志気高揚を図る狙いである。同時に、会の活動を支える基金集めの目的も兼ねていた。

「アイリッシュ・ナイト」と銘打った公演の演目の一つは「タブロー・ヴィヴァン」(tableau vivant,「生きた絵」の意)。数人の演者が無言のままポーズを作って舞台に立ち、一つの場面を、「生きた絵」のように、作り出す手法である。アイルランドの歴史や神話から愛国心をそそる場面を舞台に乗せ、人気を博した。ゲール語劇も、モード・ゴンの会が推奨した一つ。一九〇〇年、「エリンの娘たち」が主催したディニーン神父の『魔法の泉』は、ダブリンの公の場で演じられた最初のゲール語劇である。

一九〇一年、八月最後の週、「エリンの娘たち」による演劇公演が開催された。演目はアリス・ミリガンの『赤毛のヒューの解放』と『フィアンナの最後の宴』。ミリガンは、『シャン・ヴァン・ヴォフト』をアナ・ジョンストンと共に共同編集した一人。二つ目の作品は、前年、アイルランド文学座第二回公演で演じられた、ケルトの英雄伝説に基づいた詩劇である。『フィアンナの最後の宴』の幕が上がり、伝説を読み上げるモード・ゴンは——

> 古い、彫の入った椅子に坐し、膝の上に羊皮紙の装飾本が置かれている。彼女は、広い袖、白いポプリンの紋織りの素晴らしいドレスに身を包み、両脇に、黒のヴェルヴェット、中世の服を着た二人の少年の従者が、丈の高いローソクを捧げて、立った。舞台に緑の灯心草《とうしんそう》や花をつけたヒースの小枝が敷かれている。
> モード・ゴンは太陽の輝きを放ち、彼女の美しさはローソクの炎を翳らせた。(60)

上記の記録はエラ・ヤング。ケルト神話に通じた彼女が描き出すモード・ゴンは、常に、神話世界のオーラを放つ存在である。

一九〇一年一〇月、アイルランド文学座は、当初の計画通り、最後の、第三回公演を終了した。翌一九〇二年四月、イェイツとグレゴリ夫人の共作『フーリハンの娘キャスリーン』公演は、文学座からアイルランドのナショナル・シアター設立へ橋渡しする、演劇運動史上、画期的出来事となる。公演を実現させた立役者はモード・ゴン。主役を演じたのは彼女、公演を主催したのは彼女の会、劇を演出したのはフランクとウィリアムのフェイ兄弟、「エリンの娘たち」の演劇公演の演出を手掛けていたアマチュア役者。彼らとイェイツの接点となり、両者を取り持ったのはモード・ゴンである。

年末、一二月二三日、ロンドン、ユーストン駅で、モード・ゴンが「芝居がかった身なりと眼鏡の男に見送られ[61]」、イングランド側のフェリー港ホリヘッドへ向かったのを、警察は偵察の網に懸けている。件の男は、恐らく、イェイツ。彼女は「衣装ケースとグリーンのベーズで覆った包みを持ち、寝台車に『ユナイティッド・アイリッシュマン』を残していった[62]」。クリスマスと新年をダブリンに留まった彼女は、「エリンの娘たち」が街の貧しい子供たちに娯楽や食事を供する慈善活動に当たった。その後、パリへの帰途、一月一三日、ロンドンで、彼女はイェイツとお茶を共にする。モード・ゴンがキャスリーン役を引き受けたのはこの時のことと思われる。一度は女優を志した彼女であるが、『伯爵夫人キャスリーン』――イェイツが「貴女のために書いた」と言った劇――のヒロイン役を演じるよう勧める彼の要請も、彼女は頑《かたく》なに応じなかった。「演じることが好き[63]」と自認する彼女は、誘惑に屈し、演劇にのめり込んで、ナショナルな運動が疎かになることを恐れたからだという。今回、彼女が主役を承諾したのは、それが、イェイツが劇をフェイ兄弟の演出に委ねる条件としたこと。更に、「フーリハンの娘キャスリーン」はモード・ゴンの自叙伝のあの「女王」、アイルランドの国土の化身である。「女王の僕」を自任する彼女にこそ相応しい役であることを、彼女自身がよく分かっていた。

冬の間、パリに留まったモード・ゴンは、彼女自身が設立した「フランスーアイルランド協会」の活動に忙しく立ち回った。活動の同志はマックブライド。パリに在住するアイルランド青年は貧しさに病的に敏感だったと、モード・ゴンは言う。(64) マックブライドもその一人。辻馬車賃の支払いを巡って気まずさを回避するため、彼女は無理に徒歩を選び、お茶代を節約するため、カフェの代わりに、彼が暮らす安ホテルの屋根裏部屋を提案して、マックブライドにショックを与えた。しかし、その彼を説得して彼の屋根裏部屋で、或いはモード・ゴンの贅沢なアパートで、この頃、「武器や資金もなく、闘争を継続することに必死だった」二人は「空想的なプラン(65)」を論じ合ったという。冬の間、二人の関係は深まっていった。

この冬、モード・ゴンは悲報を手にする。ナースの「ボウィ」こと、メアリ・アン・メレディスが他界した。幼くして母を亡くしたゴン姉妹の母親替わりとなって、二人に寄り添い、慈しんだナース。サリー州、陸軍基地のあるアルダショットの近くの村、父と母の眠る墓地に、モード・ゴンは彼女を葬った。ナースの元に預けていた異母妹アイリーンは一六歳に成長、彼女はパリのモード・ゴンの元に引き取られ、家族の一員として暮らし始める。

三月初め、ロンドンで、モード・ゴンはイェイツと劇の台詞を確認し、その後ダブリンへ向かった。「リハーサルは順調です。公演は大成功でしょう(66)」と彼に報告。キャスリーンの身なりは――「ぴったりの乱れたグレイの鬢《びん》、西部の老婆が身に着けるのとそっくりの破れたフランネルのドレス、裸足、大きなブルーのフード付き外套」。「通りで私を見れば、あなたは一ペニー恵んでくれるでしょう(67)」と、イェイツに冗談めかして言い添えた彼女はリハーサルを楽しんでいる様子。三月下旬、イェイツはダブリンへ向かった。

一九〇二年四月二日、『フーリハンの娘キャスリーン』公演初日を迎えた。「ゲール・クラブ」や「ゲール同盟」など、愛国協会・団体会員が詰め掛けた会場は満席。公演を主催した「エリンの娘たち」の、青い地に黄金の朝日を象った旗がフットライトの前に掲げられた。同時に演じられたÆの『デアドラ』は、『フーリハンの娘キャスリーン』が巻き起こした興奮と衝撃に沈んだ。

劇は――時は一七九八年、ユナイティッド・アイリッシュマンの反乱が起きた年。場面はアイルランドの北西、キララ湾に面する村。この年、八月、反乱を援軍するためフランス艦隊が湾に到来した史実を踏まえ、劇は展開する。

長男マイケルの婚礼を明日に控え、喜びに沸く農夫の一家。そこに、流浪の、みすぼらしい老婆が現われる。

マイケル　放浪の旅は淋しくはありませんか。
老婆　私には私の想い、私の希望がある。
マイケル　あなたは、どんな希望をよすがとしているのですか。
老婆　私の美しい野を取り戻す希望、私の家からよそ者たちを追いだす希望[68]。

「私の美しい野」はアイルランドの四つのプロヴィンス、「よそ者たち」はこの国を幾世紀も支配してきた異国の者たちである。老婆のメッセジに心を奪われたマイケルは、明日、花嫁となる筈の娘の手を振り切って、家を飛び出して行く。キャスリーンを「愛したために命を落とした幾多の男たち[69]」に続くため。

「彼らは永遠に記憶されるだろう、彼らは永遠に生き続けるだろう〔……〕[70]」――キャスリーンが唄いながら退場。唄声の余韻が残る中、幕が下りると、聴衆の間に「愛国心の戦慄[71]」が走ったと、彼らの一人が証言する。観客は総立ちとなり、愛国の唄「もう一度《ひとたび》、国家に」（〝Nation Once Again〟）を合唱、演劇公演会場は政治集会のような場と化した[72]。

『フーリハンの娘キャスリーン』公演

『フーリハンの娘キャスリーン』公演は人々に語り継がれる伝説となる。伝説を作ったのはキャスリーンを演じたモード・ゴン――

あの夜、そこにいた幾人の人がモード・ゴンの『フーリハンの娘キャスリーン』を忘れることができようか。彼女の豊かな金髪、柳のような容姿、繊細で、蒼白な顔、燃えるような目、彼女が老婆の幕切れの台詞を口にしながらコティッジの戸口から去っていった姿を。〔……〕彼女を見ていると、この人がアイルランドで最も美しい女性、革命全体のインスピレーションだと評判されるのが容易に理解できた。美しさは息を呑むほどだった。『フーリハンの娘キャスリーン』はイェイツが特に彼女のために書いた作品であり、聴衆はその理由を理解した。彼女の中に、この国の青年たちはアイルランドの栄光の全てを見たのだ。彼女は舞台で演じた役そのものだった。(73)

「再び、彼女ほど素晴らしいキャスリーンが現われることはないだろう」[74]と、劇を演出したウィリアム・フェイは断言し、「彼女はキャスリーンを、われわれ、か弱い人間世界に降り立った女神のように思わせた」[75]と、イェイツも多少興奮気味。『フーリハンの娘キャスリーン』は、ユナイティッド・アイリッシュマンが身を挺して後の世代に伝えた反逆・闘争精神をパワフルに描いた作品。劇は、演じられる度に、演じられる場所で、「愛国心の戦慄」を送り続け、この劇を観て、ナショナリストに転じる多くの若者が現われる。また、この公演は演劇運動が飛躍的発展を遂げる足掛かりとなった。八月、イェイツとフェイ兄弟が合流して、アイルランドのナショナル・シアターの礎が築かれる。劇団の初期のヒロインたちの供給源となったのは「エリンの娘たち」である。

一八九九年春、ダブリンを訪れたヘンリ・ネヴィンソンはモード・ゴンの結婚相手を大胆に予測していた。「彼女が最初に出会う果敢な活動家が彼女をものにするだろう」、と。彼の予測は的中する。

一九〇二年六月、すでにモード・ゴンは結婚の意思を固め、カトリックへの改宗と合わせ、それを妹に告げていた。「一つ、私はカトリック教徒になります。二つ、私はマックブライド少佐と結婚します」[76]。モード・ゴンとジョン・マックブライド——社会的にも、経済的にも、二人を結ぶ接点は皆無に等しかった。モード・ゴンがアイルランドの民衆へ寄せる共感・一体感が何であれ、彼女は「連隊長の娘」、両親の遺産によって経済的自立と自由を保証され、パリを生活拠点に上層社会の一員として振舞ってきた。一方、一歳年上のマックブライドは——ボーア戦争開始によって、俄かに、アイルランドの国民的英雄に浮上する。しかし、それまで彼は無名の存在であり、アイルランド西部メイヨーで小さな店を営む彼の一家は、階級的隔たりに加え、カトリックとプロテスタント、宗教の溝も存在した。マックブライド自身無一文、パリで、ようやく得たアメリカのジャーナル通信員の秘書として、週給二ポンドで生活する身である。多くの人が危惧した二人の結婚は、出端から、破綻、崩壊へ向かい、その後のモード・ゴンの人生を狂わせる惨憺たる結果を招くことになる。

何故、モード・ゴンは無謀と言えば無謀、愚かと言えば愚かな決断に至ったのか――彼女の人生の最大の謎である。妹に送った手紙の中で、モード・ゴン自身が心の丈を明かしている。人々を悉《ことごと》く魅了した稀代の美女も三〇代半ば、「もう若くはなく、本当に疲れた」と打ち明ける彼女は――

私がどれほど辛い人生を送ってきたか、貴女も、この世の誰も知りません。私はトラブルを口にすることはなかったし、憐れみを受けるより、羨望される方がよかったからです。今、私自身の個人的生活に小さな幸せと平和《ピース》を得るチャンスを見ています。[77]

更に、娘イズールトの存在――「娘」は、依然として、「姪」または「養女」。「結婚は必要な社会的体面を繕い[78]」、モード・ゴン自身に付き纏うよからぬ噂も封じることができる。「イズールトのためでなければ、結婚は忌まわしいと思っています。イズールトのために、社会慣習の犠牲になります[79]」と、姉は妹に告げている。

更にもう一つ、恐らく、最大の理由は、二人の唯一の接点であるアイルランドのナショナリズム。南アフリカでアイルランド部隊を率いて英軍と戦う「マックブライド少佐」に、モード・ゴンはナショナリストの真の理想を見たのであろう。ほぼ時を同じくしてミルヴォアとの別れが訪れ、それが、マックブライドを英雄視する彼女の心の傾斜を加速させたに違いない。「反英・親ボーア」キャンペーンも、アメリカ講演旅行も、常に「ボーア戦争のヒーロー」を中心に、彼と共に行動してきた。アメリカから帰国後、パリで、常にモード・ゴンの傍らにあったのはマックブライドである。

キャスリーンが姉の手紙に異議を唱え、イェイツとの結婚を示唆すると、姉は言下に、「私は彼を友人として大切に思い、愛していますが、一瞬たりとも彼との結婚を想像することはできません[80]」と、その可能性を一蹴。

他方、マックブライドに関して――

私はマックブライドをよく知っています。この二年間、彼と会う機会が多く、彼は全く誠実で、実直な人だと分かっています。私は彼に完全な信頼を置いています。ずっと幸せになれると思います。私はこれまでと変わらず自立して私の人生を生き、これまでと同じように仕事を続けてゆきます。(81)

結婚後、上記のセンテンスは、悉く、覆される。

カトリックへの改宗は結婚と不可分一体の選択だった。モード・ゴンに改宗を勧めたのはマックブライドであると言われる。「私は結婚する人と同じ側から真理を見たいと思います(82)」と、姉は妹に打ち明けている。宗教上、モード・ゴンは折衷主義、「霊的存在を大天使と呼んでも、シィー、或いは神々と呼んでも、さして問題ではない(83)」と言い切る彼女にとって、カトリックへの改宗にそれ程抵抗感はなかったのであろう。むしろ、アイルランドの民を圧してきた英国国教会を破棄し、彼らと信仰を共有することに意義を見出していた。

モード・ゴンの結婚は翌年二月二一日、直前まで、極秘裡に伏せられた。

夏、ロスコモンで小作人たちの支援活動に当たったモード・ゴンは、メイヨー、ウェストポートに住むマックブライドの母と兄を訪問した。英国圏を踏むことのできないマックブライド自身は不在。ウェストポートはクルー湾に面する港町である。夜、兄ジョセフに連れられアナゴ漁に出た彼女は、「とても楽しい時を過ごしました。〔……〕クルー湾の島々の間はただただ美しく、黄金に輝く日暮れ時に出掛け、山々は一面紫色に染まり〔……〕(84)」と、イェイツに報告。手紙は、モード・ゴンの間接的予告、或いは警告だったかもしれない。しかし、彼は彼女の訪問目的にも、結婚の意思にも、気づくことはなかった。

秋、一〇月二七日から一週間、ゲール・クラブが開催したフェスティヴァルで、初日と最終日、モード・ゴンは「フーリハンの娘キャスリーン」役で登場した。「大勢の観客がホールを埋めた」初日、会場の「隅々まで人が溢れた[85]」最終日と、この劇の集客力とモード・ゴンの人気を見せつけている。彼女がキャスリーンを演じたのは、これが最後である。

年末、モード・ゴンはパリからイェイツに近況報告の短い手紙を送った。結びに――「新しい年があなたに幸せと満足をもたらしますように[86]」。月並みな季節の挨拶ながら、新しい年がイェイツにもたらすものを承知していた筈のモード・ゴンは、何を思いながら、結びの言葉をしたためたのだろう。

一九〇三年が明け、モード・ゴンが、婚約とカトリックへの改宗をフランスのメディアに発表したのは二月七日、結婚の二週間前である。同日、ロンドンの劇場で講演を予定していたイェイツの元に、講演が始まる直前、モード・ゴンから、結婚を知らせる電報が届いた。一瞬、「イェイツはどうしてよいか分からなかった。ともかく講演をやってのけ、後で、聴衆から優れた講演でしたと祝われたが、何をしゃべったのか、一言も思い出すことができなかった[87]」。

イェイツの恋物語は伝説の域に達する事柄。数々の愛の詩を捧げたミューズの背信は、「個人的トラウマに留まらず、社会的屈辱[88]」でもある。事件の衝撃を表わした詩の二行――

　耳は聞こえず、稲妻に
　目は眩み、貴女は私から去っていった。（「和解」）

電報を受け取った当日から、イェイツは立て続けに四通の手紙を送り（最後の、四通目の下書きのみが残っている)、二月一〇日、モード・ゴンは「手紙を三通受け取りました[89]」と返事を書き、パリ―ロンドン間を手紙が行き交った。イェイツは、四通目の手紙の下書き――言い淀み、言葉を選び、彼の狼狽ぶりが露わ――で、「一四年間の友情の名において」、モード・ゴンに「我に返るよう」、彼女自身の「魂を裏切る[90]」に等しい結婚を思い留まるよう、「熱烈な懇願[91]」を書き綴っている。イェイツが言葉にして表わせなかった一番の想いは――「何故、彼であって、私ではないのか[92]」――だったであろう。

二月一七日、ラヴァールの修道院で、モード・ゴンはプロテンスタンティズムを破棄する儀式に臨んだ。「あらゆる異端を憎みます」と宣誓するのが儀式の正式な手順。それを拒否して、彼女は、「私が憎むのは、唯一、サタンの化身の象徴と見なす大英帝国[93]」と宣誓。二日後、彼女はカトリックの洗礼を受けた。

結婚式のためラヴァールの修道院を去る母に、イズールトは泣いて縋り、マックブライドの母も、兄も、結婚を思い止まるよう手紙を書き送ってきた。「彼女はお金に慣れ、おまえは無一文。彼女は自由気儘《きまま》に生き、誰の意見にも耳を貸さない〔……〕[94]」。弟をこう諫めたのは兄ジョセフ。マックブライドをウィリアム・ルーニーに次ぐ友人と認めるアーサー・グリフィスは、モード・ゴンに、「貴女自身のために、アイルランドのために[95]」、結婚を思い留まるよう懇願する手紙を送ってきた。異を唱える周囲の合唱をよそに――止める天の父の声も振り切って――、二月二一日、二人はモード・ゴンの教区教会で結婚した。「ごく少数の友人のみが列席した静かな[96]」儀式。英国法下の結婚を選んだため、パリの英国領事館で、結婚の手続きが執り行われた。英国法が及ぶ館内で、マックブライドは、逮捕の危険に備え、「リヴォルヴァーに手を掛けている[97]」ものものしさ。「エリンの娘たち」が送ってきた「シャムロックと菫《すみれ》」が、翌朝、朝食のテーブルに彩りを添えた。二人がハネムーンに選んだのは南スペイン。アイルランドの革命家カップルに相応しい、きな臭い話が残っている。ハネムーンは、ジブラルタルを訪問予定の英国王エドワード七世暗殺が目的だったというのである。これはいささかでき過ぎ。二人が向

かったのは、ジブラルタルの対岸、アルジェシラスだったことを、マックブライド自身が認めている。(98)

モード・ゴンの自叙伝『女王の僕』は、結婚式を終えた二人がハネムーンに旅立つ場面で終わっている。この最終章の題は「黄昏《たそがれ》」。三〇代半ばにして、この結婚が、活動家としてモード・ゴンの人生に「黄昏」の幕を下ろす、惨憺たる結果に終わったことを示唆している。

第五章　堕ちたヒーロー　一九〇三―一九〇六

―離婚訴訟―

モード・ゴン、パリの自宅で、1902年頃

モード・ゴンは、結婚を決意した頃、ダブリン郊外ラスガー（Rathgar）、クールソン・アヴィニュに、家を一軒借り、そこに移り住んだ。隣の住人はイェイツの友人Æ。彼女の結婚から二か月余が経過した、四月二八日、Æは友人の詩人に手紙を書き送った。

私の妻によれば、ミス・ヤングがミスイズ・マックブライドに関する奇妙な夢を見て、彼女は全身灰色、周囲は暗闇だったといいます。更に、妻自身が一〇日ほど前に見た夢の中で、ミスイズ・マックブライドが泣きながら彼女のところへ来て、どうすればよいか分からない、何処に身を隠せばよいか分からないと言い、夢の中で、妻が彼女に、クールソン・アヴィニュの貴女の家に行くのではありませんかと問うと、「いいえ、そこは、彼に見つかってしまう」と、彼女は言ったといいます。(1)

結婚はハネムーンから崩壊の兆《きざ》しを見せ始めていた。或る夜、マックブライドは足元も覚束ない状態でホテルに帰着。「次の朝、モード・ゴンは荷物を纏め、パリへ帰ると告げ、彼もパリへ帰った(2)」。

これが、二年後、妻が離婚訴訟を起こすに至る惨憺たる結婚生活のいわば序章。その間、それを示唆する断片的情報が漏れ伝わっていたが、「ボーア戦争のヒーロー」が、妻と彼女周辺の女性たちを巻き込んで振るった恥ずべき所業――飲酒、暴力、猥褻行為――の全貌が明らかになるのは、妻が離婚を決意した後のことである。

二月二四日、結婚から三日後、モード・ゴンはイェイツに手紙を書き送った。ノルマンディ、バイユーから書かれた短い手紙を、彼女は「モード・ゴン・マックブライド」と署名。保持した「モード・ゴン」の名は、結婚後も「私は変わらない」、「私は自立して生きる」と語った彼女の意思表示であろう。「私たちは互いに率直かつオープンになれる、旧い、固い友人同士です[3]」と、彼女は言う。結婚から三日後というスピード、イェイツに「友情」を確認する手紙は、これまでと変わらず、彼を献身的、忠実な「友人」として繋ぎ留めおこうとする、モード・ゴンの潜在意識が働いていなかったとは言えない。二月二一日の出来事に旧友がどれほど深く傷ついたか、彼女は思い至ることがあっただろうか。手紙から、それを読み取ることはできない。

前年、モード・ゴンは、ノルマンディ、バイユーとヴィエルヴィルの間、コルヴィルの村から一マイル、海辺に立つ家を一軒買い求めていた。四月、彼女はこの家の準備のため近くに滞在していることから、恐らく、バイユーへは家の下検分に訪れたのであろう。「かもめ」(Les Mouettes) の名を持つヴィラは、イズールトと、翌年一月に誕生するショーンを連れて、復活祭や夏の休暇を過ごすゴン一家の——というか、マックブライド一家の——海辺の別荘となる。

五月初め、モード・ゴンはロンドンへ現われた。五月五日付、ロンドンの住居からグレゴリ夫人へ宛て書かれたイェイツの手紙——

昨日、モード・ゴンがここに二時間来ていました。私たちの誰も想像できなかったほど彼女は愚かだったようです。彼女は疲れ切っているように見えました[4]。

イェイツはモード・ゴンの告白をグレゴリ夫人にリレー。それによれば[5]——ミルヴォアは、公然と、若い愛人を連れ回るようになり、或る日、モード・ゴンが家を空けている間に、愛人を連れてイズールトに会いに訪れた。それを知ったモード・ゴンは、「咄嗟の怒りの衝動で結婚した」という。イェイツがエラ・ヤングの夢に触れると、彼女は笑って、「誰にもその種のことを書き送ってはいないと言った」。「彼女は絶望感を与えました」と、イェイツは書き添えている。グレゴリ夫人に宛てた手紙には、マックブライドの名前も、彼に関する言及は何も含まれていず、この時点で、モード・ゴンは事の核心に触れることはしなかった、或いはできなかったものと思われる。

翌日、再びグレゴリ夫人に宛てた手紙で、イェイツは前々日の出来事に触れ——

モード・ゴンとの面会が終わってよかったと思います。彼女はかつてないほど遠い存在に思えます。私が長い間知っていたモード・ゴンはもう存在しないと、何故か、感じられます。彼女に、苦渋の時、多分、自己否定の、退潮の時が始まったのだと感じています[6]。

モード・ゴンの結婚のショックはイェイツが現実に目覚める覚醒効果を持ったようである。前日の手紙で、彼はモード・ゴンを「愚か」と形容していた。イェイツがそうした否定語を彼女に当てたのは、恐らく、これが初めてである。

イェイツと面会した後、モード・ゴンはアイルランドへ向かった。

一九〇一年、ヴィクトリア女王は、六四年の在位年数を記録した後、他界した。老女王の後を継いで英国王に即位したのはエドワード七世、六〇歳。一九〇三年七月、新国王はアイルランド訪問を予定していた。ボーア戦争の最中、老女王の訪問に対する抗議運動が不発に終わった苦い経験を踏まえ、ナショナリストたちは、今回こそ、その再現阻止の構えである。モード・ゴンがアイルランドへ向かったのはそのためである。抗議の第一声を挙げたのはエドワード・マーティン、ゴールウェイのグレゴリ夫人の隣人で、土地没収を免れた数少ないカトリックの土地所有者の一人。劇作と教会音楽に、生涯、情熱を傾けた彼は強固なナショナリストである。四月四日、彼は、『フリーマンズ・ジャーナル』に、果たし状に等しい一文を寄せた。

イングランドは、又しても、アイルランドのナショナリストたちに決闘を挑んできた。アイルランドのナショナリストたちは受けて立ち、声を一つにして、［英国］政府に告げる。もし、われわれの盗み取られた国体回復以外の形で、彼らが国王をこの国に連れ来るなら、彼らはその向こう見ずを悔いるであろう。(7)

「盗み取られた国体」とは、一八〇一年、「合併法」によって奪われたアイルランドの「自治」を指し、その「回復」が「自治法」成立を指していることは言うまでもない。

マーティンの後に、イェイツが続いた。四月九日、彼は、やはり『フリーマンズ・ジャーナル』に抗議文を寄稿。「この度の国王訪問に何ら益はない」と切って捨てるイェイツは、英国王・女王の訪問に寄せられる盛大な歓迎の実体を暴く。

商店主は旗を掲揚しなければならない。掲揚したいからではない、リッチな顧客を失うからだ。労働者は忠誠を装わなければならない。雇い主に解雇されるからだ。貧民の子供たちは［沿道に］隊列を組んで立ち、監視の下、歓呼の声を挙げなければならない。学校はリッチなパトロンの怒りを恐れるからだ。(8)

「国王・女王の訪問は、いつも、脅迫と籠絡だった」[9]と、イェイツは言う。

ナショナリスト陣営から放たれた挑発に、体制支持派が黙している筈がない。マーティンを「不満分子のリーダー」と、イェイツを「彼の軍勢《アーミー》」[10]と嘲笑する新聞も現われる。両陣営間で舌戦が交わされる最中の、五月九日、アーサー・グリフィスは、『ユナイティッド・アイリッシュマン』紙上で、エドワード七世訪問に際し、ダブリン市が国王に「忠誠の辞」(loyal address) を送るらしいと、「噂」をリークした。この時、ダブリン市長の座にあったのはティモシー・ハリントン、一〇年以上も前、モード・ゴンをドニゴールの追い立て支援に向かわせ、ランカシャー、バローｰインｰファーネスの選挙応援に彼女を駆り出した議会議員の彼である。

五月一七日、モード・ゴンが中心となって――イェイツの入れ知恵があったらしい――「人民を守る委員会」なる組織が結成された。エドワード・マーティン、アーサー・グリフィス、その他の面々が参集、イェイツは書面で委員会参加を表明した。四月九日、彼が『フリーマンズ・ジャーナル』に寄せた抗議文で、英国王・女王の訪問に際し盛大な歓迎を演出するため、子供たちまで巻き込んで課される強制、圧力から、人民、特に労働者階級を「守る」目的という。しかし、それは名目で、委員会の真のターゲットは「忠誠の辞」阻止にあった。

翌五月一八日、議会派のリーダー、ジョン・レッドモンドは、「ロタンダ」と呼ばれたイヴェント会場で、基金集めの集会を開催した。集会の議長はティモシー・ハリントン。ここに、「人民を守る委員会」を代表して、エドワード・マーティンとモード・ゴンが殴り込みをかけた。ジョン・レッドモンドが立ち上がって口を開こうとした時、「壇の中央に進み出た」[11]二人は、市長に、「忠誠の辞」の有無を問い質《ただ》し始める。「ミスイズ・マックブライドは書類の束を手に持ち、激しい語気でものを言い、時折、書類を打って、明らかに自分の立場を強調した」[12]。モード・ゴンが市長と激しく言い争っている間、エドワード・マーティンは彼女の背後に回って対決を回避。「その時、聴衆の誰かが椅子を壇の上に投げつけ、壇上から無分別な誰かが椅子を投げ返し」、「聴衆は小さな固まりになって争い[13]」始め、会場は乱闘の場と化す。「ロタンダのバトル」と囃された事件。「ヴィクトリア女王即位記念祭以来、ダブリンで最も派手な騒動」、「ミスイズ・マックブライドは乱暴なショックを与えました[14]」と、Æはロンドンのイェイツに報告した。

バトルの後は舌戦。「人民を守る委員会」の行動に賛否両論が交錯する中、委員会は「意図よりも手段を容赦なく糾弾され」、「忠誠の辞」阻止第一ラウンドは、「明らかに、委員会の敗退[15]」に終わった。メディアは、彼らがごく僅かな少数派、「一握りの狂信者たちの一団」であることを強調した。

七月三日、第二ラウンドが戦われた。この日、体制支持派からの要請で、市長はダブリン市参事会を招集、「忠誠の辞」の是非が討議されることになった。「ロタンダのバトル」以来、この件にダブリン市民の関心は高く、傍聴席は満席。そこへ、「ミスター・マーティンが参事の一人ミスター・ケリーと共に到着、拍手喝采の中、席へ導かれた[16]」。少し遅れて「ミスイズ・ゴン-マックブライドが現われると、盛大な拍手喝采、著しいデモンストレーションが起きた[17]」。「忠誠の辞」支持派の参事たちの到着に、傍聴席から起きた非難、唸り声と対照的。結局、「忠誠の辞」は三票差で否決され、この件を巡る攻防は「人民を守る委員会」に軍杯が上がった。

エドワード七世訪問に対する抗議運動には、モード・ゴン演出の番外ラウンド付き。彼女の家が立つ通りの名を取って「クールソン・アヴィニュのバトル」と呼ばれた一件である。この頃、ローマ法王レオ一三世が他界した。七月二〇日、エドワード七世訪問前日、クールソン・アヴィニュのモード・ゴンの家の窓から、法王の死に弔意を示し、「黒旗」がぶら下がった。黒旗の正体は、箒《ほうき》の柄に吊るしたモード・ゴンの「黒いペティコート」。通りを埋める「ユニオン・ジャックの海」を嘲笑うように一つ翻る「黒旗」に怒り、それを奪おうとする隣人たちとモード・ゴンの家人との攻防が起き、やがて警官が駆けつけ、「エリンの娘たち」の会員と、アーサー・グリフィスが送りこんだ「ゲール・クラブ」の屈強な男たちが現場に急行、黒旗争奪戦となったが、数の力に警官は撤退。翌日から月末まで国王訪問期間中、「黒旗」はモード・ゴンの家から翻り続けた。

「クールソン・アヴィニュのバトル」には、更に、寸劇じみた一場面が演じられた。隣人の一人がモード・ゴンの家の屋根に登って黒旗を奪おうとしたところ、折しも、「エリンの娘たち」の幹事モーラ・クインが彼女と昼食中、ボトルを投げて、隣人をノック・ダウン。この頃、彼女はナショナル・シアターの主役女優である。八月、イェイツがイーディス・クレイグに送った手紙の中で、「無名の隣人」は「警官」に変身、「彼女はソーダ水のボトルで警官の頭をヒットして、役者仲間たちから妬ましく思われています[18]」と報告した一件である。

四月から展開された抗議運動にもかかわらず、新国王は、「アイルランド各地で熱烈な歓迎を受け、群衆は祝賀行事に参加、熱狂の中でナショナルな争点は完全に忘れ去られた[19]」。又しても、数年前に起きたシーンの繰返しである。

しかし、「ナショナリストたちの敗北は見せかけのみ[20]」。「一握りの狂信者の一団」と誇られた「人民を守る委員会」は純然たる政党「国民会議」に衣替えし、翌一九〇四年、本部の建物からアイルランド国旗が翻った。急進的ナショナリストたちは結集、統合へ向け動き始めた。

「忠誠の辞」阻止に見せたモード・ゴンの行動は、彼女の「エリンの娘たち」のゲール語名「メーヴ」を彷彿させる勇猛な女戦士のそれ。しかし、そうした彼女のアマゾン的顔を強調するのは彼女の実像を見誤るかもしれない。リリー・マクマナスはナショナリストの一人。彼女は、多くの人々の目に触れることはなかったであろう、モード・ゴンのもう一つの顔を目に留めている。或る夕暮れ時――

彼女は家の戸口に立っていた。長身を半ば通りの方へ向け、片手を上げてノッカーに乗せていた。左の腕と手は二人の襤褸を纏った小さな子供たちの方へ下げ、顔に笑みを湛え、目は子供たちに注がれていた。長い外套に身を包んで、そこに佇む彼女はあたかも慈悲の像。「何と美しい人」と、私は思った。蒼白い顔をした、黄色の髪毛のメーヴ、猛々しい、異教世界のコノートの女王ではなかった。[21]

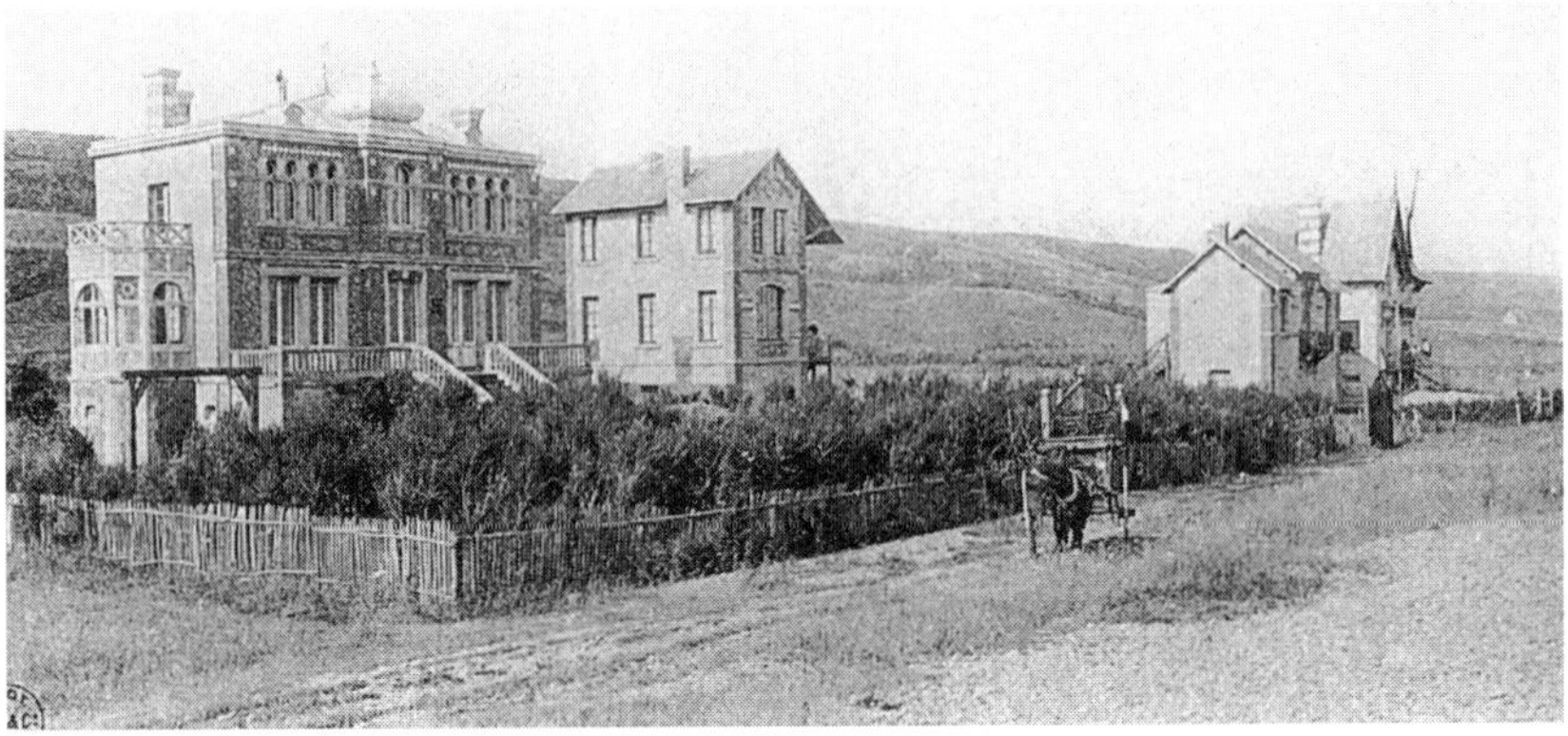

ノルマンディのヴィラ「かもめ」

エドワード七世訪問を巡る騒動の後、モード・ゴンはノルマンディのヴィラへ向かった。一家はここで夏を過ごす予定。妹に送ったモード・ゴンの手紙によれば、海辺のヴィラは――

自然で田舎、庭は海へ下り、野の花が溢れる野原が庭まで来ています。私たち以外誰もいません。一日の大半を水着で過ごし、小エビ捕りや魚釣りに多くの時間を費やします。私は絵を描き、私の僅かな絵の知識を子供たちに教えています。盲人が盲人を導くようなものです。鳥のさえずりと犬の吠え声の中で、私たちは絵具を塗りつけて満足しています。[22]

こう妹に書き送った六月初旬、モード・ゴンは妊娠に気づいていた。結婚は後戻りできない域に入っていた。

夏の間、九歳のイズールトと、一七歳になる異母妹アイリーンを含む一家の生活は、訪問客で賑わった。モード・ゴンが肝を冷やす事件が起きたのはこの夏のこと。彼女が留守の間に、イズールトが波に流され、半分溺れかかった彼女は沿岸警備員に救出された。マックブライドは、「殆どずっと体調不良[23]」。九月二〇日、一家はパリへ戻り、月末、パシィ通りに、「風変りで、チャーミングな小さな家[24]」を見つけ、そこへ越した。以後、一〇年近い年月、ここがゴン一家の生活拠点となる。

イェイツ率いる劇場は、一九〇三年、J・M・シングの登場によって飛躍的発展を遂げる足掛かりを得る。シングは、「九八」運動の一環として、モード・ゴンがパリに設立した「アイルランド協会」に加わったものの、彼女の「革命的、半軍事」路線に同調できず、早々と、脱会した青年である。

一〇月四日、シングのデビュー作『谷間の影』が舞台に懸った。老いた夫と若い妻、彼女は、偶然、一夜の宿と食事を求めて立ち寄った浮浪者と共に家を出て行く。「愛のない結婚」と呼ばれた、アイルランド農村社会に根づく不毛な慣習を抉り出した劇、天才劇作家の登場を予感させるに足る作品である。しかし、性を罪悪視するピューリタン的モラルと、アイルランドの名誉を汚すと見なすもの全てに激しい怒りを露わにする偏狭な愛国精神が幅を利かすこの国で、シングの劇は、リハーサルの段階から、物議を醸《かも》していた。公演会場で抗議行動を起こしたのはモード・ゴン。彼女は、モーラ・クインとダドレイ・ディッグズ、二人の劇団主役俳優を引き連れて、会場を退出した。

公演終了後、シングの劇を巡って非難と弁護の論争の幕が上がる。その中で、劇場の自由、表現の自由を掲げ、シングの、ひいてはナショナル・シアターの弁護・弁明を展開したのがイェイツなら、非難の急先鋒はアーサー・グリフィス。アイルランドの政治的独立を唯一の悲願とする彼にとって、ナショナル・シアターと名乗る劇場は政治的プロパガンダの道具。そう公言して憚《はばか》ることのないグリフィスに、モード・ゴンは足並みを揃えた。「ミスター・イェイツは劇場の自由を、愛国精神からの自由さえも要求します。私は、劇場が他の何ものより致命的な一つのものから自由であることを要求したい――異国の支配による狡猾かつ破壊的な圧制からの自由です(25)」。モード・ゴンはアイルランド国民演劇協会副会長の座を辞し、公演会場で彼女と共に抗議行動を起こした役者二人は劇団を退団した。

劇場は、事につけ、イェイツとモード・ゴンの間に齟齬《そご》、対立を生んだ。一一月、ダブリンのアイルランド文学座に倣って、アルスター文学座が旗揚げする。劇団の主宰者が、『フーリハンの娘キャスリーン』上演をイェイツに拒否され、モード・ゴンにアピールすると、彼女は――「ウィリ［イェイツ］を気にする必要はありません。彼はあの劇を私のために書き、私にくれたのです。劇は私のものです。上演したい時に上演して構いません」[26]。モード・ゴンの傍若無人な振る舞い、彼女の対イェイツ姿勢を表わすエピソードである。

翌一九〇四年末、アイルランドのナショナル・シアターは常設劇場アベイ・シアターを獲得、更なる飛躍を遂げてゆく。劇場の管理・経営に忙殺されるイェイツに、モード・ゴンは度々苦言を呈した。

一一月初め、イェイツは講演旅行のためアメリカへ旅立った。一一月一六日、ニュー・ヨークから、グレゴリ夫人に書き送った手紙の最後に、彼は次のように書き添えている。「とても痛ましい噂を耳にしたところです。マックブライド少佐が飲んでいるという噂です。もし事実なら、悲劇の最後の仕上げです」[27]。悲劇は想像を超える域に達していた。マックブライドは、妻の妊娠期間中、「理由もなく絶えず暴れ、子供が生まれれば、母親から奪ってアメリカへ連れて行くと宣言」[28]。一二月二五日、クリスマスの夜、彼は、泥酔し、同様の状態の友人を一人連れて帰宅。更に自宅で飲食した揚句に、「彼は友人と喧嘩を始め、ポケットの中のリヴォルヴァーに手を伸ばしたところで［妻が］割って入り、数度蹴られた後、銃を取り上げ、彼を寝室に引きずって連れてゆき、彼は服を着たまま寝てしまった」[29]。妻は翌月に出産を控えた臨月、体調不良が続いていた。

更にもう一年、「少佐」の飲酒、暴力、猥褻行為は続いた。

一九〇四年一月二六日、モード・ゴンは男子を出産、生まれた子はショーンと名づけられた。「アイルランドのジャンヌ・ダルク」を母に、「ボーア戦争のヒーロー」を父に誕生したこの子が背負った運命の重さは計り知れない。アイルランド、フランス、アメリカ、イングランドの新聞は「直近のアイルランドのレベルの誕生[30]」を報じ、ロンドンの雑誌『タトラー』は「パリの三人の不満分子」の写真を掲載した。世界中からお祝いのメッセージが届き、「未来のアイルランド大統領[31]」の誕生を祝す者も現われる。

『タトラー』（1904年2月）が掲載した「パリの三人の不満分子」

子供の誕生は、モード・ゴンにとって、一時、結婚の不幸を忘れさせる喜びに満ちた出来事だったに違いない。「ジョルジュの死から一三年を経て、ついにモード・ゴンは息子を得た。将来何が起ころうとも、何をもっても消すことのできない幸福の源が彼女の人生にできた[32]」。「赤ん坊は宝物です[33]」。二月一二日、出産後、初めて手紙を書く許可を得た彼女は喜びをイェイツに伝えている。

生まれた子供の「未来にありとあらゆる素晴らしいことを想い描く[34]」のは親の常。ショーンの誕生を記念して作ったスクラップ・ブックに、母は自分の手で美しいケルト模様の装飾を描き入れ、口絵のページに、「ショーン・ゴン・マックブライド、アイルランドの子[35]」と記した。

四月八日、洗礼式のため、ショーンは母に抱かれて海峡を渡り、「アイルランドの空気を初めて呼吸した[36]」――と、スクラップ・ブックに、母は記した。父親は不在。

彼はアメリカへ渡り、八月まで滞在する。マックブライドの母や他の親族たちがダブリンに集合。名づけ親《ゴッドファーザー》に選ばれたオレアリはＩＲＢ党員にして、五〇年間教会に足を運んだことのない不可知論者である。それを理由に、洗礼式を拒否した教会の司祭に替わって、若い司祭が儀式を執り行った。警察は全員を尾行、追跡、彼らの行動を逐一ファイルに記録した。

六月、ロンドンを訪れたモード・ゴンの動静を伝える情報が二つ残されている。一つは、ナショナル・シアターの舞台監督ウィリアム・フェイのもの。月末、彼はギルド・ホールで開催されたアイルランド絵画展に足を運んだ。イェイツとモード・ゴンが同行、「彼女は近づき難くも慇懃[37]」。

もう一つは、六月二五日、モード・ゴンがアイリッシュ・ナショナル・クラブで講演した折。ジャーナリストのヘンリ・ネヴィンソンは、一八九九年以来、彼女を目にするのは二度目、魅惑的な記録を日記に残している。

> 彼女は最高に麗しい――私が記憶している以上に美しい。黄褐色の髪毛は束ねず、力強い顔、真っ直ぐな目、笑みに表情が急に変化する。黒い服は胸が開き、素晴らしい喉元が見える。装飾は腰のベルトにタラ・ブローチが一つ。とても長身、最高に美しい声[38]。

モード・ゴンはネヴィンソン好みの美女のようである。上記の記述から、酔っ払った夫にＤＶを受ける妻を想像することは難しい。

八月三日、異母妹アイリーン、一八歳は、マックブライドの兄ジョセフ、四三歳とロンドンで結婚式を挙げ、一家が住むメイヨー、ウェストポートへ移り住んだ。この唐突の出来事は曰くつき。離婚を決意した後、モード・ゴンがイェイツその他の近しい人に明かした話によれば、前年夏、マックブライドはアイリーンを手籠めにし、二人は不倫関係にあったという。兄ジョセフとの結婚は事件を揉み消すためであろう。二人を結びつけた経緯について、詳細は不明。恐らく、事件を知ったモード・ゴンが、アイリーンの将来を思い、誠実で温厚なジョセフに白羽の矢を立て、事を進めたものと思われる。ジョセフ自身は若い妻の潔白を信じ、二人は五人の子供を持つ円満な家庭を築いた。

秋、モード・ゴンは新しい知己を得る——ジョン・クイン。彼はニュー・ヨークで弁護士として成功したアイリッシュ・アメリカンで、アート・コレクターとして名を知られる。一九〇二年、初めて先祖の地を訪れたクインはイェイツやグレゴリ夫人と親交を結び、グレゴリ家の屋敷クールまで足を運んだ。以来、祖国のリヴァイヴァル運動支援に情熱を傾ける彼は、翌年も、この一九〇四年もアイルランドを訪問、この年は一〇月半ばから三週間滞在した。モード・ゴンとクインの出会いが実現したのは、一〇月末か一一月初め、Æの家で。クインはなかなかのプレイボーイ。しかし、彼は「イェイツのヘレン」であるモード・ゴンに「特別な敬意を抱き[39]」、色恋沙汰の対象圏外に置いていたようである。クリスマスに、アメリカから送られる林檎の樽はクインの特別な友人が受け取る特権、モード・ゴンもそのリストに加わった。また、二人が折々に交わした書簡は、モード・ゴンの考えや動静を伝える貴重なファーストハンドの資料となっている。

一〇月二七日付の『ユナイティッド・アイリッシュマン』に、『夜明け』（*Dawn*）と題するモード・ゴンの劇作が掲載された。「一幕と三つのタブロー——日没、夜、夜明け」から成る劇は、彼女の唯一の創作。「よそ者」に小作地から追い立てられ、路頭に迷う中年の母親ブライドが主人公。日が暮れ、夜の間に、娘ブリディーンは飢え死にし、ブライドは孫の少年ととり残される。夜が明け、太陽が昇り、近隣の男たちは「復讐」を誓う。

死んだ者たちがわれわれに言っている、われわれは余りに長く耐え忍んだと、待つ日は終わった、立ち上がる日が来たのだ、と。死んだブリディーンにかけて、われわれは悲しみのブライドを勝利のブライドにすることを誓うのだ。[40]

モード・ゴンが主役を演じた劇を多分になぞった感のあるこの作品は、「経験、訓練、才能を顧みず、ナショナルな熱気を高め、小作人の窮状を広く世に知らせる、いかなる企てにも安易に参加する」[41]、「モード・ゴンの一篇のプロパガンダ」[42]。前年、彼女はシングの劇に抗議し、イェイツと対立した。『夜明け』はモード・ゴンが想い描く「ナショナルな」劇の見本、手本だったかもしれない。

年末、すでに崩壊状態の夫婦関係は破局へ向かって動き始める。一一月二五日、マックブライドは、モード・ゴンが家を不在にした間に、「結婚は終わった」[43]と侮辱的な手紙を残して、アイルランドへ帰ってしまった。「少佐」が置かれた立場も同情を禁じ得ない。「ボーア戦争のヒーロー」と、「アイルランドの国民的英雄」ともて囃される彼は、パリで、仕事もなく、経済的に妻にぶら下がって生きる身——「機能不全のヒーロー」[44]である。結婚前、彼がモード・ゴンの「カラフルな過去」[45]、特にミルヴォアとの関係をどの程度知っていたのか——或いは、知らされていたのか——定かではない。全く無知ではなかったであろうが、彼がより詳しい事実を知ったのは、恐らく、結婚後であろう。イェイツの長い恋物語は周知の事実であり、モード・ゴンが親しく交際した男性は他にも数多い。ピューリタン的性道徳が支配するアイルランドにあって——或いは、国籍を問わず——、モード・ゴンの「過去」全てを許容できる寛容な夫は少なかったかもしれない。結婚後、パリから動くことができないマックブライドを尻目に、モード・ゴンは自由にロンドンへ、アイルランドへ往き来し、家を不在にすることもしばしば。離婚裁判の過程で、マックブライドが証言した供述によれば――

私たちの不和全ての源《もと》は、妻が元愛人たちを私に押しつけようとしたことにある。〔……〕結婚したその日から、彼女は彼らと手紙の遣り取りを望み、家に連れてこようとした。彼女は三人の男性の愛人で、その一人との間に二人の庶子をもうけ、二度流産〔……〕、結婚後二、三か月して、彼女はイェイツと密会した。〔……〕(46)

モード・ゴンがイェイツに手紙を書き送ったのは結婚から三日後であり、五月初め、二人はロンドンで「逢瀬」を持っている。この「密会」に、マックブライドは特に不満を抱いていたと言われる。「私の友人だった男性は皆私の愛人だと彼は当てこすり」、「嫉妬から、際限なく騒ぎ立てた(47)」と、妻は証言する。屈辱、フラストレーション等、諸々の鬱屈した感情に加え、嫉妬に燃える彼はアルコールに頼り、泥酔しては暴力と猥褻行為に及んだ。彼に着せられた罪状は――

① 料理人の女性に対する度重なる猥褻行為。一度は、用があると彼女を寝室に呼んで、全裸で彼女に襲いかかった。

② イズールトの家庭教師、メアリ・バリ・ディレイニに対する同様の行為。彼女が住む家に押しかけ、寝室に押し入ろうとした。

③ すでに述べたアイリーンとの不倫。

④ 猥褻行為は一〇歳のイズールトにも及んだ。彼女を寝室に呼んで、彼は全裸になったとされる。(48)

これが、結婚を決意した頃、「私はマックブライドをよく知っています」、「彼は全く誠実で、実直な人」と、モード・ゴンが妹に語った男の顔である。

こうした罪状が表沙汰になれば、「スキャンダルは空前のスケール[49]」に達することは必至。初め、モード・ゴンは和解による離婚、又は別居の道を模索した。一二月一八日、ロンドンで、彼女は、弁護士を伴って、マックブライドの兄の一人アンソニに面会、「激怒、不信、否定[50]」に遭う。ロンドンに呼び出されたマックブライドはバリ・オブライアンに助言を求めた。彼は弁護士にしてジャーナリスト、モード・ゴンもイェイツも知己の間柄である。アイルランドは離婚を禁じる国であり、より穏便な別居による和解の道が図られた。夫は別居に関して争う意思はなく、息子ショーンの親権を中心に別居条件を巡って、当事者とそれぞれの弁護士の間で交渉が重ねられた。

「アイルランドのジャンヌ・ダルク」と「ボーア戦争のヒーロー」の別れ話は、単なる夫婦の不和で片付けることはできない。オブライアンは、初めから、「私の関心はアイルランドの大義をスキャンダルから救うこと[51]」、「マックブライド伝説は輝きを失ってはならない[52]」と宣言。スキャンダル回避を最優先に、彼は、イングランドの法廷で離婚訴訟が裁かれれば、ミルヴォアとの関係のみならず、夫が、妻の愛人だったと申し立てる男性との関係が、逐一詳細に訊問されることになる、と脅迫まがいの言を突きつけ、モード・ゴンに妥協を迫った。

数週間重ねられた和解交渉は、ショーンの親権を巡って条件が折り合わず、一月九日、不調に終わる。

同日、モード・ゴンの依頼を受け、従姉妹のメイ――結婚した彼女はメイ・バーティ＝クレイ――がイェイツを訪問。モード・ゴンの離婚の意思を知らされた彼が、その日、彼女に送った手紙に、翌一月一〇日、モード・ゴンは返事を返した。

私がヒーローに仕立てた男に、ヒーローの何も残っていません。幻滅は残酷でした。私は不公平《アンイーヴン》なバトルを戦っています。名誉も良心の咎《とが》めもなく、私が、ナショナルな大義への忠誠心から半ば手を縛られていると知って、自分の不品行も、我が身も、大義の後ろに隠している男と戦っているからです(53)。

一月一一日、イェイツがメイ・クレイを訪問、マックブライドに着せられた罪状を含む事態の全貌を知った彼は、「完全に、不意打ちを喰った(54)」感。「私は地獄のサークルを巡ってきた気分です(55)」。そうグレゴリ夫人に訴えつつ、イェイツは、即座に、モード・ゴンの援助に回った。しかし、「旧い感情は蘇らず」、「同情と怒りの感情だけ(56)」。「トラブルの度に縋る(57)」グレゴリ夫人に、「もし、ストーリーを知れば、彼女が全くの赤の他人でも、最も憎い敵であっても、何を置いても助けなければと感じるでしょう(58)」。グレゴリ夫人の同情を喚起し、彼女の知恵と応援を借りる意図である。

モード・ゴンの「元愛人」の中で、依然、彼女が交際を続けるイェイツに、マックブライドが激しい嫉妬を向けたのは必然。モード・ゴンのパリの家から、イェイツの詩集は全て「消えた」。詩集の存在は「少佐」を「少なからず苛立たせていた(59)」という。一月一四日、イェイツはグレゴリ夫人にいささか物騒なエピソードを耳に入れている。「少し前、マックブライドは私を撃つと言ったそうです。ここ数日間で、私が耳にした、唯一、元気の出るニュースです――ハイな気分になります(60)」。

イェイツのサポートが実際にどれほど役立ったか、疑問。しかし、「神経がズタズタ(61)」と告白するモード・ゴンに与えた心理的効果は大。「私は、あなたがどれほどよくして下さったか、あなたの優しい想いと言葉にどれほど助けられたか、決して忘れることはありません(62)」。モード・ゴンがイェイツにこれほど「優しい」言葉を掛けることはかつてなかった。一方、イェイツはアメリカのジョン・クインに協力を要請し、「深く悩み、憂慮する」理由を、「私は彼女に最も永続的な愛情を持っています、〔……〕愛する近親に寄せる感情です(63)」と弁明している。

フランスにおいて、離婚訴訟は法的和解を図る試みから始められた。二月一八日、当事者二人が出廷し、判事は和解の可能性を質した。モード・ゴンにその意思はなく、二月二五日、彼女は離婚を提訴。初め、「離婚」に固執することのなかった彼女が、「和解」の道を捨て、「離婚訴訟」に踏み切った背後に、イェイツの強気の押しが働いていなかったとは言えない。彼は、マックブライドの罪状を計算に入れれば、訴訟でモード・ゴンの優位は揺るがないと判断、Æやエラ・ヤングが勧めた調停案を排し、法的決着を彼女に勧めた。しかし、イェイツの判断は現実性を欠いていた。モード・ゴンの「カラフルな過去」、特に一〇年以上に及ぶミルヴォアとの関係を、彼女が道徳性に欠ける例として、マックブライド側の弁護士にフルに利用されることになる。

マックブライドの飲酒についても、アル中撲滅を国家的課題とする国にあって、人々は飲酒にきわめて寛大、或いは罪悪感が希薄、妻が夫の飲酒に異議を立てるのは「病的奇癖[64]」と切り捨てる向きさえある。それには、アイルランド社会の中で一般的女性の地位の低さも手伝った。モード・ゴンは、離婚訴訟を、「似たような状況に置かれた他の女性たちを助ける[65]」ことになると言い、「私には酔っ払いを追い出すパワーがある[66]」と、勇ましい発言を残している。

マックブライドの罪状の中で最も深刻な猥褻行為――アイリーンのケースは、彼女がマックブライドの兄ジョセフの妻であるため、きわめて微妙。初め、モード・ゴンはアイリーンを名指しすることを避け、「或る女性の評判を損ない、彼は是が非でも避けたいと望む筈の或ること[67]」と遠回しに言及した。また、モード・ゴンは、マックブライド側が一〇歳の娘イズールトを法廷に引きずり出すことを極度に恐れ、神経を尖らせた。

イェイツは、事実が明らかになれば、マックブライドは面目を失って、公の場から退場を余儀なくされるだろうと踏んだ。しかし、彼の観測はアイルランドの人々が彼に寄せた敬愛を過小評価していた。道徳的に高潔と評判の高いオレアリさえ、躊躇することなく、マックブライドの側に立ち、ＩＲＢ党員はこぞって夫の味方に着いた。マックブライドはオレアリと仲良く並んで撮影した写真をメディアに公表して、自身に寄せられた信頼を抜け目なくアピール。

ジョン・マックブライド（向かって右）と
ジョン・オレアリ、1905年

こうした複数の要因が絡み、裁判の過程で、モード・ゴンが絶対的優位な立場に立っていたわけではない。

フランスの離婚裁判は判事の私室で行われ、メディアによる報道も禁止、判決のみが法廷で言い渡された。しかし、イングランドやアイルランドはそれに該当せず、二月二七日、ロンドンの『モーニング・リーダー』は、パリ通信員からのリポートとして、ミスイズ・ゴン－マックブライドが、飲酒と不倫を理由に、離婚を提訴したと報道。当日と翌日、ダブリンの各紙とロンドンの二紙がリポートのコピーを掲載し、事態は広く知れ渡ることになる。報道によって、マックブライドは何としても身の潔白を証明しなければならない立場へ追い込まれ、モード・ゴン周辺の人々が恐れたよう、離婚裁判の過程で、スキャンダルの「浅ましい詳細[68]」が、全てではないにしても、報道される結果になる。

イェイツはモード・ゴンに僅かでも有利な証拠を集めるため、友人、知人の動員を図った。ジョン・クインは、ニュー・ヨークで、この街に滞在中のマックブライドの素行調査を探偵に依頼。しかし、「至るところで、抵抗と沈黙に遭い[69]」、事の鎮静化を望む声のみ。

ショーンの親権を巡って、マックブライドは、一年のある期間、彼を、メイヨー、ウェストポートに住む祖母の元に預けたいと主張し始める。一家はパブを営み、幼い子供が育つ生活環境に不適切であることを証明するため、イェイツの古くからの友人で、アベイ・シアターのオーナーであるアニー・ホーニマンが自ら志願、アイルランド西部へ出向いて、証拠集めを試みる。しかし、ここでも、田舎人たちは口を閉ざし、彼女の探偵工作は不調に終わった。

法的論争とマックブライドの引き延ばしで、裁判は遅々として進まず、『アイリッシュ・インディペンデント』紙が、二月と七月、訴訟原因を「暴力、飲酒、不倫」と報じた記事が名誉棄損に当たるとマックブライドが訴訟を起こし、更に決着は遠のいた。

離婚訴訟真只中の、八月一〇日、モード・ゴンは、パリの自宅で、『ニュー・ヨーク・イーヴニング・ワールド』のパリ通信員のインタヴューを受けた。「結婚は失敗ですか」と問う彼に、「もし女性が何か為す価値のあることを持っているなら、結婚は嘆かわしい一歩だと、私は躊躇うことなく言います[70]」と彼女は応じた。

結婚した当初、夫がどれほど愛情に溢れていようと、必ず彼は妻のキャリアを嫉妬し、皮肉な目を向け、結局、彼女の人生を地獄に追いやるのがおちです。〔……〕近年、女性の方が男性よりよい教育を受けた場合があり、そうした女性とそうした男性との結婚は致命的エラーです。夫は自分の絶望的な劣等的視点から妻を誤解し、笑いものにし、ここでも地獄を作り出します[71]。

結婚は男性の都合に合わせたもので、女性の能力やキャリアを潰し、葬り去るものでしかないと、モード・ゴンは言う。

私はそうしたケースを一〇〇〇も見ました。素晴らしい才能を持った女性が平凡な男性と結婚し、妻の第一の義務は夫を崇めることで、次に彼の子供たちと家庭の面倒を見、生きる糧と衣服を与えられることに感謝することだと夫は考えている、私はそうしたケースを一〇〇〇も見ました。(72)

「独立志向を持った女性は〔……〕結婚は避けた方がよい(73)」と、モード・ゴンは断言する。フェミニストの発言としてよりも、離婚訴訟の渦中にある彼女の心中激白としてきわめて興味深い。「インタヴューは、マックブライドとの結婚によって、彼女が日々舐めた苦汁、彼の飲酒、暴力、猥褻行為と同じほど彼女を傷つけた些細な衝突について多くを語っている(74)」。

一一月、本格的訊問が開始された。判事の私室で、モード・ゴンは、「五時間、マックブライドと向い合って座り」、彼女の証人として出廷した人々が「次々と、彼が酔っては振るった猥褻行為の証拠」を述べ立てる「悪夢(75)」に耐えた。翌週はマックブライド側の証人訊問。飲酒を認める証人、否定する者、この日も五時間、尋問が続いた。アイリーンと彼女の夫はマックブライド側の証人として出廷。異母妹の名前を極力伏せたいと願ったモード・ゴンは落胆したが、夫は若い妻の潔白を信じ切っている様子――「立派《グレイト》なこと(76)」と、モード・ゴンは率直な感想を残している。

「泥を投げ合う」、「忌まわしい日々(77)」の連続に、「影のように痩せ細った(78)」モード・ゴンは、パリの彼女の家に滞在するメイに支えられ、イェイツから送られてくる手紙と彼の変わらぬ友情に慰めを見出した。彼に裁判の進行を報告、感情を吐露することも一つの救い。また、絵心のある彼女は教室に通い、デッサン画や油絵に没頭して、法廷での心労を忘れようと努めた。年末、モード・ゴンはイェイツにイズールトの小さなパステル画を送っ

モード・ゴンがイェイツに送った
イズールトのパステル画

た。一一歳の娘がバスに入るため髪をひねってたくし上げた横顔、「実際より大人びて見えます[79]」と、母は説明書きを添えた。

モード・ゴンが心を痛めた一つは「エリンの娘たち」のこと。会員たちは会長支持に回ったが、スキャンダルに割れ、モード・ゴンに対する誹謗中傷が渦巻くダブリンで、彼女たちは難しい立場に置かれた。モード・ゴンは「エリンの娘たち」の会長に再選されたが、ゲール・クラブは、彼女の「国籍」を蒸し返し、副会長再選を退けた。

マックブライドの名誉棄損訴訟は、進行中の離婚訴訟に重大な影響を及ぼすことになった。ボーア戦争開始と同時に、マックブライドは英国市民権を放棄し、トランスヴァール名誉市民権を得ていた。アイルランド部隊解散後、彼の居住地はパリである。しかし、一九〇五年四月以降、ダブリンに留まる彼は、名誉棄損訴訟の過程で、アイルランド国民であること、アイルランドが居住地であることが認められ、フランスの訴訟の判決は離婚を禁じるアイルランド法に則って下されることになった。

一九〇六年八月八日、フランスの判事によって、アイルランド法の下、法的別居を認める判決が下りた。ショーンの親権は母親に渡り、父親は、毎週子供に会う面会権と、更に、ショーンが六歳になった後、一年に一《ひと》月《つき》、息子と過ごすことが認められた。一年半にわたった法廷闘争は当事者双方に「ダメージの大きい引き分け[80]」

に終わった。

モード・ゴンは判決に落胆、控訴を決意する。一九〇八年一月に結審した控訴審は、しかし、特に彼女に有利な判決が下ったわけでもなく、事実上、何ら影響を及ぼすことなく終わった。一九〇六年一月に行われた英国総選挙で、リベラルは地滑り的勝利を収める。逮捕の危険の去ったマックブライドはダブリンに留まり、息子ショーンに面会することは一度もなかったからである。

離婚訴訟を起こして以来、モード・ゴンは裁判が結審すれば、直ぐにもアイルランドへ行きたいと、幾度も、願望を口にしていた。その願いが叶ったのは一〇月、二年の空白が空いていた。一〇月二〇日、アベイ・シアター、グレゴリ夫人の『監獄の門』初演の日。開演が一〇分、一五分と遅れ――

ついにイェイツが急いで入ってきた。彼は〔……〕黒い衣装の女性を伴っていた。〔……〕即座に、平土間の少人数のグループが大声で野次り、「万歳、マックブライド！」と叫び始めた。

その女《ひと》は立ったまま野次馬たちの方へ顔を向け、全身で溢れる感情を表わした。私は、その前にも後にも見たことがない最も美しい、最もヒロイックな顔立ちの人を見た。〔……〕野次が続く間、イェイツは横に立って当惑した表情を浮かべていた。しかし、彼女は笑みを浮かべ、動じなかった。やがて別の野次が上がり、最初の野次は別のグループに掻き消された。(81)

この場に居合わせ、記録に残したのはメアリ・コラム、一八九〇年代から、文学・演劇運動のいわば追っかけファンである。

モード・ゴンが離婚を提訴して間もない頃、グレゴリ夫人は、彼女がアイルランドで活動できる可能性に触れ、

「それは終わったと、私は思います[82]」と述べていた。モード・ゴン自身、「私がアイルランドに戻れば、ありとあらゆる偏見に遭う[83]」ことを予測していた。アベイ・シアターの場面は、活動家として彼女のキャリアは「終わった」ことを告げていた。この後、モード・ゴンはアイルランドの政治活動から身を引き、パリに退く。彼女がアイルランドから離れる決心をしたもう一つの理由は、ショーンを父親に奪われることを恐れたからでもある。

モード・ゴンが半ばエグザイルとしてパリに留まった年月は一〇年に及んだ。

第六章　エグザイルの年月　一九〇六―一九一六

モード・ゴンと２人の子供たち

一九〇六年八月、離婚訴訟第一審に判決が下りた後、モード・ゴンがアイルランドの政治活動から身を引いて、パリに退いた一〇年の歳月は、彼女の人生の中で、一種のエア・ポケットにも似た期間となる。自ら飛び込んだ政治闘争の世界で、憑かれたように活動に明け暮れほぼ二〇年、突然、嵐が止んで、その後に訪れた凪《なぎ》にも似ていた。この間、モード・ゴンの生活は二人の子供たちが中心の日々。パリの家を拠点に、復活祭や夏の休暇はノルマンディの海辺で、折々に他のヨーロッパの都市に旅行に出掛ける、穏やかな時間が流れた。アイルランドへ赴くこともあったが、それも散発的、長く留まることはなかった。「私自身は今の生活にとても満足していま す」[1]と、一九〇七年九月、彼女はイェイツに語っている。「長い間、私は目隠し革《ブリンカー》を着けていました。大義のために休むことなく働き、一つの目的と目標だけを見ているためでした。今、私はそれを脱ぎ、多くのものが見えます」[2]。アイルランドから離れている年月が長くなればなるほど、彼女は焦燥感を募らせ、それを言葉に表わし始める。自身の人生を「残骸」[3]と見なす無惨な想いも心の片隅に潜んでいたであろう。しかし、惨憺たる結婚生活と、醜悪な法廷闘争を経て、モード・ゴンは、二人の子供たちと過ごす平和な日常に、休息と或る満足感を見出していたのかもしれない。

一九〇三年秋からゴン一家が住むパシィ通りは、パリ郊外、セーヌの北岸、凱旋門の南西に位置する。パシィ通り一三番地のモード・ゴンの家を、ここを幾度か訪問、滞在することのあったエラ・ヤングは次のように伝えている。

それは美しいものの詰まった家で、木の彫刻、ロシアの刺繍、東洋の敷物、それらが無造作に投げ置かれている。床から天上まで届く鏡が至る所にあり、モード・ゴンは鏡が作り出す光と空間の効果を好んだ。大小の多くの犬――グレイト・デイン、トイ・ポメラニアン、宮廷育ちの高慢なペキニーズ、スペイン語で罵るオウムが一羽、フランス語をしゃべる彼の仲間、ペルシャ猫が一匹。多くの召使がいて、皆フランス語を話した。

一家の喜びの中心はモード・ゴンの息子ショーン・マックブライド、金髪の少年である。(4)

モード・ゴンが自ら選んだエグザイルの年月を甘受することができたのは、息子ショーンの存在が大きかった。離婚訴訟第一審が決着した時、彼は二歳半。母親を必要とする幼子の存在は彼女に生きる目的を与えた。

彼に対する愛は一つの中心、アイルランドの大義と同じほど要求度の高い生きる理由となった。愛人も彼女の逸る心を治めることはできなかった。友人も、心身を消耗する、しばしば危険なキャリアから彼女を長く引き留めることはできなかった。イングランドの密偵の脅威も、敵対する人々の誹謗中傷も、彼女を止めることはできなかった。しかし、微妙に、モード・ゴンの人生は幼い息子によって変化を遂げた。(5)

パリにはアイリッシュ・コミュニティが存在し、恒例の行事や催しが開催された。毎年、三月一七日、聖パトリック協会が開く祝宴に、モード・ゴンは三歳の息子に白い服を着せ、彼女の協会会員章の聖パトリック騎士団十字架を首に下げ、出席者たちに、「エリンの娘たち」から送られたシャムロックを配らせた。(6) ショーンの記憶に残る最初の思い出の一つだという。(7)

もう一人の子供イズールトはロー・ティーンの域に達し、年毎に美しく成長する娘に母は目を細めながら、何事にも身を入れない彼女の「怠惰」を、しばしば、イェイツに訴えるようになる。

モード・ゴンが多くの時間を割いた一つは絵を描くこと。教室に通い、家の敷地にアトリエを建て、ここで、ノルマンディのヴィラで、彼女は絵を描くことに没頭した。展覧会《サロン》に出品する作品の制作に励むこともあれば、一九〇九年と一九一〇年、エラ・ヤングが出版したケルト神話の本に挿絵を描いている。また、依頼を受ければ、肖像画を手掛けることもあった。「私は懸命に絵を描いています」。イェイツに宛てた手紙の中で頻繁に現われる決まり文句の一つとなる。モード・ゴンが絵心の持ち主だったことは幸運の一つ。時間とエネルギーを注ぐ対象がなかったなら、一〇年の年月はよりフラストレーションに満ちた時間になっただろう。

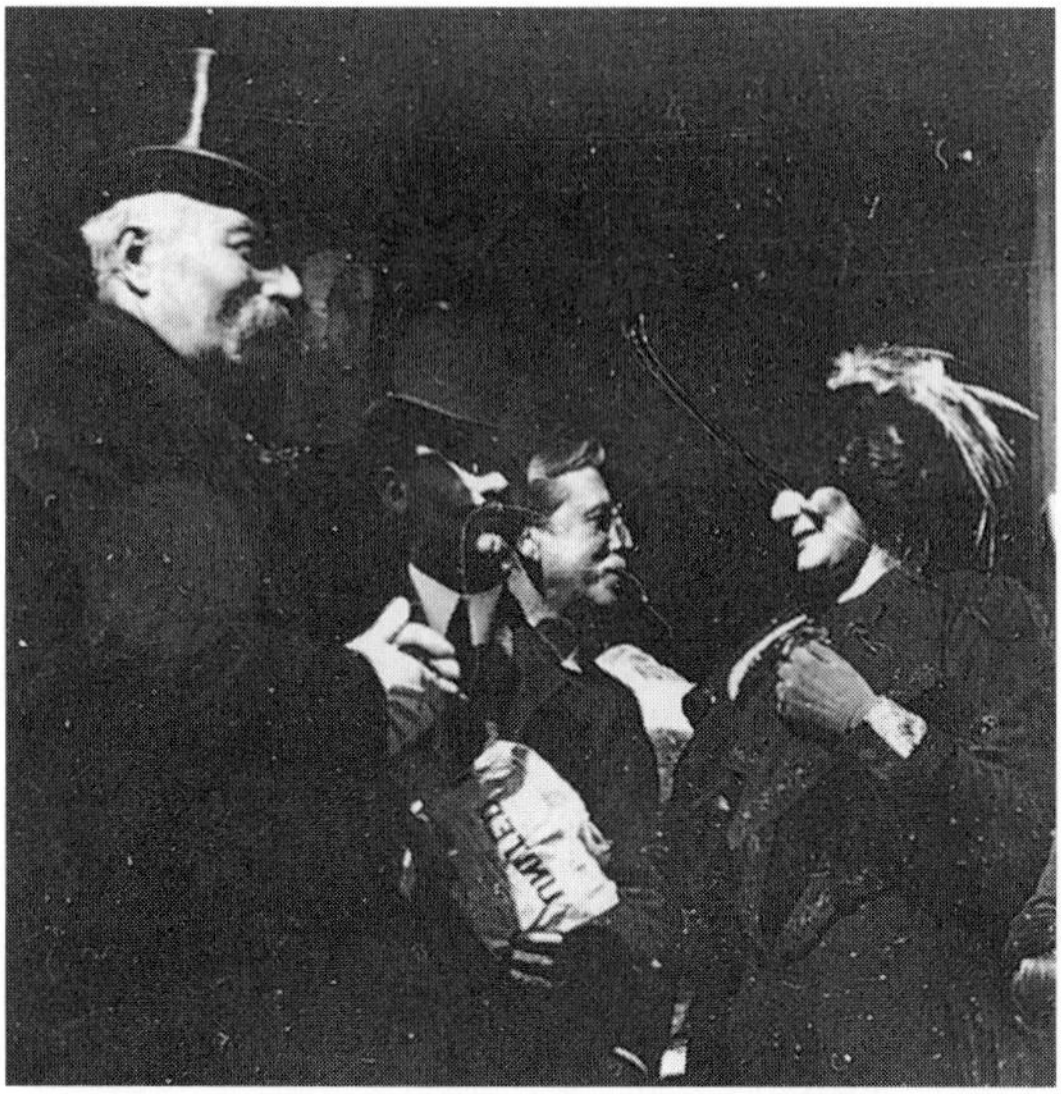

モード・ゴン、聖パトリック協会の祝祭で、
左はクレモン伯爵、1909年

シングの登場以来、ダブリンの一大騒動発信源となったイェイツの劇場は、一九〇七年一月末、劇場の歴史の中で最大の事件を引き起こした。一月二六日から一週間、アベイ・シアターの舞台に懸ったシングの『西国のプレイボーイ』に抗議し、観客の一部が暴徒と化した『プレイボーイ』暴動と呼ばれる事件である。導入された警官が劇場の三方の壁を固める中、公演が続行される異常な事態を生んだ犯人は、組織的妨害行為を行った急進的ナショナリストたち。

この時、モード・ゴンはパリ。シングのデビュー作『谷間の影』に抗議しイェイツと対立した彼女は、意外にも、「私はこの事柄に立ち入りたくはありません」(8)と、傍観の姿勢を貫いた。この予想外の反応は、離婚スキャンダルで、彼女から離反、マックブライド側に着いたナショナリストたちへの苦い想いからだったのか、彼女を支え続けたイェイツへの感謝から彼との対立を回避したのか、或いは、アイルランドの「政治」は遠ざかり、彼女は厭戦ないし休戦気分だったのだろうか。

五月、ロンドン、オックスフォード、ケンブリッジの三都市で『プレイボーイ』が公演された。イェイツは、シングに対する攻撃と、前年一〇月、アベイ・シアターで、モード・ゴンに野次を浴びせた輩たちを重ね、大衆批判を書き綴った手紙を彼女に送ったようである。五月七日、モード・ゴンは彼に反論、大衆の弁護を展開した。

私が暴いた詐欺師たち、私が追い払ったパブの主人や酔っ払い、私が卑怯を白状させた卑怯者たち、彼らは皆マックブライド側に着き、私に対し誹謗中傷を囁いています。でも、私たちいずれの場合も、大衆に非はありません。ナショナルな観点からは、彼らの行動は健全な兆候でさえあるのです。(9)

上記の箇所は、一九一五年のイェイツの詩「大衆」が書かれる基《ソース》になった。

詩人と「不死鳥」――イェイツがモード・ゴンに与えた呼び名――の対話からなる詩の中で、「私」は、「この礼儀知らずの町」を捨て、宮廷文化の栄えたイタリア・ルネッサンスの都市への憧れを述べる。「不死鳥」は、「私」を諫め――

酔っ払いや公金どろぼう、
不正直者たちを、私は寄せつけませんでした。

私の運が変わった時、彼らは私の面前に
何処からともなくこそこそ現われ出《い》で、私にけしかけました、
私が尽くした者たち、中には私が養った者もいました。
それでも私は、今も、いかなる時も、
大衆の愚痴を言ったことはありません。

詩の最後の三行――

私の心は彼女の言葉に躍り、
私は恥じた。そして九年経った今、
彼女の言葉が蘇り、私は恥じて頭をうな垂れる。

モード・ゴンを取り巻く状況の変化は、イェイツとの関係も大きく変えた。愚かと言えば愚かな結婚によってモード・ゴンが自ら陥った窮状に、非難の言葉も、恨みがましい言葉一つ吐くことなく彼女を支え続けたイェイツに、初めて、「情なき美女」は彼の愛に心を開いた。モード・ゴンの友好ムードに誘われるように、イェイツはパリの家やノルマンディのヴィラを訪問する。

一九〇八年六月一九日、パリを訪れたイェイツは、モード・ゴンの家の向いのホテルに陣取って、一週間滞在した。埋まりつつあった溝は癒え、二人の「和解」がなる。イェイツがパリに着いた次の日――「彼女の言った或ることが近い過去を消し去って、全てを一八九八年の霊的結婚へ引き戻した[10]」。「和解」を機に開始されたイェイツの日記の記述。

モード・ゴンとの「和解」は、彼女の結婚後、殆ど途絶えていた詩人の詩《うた》を蘇らせた。八月か九月に書き始められた「和解」と題する詩の草稿の二行――

私にしっかり寄り添って欲しい――貴女が行ってしまった時から、
不毛な想いが私を骨まで冷やしてしまった。[11]

二人の子供たちと絵を描くことに「満たされ、幸せそうな」[12]モード・ゴンは、政治集会で群衆にアジ演説を叫ぶ彼女とは別人だったかもしれない。四歳になるショーンに、母はフランス語とゲール語だけを教えていた。英語だけしか話せない父親とのコミュニケーションを断つため。一四歳のイズールトは古典が好き、炉棚でアルテミスに灯火を捧げ、家が火事になりかかる一騒動も。或る日、肖像画家のセアラ・パーサーがランチに訪れた。鳥籠の中でさえずるカナリアや他の鳥の騒々しさに、彼女は辟易。辛辣な舌で知られるパーサーは――「幼いショーン・マックブライドをじっと見て、彼の母親に、『貴女はこの子が大きくなって、人殺しに成長するのは恐ろしくないのですか』と言った」[13]。ショーンの母が何と応えたか、不明。

イェイツがロンドンへ戻った翌日、六月二六日、「あなたがパリをあんなに早く発ってしまったのは悲しいことでした」[14]と、モード・ゴンの手紙が彼の後を追った。手紙の最後に触れられた、「とても素晴らしいこと、私の人生でこれまで遭った最も素晴らしいこと」[15]は、霊的結婚の復活を指すのであろう。

一か月後、七月二五日、モード・ゴンは「不思議な経験」をする。家人が寝室へ退いた一一時一五分前――

私はあなたのことを強く思い、あなたの所へ行きたいと願いました。私たちは宇宙空間の何処かへ行きました。何処なのか分かりません――私は星の光を感じ、下の方で海の音が聞こえた気がします。あなたは大きな蛇の姿をしていたと思います。でも、確かではありません。はっきり見えたのはあなたの顔だけで、(パリで、あの日、何を考えているのかと、あなたが問うた時のように) 私があなたの目を覗き込むと、あなたの唇が私の唇に触れました。私たちは互いに融合し、私たちよりもより大きな存在になり、二倍の激しさで全てを感じ、全てを知りました。一一時を打つ時計の音に魔力は破れ、私たちの体が離れた時、殆ど肉体の苦痛を伴って、命が胸を通って私から退いてゆくように感じられました。〔……〕[16]

同じ夜、同様のオカルト的現象がイェイツの身にも起きていた。

一一月二七日、当代一の呼び声高い女優パトリック・キャンベル主演の、イェイツの『デアドラ』ロンドン公演が開幕した。モード・ゴンは公演を観るためロンドンを訪れる。イェイツにとって、一つの「勝利」[17]。パリへ帰った彼女を追ったイェイツは、街に一か月滞在した。この間、二人は愛人関係にあったとされる。それを証拠立てる一つとしてしばしば引用される、二〇年近く後に書かれたイェイツの詩「男の思い出」の次の行――

私の腕はゆがんだ荊《いばら》のよう、
だが、この腕は美女を抱いた。

種族一番の美女をこの腕に、
彼女は歓びきわまって〔……〕
この耳に叫んだ、
悲鳴を上げたら打《ぶ》ってね、と。

後にイェイツ夫人となる女性の証言もあり、[18]モード・ゴンの手紙は、二人がかつてない親密な関係にあったことを示唆している。イェイツがロンドンへ帰った翌日、「最愛のひと」(Dearest)、と呼び掛け書かれたモード・ゴンの手紙は、彼女がイェイツに送った膨大な書簡の中で、最もラヴ・レターと呼ぶに相応しい一通。「昨日、あなたと別れるのは辛いことでした。でも、今日まで待っても、同じように辛いことは分かっています[19]」。二人の出会いから二〇年を経て、イェイツを愛人として受け入れたモード・ゴンは、しかし、性的関係を続けることはできないと言う。上記のラヴ・レターで――

昨日、あなたは私に尋ねました。私たちの間がこんな状況であることが少し悲しくはないかと――私は残念でもあり、嬉しくもあります。こんなに互いに離れているのは辛いことであり、私は恐ろしく孤独で、あなたと共にいたいと焦がれる時があります――今、その時の一つです――でも、愛するひと、あなたの愛を、それが、霊的愛、私が差し出す合体《ユニオン》を受け容れるだけ強い、高次の愛であることを、私はとても誇りに思います。[20]

新しい年が明け、一月、二月と、モード・ゴンからイェイツへ、「最愛のひと」と呼び掛ける「手紙の洪水[21]」が続いた。その間も、彼女は性を忌避する意図を、間接的に、綴り続けた。「ラファエロは性に屈し、たった三〇歳で、それが彼の命を奪いました」、「ミケランジェロは、システィーナ礼拝堂の驚異を画いていた間、一年間、性を拒みました[22]」。

五月、モード・ゴンはロンドンを訪問。ロンドン滞在中のイェイツとの関係は、彼女がアイルランドへ向かう船上でしたためた手紙から推し量ることができる。

私が達した決心は、闘いなくして、苦悩なくして、達した決心ではありません。私の祈りに応えて、苦悩と闘いは止みました。私はそれに値しないかもしれません。苦悩と誘惑が私から消えたよう、あなたからも消え、地上の合体より、より強い霊的合体が得られるよう、私は全力で祈ります[23]。

手紙の最後に、彼女は次の文を置いている。「私が罪を犯してあなたの元へ行ったよりも、この禁欲の中で、私はよりあなたのものなのです[24]」。

モード・ゴンがアイルランドから遠ざかっている間、「エリンの娘たち」の活動を維持、継続したのは、会の幹事に就任したヘレナ・モロニである。彼女が闘争の世界へ入る切っ掛けとなったのは、一九〇三年、エドワード七世のアイルランド訪問に抗議するモード・ゴンのスピーチを聞いた時。一九歳だった彼女は、その場で、「エリンの娘たち」の会員になることを決め、会のオフィスへ行くと、ドアに、会員たちにクールソン・アヴィニュのモード・ゴンの家へ急行を促す貼り紙があった。折しも、「黒旗」争奪戦が展開中。一九歳の娘はいきなり警官と対峙する手荒い洗礼を受けた。

一九〇八年、「エリンの娘たち」は、女性向けの月刊紙『アイルランドの女性』（*Bean na hEireann*《バン・ナ・ヘーリャン》）発刊に乗り出し、一一月、第一号が発行された。月刊紙創刊は、恐らく、ヘレナ・モロニの発案で始まり、編集を担ったのも彼女である。武力闘争を否定するアーサー・グリフィスに対抗して、「私たちは、戦闘精神《ミリタンシー》、分離・独立、フェミニズムを提唱する女性たちの新聞を望んだ[25]」と、モロニは言う。賛同する女性たちから一か月一シリングの献金を募り、労力も記事の原稿も無報酬の愛国的企てである。

モロニは新聞の編集スタッフに強力な人材を獲得する――コンスタンス・マーキエヴィッチ。彼女の生家ゴアーブース家は、イェイツの母の故郷スライゴーに四万超エーカーの土地を所有した、プロテスタントの植民移住

『アイルランドの女性』

者を先祖に持つ支配階層の頂点に立つ一家。コンスタンスは画学生としてパリへ渡り、一九〇〇年、そこで知り合ったポーランド人伯爵カシミール・マーキエヴィッチと結婚——「カウンテス」（伯爵夫人）と、アイルランドの人々は彼女を呼び慣らわし、英国のメディアは過激な革命家に転じる彼女に「レッド・カウンテス」なる称号を送った。

一九〇八年、マーキエヴィッチは四〇歳、自身の半生全てを捨て、独立闘争と労働運動に身を投じる劇的転向を果たす。彼女がナショナリストの女性サークルへ登場した場面も、また、劇的だった。月刊紙創刊を議論するために招集された会議が始まって間もなく——

> ドアが開いて、まばゆいばかりの人影が部屋に飛び込んできた。彼女は背が高く、美しい女《ひと》で、古典的な顔立ちとデリケートな肌の色をしていた。ダイアモンドの飾りが柔らかいウエーヴのかかった茶褐色の髪に光っていた。〔……〕土砂降りの雨の日で、肩にかけた毛皮の外套から、雨が靴の中に滴り落ちていた。「今晩は、遅くなってごめんなさい——濡れた靴を脱がなければ」と、マダム・マーキエヴィッチは一気に言った。[26]

その夜、彼女は、身に着けていたダイアモンドを売って月刊紙創刊資金に当てることを申し出たという。『アイルランドの女性』の表紙をデザインしたのは、パリで絵画を学んだ彼女である。

「武器、訓練、戦術が、アイルランドの男女が考え、働き、務める唯一つ」と「血に飢えた命題[27]」を掲げる『アイルランドの女性』が取材した記事は、しかし、多岐多彩。ガーデニング、料理、詩、書評といった一般的話題から、市街戦の予備知識、労働問題や労働争議のニュースまで、広範囲にわたった。定期欄もあり、マーキエヴィッチは「庭を持つ女性」（"The Woman with a Garden"）の欄を担当した。ガーデニングに関する注意事項を愛国的プロパガンダにすり替えた彼女のパロディは有名。「ナメクジやカタツムリを殺すのは容易ではありません。しかし、怯んではいけない。よきナショナリストは庭のナメクジをアイルランドの英国人を見る目で見るのです[28]」。

モロニは、「私の編集経験のなさにもかかわらず――或いはそのために――、アイルランドの最も優れた作家の幾人か[29]」が彼女の新聞に作品を寄せたと言う。Æやキャサリン・タイナンのようなすでに名を成す作家から、詩人としてデビューしたばかりのジェイムズ・スティーヴンズ、詩人にして、ユニヴァーシティ・カレッジの講師トマス・マクドナ、バイリンガルの学校「聖エンダ」を創設、経営するパトリック・ピアス、詩人のジョセフ・プランケット、その他ダブリンの若い才能が賑わせた『アイルランドの女性』は、女性向けの新聞であるにもかかわらず、「全ての若い男性たちによって読まれると評判を取った[30]」。

離婚スキャンダルによって政治活動から身を引いたモード・ゴンに替わって、闘争の最前線に躍り出る女性のリーダーはコンスタンス・マーキエヴィッチである。『アイルランドの女性』が編集指針の一つに挙げた「戦闘精神」は、若い世代の急進的ナショナリストたちに浸透しつつあった支配的意識を反映していた。モード・ゴンが、どれほど勇ましい発言を発しようとも、その華麗な容姿、容貌に相応しいロマンティックなナショナリズム

コンスタンス・マーキエヴィッチ、
スライゴーの彼女の生家リサデルで、1905年

軍服に身を固めた
コンスタンス・マーキエヴィッチ

を体現していたなら、マーキエヴィッチに代表される世代の特徴は戦闘精神であり、「ディレクト・アクション」。翌一九〇九年、マーキエヴィッチはボーイスカウト「フィアンナ」を創設、少年たちの先頭に立って軍事訓練する「軍服」に身を固めた彼女は、島国が向かいつつある方向を象徴していた。

同じ頃、アイルランドが向かいつつある動きに同調する出来事が二つ起きている。一つは、一九〇八年、急進的ナショナリスト勢力は、アーサー・グリフィス率いる政党「シン・フェイン」に統合、「組織の壮大な目的をアイルランドの独立を再度打ち立てることと定義した」[31]。もう一つ、その前年、トマス・クラークがアメリカから帰国した。ダイナマイト戦争で投獄された「反逆罪」犯の一人、筋金入りのＩＲＢ党員である。一九〇八年、「エリンの娘たち」に加わったシドニ・ギフォードは、若い世代を中心とする新しい政治勢力を、彼らの間で、「運　動《ムーヴメント》」と呼んでいたと言う。

それは組織もなく、リーダーもいなかった。しかし、「運動」は動いた、初めはゆっくり、そして一九一〇年から一九一六年へ、ものすごい勢いで。私が、一九〇八年、アイルランドの政治活動を始めた時、「運動」の男女の多くは全く無名だった。彼らは、政治的影響力は皆無、或いは殆どなかった。彼らは「シン・フェイン」、ＩＲＢ、「エリンの娘たち」の会員であり、また、「ゲール同盟」や「ゲール運動協会」の会員だった人々もいる。二、三年の中に、これらの分散したグループが統合して、アイルランドの革命勢力が生まれた。一九〇八年、無名だった男女は、一九一六年とその後の年月、アイルランドのリーダーと認められた。[32]

一九一六年復活祭に、武装蜂起を引き起こすのは彼ら――コンスタンス・マーキエヴィッチであり、パトリック・ピアス、トマス・マクドナ、ジョセフ・プランケット、そしてトマス・クラークである。

一九一〇年初め、パリは大洪水に見舞われる。セーヌ、ヨンヌ、マルヌの三つの川が同時に氾濫、一七〇年間で最悪の被害をもたらす事態となった。「美しいパリは荒廃の街です(33)」。一月一九日、モード・ゴンはアメリカのジョン・クインに、洪水の惨状を伝えている。疫病の流行を恐れ、子供たちをノルマンディへ送り、彼女は持てる時間の全てを使って、家を失い、全てを失った家族たちの救済活動に当たった。クインに宛てた手紙に、母は娘の手紙を同封。イズールトはアメリカから送られた本のお礼を述べ、更に――「洪水はとてもわくわくします。私たちの家はとても高く、洪水は届きそうにありません。小さな黒いボートで部屋の中を動き回るアイディアはとてもわくわくします(34)」と、いささか呑気な文面を綴っている。

二月、三月に入っても洪水は引かず、「パリの半分は崩壊状態(35)」。多くの通りが浸水、通行不能となり、ガス、電気、その他の公共サーヴィスは麻痺状態に陥った。依然、モード・ゴンは「全ての時間を救済活動に当て(36)」奮闘する日々。三月中旬、彼女もノルマンディに退避した子供たちに合流した。

そうした中、突然、イェイツはノルマンディにゴン一家訪問を思い立つ。四月三〇日、彼はフェリーでシェルブールへ、列車に乗り替え、ル・モレ・リトリ駅に出迎えたモード・ゴンとカートでコルヴィルへ向かった。すでに先客として滞在する従姉妹のメイが「監視《シャペロン》」役。一六歳のイズールトは背の高い、美しい娘に成長、彼女の存在もイェイツをゴン一家に引き寄せる引力となり始める。

滞在中のイェイツの日記に次のような記述が現われる。「昨日の午後、激しい雨と風、〔……〕モード・ゴンと私は、シン・フェインとシングに対する彼らの攻撃についていつもの口論になった(37)」。二人の間で、「政治」は相変わらず鬼門のようである。五月一一日、モード・ゴンは、イェイツと連れだって、近くのモン・サン・ミシェルへ観光に訪れた。前年九月、子供たちとエラ・ヤングと共にここを訪れた彼女は、「フランスで最も魅惑的《マジカル》でツは驚嘆。ノルマンディへの旅は彼の詩作エネルギーを解放、いくつかのモード・ゴン詩が生まれた。「壮麗と峻厳を併せ持ち、神聖とロマンスを湛えた」[39]海に囲まれた要塞に、イェイ素晴らしい場所《ワンダフル》[38]」と呼んだ。

夏、モード・ゴンは、二人の子供たちを連れて、アイルランドで二か月を過ごした。家族は、マックブライド一家が住むウェストポートに近い、メイヨー北部バリカスル（Ballycastle）に滞在。ショーンを父親に奪われることを恐れパリに留まる彼女が、この夏に限って、ガードを解いた理由は不明。マックブライドは現われなかった。モード・ゴンが不在の間パリの家を預かるマダム・ダンジアンが同行。彼女が「粗末なホテル、連日の雨、永遠に続く泥炭地に、毎日、絶望感を募らせる」横で、モード・ゴンの目に泥炭地の風景は「とてつもなく美しく」、イズールトも「美しさを見出し、農夫たちが好き」。ショーンは「泥炭を引く小さなロバに乗ったり、ゲール語の学習にとてもハッピィ[40]」。特別な夏の休暇になった。

九月、一家はパリへ戻った。

秋から冬にかけ、モード・ゴンは、「エリンの娘たち」を率いて、学校給食という新しい企てに乗り出した。パリに退いた一〇年の期間中、彼女が手掛けた唯一の本格的活動である。

晩年、ラジオ・インタヴューで、モード・ゴンは或るエピソードを語っている。或る日、ダブリンの緑のオアシス、聖スティーヴンズ・グリーンを通り抜けていた時――

私は、小さな少女がアヒルの池からパン屑を拾うのを見かけた。彼女を呼び止めて問うと、少女は応えた、「私たちが学校から帰って、お母さんから食事はないと言われると、私は小さな弟たちをグリーンへ連れて来て、アヒルの餌をもらうの」、と。[41]

モード・ゴンが「子供たちに降りかかる残酷な不正《インジャスティス》」[42]を思い知ったのはこの時、飢える子供たちを救うため行動を起こすことを思い立ったのだという。

『アイルランドの女性』六月号の論説に、次のような発表が掲載された。

来る冬、「エリンの娘たち」は一定数の貧しい学童たちに無償で給食を開始するつもりです。この事業へ他の団体の参加、協力を期待しています。学校給食はいずれ地方自治体によって実施されるよう、「エリンの娘たち」は働きかける所存です。[43]

一九〇六年、学校給食法が施行され、英国圏の学童たちに無償の給食が開始された。しかし、唯一、アイルランドは除外された。給食を必要としたのはこの島国の子供たちである。特にダブリンは、「英国圏で幼児死亡率が最も高く、あらゆる病気、特に結核が蔓延し、栄養失調は恒常的」[44]。

モード・ゴンは二人の協力者を得る。一人は、女性参政権闘争家のハナ・シィーヒィー・スケフィントン、もう一人は、一八九〇年代以来の古い友人ジェイムズ・コノリの二人。給食キャンペーンは、シィーヒィー・スケフィントン率いるアイルランド女性参政権同盟と、コノリの労働組合の支援・協力の下、アイルランドに学校給食の立法化をダブリン市や議会議員に働きかける一方、一つの学校で試験的に給食を開始して、学校給食の必要をアピールする狙いである。

一〇月二九日、ジョン・クインに送ったモード・ゴンの手紙——

明日、私はアイルランドへ向かいます。今回は休暇のためではありません。この夏、私は、アイルランドの多くの子供たちが、学校で空腹を抱えたまま、学習しなければならないことにショックを受けました。精神病院が満員なのはこのためだと、私は信じています。[45]

キャンペーンは思わぬ抵抗に遭う。教会経営の学校の中には、給食を公的権威による教育への「危険かつ破壊的」[46]介入と見なし、阻止する動きに出た。しかし、聖オーディエンス校のキャヴァナ神父はモード・ゴンの古くからの友人。神父は給食に理解と協力を寄せ、聖オーディエンス校の二五〇名の児童に、一日一パイント（約半リットル）のシチューの給食開始が実現する。

給食には、キャンペーンに参加した団体の女性たちが労働奉仕を買って出て、学校の校庭で、シチューを食器に盛り、油で汚れた皿やスプーンを洗う作業に当たった。コンスタンス・マーキエヴィッチもその一人。モード・ゴンも、ダブリンにある時は、労働奉仕に加わった。

ハナ・シィーヒィー・スケフィントン

モード・ゴンは「エリンの娘たち」の会長である。しかし、結婚と離婚訴訟のトラブルで、彼女はアイルランドから遠ざかっていた時間が長く、給食キャンペーン開始後に、初めて会長に会った若い会員たちは少なくなかった。シドニ・ギフォードもその一人。彼女の前に現われた会長は、「女神か、他の星から来たひと」。しかし、この「女神」が会議のテーブルでプランを論じる様は「しごくプラクティカル」。或る晩、会長は、「とても嬉しそうに」[47]、聖オーディエンス校で給食が開始できると告げた。ギフォードの記憶に残る一場面である。

当初の計画を軌道に乗せ、モード・ゴンがパリへ戻ったのは年末。一二月三一日、彼女はジョン・クインに報告の手紙をしたためた。

> 私はダブリンで懸命に働いて、ダブリンの最も貧しい地区の学校一つで給食を開始し、二五〇人の子供たちに一年間食事を支給できる資金を確保することができました。曇りのない良心で、家族と一緒に休暇を過ごせる想いです。でも二月に、再び、私は［ダブリンへ］戻らなければなりません。もう一校で給食開始の準備をし、アイルランドの学校全校で、児童たちに給食を実現する法律通過を議会議員たちに働き掛けるためです[48]。

クインは給食キャンペーンに深い理解を寄せた一人。一九一〇年一一月から一年間、彼が寄せた五〇ポンドはこの間の寄付金総額の三分の一を占めた[49]。「給食を開始できたのは主としてあなたの寛大な志《ジェネロシティ》に拠るものです[50]」と、クインに寄せたモード・ゴンの感謝の言葉は誇張ではなかった。これ以後も、このリッチな弁護士はニュー・ヨークから寄付金を送り続けた。

新しい年が明け、二月半ば、モード・ゴンはアイルランドへ向かった。イズールトとショーンは二人を置いて行ってしまう母に「憤慨」。「でも、空腹の子供たちが気懸りで、私は行かなければ[51]」と言って、彼女は発った。二つ目の学校で給食開始に漕ぎつけたのは一一月、食事を受ける児童は二倍に増加した。給食が始まって一年が経過する聖オーディエンス校では、児童たちは見た目にも健康が改善し、猩紅熱《しょうこうねつ》や下痢の伝染病の流行にも、感染した児童は僅か。「子供たちが抵抗力をつけたから[52]」と、モード・ゴンはクインに朗報を送った。

しかし、二つの学校、五、六〇〇名の児童は氷山の一角に過ぎない。学校給食法の成立が急がれた。それが実現するのは一九一四年九月。それまで、モード・ゴンの活動は続いた。

一九一一年七月、又しても英国王のアイルランド訪問にナショナリストたちは色めき立つ。今回は、前年五月に即位したジョージ五世、抗議行動のヒロインはヘレナ・モロニである。彼女は、国王・女王の肖像画が飾られたグラフトン通りの商店の窓ガラスに投石して、逮捕、彼女の世代で、女性政治犯第一号となる。モロニは四〇シリング（二ポンド）の罰金を拒否して、一か月の刑に服した。しかし、二週間ほどして釈放。パーネルの妹アナ・パーネルが秘かに罰金を支払っていた。投獄された男性の釈放を祝う集会で、モロニはジョージ五世を「ヨーロッパ最大の悪党[53]」と呼んで、壇上のコンスタンス・マーキエヴィッチと共に、逮捕。しかし、二人とも不起訴になった。一連の行動を友人から「批難され、無法者呼ばわりされ[54]」、滅入っているモロニの元に、パリのモード・ゴンから電報が届いた――「素晴らしい。貴女はエリンの娘たちの評判を守りました」。「それを受け取った時、私がどんなに高揚を感じたか形容し難い[55]」と、モロニは振り返っている。

一九一二年、ゴン一家は慌ただしい新年を迎える。パシィ通りの家が取り壊されることになり[56]、一月半ば、住み慣れた家を出て、近くのラノンシアシオン通りへ越した。モード・ゴンは旧い家の敷地に建てたアトリエが心残り。しかし、新しい家は「電気、セントラル・ヒーティング、バスルーム、エレヴェーター」が完備し、「快適でモダン、通りは静か[57]」。それから間もなく、ショーンが虫垂炎《ちゆうすいえん》に罹り、二か月回避した手術はついにやって来た。彼が回復すると、心労と看護の疲れでモード・ゴン自身が病気になり、四月半ば、彼女は「涸渇[58]」状態。その後も体調不良が続き、六月末、ノルマンディのヴィラに滞在する彼女は、「ショーンの病気が私の神経の負担になって、今、そのつけを払っています[59]」と、イェイツに書き送っている。

モード・ゴンがノルマンディに引き籠っていた、六月一日、ダブリンで、女性参政権グループと女性会員を含む団体全てが参加した女性たちの大集会が開かれた。この年、パーネルの死から二〇年余を経て、第三次「自治」法案が議会下院に提出されようとしていた。集会の目的は、法案に、アイルランド女性に参政権を認める修正条項を盛り込むよう要求するためである。海峡対岸で、女性参政権運動は「戦闘」と呼ぶに相応しい局面――「毒を撒いたゴルフ・コース、電信線切断、スポーツ・パヴィリオン破壊、絵画切り裂き、放火」、牢獄で投獄された「囚人のハンガー・ストライキ」[60]――が展開していた頃。ダブリンの集会は、「サイズ、威厳、決意」[61]によって、要求をアイルランド議会議員たちにアピールする狙いである。

アイルランド女性参政権同盟を率いるハナ・シィーヒィー・スケフィントンは運動の第一人者。集会の代表者人選に当たって、彼女に、オルダム夫人(コンテンポラリ・クラブのチャールズ・オルダムの妻)から次のような手紙が送られてきた。

私は、モード・ゴンの名前は、議会派の聴衆にも、集会の目的にも、好ましいとは思いません。ナショナリストの多くは、個人の見解によって、彼女を異常、或いはいかさま、或いは無責任と見なし、好ましくないと考えています。もし、貴女が「エリンの娘たち」の代表としてミスイズ・ワイズ－パワーを立てることができれば、彼女「モード・ゴン」は、重みも、影響力も、ミスイズ・ワイズ－パワーに到底及びません。私は、公衆の印象がこの集会で第一に考慮すべき点だと思っています。[62]

オルダム夫人が問題視したのは、モード・ゴンの政治観だったのか、或いはスキャンダラスな離婚訴訟の結果、夫と別居中の彼女のステイタスだったのかと、マーガレット・ウォードは問う。[63] 過激な政治観や行動を問うのであれば、シィーヒィー・スケフィントン自身、或いはモロニやマーキエヴィッチも同罪。モード・ゴンの私生活の秘密の多くが暴露される結果になった離婚スキャンダルが災いしたのであろう。

ダブリンで、自身が物議の俎板《まないた》に載っていたことを、モード・ゴンが知っていたのか知らなかったのか、定かではない。いずれにしても、彼女を欠いた女性たちの大集会は象徴的。一九〇三年、エドワード七世訪問を巡る抗議運動を最後に、彼女が政治活動から遠ざかってほぼ一〇年。彼女はアイルランドの政治・社会情勢から取り残されつつあった。『アイルランドの女性』は、一九一一年四月、発行を停止し、一九一四年には、「エリンの娘たち」も存在が消滅する。会長不在の中、活動の維持、継続は困難だった。

夏、再び、イェイツはノルマンディにモード・ゴンを訪問した。八月二日。同じ頃、ジェイムズとグレタ・カズンズ夫妻がバイユー付近のケルト遺跡を探索中。グレタは女性参政権闘争家で、ハナ・シィーヒィー・スケフィントンの同志。ジェイムズは、ハナの夫フランシスと女性参政権ジャーナル『アイリッシュ・シティズン』を共同編集する作家である。この年は雨の多い夏で、二人の元にモード・ゴンからノートが届いた。「私たちは皆溺死する運命にあることは明らかですから、見知らぬ村のホテルでよりも、友人と一緒に溺死した方がよいでしょう。だから、来て下さい」。ノートの左角に走り書きが添えられていた。「ミスター・イェイツがここに来ています(64)」。

カズンズ夫妻が鉄道の駅に降り立つと――

イェイツが、間延びしたミヤマガラスのように、〔……〕ロバのカートの傍らに立ち、マダム・ゴンはカートに物を積んでいる様子。彼女は私たちに暖かい挨拶を送った。痩せて、蒼白、夢見るような少年はショーンですと紹介された。〔……〕彼はペットのチャボをカートに乗せ、無事、家に連れ帰る重大事に忙しかった。[65]

家に着くと――

とても美しい顔立ち、優美な容姿、すらっと背の高い娘に〔……〕迎えられた。これがマダムの姪イズールト。彼女の傍らに犬が一匹と猫二匹。後ろの方で、クークーと鳴く声に様々な音階の鳥のさえずりが交じり、オウムと思しい鋭い叫び声が一つ上がった。〔……〕ヤマネが一匹自分の巣で眠り、白ネズミの一家族。グレタが入ってくると、鳩の一羽が、幸せそうな鳴き声を上げながら、彼女の帽子の縁に止まった。[66]

さながら小動物園である。

翌日、八月一五日、女性たちはショーンを連れ教会へ出掛けた。後に残ったジェイムズは「家の中で、奇妙な単調な物音[67]」に気づく。発信源は、台所の片隅で詩作するイェイツ。ぶつぶつ呟きながら詩を作るのが彼の常。「同じ音を、同じ順に、幾度も幾度も繰り返し[68]」、三時間、イェイツは台所で詩作を続けた。「青春の思い出」はこの時書かれた詩の一つ、モード・ゴン詩である。

私たちは石のように黙して座していた、
彼女は一言も発しなかったけれど、分かっていた、
最高の愛も滅び去ることを。

一九〇八年、夏から冬、二人に訪れた遅い「蜜月」が終わると、イェイツはオブセッションから解放されたよう

に、モード・ゴンから距離を置き、二人の間の親密な関係は薄らぎ始めていた。
イズールトは一八歳、エラ・ヤングが回想録に記す光景は、この頃のものであろう。

夕暮れ時、イズールトは長い、平らなノルマンディの浜辺で踊っていた。平らな砂と波に打たれた草地には、海から吹くかすかな風のそよぎ以外何もない。イズールトは、髪を風になびかせ、自作のファンタジーを踊っていた。彼女の黒いペルシャ猫のミナルーシュは羽根のような尻尾を真っ直ぐ立て、オレンジ色の目は真剣な眼差し、彼女の向いで踊っていた。[69]

「風のなかで踊る子へ」もこの時書かれた詩、詩人自身が「ベストの一つ[70]」と評価した作品である。

浜辺のそこで踊るがいい、
風の、水の唸り声を
気に留めず、
塩水の滴《しずく》に濡れた
髪毛を振り乱して。

少女の域を脱し年毎に大人びるモード・ゴンの美しい娘に、イェイツは特別な感情を寄せ始めていた。
彼は、二週間滞在して、ロンドンへ帰った。
一九一三年はアイルランド史の一大転換点となる。この年を境に、島国は、国内外共に、混迷、激動の年月へ突き進んでゆく。

一月、「北」にアルスター義勇軍が編成された。「自治」法成立が現実となり、それに危機感を抱いた「北」の対抗措置である。一一月、「南」はアイルランド義勇軍を組織し、「北」に対抗。南北の危険な動きは、その後に続いた一連の出来事を呼び込む不吉なシグナルだったかもしれない。第一次世界大戦（一九一四）、復活祭蜂起（一九一六）、対英独立戦争（一九一九）、南部二六州から成るアイルランド自由国誕生（一九二二）、アイルランド内戦（一九二二）と、一〇年間に、国家を根底から揺るがす破局的事件が相次いだ。

社会混乱は労働争議から始まった。八月二六日、ダブリン市電が打ったストライキに、経営者はロックアウトで対抗、労働者と経営者の全面対決に発展する。この壮絶なバトルを指揮したのはジム・ラーキンと、彼の下でオーガナイザーとして働いたジェイムズ・コノリ。当時、ダブリンは、スラムの住民が市の人口の三〇パーセントを占め、熱、電気、水、衛生設備を欠いた一部屋に家族全員が暮らすケースも少なくなかった。(71) ロックアウトは一〇万の男女と子供たちを直撃、すでに貧困のどん底に喘《あえ》ぐ彼らを飢餓線上へ追い詰める。「暗黒時代でさえ、人類はこのような苦難の光景に耐えることはできなかった」(72)。一〇月六日、Æは、『アイリッシュ・タイムズ』に、経営者たちを告発する公開書簡を発表する。労働組合の拠点「リバティ・ホール」にスープ・キッチンが設営され、「コンスタンス・マーキエヴィッチは、ダブダブの作業ズボン、袖をまくって、シチュー窯を仕切り、痩せこけた女や子供たちがボールや缶をもって周りを取り囲む(73)」光景が日常となる。

労働争議は、寒さ、餓え、欠乏を引きずって冬に突入、越年し、一月、イングランドからの支援が途絶えると、労働者たちは組合から脱落、職場へ帰っていった。

敗北の中から頭角を現わすのはジェイムズ・コノリ。労働争議中、彼は、警官との衝突から労働者を守るため「シティズン・アーミー」を組織していた。小さな軍隊を手中にした彼は、これ以後、武装蜂起に舵を切り、突き進んでゆく。

時代の波は女性たちにも波及する。一九一四年四月、女性組織「アイルランド女性同盟」(Cumann na《クマン・ナ・》 mBan《バン》)が結成された。救急、食料供給、装備など、アイルランド義勇軍支援が彼女たちの役割。モード・ゴンの「エリンの娘たち」は「女性同盟」に吸収合併された。会は独立した組織としての存在を停止したが、その後も、独自のアイデンティティを保持したと言われる。

モード・ゴンが、イズールトを伴って、労働争議下のダブリンへ入ったのは一〇月。一か月滞在、学校給食のために奔走した。イズールトを伴ったのは給食の労働奉仕のため。「給食の数を維持し、増やすため[74]」、彼女は最後に残った宝石のダイアモンドのネックレスを売った。唯一の朗報は学校給食法成立の目処《めど》が立ったこと。ダブリンを去る前に大司教に面会、法案成立へ向けた協力の約束を得た。

翌一九一四年、一月半ば、ダブリンへ向かう予定だった彼女は、一月二六日はショーンの一〇歳の誕生日で、「泣きわめく[75]」彼に出発を延期。すると、彼女自身が気管支炎に罹って、再び延期。彼女がダブリンへ向かったのは二月半ばになった。労働者たちが僅かな金銭に換えるため質草に出した「衣服や寝具を質屋から請け出[76]」して、彼らを支援。「私の唯一の希望は自治です[77]」と、モード・ゴンはクインに書き送っている。「自治」法成立の見通しが立ちつつあった頃である。

ミラボーは、パリの南西、ポアティエに近い村である。村の教会の宗教画から血が滴ると、「奇蹟」が話題を呼んでいた。超自然現象に飽くなき関心を寄せるイェイツは、五月一一日、心霊研究会のエヴェラード・フィールディングと共に、ミラボーの奇蹟調査に赴いた。モード・ゴンも同行。ハンカチを血に浸すことを許されたが、血液は、後に分析に掛けられ、「人間のものではない[78]」と判明。イェイツにとって、モード・ゴンを伴ったスピリチュアルな探索は、「奇蹟」と同じほど重い、魅惑的な旅、アイルランド国内外で緊張の高まる中に訪れた幕間の一コマである。

一九一四年に入って、アイルランドの危機的状況は加速し、「北」と「南」は競うように臨戦態勢を強化、「ガン・ラニング」と呼ばれる武器の密輸に走った。四月、アルスター義勇軍が二万四千超の銃と大量の火薬を密輸すると、七月二六日、アイルランド義勇軍はホゥスから一千超のライフルの陸揚げに成功した――「北」の「蒼白い模倣(79)」。それを聞きつけ集まった市民に、通りかかった軍が発砲、死傷者を出す事態に陥った。「義勇軍の素晴らしい手柄と悲惨な結果を読んで、私は殆どダブリンへ駆けつけるところでした(80)」。モード・ゴンは、久々に、胸を躍らせた。

そして、八月四日、大戦勃発。モード・ゴンは子供たちと滞在していたピレネーの村でこの日を迎える。健康を損ねモード・ゴンの元に身を寄せていたヘレナ・モロニと、イズールトにベンガリ語を教えるインド人青年も同行。「昼も夜も、私は役にも立たずそのことばかり考え、仕事も、読書も、眠ることもできません。一方にフランスへの愛、もう一方にアイルランドへの愛、私は二つに引き裂かれています(81)」。八月二六日、彼女はイェイツに苦しい胸中を告白した。

九月一八日、「自治」法が成立する。しかし、法の施行は戦争が終わるまで棚上げされた。

ゴン一家が滞在するピレネーでは――近くのリゾート地アルジェレスの病院は、前線から搬送される負傷兵で溢れ始める。開戦から二か月経たない、九月二五日、モード・ゴンは正規の赤十字ナースとして、イズールトとヘレナ・モロニはヘルパー、一〇歳のショーンさえも使い《ページ》として働き始めていた。朝六時から夜八時まで、看護の「仕事に悲しみと落胆を埋没しようと努め」、沸き上がる戦争に対する「激しい憎悪(82)」を止めることができない。「切り刻まれた哀れな負傷兵の傷を繕って、殺戮の場へ送り返す[83]」毎日。三か月後、パリで迎えたクリスマスは、クリスマスと口にするのも「裏切り[84]」、パリの街は灯火管制が敷かれ、誰もが喪に服しているように思われた。

一九一五年が明け、三月、妹キャスリーンの長男トム・ピルチャーが戦死、二一歳。三月二〇日、悲報をイェイツに伝えた手紙に、「私は心配事やトラブルを多く抱えています[85]」とモード・ゴンは打ち明けている。投資からの分配金が途絶え、収入が半減したことも彼女を悩ませた。心配事のもう一つはイズールト。この美しい娘は何かに関心を向けることもなく、母が彼女の「怠惰」を訴えるようになって久しい。母親譲りの肺疾患体質の彼女に、医師が「禁煙、肉食、窓を開ける」よう命じても、「全て拒否[86]」。タゴールに興味を向け、ベンガリ語の学習を始めたが、それも長続きはしなかった。「彼女は、相変わらず、怠惰で、美しく、不満足[87]」と、母はイェイツに嘆いた。

初夏の頃、ドーヴァー海峡、パリ－プラージュの陸軍病院で働き始めた。モード・ゴン、イズールト、キャスリーン、メイの四名揃って看護奉仕。八時から一二時、二時から六時まで看護に当たり、家に帰り着く頃には疲れ果て、「食事と眠るだけ[88]」の日々が続いた。キャスリーンは結核を病む身。最愛の息子を失った痛手に気丈に耐えていた彼女はついに折れ、スイスの療養所へ移った。モード・ゴンも疲労困憊《こんぱい》、九月末、六週間の休暇を願い出てパリへ帰った。その直後、彼女はミルヴォアとお茶を共にする。五日後、一緒だった彼の息子の戦死の報が届いた。「今、私がしたいのは平和のために働くことです[89]」。「血の犠牲」を勇ましく唱えた彼女を、大戦は変えた。「病院、悲嘆、芸術や美の破壊、荒廃は私を変えました。私は平和を擁護する人全てに頭を垂れます[90]」。

モード・ゴンはそのままパリに留まり、週二回、夜勤のナースの仕事に就いた。一九一六年が明け、イェイツから送られた彼の自叙伝を読む時間の余裕もできる。やはりイェイツが送ったジョイスの『若き日の芸術家の肖像』は「死ぬほど退屈[91]」。大戦の開始と同時に、モード・ゴンはアイルランドへの帰還を口にし始めていた。しかし、ショーンの親権が絡んで、決断は難しい。人の往来の不自由な戦時下、友人や知人の訪問が途絶え、彼女は、イェイツに手紙を書く度、「あなたに会いたい」、「あなたと話がしたい」と書き綴った。それも叶わぬ願望のまま、過ぎていった。

そして、復活祭が近づき、四月初め、ゴン一家はノルマンディのヴィラへ向かった。

イングランドの困難はアイルランドの好機――島国のレベルたちが唱えた公式である。大戦開始と同時に、IRBの最高会議は、戦争が終わる前に、武装蜂起を起こすことを決定した。漠とした決定に過ぎなかったが、一九一五年五月、最高会議に「軍事会議」が設置され、会議の構成メンバー――最終的に、七名の男たち――によって、極秘裡に、反乱の計画が進められた。度重なる反乱の歴史は密告と裏切りの歴史でもあったこの国にあって、厳重な秘密が敷かれたのはそのリスクを封じるためである。年末、軍事会議は、反乱の日時を、一九一六年復活祭（四月二三日）朝に決定する。しかし、ドイツから送られた武器の陸揚げは失敗に終わり、一万六千を数えたアイルランド義勇軍が全土で一斉蜂起を想定したシナリオは、直前の混乱によって、崩壊。潰えたかに思われた反乱を、四月二四日（月）正午決行と、軍事会議が決定したのは前日の朝である。会議のメンバー七名を中心とする首謀者たちが、彼らの手勢――その数一六〇〇ほど――を率いて、支配者に挑んだ決死の蜂起である。

第七章　復活祭　一九一六年

一九一六―一九一七

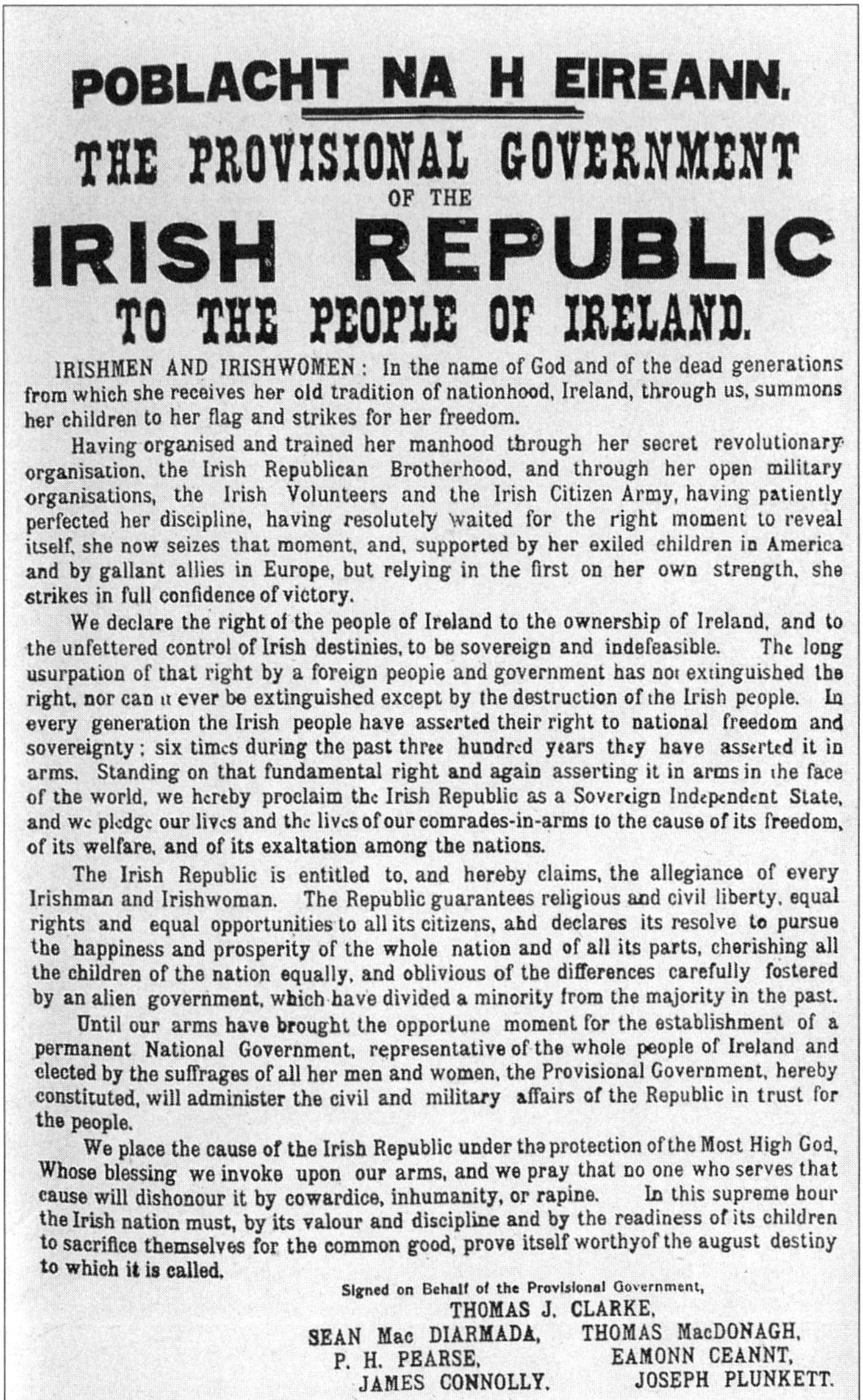

POBLACHT NA H EIREANN.

THE PROVISIONAL GOVERNMENT OF THE IRISH REPUBLIC TO THE PEOPLE OF IRELAND.

IRISHMEN AND IRISHWOMEN: In the name of God and of the dead generations from which she receives her old tradition of nationhood, Ireland, through us, summons her children to her flag and strikes for her freedom.

Having organised and trained her manhood through her secret revolutionary organisation, the Irish Republican Brotherhood, and through her open military organisations, the Irish Volunteers and the Irish Citizen Army, having patiently perfected her discipline, having resolutely waited for the right moment to reveal itself, she now seizes that moment, and, supported by her exiled children in America and by gallant allies in Europe, but relying in the first on her own strength, she strikes in full confidence of victory.

We declare the right of the people of Ireland to the ownership of Ireland, and to the unfettered control of Irish destinies, to be sovereign and indefeasible. The long usurpation of that right by a foreign people and government has not extinguished the right, nor can it ever be extinguished except by the destruction of the Irish people. In every generation the Irish people have asserted their right to national freedom and sovereignty; six times during the past three hundred years they have asserted it in arms. Standing on that fundamental right and again asserting it in arms in the face of the world, we hereby proclaim the Irish Republic as a Sovereign Independent State, and we pledge our lives and the lives of our comrades-in-arms to the cause of its freedom, of its welfare, and of its exaltation among the nations.

The Irish Republic is entitled to, and hereby claims, the allegiance of every Irishman and Irishwoman. The Republic guarantees religious and civil liberty, equal rights and equal opportunities to all its citizens, and declares its resolve to pursue the happiness and prosperity of the whole nation and of all its parts, cherishing all the children of the nation equally, and oblivious of the differences carefully fostered by an alien government, which have divided a minority from the majority in the past.

Until our arms have brought the opportune moment for the establishment of a permanent National Government, representative of the whole people of Ireland and elected by the suffrages of all her men and women, the Provisional Government, hereby constituted, will administer the civil and military affairs of the Republic in trust for the people.

We place the cause of the Irish Republic under the protection of the Most High God, Whose blessing we invoke upon our arms, and we pray that no one who serves that cause will dishonour it by cowardice, inhumanity, or rapine. In this supreme hour the Irish nation must, by its valour and discipline and by the readiness of its children to sacrifice themselves for the common good, prove itself worthyof the august destiny to which it is called.

Signed on Behalf of the Provisional Government,
THOMAS J. CLARKE,
SEAN Mac DIARMADA, THOMAS MacDONAGH,
P. H. PEARSE, EAMONN CEANNT,
JAMES CONNOLLY. JOSEPH PLUNKETT.

アイルランド共和国宣言

一九一六年四月二四日、復活祭月曜日、ダブリンは快晴。祭日のこの日、街一番の目抜き通りオコンネル通りは休日を楽しむ人々で賑わっていた。正午、一五〇名ほどの軍服の男たちが通りに面するダブリン中央郵便局を占拠、建物の前に現われたパトリック・ピアスが手にした文章を読み上げた。

アイルランドの人民は、世代から世代へ、国家の自由と主権を彼らの権利として主張してきた。過去三〇〇年間に、六度、彼らは武器を取って、それを主張した。その基本的権利に立って、ここに、われわれは再び武器を取って、全世界の前に、主権を持った独立国家としてアイルランド共和国を宣言する。(1)

グリーン、白、オレンジの三色旗と、「アイルランド共和国」の文字を刻んだグリーンの旗が建物から上がり、復活祭蜂起の火ぶたは切って落とされた。ＩＲＢ軍事会議七名のメンバーが署名したアイルランド共和国宣言は、「世代から世代へ」、島国の男たちが受け継いだ武力闘争の伝統を、「全世界の前に」、誇示するものである。アイルランド義勇軍とコノリのシティズン・アーミーからなる反乱軍は一六〇〇ほど、ダブリン中央郵便局を拠点に、市内の要所数か所を占拠、強大な支配者に抗した。

この日、マックブライドは、兄アンソニに会うため街に出て、聖スティーヴンズ・グリーン付近でマクドナに出会った。彼から蜂起と知らされたマックブライドは、建物の一つを占拠したマクドナ指揮下の小隊に加わった。(2)

川に停泊する砲艦ヘルガからの砲撃で街並みは壊滅した。

復活祭蜂起直後、オコンネル橋から見たリッフィー川北岸

共和国宣言に署名したIRB 軍事会議7名を記念するポストカード：
上段向って左から、ショーン・マックダーモット、トマス・クラーク、パトリック・ピアス、イーモン・ケント、ジョセフ・ブランケット、下段トマス・マクドナ（向かって左）とジェイムズ・コノリ

首謀者の多くは詩人や教師の、銃の扱いも不確かなズブの素人たち。マクドナも詩人にして大学の講師である。彼の小隊で、真に軍人らしい力を発揮したのは、ボーア戦争の実戦を戦った「少佐」だったと言われる。

圧倒的軍事力を有する英軍と反乱軍の兵力の差は、四八時間の中に、二〇対一となり[3]、その後も英軍が市内に流れ込んだ。水曜日の朝、リッフィー川から砲艦ヘルガの砲撃が始まり、金曜日までに、オコンネル通りは「広大な火の海[4]」と化し、周辺の市街は壊滅。四月二九日（土）、ピアスは無条件降伏を告げ、反乱は一週間で終わった。

アイルランド全土に戒厳令が布《し》かれ、軍事法廷で一七名に死刑が宣告、一〇日間にわたって、断続的に、刑が執行された。五月三日、パトリック・ピアス、トマス・マクドナ、トマス・クラーク、三名が銃殺。五月五日、マックブライド処刑。五月一二日、最後の二名が他の一三名の男たちと運命を共にする。その一人はジェイムズ・コノリ。ダブリン中央郵便局に立て籠った一人の彼は、銃撃戦で重傷を負い、

担架で刑場に運び出され、椅子に括りつけ銃殺された。

死刑を宣告された一七名の中、コンスタンス・マーキエヴィッチは女性であることを唯一の理由に、ドゥ・ヴァレラはアメリカ市民権を保持していたため、終身刑に減刑。拘禁された囚人の数は二〇〇〇近く、女性は五名、ヘレナ・モロニはその一人である。

四月二七日、フランスの新聞は、ロンドンからのリポートとして、事件の第一報を報じた。ノルマンディのヴィラに滞在するモード・ゴンは、翌日、新聞を見て事件を知る。突然、フランスの田舎に飛び込んできた衝撃的ニュースに、彼女はもどかしい想いに駆られたに違いない。「慈悲と思って、急いで、ロンドンの新聞を送って下さい」[5]。その日、イェイツに送った手紙に、彼女は二度繰り返している。彼から送られた新聞が届き、より詳しい事件の報道に触れた彼女は想いを書き綴った。「祖国の男女が払った犠牲の偉大さと悲劇に圧倒されています。彼らはアイルランドの大義を悲劇的威厳へ高めました」[6]。

五月一日、一家はパリへ戻った。更に衝撃的ニュースが流れ込んで来るのは、この後である。五月七日（日）、フランスの新聞はマックブライドの処刑を報じた。モード・ゴンは——

新聞を手に、顔は蒼白、イズールトのところへ行って、「マックブライドが銃殺された」と告げた。それから、彼女は息子のところへ行って、ボートを作っていた彼に、「あなたの父はアイルランドのために死にました——彼は私たちにひどい振る舞いをしました——でも、今、私たちは彼のことを名誉をもって思うことができます」と言った。それから、イズールトに言った、「これで、私たちはアイルランドへ帰ることができる」と。[7]

ショーンは一二歳。彼が通うイエズス会の学校で、毎日、大戦の犠牲になった生徒の近親者の名前が読み上げられた。ショーンの父の名もその中に加えられた。(8) この後、ショーンは病気がち。一二歳の少年にとって、余りに衝撃的かつ残酷な出来事だったに違いない。

「彼［マックブライド］はアイルランドのために死んだのです。彼の息子は名誉ある名を持つことになります。私は、それ以外は忘れます(9)」。そう書き綴ったモード・ゴンの手紙に、ジョン・クインは応じた――「運命の女神たちは彼に優しく、立派な最期、償いの最期、輝かしい最期を、彼に与えました。貴女が言った通り、貴女の息子は名誉ある名を持つことになります(10)」。マックブライドを知る全ての人々が共有した想いであろう。過去の栄光を無惨に引きずって生きていた彼は、祖国のために命を捨てた殉教者の列に加わった。「彼の身に起こり得る最高の出来事(11)」だったかもしれない。

神聖なキリスト教の祝祭週間に起きた武装蜂起は、一般市民にとって、文字通り青天の霹靂。ピアスが読み上げたアイルランド共和国宣言に耳を貸した「まばらな聴衆(12)」は、その意味も、それが武装蜂起開始を告げることも、理解する者はいなかったであろう。それと知った時、多くの人々は無謀な企てと懐疑的、反乱軍の兵士に罵声や嘲笑を浴びせるダブリン市民もいたと言われる。しかし、五月三日から五月一二日まで、一五名の男たちの命を奪った英国政府の厳罰主義は、アイルランド中を震撼させ、人々の心情を彼らに急傾斜させた。

性急に下され、執行された刑の正義に疑問を生じるケースが少なくなかった。共和国宣言に署名した軍事会議七名のメンバーでさえ、結核を病んで瀕死のジョセフ・プランケット、重傷を負って立ち上がることもできなかったジェイムズ・コノリの処刑は残虐非道。まして、一兵卒として戦った男たち、中でもピアスの弟ウィリアム――有名な兄の弟という理由で処刑された彼は、兄弟愛から兄の傍らにあって、兄と行動を共にしたに過ぎない。マックブライド自身、反乱の首謀者ではなかった。ボーア戦争で、帝国に敵対した彼に対する復讐《リヴェンジ》の見方が一般的。
五月一〇日、一三人目の刑が執行された後、Ｇ・Ｂ・ショーは警告の声を挙げた。「軍当局と英国政府は［彼らを］聖人に仕立て上げた」[13]、と。幾世紀もこの国を力で封じ込めた支配者たちは、島国の精神風土を僅かも学習することがなかったのだろうか。彼らは、自らの手で、一五名の男たちを殉教者に祭り上げることに手を貸した。

首都の中心街で繰り広げられた銃撃と砲撃で、一般市民の死傷者は不可避。そうした犠牲者の中で、ハナ・シィーヒィー・スケフィントンの夫フランシスの殺害は、ダブリン市民の悲憤と激昂を買った。『アイリッシュ・シティズン』の共同編集者で平和主義者の彼は、街で、「最も愛された」[14]人物の一人。火曜日、市街で、彼は負傷者の救護と商店の略奪防止に当たり、帰途についた夕刻、兵舎に連行され、一将校が無防備な少年を射殺する現場を目撃。翌朝、やはり殺害を目撃した二名のジャーナリストと共に、彼は、審判もなく、射殺された。[15]

刑場で命を断たれた男たちの悲劇は、後に残された女たちの悲劇でもある。復活祭日曜日に、ジョセフ・プランケットと婚礼を挙げる予定だったグレイス・ギフォード（シドニ・ギフォードの姉妹）は、牢獄で花嫁となり、翌朝、夫は刑場の露となった。更に……――ダブリンの街には、人々の涙を絞り、胸を抉るストーリーや噂が充満、彼らの心情を支配者に対する憎悪に変えた。

復活祭蜂起はアイルランドの歴史を急旋回させる。「自治」は過去の残骸と化し、島国は分離・独立へ向かって動き始める。それが、決死の覚悟で、勝算のない戦いを挑んだ反乱の首謀者たちが、命を代償に、後に残した遺志である。

ノルマンディのヴィラで事件の第一報に触れた時から、モード・ゴンの想いはダブリンへ飛んでいた。「パスポートの障害を越えることができれば、イズールトと私は、直ぐ、ロンドンへ向かいます」[16]。その日、モード・

イズールト、1918年頃

ゴンはイェイツにこう書き送っている。パリへ戻り、「悲劇のぞっとするような広がり[17]」が明らかになるにつれ、アイルランドへ帰還を急ぐ想いは募る一方。過去に何があったにせよ、マックブライドは彼女の夫であり、ショーンの父親である。彼女の多くの友人、知人が事件に巻き込まれていた。特にコノリの死を、モード・ゴンは悼んだ。しかし、英国政府が危険人物とマークする彼女に、パスポート取得の壁は厚かった。モード・ゴンが二人の子供たちとロンドンへ渡るのは翌年九月。それまで、一年半近い間、彼女は怒り、苛立ち、抗議し、あらゆる人脈を通じて、固い扉をこじ開けようともがき続ける。

フランスのパスポートを所持するイズールトは、旅行は自由。五月一四日、彼女は母の従姉妹メイと共にロンドンへ渡った。大戦は進行中、手紙に厳しい検閲が掛けられる状況下、彼女がイェイツに直接会って、パスポート取得に助力を要請するためである。二〇歳を過ぎ、美しく成長したイズールトを、イェイツはロンドンの友人、知人の間を連れて回った。「圧倒的母の存在から解放された、ラファエル前派的面立ちの二〇歳の娘は、イェイツが紹介したファッショナブルな友人たちの注意を惹いた[18]」。「彼女はとても堂々として、自分を持しています。飾り気なく、とても美しく装っています[19]」。娘を自慢する父親のような口調で、イェイツはグレゴリ夫人に報告。

六月末、イェイツはイズールトと共にフランスへ渡航、夏の間、ゴン一家とノルマンディのヴィラに滞在する。

大戦下のフランスで、突然、悲劇に襲われた母と二人の子供たちを見舞うこの旅に、イェイツはもう一つ目的を持っていた。自由になったモード・ゴンへの求婚である。イェイツの独身生活も限界に達し、それに終止符を打つ決心を固めていた彼は、ロンドンを発つ前、グレゴリ夫人と或る約束を交わしていた。モード・ゴンとの結婚は、彼女が政治犯囚人のためのアムネスティ運動を含む一切の政治活動放棄を条件とすることである。モード・ゴンがパリに留まった一〇年の間に、イェイツは伝統的・保守的価値へ傾斜を深め、彼女の「政治」と距離が開く一方。また、アイルランドは言うまでもなく英語圏を代表する詩人として、年毎に重みを増す彼が、逮捕・投獄の警察沙汰を繰り返すリスクを負った女性を妻に持つことは論外である。

モード・ゴンに合流すると、直ちに、イェイツは目的を切り出したようである。七月三日、グレゴリ夫人に送った彼の手紙――

　報告することは殆どありません。二、三日前に、モードに求婚しました。彼女の仕事にも、私の仕事にもよくない、それに私には年をとり過ぎていると、彼女は言いました。〔……〕多分、彼女は躊躇っているのかもしれません、多分、そうではないかもしれません。私は再度そのこと［結婚］に触れず、彼女も触れません。〔……〕[20]

幾度となく繰り返された儀式の最後。「彼は当然のごとくモード・ゴンに求婚し、当然のごとく拒否されると、彼の想いは、驚くべきスピードで、娘に移った[21]」。第二の選択肢も、ロンドンを発つ前から、イェイツの視野に入っていた。詩人五一歳、イズールトは、翌月、二二歳の誕生日を迎える。娘への求婚は母の公認の下。

モード・ゴンの美しい娘にイェイツが特別な感情を寄せるようになって久しい。イズールトも、思春期の頃から、母をしばしば訪問する詩人は恋の遊び相手のような存在。モード・ゴンに求婚した結果をグレゴリ夫人に報告した同じ手紙で——

私はイズールトにとても惹かれています。愛や欲望といった形ではなく、喜々とした子供の彼女に私の想いは引き込まれます。私は私の感情が分かり兼ねています。〔……〕私のイズールトに対する感情が変われば、直ぐにも、ここを発ちます。三〇歳の年齢差は彼女の幸せには余りに大き過ぎます。(22)

イズールトに惹かれるイェイツの感情は変わらず、彼は二か月近くノルマンディに留まることになった。イズールトに対する感情に、「愛や欲望」を否定するイェイツの弁明は説得力に欠けると、詩人の伝記作家ロイ・フォスターは指摘する。(23) モード・ゴンが私生活の秘密を打ち明け、四歳の少女がモード・ゴン自身の娘と知って以来、イェイツは父親のような眼差しを注いで、イズールトの成長を見守ってきた。父親が、時に、成長した娘に一人の女を感じ、それでいて少女のままの存在であるように、イェイツにとって、モード・ゴンの娘はそのような存在だったのであろう。二二歳の誕生日を間近にした彼女を「喜々とした子供」と呼ぶのは的外れである。

イズールトが一種の問題児だったことも、イェイツが彼女に特別な感情を寄せた一因だったかもしれない。八月一四日、再びグレゴリ夫人に送ったイェイツの手紙——

渚で踊っている彼女や、花を腕一杯に抱えて入ってくる彼女を見れば、他人《ひと》はこれほど喜びに溢れた子はいないと思うでしょう。しかし、彼女はとても不幸です——自己を分析しては、死にかかっています。あらゆることが罪状の糧になります。昨晩、痛ましい場面がありました。「何時も声が聞こえる」と、彼女は言いました、「屑《ワースレス》、屑、屑、と言っている」。〔……〕それに、たばこは本当に問題で、彼女はニコチン中毒に

なりかかっています。〔……〕[24]

母を「親類《カズン》」と、父を「名づけ親《ゴッドファーザー》」と呼んで育った「モード・ゴンの非認知の娘であることは易しいことではなかった。彼女を深く気の毒に思う[25]」と、マーガレット・ウォードは言う。母と呼ぶことができない母を、娘は「ムーラ」（Moura, amour「愛」の変形）と呼んだ。イェイツの感情には、不運な星の下に生まれた美しい娘を憐れむ想いも交じっていたのであろう。

ショーンに関しても、父を欠いた彼にとって、ノルマンディの浜で一緒に凧を揚げ、ペットの動物たちと戯れる詩人は代理の父親のような存在。「彼［ショーン］は紳士的《ジェントル》で、育ちがよく、聡明です[26]」、「彼は自信に満ち、分析力を備えています。一三歳というより一七歳の少年です[27]」。イェイツは息子を自慢する父親のような口振りである。

母と二人の子供たちの家族の中で、長い年月の間に、いつしか自身が占めるようになった役割を、イェイツは自覚していた。

私は、無軌道な家族の父親の役を与えられているのだと思います。小さな男の子が好きだと思ったことはありませんが、ショーンは好きです。イズールトに対しても、私はとても上手く対処できます。〔……〕父親として、父親としてのみ、私は大成功でした[28]。

イェイツの求婚にイズールトは態度を明らかにせず、結論を得ないまま、八月三一日、彼はノルマンディを後にした。

ロウジャー・ケイスメントは、インターナショナルな名声を持つアイルランド出身の外交官である。一九一三年に外交官を引退する以前からＩＲＢの謀略に関わっていた彼は、武装蜂起に備えドイツから武器密輸を謀った中心人物。四月二一日（金）、ドイツの潜水艦でアイルランド南西ケリー沖に現われたケイスメントは、上陸に失敗、逮捕・投獄された。大逆罪を問われた彼の命を請い、大西洋両岸から挙がる声の中、八月三日、ケイスメント絞首刑、イェイツの詩「一六人の死者たち」の仲間に加わった。

「復活祭　一九一六年」は、事件を題材にして書かれたイェイツの一連の詩の中心を成す作品である。事件の衝撃と、その歴史的意義を見事に凝縮した二行のリフレインは余りに有名――

全てが変わった、すっかり変わった、
恐ろしい美が誕生した。

男たちの恐ろしくも美しいヒロイズムは、アイルランドの歴史を一変させた。同時に、それは、島国が対英ゲリラ戦、内戦へ突き進んでゆく、恐怖の時代を呼び込むものとなる。

五月一日、イェイツはすでに詩のイメージを構築しつつあったと言われる。[29] 夏、モード・ゴンのヴィラで、一晩中、彼は詩作に励むこともあった。そして、九月二五日、ゴールウェイのグレゴリ夫人の屋敷で詩は完成した。

私は、夕暮れ時、
生き生きした顔の彼らに会った、
灰色の、一八世紀の建物の

カウンターやデスクから出てくる彼らに。

「彼ら」――コンスタンス・マーキエヴィッチ、パトリック・ピアス、トマス・マクドナと、イェイツは交友のあった「彼ら」を詩《うた》に数えてゆく。そして――

もう一人のこの男を、私は、
酒飲みの、法螺吹きの田舎者と思っていた。
彼は非道きわまりない仕打ちを、
私が心に思う女《ひと》たちに振るった。
だが、私は、彼を詩《うた》に数えよう。
彼も、また、日々の喜劇の中の
役を棄てた。
彼も、また、彼なりに変わった、
すっかり変わった、
恐ろしい美が誕生した。

一〇月、詩の完成原稿を受け取ったモード・ゴンは「堂々たる挑戦的手紙[30]」をイェイツに送りつけた。「私はあなたの詩が好きではありません。あなたに相応しくもなく、まして題材に相応しい詩ではありません[31]」。母が抗議の声を挙げる以前に、彼はイズールトから、「復活祭に関するあなたの詩は、家族の中で、犠牲の本質と価値について大きな議論を呼びました[32]」と、警告の手紙を受け取っていた。

問題の箇所は、革命家たちを、川の流れを乱す「石」に譬《たと》えた部分――

一つの目的を抱く心は
夏も冬も
一つの石に魅入られ
生きた流れを乱す。
道路をやって来る馬、
騎手、雲から転がる雲へ
渡る鳥たち、
彼らは、刻一刻、変化する、〔……〕
刻一刻、彼らは生きる、
その真只中に石が一つ。

余りに長い犠牲は
心を石にする。

万物が生成流転する真只中で、「一つの目的を抱」いて不動の「石」と化した彼らは、歴史の流れを「乱し」、一変させた。心が石と化した彼らは、「ひと」であることを止め――同時に、「ひと」を超え――、ついには命を捨てた。八〇行の詩全体に、「自己犠牲の有効性と狂信の危険性が執拗なリズムを打つ[33]」「復活祭　一九一六年」は、「彼ら」の側に立つモード・ゴンにとって、「題材に相応しい詩」から遠かった。

マクドナ、ピアス、コノリが不毛な固定観念にとり憑かれていたと言うことは決してできません。各々がアイルランドのために尽くし、それが、この世で、彼らに与えられた役割だったのです。彼らは、異なる才能と活力に満ちたエネルギーで役割を果たしました。あの三人は天才たちでした。〔……〕[34]

「夫」の「罪状」を全世界に公表した詩行は、彼が息子に残した「名誉ある名」を汚す要らざるおせっかい以外の何ものでもなかったろう。「私の夫に関しては、彼は、キリストが開いた犠牲の大いなる扉を通って永遠なる世界へ入り、そうして全てを償ったのです[35]」と、「妻」は弁明する。モード・ゴンの抗議に、イェイツは沈黙を通した。

ノルマンディからパリへ戻って間もなく、モード・ゴンは同じ建物の七階、小さなアパートに移った。遠からずパスポートが取得できると見通し、家具その他を置くだけのパリの足場のつもりだった。一一月、ついにモード・ゴンにパスポートが届いた。しかし、「パリを発つ前日[36]」、ロンドンの戦時局《ウオー・オフイス》から送られた電報の内容が伝えられる。渡航はロンドンまで、アイルランドへ渡航は禁止、それに異議を申し立てれば、フランスへの帰国も保証はないという。「私たちが住んでいる世界の自由はこんなもの」、「怪奇かつ馬鹿げた暴虐の一つ[37]」と息巻きつつ、渡航は諦めるしかなかった。

大戦は進行中。パリは、一般市民生活に影響が出始めていた。物資が欠乏し、電気・ガスの供給に制限が設けられた。母と二人の子供たちは、狭いアパートで、寒い冬を越し、一九一七年を迎える。

四月初め、一家はパリを逃れ、ノルマンディへ。周辺海域は海軍の軍事行動域である。浜に打ち上げられた石炭や木材を拾って燃料にし、食料不足に備え、「庭をジャガイモと豆の畑に変える[38]」作業に追われた。四月半ば、

アイルランドへ帰還したコンスタンス・マーキエヴィッチを迎える群衆、1917年６月

復活祭の休暇が終わり、学校が再開するショーンのため、一家はパリへ戻った。

前年、クリスマス前、拘禁されていた囚人の多くが解放され、更に六月半ば、コンスタンス・マーキエヴィッチを含む、残りの囚人たちが釈放された。彼女の帰還は英雄の帰還である。

夕刻、カウンテスはダブリンへ入った、長蛇の行列の真中に立って。無数のバーナー、ブラスバンドに次ぐブラスバンド、騎馬の者、枝を振りながら走る少年たち、大きなのろまの足のクライスデイル馬が引くガタゴト音を立てる山車、エンブレムを掲げる労働組合、制服を着こんだ公職の名士たち、スラムのわんぱく小僧たち――無数の嬉しげな群衆が伴走し、笑い、叫び、唄をうたった。〔……〕(39)

群衆の熱狂は、マーキエヴィッチが獄中にあった一年余の間に、アイルランドの人々の間に起きた急激な意識変化を示す一つの指標である。

依然、モード・ゴンはパリに足留めされたまま。マーキエヴィッチの釈放を知って、何故、彼女自身はアイルランドへ渡航を禁止されるのか、パスポート・オフィスの責任者に訴えると、父トマス・ゴンの友人だったその人は――「当局は、そのような狂った女性を二人アイルランドに野放しにしたくはないのでしょう[40]」と、返事を返した。

そうして、この夏も、モード・ゴンと二人の子供たちはノルマンディへ――

そういう訳で、私たちはここに来ています。イズールトとショーンと私は、また、ノルマンディの海辺で休暇を過ごし、私が復活祭の時に植えたジャガイモと、魚雷に撃たれた魚、石炭、木材その他、海が運んでくる宝物で生活しています[41]。

七月三〇日、彼女はジョン・クインに近況報告、「来週、イェイツがここに来ます[42]」と書き添えている。

一週間後、イェイツ来訪。今回は、「母というより、イズールトに引き寄せられた――呼び出された可能性もある[43]」旅。前年夏、結論を得なかった、イズールトの手を求める求婚劇のいわば延長戦、それに決着をつけるためである。「夜、海軍の砲撃の振動で、家が揺れた[44]」。イズールトとイェイツは「いつものように親しい関係[45]」、しかし、彼の求婚に、彼女が首を縦に振ることはなかった。彼女は「衝動を欠いていた[46]」。二人は父と娘のような関係で、相手に抱く感情は恋愛感情とは別のものだったのであろう。

モード・ゴンがパリに身を引いて一〇年、その間、平静を保っていた彼女の生活は、大戦と、ダブリンで起きた事件の容赦ない進行に、完全に、打ち砕かれた。「憎悪と狂信にとり憑かれた」とイェイツが表現した彼女の魂は、再び、鼓動し始める。イェイツが滞在していたこの夏の模様を、後年、モード・ゴンは次のように振り返っている。

彼はノルマンディの海辺に立って〔……〕、私にあの詩〔「復活祭　一九一六年」〕を読み、石を、内で発火し、生きる喜びを変えてしまう石を忘れるよう懇願した。しかし、私の心はアイルランドへ戻りたい一心で、その固定観念の石で鈍《にぶ》く、彼はそれを知ると相変わらず親切で、援助の手を差し延べ、物理的困難とパスポートの困難を克服できるよう助力してくれ、私たちはロンドンまで共に旅した。(47)

イェイツは便利な友人――又は、一家の父親ないし後見役――の定位置に逆戻りである。「復活祭　一九一六年」の「石」をもじったモード・ゴンの言葉の綾は、イェイツに投げ返した彼女の皮肉であろう。

モード・ゴンは「もう一冬、パリで過ごすつもりはないと意を決し(48)」、ロンドンへ渡航を敢行。八月二八日、ノルマンディからパリへ。九月一四日、ル・アーブルからサウザンプトンへ渡航、「平然と厚顔無恥(49)」を決め込んだ官憲たちは、列車を待たせ、スパイ容疑で、二人の女性を身体検査。「その横で、イェイツは怒り、苦情を言い――モード・ゴンは、生涯、この出来事を憤怒と共に思い起こすことになった(50)」。モード・ゴンがドーヴァー海峡を越えるのに要した時間はほぼ一年半。「イェイツは、モード・ゴン、カナリア一〇羽、オウム一羽、猿一匹、猫一匹、MGの家族二人、彼女が静かに暮らしてくれる希望を連れて、パリから帰りました(51)」と、エズラ・パウンドはジョン・クインに報告。ロンドン警視庁はモード・ゴンに二名の密偵を張りつけた。

九月一八日、イェイツがグレゴリ夫人に送った手紙――

私はちょっとした渦の中にいます。モード・ゴンと何の危害もないイズールトは〔……〕アイルランドへの上陸を禁止され、フランスへ戻るのも不確かです。〔……〕私はこれから彼女たちに会いに行くところです。可哀そうに、イズールトは、道中落ち込んで、アーブルで独りになって泣きました。〔……〕その間、私を拒む彼女の意思は揺らいではいません。〔……〕ここの生活は大いに白熱しています。〔……〕モード・ゴンはきっと何か無謀なことをするでしょう[52]。

アイルランドへ渡航を禁止されたゴン一家は、一時、イェイツのロンドンの住居に仮住まいし、やがて、テムズ河岸、チェルシーにフラットを借り、そこへ移った。ショーンに、エズラ・パウンドが家庭教師に就き、イズールトは、イェイツの知人がディレクターの地位にあるロンドン大学東洋言語学部で、司書助手の仕事に就いた。

イェイツが「渦」の中にいたのは、結婚相手として第三の選択肢を考えていたからでもある――ジョージィ・ハイド－リース、二四歳。彼女の母の再婚相手は、一八九〇年代、イェイツと愛人関係にあったオリヴィア・シェイクスピアの兄弟。イェイツがハイド－リースに出会ってすでに六年が経過する。イェイツは自ら退路を断つように、九月二六日、彼女に求婚、その場で婚約が成立した。そして、一〇月二〇日、彼は長い独身生活に終止符を打った。

「あなたの婚約者はチャーミングだと思います[53]」。これはモード・ゴンの外交辞令。イェイツの結婚に、内心、彼女は心穏やかではなかった筈である。「二五歳の立派な女性――無論リッチ――彼女の仕事は彼の世話をすることで、彼の奴隷になるか、或る時間が経てば彼の元から逃げ出すか、どちらかでしょう[54]」。アーサー・シモンズはこうジョン・クインに報告。シモンズの、大方の予想に反し、イェイツは、結婚を機に、彼の人生で最も創造力に溢れる局面を切り拓いてゆく。

数年来、イェイツは、秘書役のエズラ・パウンドと共に、サセックス、ストーン・コティッジで冬を過ごすのが習慣となっていた。新婚夫婦はここでハネムーンを送り、新しい年が明けると、早々に、オックスフォードへ移り住んだ。

一方、モード・ゴンは――「依然、私はロンドンに足留めされています。神の国アイルランドの友人たちの元にいたいと焦がれています」[55]。一二月八日、モード・ゴンはジョン・クインにこう書き送っている。

第八章　マダム・マックブライド、アイルランドへ帰還　一九一八—一九二二

——対英独立戦争——

第１回アイルランド議会、ダブリン市長公舎、1919年１月21日

「モード・ゴンはきっと何か無謀なことをするでしょう」。パリからロンドンへ渡航を敢行した彼女に、イェイツが抱いた懸念は現実となる。一九一八年一月――正確な日付は不明――、モード・ゴンは、ロンドンに軟禁されるのはもう充分とばかりに、警官二名の尾行をすり抜けて、アイルランドへ脱出を企て成功する(1)。

モード・ゴンは、リュウマチ治療のため、週二、三回、トルコ風呂へ通うのを習慣としていた。彼女がそこへ入ったのを尾行警官が見届け、彼らが油断してパブへ入った隙を狙った脱出劇だった。息子ショーンのアイディアで、脱出に手を貸したのは、コンスタンス・マーキエヴィッチの妹イーヴァ・ゴアーブース――社会主義者でフェミニスト、姉に負けないラディカル――と、女性参政権闘争家のシルヴィア・パンクハースト。モード・ゴンは、イーヴァ・ゴアーブースの家で、「素姓怪しからぬ、中流階級のずんぐりした女(2)」に変装、腰を曲げ老婆になりすまして、ロンドン、ユーストン駅からフェリー港ホリヘッドへ、看視の網をくぐり抜け、無事、海峡の対岸へ辿り着いた。余りに巧みな変装に、ダブリンの鉄道の駅で、ヘレナ・モロニさえモード・ゴンと分からなかったという。ダブリンで、モード・ゴンに再逮捕の危険も待っていたが、警察当局は再逮捕が引き起こすセンセーションを避け、黙認した。ショーンは、母が無事ダブリンへ脱出したことを確認後、アイルランドへ渡り、ロンドン大学東洋言語学部で司書助手の仕事に就いたイズールトは、フランスからゴン一家に同行した料理人ジョセフィーヌと共に、ロンドンに留まった。

三月、母と息子は、ダブリンの中心街、聖スティーヴンズ・グリーンに家を一軒買い求め、ここに住まいを定める。モード・ゴン五二歳。それまで、パリ—ロンドン—ダブリンを転々と移動して生きてきた彼女は自身の「祖国」と信じる島国に根を下ろし、一九五三年、八六歳で生涯を閉じるまで、そこを離れることはなかった。

アイルランドへ帰還後、モード・ゴンは「マックブライド」を名乗り始め、生涯の最後まで、公の場に黒のヴェールと黒の「喪服」で現われた。一九一六年の事件で夫が処刑された夫人たちは、「復活祭未亡人」、「一九一六年未亡人」として、アイルランド社会の中で特別なステイタスを保持する存在である。モード・ゴンの「過去」について、依然、ゴシップが囁かれ——囁かれ続ける——中、彼女が名乗った「マックブライド」の呼称も、「喪服」の衣装も、「復活祭未亡人」を演出し、そのランクに列なる彼女の偽善かつご都合主義と、冷やかな目を向ける人々もいた。息子ショーンのため、喪服は復活祭の死者たちを弔うためとする意見もある。しかし、彼女の「夫」が「酒飲みの、法螺吹きの田舎者」に留まっていたなら、モード・ゴンが「マックブライド」を名乗ったか、疑問であろう。

この後、アイルランドは対英独立戦争、更に内戦へ突き進んでゆく。島国が迎える最も重大な歴史的局面の中で、モード・ゴンはいかなる政治組織にも加わることはなかった。一九一四年、アイルランド義勇軍を支援するため組織された「アイルランド女性同盟」は全土に支部を展開、目覚ましい活躍を見せていた。モード・ゴンはこの女性組織に属することもなかった。コンスタンス・マーキエヴィッチが、一九一六年復活祭の威光を背に、会長の座を占める同盟に、かつての「アイルランドのジャンヌ・ダルク」が、長い不在の後、収まる場はなかったのであろう。しかし、モード・ゴンは生涯の最後までレベル、権力の横暴に抗議の声を挙げ続ける。

聖スティーヴンズ・グリーンに住居を定めて間もない、三月末、イズールトから母に悲報を知らせる手紙が届いた——ミルヴォアの死。「涙で目が痛みます」と打ち明けるイズールトは、「この手紙は貴女をとても苦しめるかもしれません」[3]と、母を気遣う言葉を綴っている。モード・ゴンがミルヴォアの死にどのような感慨を抱いたのか、直接窺う資料は残っていない。しかし、居住地を点々と移動して生きた彼女が、最後まで守り続けた写真

の二枚はミルヴォアのものだったという。(4)

二人の子供たちは二四歳と一四歳、母の意思に従順に従う年齢ではもはやない。ロンドンに留まったイズールトは、母の存在から解放され自由を謳歌《おうか》するように、ボヘミアン・サークルに交わり、この頃、彼女とエズラ・パウンドとの愛人関係が進行中。イズールトはそ知らぬ振りを通すことに懸命。一方、祖国の土を踏んだショーンは、マーキエヴィッチが創設したボーイスカウト「フィアンナ」に加わった。年末、彼は、一五歳に満たずして、年齢を偽り、母に秘密で、ＩＲＡ（アイルランド共和国軍）の一員になる。以後、二〇年間、この革命軍の中にあって、一時はそのトップの座に就くショーン・マックブライドの「驚異の人生(5)」の第一歩である。

復活祭蜂起で一変したアイルランドの政治・社会は、モード・ゴンの目にどのように映っただろうか。事件に付随して生じた「最も奇妙な現象の一つ(6)」は、反乱が終わるか終わらない中に、アイルランド国内外で、蜂起を「シン・フェイン蜂起」と見なし始めたことである。アーサー・グリフィスが提唱した「シン・フェイン」は武力闘争を否定する思想であり、「シン・フェイン蜂起」は明らかな誤認。しかし、突如、海峡両岸の為政者たちを襲った混乱の中で、「シン・フェイン」は、分離・独立を目指す急進的ナショナリスト全勢力を指す語となっていた。

一九一七年、アイルランドで四つの補欠選挙が行われ、「シン・フェイン」の傘下で戦ったナショナリスト陣営は、議会派候補を破って、四つ全てに勝利、人々の急激な意識変化を裏付ける結果になる。

大戦は進行中。兵力が底をつき、徴兵年齢を五〇歳まで――五五歳にまで――引き上げることを視野に入れ始めた英国政府は、一九一八年四月、アイルランドで徴兵を可能にする法案を成立させた。それに抗議し、アイルランド議員は一斉に議会を退出。党派を超えた激しい反徴兵運動が起きる中、五月一一日、陸軍元帥フレンチ卿がアイルランド総督に就任した。陸軍最高位の軍人をアイルランド行政のトップに据えた人選は、徴兵が必要となった場合、それを容易にする環境を整備すると共に、「シン・フェイン」の台頭を力で抑え込む英国政府の思惑が働いた結果である。

「庭に秩序を回復するには、その前に、雑草を一掃しなければならない」[7]。その信念の下、総督の座に就いたフレンチ卿は、早速、仕事に着手した。五月一七日、「シン・フェイン」とアイルランド義勇軍のリーダー七三名——ほぼ全員——が、ドイツと陰謀を謀ったとして、逮捕・投獄された。いわゆる「ジャーマン・プロット」(German Plot) と呼ばれる事件。しかし、陰謀の具体的証拠は何一つ提示されなかった。コンスタンス・マーキエヴィッチは、七三名中、唯一の女性である。

そして、五月一九日、モード・ゴンと、復活祭蜂起の中心的リーダー、トマス・クラークの未亡人キャスリーン・クラークが逮捕。モード・ゴンは、ショーンと英国人の議会議員ジョセフ・キングと共に、Æの家で開かれたパーティから帰宅途中に拘束され、軍のジープで連行された。鉄格子のジープの窓から彼女の目に入ったのは、走り去る車の後を追うショーンの姿だったという。逮捕された二人は、すでにコンスタンス・マーキエヴィッチが収容された、ロンドン、ホロウェイ監獄に移送され、アイルランドの「狂った《ワイルド》」[8]女三人は、他の囚人たちから隔離され、罪状も明らかにされないまま、獄中生活を送ることになる。

海峡の両岸で、女性参政権運動や女性解放運動、その他反政府活動を展開する戦闘的女性の間で、逮捕・投獄が一種の名誉のバッジとなって久しい。それまで逮捕のリスクをすり抜けてきたモード・ゴンは五二歳、牢獄は苛酷な経験となる。投獄から一か月ほど経過した、六月一四日、彼女がイェイツに送った手紙——

訪問禁止、弁護士不許可、罪状不明。幅七、長さ一三フィートの独房で暮らし、食事を取り、眠ります。小さな窓一つは余りに高く外は見えず、半フィート程の通風口が一つ。独房を清掃する間、午後一時間、私たちは運動場で一緒になります。一週間に三通の手紙を書き、三通受け取ることができます。私が書き送った手紙に返事はありません。手紙は二〇行、返事は三〇行までです。私はショーンのことが心配で気が変になりそう〔……〕。[9]

投獄から最初の一か月、三人は、一日一時間の運動以外、独房に監禁され、外部との接触を断たれた。キャスリーン・クラークは三人の子供の母。突然、母を失った子供たちの安否を確認する術もなく、モード・ゴンと同様、彼女は不安に苛《さいな》まれる日々を過ごす。復活祭蜂起で一年余の投獄経験を有するマーキエヴィッチは先輩格。他の二人について、「私の仲間は最も完璧かつ完全な母親で――悲しいことに、今、嘆き悲しむ母親たちです――、私は彼女たちを『ニオベ』と『ラケル』と呼んでいます」[10]と、彼女は妹の耳に入れている。マーキエヴィッチ自身一六歳になる娘の母。しかし、誕生した時からスライゴーの実家に預けたままの娘に、彼女は会うことも殆どなかった。

三人が収監されていた間――マーキエヴィッチが最も長く、翌年三月初旬まで――、「看守長以下の獄吏たちは私たちにとても礼儀正しかった」[11]と、キャスリーン・クラークは証言する。小柄な彼女は、子供たちの身を案じ「食べることも、眠ることもできず」[12]、最初の一か月で九ポンド体重を減らした。それに慌てた看守長は、食事を、普通食――ココア、マーガリン、粥――から、病人食――お茶、ライス・プディング、グラス一杯のミルク――に切り替え、やがて家族や友人が、食物の包みを週に一つ、送ることが許可された。ガス・コンロをバスルームに引いて、クッキングまでできたという。また、三人揃って病人棟《ホスピタル》に移り、運動時間も、一日一時間から二時間に拡大、更に、一日の大半を独房の錠は開け放し、いつでも外に出られるようになった。

家族や友人の訪問許可が下りたのは、恐らく、九月に入ってから。[13]マーキエヴィッチに妹のイーヴァ・ゴア－ブースが訪れ、モード・ゴンにイズールトとショーン、少し遅れて、キャスリーン・クラークはアイルランドからやって来た姉妹の訪問を受けた。

牢獄の拘束・閉塞に、モード・ゴンは塞ぎ込むようになったと、キャスリーン・クラークは言う。「手に入れた鳥籠のカナリアに話しかける以外、為すこともなく」[14]——

彼女は檻に入れられた野獣のようで、雌虎のようにあちこち歩き回った。私たちは釈放を願い出るチャンスが与えられていた。彼女は、悲惨なあまり、釈放を願い出ると言った——戦争の間、私はアイルランドにいなかったと指摘すると言った。「もし願い出るなら、貴女は二度とアイルランドに戻ってくる必要はない」とコン［コンスタンス］が言うと、彼女は申請書を破ってしまった。その後、彼女は病気になった、病気の振りをしたのかもしれない。彼女はなかなかの役者だったから。[15]

モード・ゴンが「なかなかの役者」だったことは、多くの人々が認めるところ。しかし、この場合、「病気の振り」ではなかったかもしれない。

八月、牢獄の単調さを破る出来事が起きる。もう一人仲間が加わった——ハナ・シィーヒィー・スケフィントン。彼女は、パスポートなしに秘かにアメリカへ渡り、各地で、夫フランシス殺害の非道を訴え講演を続け、ウィルソン大統領との会見を実現させた。一八か月後、彼女はアイルランドに帰国したところで逮捕、ホロウェイ監獄へ移送された。ハナから聞く外の世界のニュースは、三人の間に「小さな興奮」[16]を呼んだ。新聞を読むことはできるが、厳しい検閲が掛けられる時代である。投獄経験を有するハナは、直ちに、ハンガー・ストライキ——女性参政権闘争家の常套戦術——に入り、二日で、釈放を勝ち取った。

牢獄で、母が「心配で気が変になりそう」とこぼしたショーン——彼は、学校が夏休みに入ると、イェイツが引き取った。イェイツはかつてグレゴリ家が所有した土地に立つ古塔を手に入れ、結婚後、塔を「我が家」に改修中。彼は妻と、グレゴリ家所有の、屋敷近くに立つバリナマンテイン・ハウスに住み、改修工事の監督に当たっていた。ショーンはここに滞在、地域の識者からラテン語や数学、ゲール語を教わり、グレゴリ家の屋敷に沿って広がるクール湖で釣りや水浴びに興ずる夏を送っていた。

問題はむしろ獄中の母。閉ざされた牢獄の中で、肺疾患体質の彼女の健康は損なわれていった。それを憂慮する、イェイツを始めとする彼女の友人、知人たちは、影響力を持った人々に働きかけ、彼女の釈放運動を展開。アメリカでは、ジョン・クインが持てる人脈をフルに活用して奔走し、「彼とロンドンの政府要人との間で無数の電報が行き交った」[17]。八月の終わり、ショーンもロンドンに出て、イェイツの住居に移り住んでいたイズールトに合流、母の健康状態を書き綴った手紙を政府筋に送り、釈放を訴えた。

そうした各方面の努力が実り、モード・ゴンに医師の診察許可が下りる。その結果、「肺結核の兆候」、「即刻、適した気候の下、獄外で有効な治療」[18]を勧告する診断が下り、一〇月二七日、彼女は療養所に移送される。獄内で、「モード・ゴンは親切で、淑女らしく、礼儀正しかった」[19]。キャスリーン・クラークの証言。終始、「半病人」[20]で、モード・ゴンと同様、或いは彼女以上に釈放を必要としたのはキャスリーン・クラーク自身。彼女が釈放されたのは翌年二月一八日、それから三週間後に、マーキエヴィッチはホロウェイ監獄を出た。

モード・ゴンの釈放の決め手は医師の診断と、多少の友好的影響力が利いた結果――エズラ・パウンドの意見である。[21]自身の努力の成果と信じるジョン・クインは、肺結核患者にアイルランドの気候は論外、ピレネーかスイスでの療養を提案した。エズラ・パウンドがモード・ゴンにクインのメッセジを伝えると――「あの不遇な女から、高らかな笑い声が起きた」[22]と、パウンドはクインに報告。「パウンドは彼女の笑い声を誤解したに違いありません」と、イェイツが取りなしに入った。「アイルランドが彼女の健康によくないと信じがたい、彼女はそう言いたかったのだと、私は思います。彼女は死人のような形相をしています。先日、英国人の若い将校が彼女のことを痛ましい光景だと言っているのを、私は耳にしました」[23]。クインが、彼の善意の提案を笑い飛ばし、「感謝の言葉一つない」[24]モード・ゴンに感情を害したことは明らか。一九一九年と一九二〇年、二人の間の文通は途絶えた。

療養所に移送されて五日後、大戦で資産を減らしたモード・ゴンは、「私のような戦争貧乏に、一週間一〇ポンド一〇シリングは高過ぎる」[25]と、看視の隙を突いて、そこから子供たちのいるイェイツの住居へ脱出してしまった。

ブリジット・パトモアは北アイルランド出身、ヴィクトリア朝詩人コヴェントリ・パトモアの孫と結婚した彼女は、エズラ・パウンドやT・S・エリオット、その他多くの文学人を知友に持つ。イェイツ、モード・ゴン、イズールトと知り合ったブリジットが、イズールトに招かれ、イェイツの住居を訪れたのは、モード・ゴンがここに同居していた頃のこと。

彼女は老人と呼ぶ年齢ではなかった筈だ。しかし、どのような政治的情熱と挫折が彼女の顔に皺《しわ》を刻み、聖杯から美を乾涸《ひから》びさせてしまったのか、誰が知ろう。

モード・ゴンは、錯乱した夢の中にいるように、部屋をあちこち歩き回った。イズールトは、いかにも彼女らしいもてなしを見せ、カツレツを買っていた（当時、手に入れるのは容易ではなかった）。〔……〕一度、彼女はモードの方を向いて、「帽子を取りなさい、ダーリン」と言った。

母が放心したように帽子を取ると、「頭の形が美しいでしょう」と、イズールトは私に言った。[26]

伝説の美女に、老いは足早に訪れた。釈放された直後のモード・ゴンが、五か月余の獄中生活に「痩せ細り」、「手紙を書いても疲れる」[27]ほど衰弱していたことも事実である。しかし、この頃から、時が彼女の顔に刻む爪跡はより深く、よりその数を増してゆく。長身、痩軀、黒いヴェールに黒の衣装を纏った彼女の「魔女」——堂々たる「魔女」——のような風貌は人々の目を奪い、イェイツが「トロイのヘレン」と称え、若く、美しかった彼女との落差に、彼らは驚異の目を向けることになる。
劇作家で役者のミヒォル・マックリアモールは、晩年のモード・ゴンと親交のあった一人。彼が最初に彼女を目にしたのはこの頃のこと。「丈の高い薔薇」を予期した彼が見たのは「黒い蘭」[28]だったと、マックリアモールは振り返っている。

一一月一一日、休戦協定が結ばれ、長い大戦は終わった。

一一月二三日、モード・ゴンは、再び禁止を破って、アイルランドへ脱出を図った。今回は、イズールトとショーンも同行。モード・ゴンは、彼女の知人の家でハウスキーパーとして働くアイルランド女性の祖母に変装したという。大戦が終わり、パスポート取得の必要がなく、一家は難なく海峡を越えた。

モード・ゴン、釈放されて間もない頃

しかし、ダブリンで、一騒動が持ち上がる。一〇月から、聖スティーヴンズ・グリーンのモード・ゴンの家を、イェイツが借り居住中。彼女が釈放された場合、家を明け渡す約束だった。モード・ゴンが家の戸口に現われた時、妊娠七か月のイェイツ夫人は重症のインフルエンザから肺炎を発症、危機的症状が続いていた。昼夜、ナースが家に詰め、イェイツは家を空け外泊中。警察の襲撃のリスクを恐れた彼は、モード・ゴンを家に入れることを拒否し、二人の間に「激しい諍い」(29)が起きる。モード・ゴンはイェイツに「毒を含んだ手紙(30)」(複数)を送りつけ、二人は「忌まわしい(31)」場面を演じた。イェイツと母の間を走り回ったイズールトはエズラ・パウンドに次のような手紙を送っている。

一昨日、クライマックスがやって来ました。二人は、聖スティーヴンズ・グリーンで会って、そこで、乳母や乳母車の間で、最終決着をつけようと始めました。

M. 嘘を言うのだけは止めてくださいな!

W. (腕を振り身振りを交えて)私は決して嘘を言ったことはない。私の父も決して嘘を言ったことはない。私の祖父も決して嘘を言ったことはない。

M. それが嘘でしょう。

楽しい家族でしょう!〔……〕(32)

上記の場面から二、三日後、一二月一〇日、イェイツは家を明け渡し、騒動は収束する。しかしこの一件は、モード・ゴンにとって、「深いトラウマ的」出来事となる。「投獄に衰弱し、子供たちの身を案じ、政治にとり憑かれた彼女は、それまでトラブルの度に、揺るぎない忠誠を寄せた彼に裏切られたと感じた(33)」。ゴン─イェイツ書簡集は、一一月一日、療養所を抜け出す前に書かれたモード・ゴンの手紙を最後に、一九二〇年六月まで、空白が続いている。

イェイツにとっても、この騒動はモード・ゴンから更に距離を置く出来事となる。「無軌道な家族の父親」を自任した彼は、今や、自身の家族を持つ身。翌年二月、イェイツ夫人は出産、アン・イェイツが誕生する。それを記念して書かれた詩「わが娘のための祈り」で、父となった詩人が娘に託す願いは――

最悪は知的憎悪、
それ故、持論《オピニオン》は呪いと娘に思わせよう。
豊饒の角から誕生した絶世の美女が、
持論にとり憑かれ
豊饒の角と慎ましい人々が
善と見なす全てを売り渡し
怒った風を一杯はらんだ古びたふいごと交換するのを、
私は見なかっただろうか。

モード・ゴンに最も厚い友情を寄せるクインやイェイツに対する彼女の心ない言動は、投獄が彼女の判断能力を狂わせていたからであろう。追い打ちをかけるように、翌年、早々、モード・ゴンは悲報を手にする。スイスで結核療養中の妹キャスリーンの命が危ないと、知らせを受けた。二月、キャスリーンは五〇歳で逝った。幼い頃から手を取り合って生きてきた仲のよい妹の死、姉はいよいよ追い詰められた心境だったに違いない。
モード・ゴンの孫娘アナ・マックブライド・ホワイトは、この頃、祖母が置かれた状況を次のように観測する。

彼女は一九一六年の死者たちだけでなく、長年彼女の愛人だったミルヴォアの最近の死に心の整理もできないでいた。彼女は激しい挫折感に襲われ、神経も、肉体も、疲労困憊状態にあった。自身の人生を律することもできず、恐らく、神経衰弱寸前の状態だった――クイン、イェイツ、パウンドの、彼女の友人や批判者の誰もこのことを理解していなかった。彼らの誰も彼女ほど戦争が近く、多くの家族や友人を失い、子供たちが危険に晒される経験をしていなかった。(34)

孫娘らしい祖母の立場に立った弁明である。

ゴン一家は、一二月一四日の総選挙投票日を控え、選挙戦真只中のアイルランドへ帰ってきた。復活祭蜂起のリーダーたちの遺志を継いだ「シン・フェイン」に対する信任投票の意味合いを帯びた歴史的選挙である。また、今回の選挙は、英国圏で、三〇歳以上の女性に投票権と議員資格が認められた、最初の、記念すべきそれ。イングランドで、一八名の女性が名乗りを上げ、アイルランドでは、「シン・フェイン」がコンスタンス・マーキエヴィッチと、北アイルランドでもう一人女性候補を立てた。ショーンは「フィアンナ」の一員。ダブリンに戻った彼は、早速、マーキエヴィッチの選挙運動に飛び込み、フル回転。

そして一二月一四日、投票日が訪れ、開票結果は――「シン・フェイン」が一〇五議席中七三議席を獲得、アイルランドの政治地図を完全に塗り替える結果となる。「自治」をスローガンに、アイルランド政界の主役だった「アイリッシュ・パーティ」は、事実上、その存在を終えた。海峡の両岸で、議席を獲得した女性はコンスタンス・マーキエヴィッチ一人。彼女やドゥ・ヴァレラ、アーサー・グリフィスなど多くの「議員」たちは獄中にあり、獄外の議員たちもロンドンの議会をボイコットする戦術に出た。

一九一九年一月二一日、ダブリン市長公舎にアイルランド議会（Dail Eireann《ドイル・エアレン》）が招集され、独立とアイルランド共和国が宣言された。

アイルランドに訪れた日で、一月の火曜日ほど待ち望み、そのために働き、そのために苦しんだ日はなかった。〔……〕過去があれほど近く、現在があれほど勇気に溢れ、未来があれほど希望に満ちていたことはなかった。〔……〕後戻りはできなかった。[35]

この日、傍聴席の一人が感慨をこう述べている。アイルランドの多くの人々が共有した想いであろう。この記念すべき議会に臨んだ議員は僅か二七名。希望に満ちた筈の未来に、早くも、暗雲が立ち始める。その日、ティペレアリーで、ＩＲＡ――アイルランド義勇軍はＩＲＡとなった――によって、警官二名が射殺された。銃声は、対英独立戦争開始を告げる合図だったかもしれない。

三月、「ジャーマン・プロット」で投獄された人々が釈放され、四月一日、第二回アイルランド議会が招集された。共和国大統領にドゥ・ヴァレラが選出され、暫定政府の陣容が整う。コンスタンス・マーキエヴィッチは労働大臣に就任した。

暫定政府樹立後、初め、アイルランド側に戦意はなく、英国首相ロイド・ジョージは穏健政策に徹したため、一九一九年の間、ＩＲＡによる銃や弾薬を狙った警察・兵舎襲撃等の散発的事件を除いて、比較的平穏に推移する。しかし、一九二〇年に入り、そうした事件が頻発し始め、島国はゲリラ戦へ突き進んでいった。

海峡対岸の治安の悪化に、英国政府は、一九二〇年三月末、予備軍を送り込み始め、その頃から、アイルランドはテロと恐怖の場と化す。「ブラック・アンド・タンズ[36]」なるあだ名をつけられた予備軍は、急遽、失業中の元兵士たちを募って編成された部隊。彼らの多くは無法の徒と化し、無差別テロに訴え始める。ＩＲＡの警察や兵舎襲撃、警官や英軍兵士を狙った待ち伏せに対する「報復」の名目で、「ブラック・アンド・タンズ」による、一般住民を巻き込んだ、銃撃、家屋の焼き打ち、物品の略奪が横行した。

ダブリンの南、ウィックローは渓谷に富んだ景勝地である。一九一九年一〇月、グレンマルール（Glenmalure）の渓谷に、モード・ゴンは二階建ての家――谷間の最後の家屋――と一五エーカーの土地を手に入れた。フランスで、ゴン一家が夏の休暇や復活祭を過ごしたノルマンディのヴィラと同じ別荘の役割を担った建物である。しかし、ウィックローの渓谷には――「肘掛椅子も、カーペットも、トイレもなし――あるのは雄大な野外トイレ」[37]。文明の恩恵に欠けるところがあるにせよ、自然豊かなウィックローは、モード・ゴンが対英ゲリラ戦で荒れるダブリンを逃れ、心身を癒す場となる。

一九二〇年、対英関係が緊迫度を増す頃、モード・ゴンは家庭のトラブルをまた一つ抱え込むことになった。母と共にダブリンで暮らし始めたイズールトは二四歳。彼女の将来を憂慮するイェイツは彼女に結婚を勧めた――「アンクル・ウィリアムの縁組作戦」[38]である。花婿候補に上がったのは、イズールトに恋するアベイ・シアターの劇作家で劇場のマネージャー、レノックス・ロビンソン。二月、イズールトは、イェイツの「縁組作戦」を蹴って、七歳年下の青年――というより、少年――ヘンリ・フランシス・ストゥアートと、ロンドンへ駆け落ちを図った。二人は前年の冬、Æの家で開かれたパーティで出会い、長身の美女、二四歳と、長身でハンサム、詩人志望の一七歳は互いに魅かれ、交際を重ねた。

ストゥアートはプロテスタント、英国パブリック・スクールの名門ラグビー校に在籍した後、トゥリニティ・カレッジ入学を目指し準備中。それは名目で、学歴も将来の見通しもないままぶらついている一七歳。その上、彼の父親は発狂し精神病院で自死、母方の祖父はアル中で死亡。イズールトとストゥアートの結婚は、誰の目にも、不釣り合いなそれだった。

イズールトは、何故、自ら不幸に飛び込むような結婚を選んだのだろう。彼女自身が一種の問題児のイズールトと、父の死の「恥辱と謎」[39]の影を引く一七歳の少年との間に、或る共感、共鳴が存在したのだろうか。ダブリンで、イズールトはモード・ゴンの「養女」――多くの人々に「事実」は周知であるにもかかわらず。結婚は「どうにもならない《イムポシブル》人生」[40]から逃れる手段でもあったのだろう。一月、イズールトはイェイツに、「三週間以内に結婚します」と伝えた手紙の中で、ストゥアートがイェイツに「宗教に等しい崇拝」を抱いている、と書いている。その彼をイェイツの「精神的子供[41]」と呼ぶ彼女は、詩人志望の一七歳にもう一人のイェイツ的天才を見たのかもしれない。

ストゥアートは詩から小説に転じ、九七年の生涯の間に、三〇に近い作品を生産する。その彼の名を一躍有名にした一冊は『ブラック・リスト／セクションH』（一九七一）。イズールトが没して二〇年近く後に書かれ、イズールト、モード・ゴン、イェイツ、その他の人々が実名で登場する自叙伝的小説。「H」はストゥアートのファースト・ネイム「ヘンリ」のイニシアルである。自らを「ブラック・リスト」に入れたストゥアートに潜在する負の側面は一七歳の少年の中で眠ったまま。一月の終わり、彼はカトリックに改宗。イズールトは、母に結婚を反対されると、ロンドンへ逃走してしまった。

駆け落ちした二人の結婚は既成事実化し、イズールトとストゥアートはダブリンに戻り、四月六日、結婚式を挙げる。予想通り、結婚は、「ほとんど初めから傾き、危機に陥った[42]」。「結婚は初めから間違いだった」と彼が気づくのは時間の問題。二人の「隔たりは余りに大きかった〔……〕二つの異種の存在、それがわれわれだった[43]」、と。七歳年上の妻の教養・知識は彼のプライドを傷つけた。家事に無関心なイズールトは、ベッドの中でたばこを立て続けに吸い、何時間もトランプの独り遊び《ペイシエンス》に耽《ふ》ける。若い夫婦を取り巻く状況も二人に味方しなかった。義理の母と息子は互いに憎悪の目を向け合う関係。「ナショナリストの大義の絶対的正当性と道徳的純粋性を安易に信じ込む[44]」義理の母は、彼の不信と懐疑を買った。その上、「義理の母と彼女を賛美する広範囲のサークルに四方を取り囲まれ[45]」、彼は四面楚歌の心境。詩人志望の一七歳にはイェイツの存在も脅威だったろう。若い夫は、狂ったように、怒りを爆発。二人が滞在するウィックローで、イズールトを部屋に閉じ込め、故意に、食事、睡眠、お金を奪う、彼女を外に締め出し、積み上げた彼女の衣服の上に灯油を撒き燃やす、山肌のシダに火を放つ等々、狂気じみた行動に走った。

一月、イェイツは妻を伴って講演旅行のためアメリカへ渡り、五月末に帰国した。イェイツの帰国を待ってい

フランシス・ストゥアート

たように、六月から七月、モード・ゴンは義理の息子の狂気じみた暴走を訴え、彼に助けを求めた——ゴン一家の代理の父親の出番である。

七月末、イェイツはダブリンへ急行、母と娘が滞在するウィックローへ向かった。イズールトは妊娠が判明し、それが最悪の状況に危機感を加えた。食事と睡眠不足で「疲れ切った(46)」彼女を療養所に預け、その間に、夫から妻に対する経済的補償を取りつける作戦である。イェイツが信頼を寄せる療養所長は、ストゥアートは狂気ではなく、ただ成長していないだけかもしれないという意見。イズールトは、「依然、彼を愛し、終始、彼を弁護した(47)」。当事者たちの様々な思惑が交錯した挙句、結局、若い二人は和解。八月一一日、イズールトは母と共にウィックローへ帰った。しかし、彼女の結婚はトラブルに嵌ったまま。翌八月一二日、イェイツは、それ以上為す術もなく、ダブリンを後にした。

娘のトラブルに心を砕く一方で、モード・ゴンはＩＲＡの息子の母、対英ゲリラ戦下、心労の絶える間はなかったであろう。ショーンは、母に秘密で、ＩＲＡに加わった。それが発覚したのは二年後、家の屋根裏部屋で、彼が手入れをしていたライフルが暴発した時だったという。銃弾は床板を突き抜け、日曜日毎に訪れる神父が休息していた階下の部屋まで達した。事実を知った母は「歩み寄った(48)」と、息子は言う。かつて武装闘争を賛美した母である。

ショーンはユニヴァーシティ・カレッジに入り、法律と農業を専攻する学生である。二つの科目の奇妙な組み合わせは、農場経営で生計を立て、「時折、興味から、或いは正義を弁護・立証するため、訴訟に携わる人生[49]」を思い描いていたのだという。一六歳でIRA分隊のリーダーとなった彼は、英軍の「パトロールやトラックがやって来るのが見えると銃撃、爆弾をひょいと投げ入れ、彼らが飛び降りるとまた銃撃、それから野兎のように走って、リヴォルヴァーを捨て置き、カレッジに戻って[50]」、何くわぬ顔で学生を通す――そうした日々の連続である。

九月二六日、ショーンが逮捕される出来事が起きる。彼は、軍の許可なく、無断で借りた車に、コンスタンス・マーキエヴィッチとフランス人ジャーナリストを乗せダブリンへ向かう途上、車は「エンジン、クラクション、ランプ、全て故障[51]」のポンコツ、無燈のテイル・ランプを警官に見咎められ、無許可、同乗者がマーキエヴィッチであることが発覚し、三人とも逮捕された。牢獄で拷問が横行する昨今、母は悪名高い両親に対する「復讐[52]」が息子に向うのを恐れたが、幸い、二、三日後、ショーンとフランス人ジャーナリストは釈放された。マーキエヴィッチは、過去の罪状を問われ、二年の強制労働の刑、四度目の投獄である。

ショーン・マックブライド

一九二〇年後半から、ダブリンの街は、真夜中から朝五時まで、外出禁止令が布かれた。人々の逮捕と家々の襲撃は日常茶飯事。狭い首都で、警察、英国正規軍、「ブラック・アンド・タンズ」が入り乱れ、ゲリラ兵や火薬・弾薬の類を狙った家屋の襲撃が頻繁に繰り返された。夜間、トラックが家屋の前で停止すると――

武装した男たちが二階に駆け上がり、部屋という部屋、屋根裏部屋、食料庫に押し入った。彼らはリヴォルヴァーを振り回し、脅し文句を叫び、マットレスを切り裂いた。襲撃兵たちは酔っ払っていたり――よくあることだ――、最近起きた待ち伏せ事件で険悪な気分だったりすると、壁や天井に銃弾を放ち、壊れる物は粉々に砕けた。敷地で発見された人は、その場で射殺される危険があった。トラックで運ばれる者は射殺され、「逃走しようとして銃で撃たれた」と報告されることも、時に、ある。襲撃した家から略奪した物品が、通りを堂々と運び去られた。[53]

「軍の襲撃、襲撃の噂、無差別発砲で、生活は忌まわしい限りです。心を強く持たなければとても辛いです[54]」と、一〇月二二日、モード・ゴンはイェイツ夫人に書き送っている。

そうした中、アイルランド中の人々を震撼させる事件が起きる。一〇月二六日、コーク市長テレンス・マックスィーニーが、イングランドの監獄で獄死した。違法書類を所持していたとして逮捕・投獄された彼は、それに抗議しハンガー・ストライキに入って、七四日目のこと。

翌一一月、恐怖はピークに達する。一一月二一日（日）、早朝、オコンネル通りに面するグレシャム・ホテルに乗り込んだＩＲＡ兵士らは一四名の英軍将校――一説によれば、諜報機関将校――を射殺。ゲリラ戦を主導したマイケル・コリンズ指揮下のＩＲＡ分隊による犯行。当日午後、ダブリン郊外のゲーリック・フットボール試合会場で、「ブラック・アンド・タンズ」が、報復として、観客に無差別発砲、一二名の市民が犠牲になった。

「流血の日曜日」と呼ばれる事件である。

その夜、ショーンはアーニー・オマリー——警察が狙うIRAガンマンの一人——をレノックス・ロビンソンのフラットに匿《かくま》って、一夜を過ごした。鋼鉄製のランチアや装甲車が通りを走行する中、アベイ・シアター重役はピアノラでベートーベンを奏で、オマリはショーンに自動ライフルの扱い方を伝授した。(55)

ヘレナ・スワニックは女性参政権運動家。一〇月初め、アイルランドの実情視察のためダブリンを訪れた彼女は、知人宅で、モード・ゴンに初めて会った。モード・ゴンの「美貌と蛮勇は、数年来、伝説だった(56)」と彼女は言う。

　私は、即座に、どうして彼女が、伝説が生まれる女になったか理解した。彼女は並外れて美しく、かつ絵になるというだけでなく、彼女は、行く所どこでも、宮廷を作る術を心得ていて、誰もが進んで彼女の宮廷人になった。

　彼女は劇的で、部屋に入って来ると、まるで水溜りが動き始め、彼女の長身でエレガントな姿、素早い身振り、真摯な受け答え、ペイソスと笑い声が素早く交差する彼女を中心に渦ができる。彼女には悲劇的経験を包み込む陽気な勇者の風があり、その上、好感と洗練された気品が皆を包んだ。彼女は持てるもの全て、思い出も夢も、彼女が信じる大義に投じてしまい、一面、心軽やかに見えた。(57)

「陽気な勇者の風」は、多分に、モード・ゴンの演出。また、祖国同胞が互いに銃口を向け、撃ち、撃たれる局面はこの後にやって来る。その時、アイルランドに、「心軽やか」でいられる者はいなかったであろう。

対英ゲリラ戦の戦禍をもろに被ったのは西部ゴールウェイと南部コークである。スワニックはコークへ赴き、その二日目の夜、凄まじい銃撃音に、彼女は滞在するホテル内の出来事と思ったほど。その夜、英軍は、若い兵士殺害の報復に、カーネギー図書館とシティ・ホールの殆どを焼いた。一二月、コークの中心街は、火を放たれ、壊滅する。

シャーロット・デスパードはアイルランド総督フレンチ卿の姉である。フレンチ家はノルマン時代に遡るアイルランドの名門一家。シャーロットはイングランドで生まれ、彼女の生家はフレンチ家の傍流に列なる一家に過ぎなかったが、アイルランド出身のマクシミリアン・デスパード大佐と結婚した彼女は、自身のルーツである島国に特別な感情と愛着を寄せ続けた。

彼女は、モード・ゴンと同様、自身の出自に背を向け、レベルに転じた典型の一人。一八九〇年、四六歳で夫を亡くし、子供のないリッチな未亡人となった彼女は、喪服に身を包み、慈善活動、女性参政権、女性解放、労働運動と、時代の最も前衛的政治の最前線で活躍、「ミスイズ・デスパード」の名は、「アイルランドのジャンヌ・ダルク」と同様、伝説的地位を占めていた。

出自、レベル、未亡人、「喪服」まで、二人は多くを共有した。一九二〇年代、モード・ゴンが、タッグを組んで、反政府活動を展開する同志となるのがシャーロット・デスパードである。

二人は、一九一七年、モード・ゴンがアイルランドへ渡航を禁止され、ロンドンに留まっていた間、女性解放同盟の集会で出会い、以来、交友を深めていった。モード・ゴンが投獄された時、自身も投獄経験を有するデスパード夫人は、ホロウェイ監獄から釈放されたモード・ゴンをイェイツの住居に訪問。憔悴した伝説の美女に監獄の苛酷な扱いを見た彼女は、「暗い中、悲しい、悲しい想いで、家路に着いた」(58)と、その日、日記に記した。翌年春、アイルランド女性参政権同盟の招きでダブリンを訪れたデスパード夫人は、聖スティーヴンズ・グリーンのモード・ゴンの家に滞在、二人の意気投合振りを示している。

そして、一九二一年一月、彼女は再びダブリンを訪問、この時も、モード・ゴンの家に滞在した。モード・ゴン五五歳、シャーロット・デスパード七七歳。黒の衣装、魔女の姉妹のような二人は、戦禍に荒れるアイルランド南部へ実情視察の旅に出る。二人の乗った車は至る所で検問に遭い、その度に、デスパード夫人が総督フレンチ卿の姉と名乗るや、警官や「ブラック・アンド・タンズ」は「困惑した表情を浮かべた」[59]。「戒厳令が布かれた地域で、私独りでは行けない場所を訪れることができました」[60]と、二月二一日、モード・ゴンはジョン・クインに手紙で報告。同じ手紙で——

ダブリンは恐ろしい場所です。銃声に目の覚めない夜は一夜もないほどです。人々の殺害も頻繁に起こり、英軍が志気を鼓舞するため発砲することもしばしばです。先週、或る晩、家のすぐ近くで余りに激しい一斉射撃があり、私たち皆が何か恐ろしいことが起きているに違いないと思って起き、外出禁止令が解けて外に出てみると、銃弾で穴だらけになった猫と犬の死体が見つかりました。[61]

クインに宛てたこの手紙は、文通が途絶えて以来最初のもの。モード・ゴンが二年のブランクを破ってクインに手紙を送ったのは、アメリカの新聞に連載記事か、通信員の仕事の仲介を依頼するためである。記事のサンプルとして、「荒廃」と題する、アイルランド南部実情視察のリポートを同封した。大戦で資産を減らした彼女は、ジャーナリズムの仕事で収入を補うことを考えたのであろう。クインは、律儀に、依頼に応じたが、仲介は不首尾に終わった。八月、クインがモード・ゴンに送った手紙を最後に、大西洋を行き交った二人の文通は途絶えた。

一九二四年、クインは五〇代半ばで生涯を終えた。

四月、シャーロット・デスパードは活動の拠点をアイルランドへ移し、ダブリンのモード・ゴンの家に同居を始める。この時までに、フレンチ卿は総督を辞していた。

二人の子供たちに時間と心労を強いられる傍らで、対英ゲリラ戦下、モード・ゴンはいくつか活動に携わっている。暫定政府のための広報・宣伝活動はその一つ。プロパガンダは、とりわけ弱小国家にとって、国際世論を味方に呼び込む強力かつ有効な武器である。暫定政府は広報担当相を置き、広報誌『アイリッシュ・ブリティン』を発行、アイルランドの大義を広く世界へ発信した。モード・ゴンは、広報担当相デズモンド・フィッツジェラルド——彼が逮捕・投獄後、アースキン・チルダーズ——の下で、広報誌編集の一翼を担った。きわめて困難で危険な状況下で編集・発行された『アイリッシュ・ブリティン』は、アイルランドの大義に共感するイングランドの世論形成に大いに貢献する。

暫定政府が樹立されて後、アイルランドは二重行政の様相を呈した。それが最も顕著に表われたのは地方の司法組織。「シン・フェイン・コート」と呼ばれた法廷が紛争を裁き始める。地域の識者や著名人が判事の任に当たり、モード・ゴンもその一人。「シン・フェイン・コート」は、他の政府機関と同様、地下組織であり、法廷は、日時も、絶えず移動する場所も秘密裡に開かれた。モード・ゴンは、時折、黙って家を出て行くことがあったという——恐らく、「シン・フェイン・コート」の判事を務めるため。

アイルランド系住民を多数擁するアメリカは、常に、島国の強力な味方である。戦禍の犠牲者たちを救済するため、アメリカ赤十字のメンバーが中心となって設立された「アイルランド救済委員会」は五百万ドルの基金を集め、島国へ送った。二月一日、基金の配分を管理する「ホワイト・クロス」が立ち上げられ、モード・ゴンは七名の女性から成る実行委員の一人として、ハナ・シィーヒィー・スケフィントンやキャスリーン・クラークと共に活動を開始した。モード・ゴンの担当は学童の給食と、身体機能を失った人々の支援。「ホワイト・クロスが設立され、私は懸命に働いています[62]」(二月二二日)、「ホワイト・クロスの仕事で、私の時間は一杯です[63]」(三月四日)。彼女はイェイツに報告した。

一九二一年に入り、ダブリンの街は、外出禁止令が夜の一〇時、九時と早められ、三月二〇日、ついに八時に引き下げられた。

三月初め、聖スティーヴンズ・グリーンのモード・ゴンの家は襲撃を受けた。前年一〇月に次いで二度目。「襲撃としてはおとなしい襲撃で、官憲は丁重」[64]。出産を間近に控え、母の元に身を寄せていたイズールトは、「怯えることもなく、捜索の間、部屋着をはおり、平然とたばこを吸っていた」[65]。出産は二週間後の予定だったが、襲撃から二、三日後、三月六日、イズールトは女児を出産した。

三月一四日、ショーンは死と隣り合わせの経験をする。この日、夜、ダブリンの中心街で、IRA大隊の集会が開かれた建物を、彼は三、四人の仲間と共に警護。やがて「ブラック・アンド・タンズ」が周辺区域を襲撃し始め、大隊スタッフが建物から脱出する間、警護隊は反撃した。歩道に身を伏せたショーンと仲間の一人レオ・フィッツジェラルドに向けて、装甲車から機関銃の銃撃が始まり、撤退の合図に、ショーンがレオの方に伸ばした手に触れたのは血糊《ちのり》。レオの頭はパルプ状に撃ち砕かれていた。

夏が近づくにつれ、IRAは武器・弾薬が底をつき始め、英国政府を非難する国際世論は、日々、高まる一方、英国内からも非難の声が挙がった。七月一一日、イングランドとアイルランドの間に、休戦協定が成立する。「休戦に、誰もが安堵しています」[66]。七月二七日、イェイツにこう書き送ったモード・ゴンは喜びに浸る心境ではなかったであろう。三月に誕生したイズールトの子が、七月二四日、短い命を終えた。「私の小さな子は、五日前に亡くなりました」[67]と、「悲嘆に暮れる、長い、心を打つ手紙」[68]を、イズールトはイェイツに書いてきた。悲劇の連鎖に、イェイツは――「多分、悲劇的女の種族が死に絶えるのはよいことです」[69]。グレゴリ夫人に洩らした辛辣かつ非情な発言は、やり場のない怒りの裏返しであったろう。

ソーラ・ピルチャーはモード・ゴンの妹キャスリーンの娘、幼い頃からイズールトと仲のよい友である。この頃、「イズールトの中で光が消えてしまった」[70]と、ソーラは言う。不運な星の下に生まれたイズールトは運命に屈し、運命に抗う意思を失ってしまったのであろう。

八月、モード・ゴンは娘夫婦と息子を伴ってバヴァリアへ出掛けた。ワーグナーの音楽を聴くため。傷心の娘を慰め、「ブラック・アンド・タンズ戦争の嵐の後、恐ろしい不眠の発作の中」[71]、傷んだ心身を癒すための休暇である。銃の調達が目的のショーンは、目的を果たすとアイルランドへ帰り、義理の母を避けるストゥアートは、妻と共にプラハへ、更にオーストリアへ逃亡してしまった。ドイツは第一次世界大戦の敗戦国。オペラ・ハウスでモード・ゴンは、幕間に開かれた孤児や負傷者のための基金集めにできるだけ貢献し、「小さな償いをした」[72]。

一〇月、アイルランド―イングランド間の講和会議がロンドンで開始される。ショーンは、会議に臨んだアイルランド代表団の一人マイケル・コリンズの目に留まり、彼の補佐としてロンドンへ随行。ロンドン代表団とダブリンに留まったドゥ・ヴァレラとの連絡役として、海峡を頻繁に往復する日が続いた。

一二月六日、困難な交渉の末、アイルランド代表団は講和条約にサイン。両国が合意した条約の骨子は、アイルランドを「ドミニオン」――英国王・女王を国家元首とする英連邦を構成する国家――の一つとし、国家元首たる英国王・女王に「忠誠の誓い」を義務づけるものである。「自治」からは大きな前進だったが、「共和国」の理想から遠く、また、アイルランドは「北」六州と「南」二六州に分断された[73]。

一二月一四日、アイルランド議会で講和条約批准を巡る議論が始まった。アーサー・グリフィスとマイケル・コリンズを中心とする賛成派と、ドゥ・ヴァレラ率いる反対派が激しく対立、議論は、越年して続いた。

第九章　ザ・マザーズ　一九二二—一九三二

——アイルランド内戦と囚人擁護女性同盟——

治安維持法に抗議するモード・ゴン、1923年頃

一九二二年一月七日、アイルランド議会で越年して続いた講和条約批准を巡る議論は、賛否が票決に付された。結果は――賛成六四票、反対五七票。僅差で条約は批准され、「南」二六州から成るアイルランド自由国が誕生する。条約反対派の頭角ドゥ・ヴァレラは辞任し、アーサー・グリフィスがアイルランド自由国初代大統領に就任した。アイルランドにとっていわば不平等条約とも言うべき講和条約を、「全ての国家が希求し、到達する究極の自由ではないが、それを達成するための自由」[1]、即ち踏み石《ステッピング・ストーン》と位置づけたマイケル・コリンズの論も、「一九一六年とその後に死んだ者たちの血で清められた」[2]三二州から成る共和国を死守し、「忠誠の誓い」に拒否反応を示す、条約反対派の人々の耳に達することはなかった。誕生した国家は二極に分裂、内戦の危機を孕《はら》んだ船出である。その中、権力の移譲は着実に進んだ。全土から、英軍や「ブラック・アンド・タンズ」の撤退が始まり、植民地支配の牙城ダブリン城はアイルランド政府に明け渡された。

講和条約批准を巡って、モード・ゴンは――「当時、母は条約に大いに賛成だった」[3]と、息子は証言する。ＩＲＡの彼は強硬な反対派。条約反対派の中で最も強硬な論を展開したのは、コンスタンス・マーキエヴィッチや「復活祭未亡人」たち女性陣だったから、モード・ゴンの穏健な姿勢はむしろ意外の感が拭えない。二つに分かれた母と息子は、二極分裂の危機に立つ国家の縮図だったかもしれない。条約は、父と子、兄弟姉妹、家族を二つに引き裂いた。また、母と息子の言い分は、二派それぞれの立場を代弁していたかもしれない。母にとって、英軍の撤退やダブリン城の明け渡しを可能にした講和条約は「とてつもなく大きな前進で、完全な独立を手にするのは時間の問題だった」[4]。母の立場をよく理解できたと、息子は言う。しかし、彼自身は——「忠誠の誓い、或いは国家の分断、或いは、実際、条約に含まれる条件の何一つ受け入れることは問題外だった」[5]。条約を巡って、母と息子は「仲違いした」。しかし、互いに「意見の違いを認め」、当面、「政治について意見を交わすことは殆どなくなった」[6]という。

一月半ば、モード・ゴンはパリにあった。「アイルランド民族会議」がフランスの首都で開催され、ダブリン代表団の一人として会議に臨んだ。前年に企画された会議は、世界に散ったアイルランド民族がパリに会し、民族の統一・団結を世界にアピールする文化的祝祭の場、「政治」は除外が会議のルールである。イェイツ、画家の弟ジャック・イェイツ、ダグラス・ハイド等がアイリッシュ・シアター、美術、言語について講演を行い、アイルランド文化の蘇生、再生をアピールした。脱「政治」、民族の統一・団結を祝う筈のパリの会議は、しかし、アイルランド議会の「レプリカ」と化し、講和条約賛成派と反対派それぞれが「政治的得点を挙げ、優位を争う」[7]場と堕した。

会議の議長はテトゥアン侯爵。マドリードからやってきた侯爵は、三〇〇年以上も昔、アイルランドから大陸へ逃亡した先祖を持つ。議長のために用意された赤絨毯《じゅうたん》を敷いた雛壇、黄金に輝く玉座に、モード・ゴンは「ショックを受ける」[8]。玉座に座す侯爵は、「馬以外」、アイルランドについて無知。モード・ゴンもコンスタンス・マーキエヴィッチも「玉座」に呆れ、フランスの新聞記者たちが浮かべる「冷嘲や嘲笑」[9]に心を痛めた。

パリから帰国したモード・ゴンは、「北」から「南」へ逃亡したカトリックの難民の苦境に直面する。「南」が二極分裂の危機に立つ一方で、カトリックとプロテスタントが対峙する「北」では、流血を伴った暴動が起こり、六月から七月、四〇〇名の死者を出す事態に発展、カトリックの犠牲者はプロテスタントの二倍を数えた。[10]「べルファストで恐ろしい組織的虐殺が荒れ狂い、北からの列車という列車は狂った目をした難民を運んできた」[11]。その数二万三千人。[12]「女たちは半狂乱、子供たちは恐怖で病んでいた」[13]。ＩＲＡは難民をファウラー・ホールと呼ばれる建物に収容。そこで、彼らは「侘《わび》しい固まりになって立ちつくす者、むき出しの床に座す者」[14]、哀れを誘った。モード・ゴンは古い友人のアーサー・グリフィス――今や、彼は自由国初代大統領――に面会、英軍が撤退して空になった兵舎のベッド提供を要請した。グリフィスは「病み、疲労していた」[15]。

グリフィス　ＩＲＡに北から難民を連れてくる権利はない。それは私たちのポリシーではない。私たちが政府です。

モード・ゴン　ＩＲＡが難民を連れてきたのではありません。彼らは自分たちで来たのです。〔……〕

グリフィス　ファウラー・ホールは適切な場所ではない。〔……〕ＩＲＡはトラブルを引き起こそうとしている。[16]

こうした問答の末、政府にできることはしましょうと約束したグリフィスは、貧民院を開放、そこに難民を収容した。

ＩＲＡは、四月から、「フォア・コーツ」――四つの裁判所から成るダブリンの主要な建物の一つ――を占拠、そこに立て籠り、自由国政府と敵対する姿勢を続けた。内戦の緊張が高まる中、六月二二日、ロンドンで、英陸軍元帥サー・ヘンリ・ウィルソンが暗殺された。ＩＲＡの犯行。アイルランドが無政府状態に陥ることを警戒する英国政府の圧力を受け、六月二八日早朝、マイケル・コリンズは、英軍から貸与された大砲で、フォア・コーツ攻撃を開始した。

この日、モード・ゴンは再びパリにあった。グリフィスに派遣され、「北」で進行するカトリック教徒の組織的虐殺を、フランスのメディアを通じ、広く世界にアピールするためである。六月二九日、フランスの新聞はフォア・コーツ攻撃開始を報道。それを見たモード・ゴンは、急遽、ダブリンへ引き返した。彼女の頭をよぎったのはショーンの所在だったに違いない。六月三〇日、ＩＲＡはフォア・コーツから投降。連行された四〇〇名のＩＲＡ兵士[17]の中にショーンも含まれていた。彼は、内戦の間、牢獄で過ごすことになる。

　ＩＲＡはオコンネル通りの主要な建物を占拠し、彼らと政府軍の間で激しい市街戦が繰り広げられる中、内戦を回避する瀬戸際の努力が女性たちによって進められた。ダブリン市長の呼び掛けに応じ、いくつかの運動の女性リーダーたち――モード・ゴン、シャーロット・デスパード、ハナ・シィーヒィー・スケフィントン等――が参集、和平使節として両軍に停戦を呼び掛けることになる。

　労働運動のリーダー、ルーイ・ベネットの語るところによれば[18]――最初、彼女たちはアーサー・グリフィスとマイケル・コリンズに面会。「長時間話し合った末、ＩＲＡに会談の意思があるなら、彼らは交渉の用意がある」と、感触を得た。ＩＲＡとの接触は容易ではなかった。市街戦の中、彼女たちはダブリン市長に提供された救急車で街を横切り、ＩＲＡの本部と思しい建物へ向かった。

> 私たちはどこか暗い部屋に入っていった。周囲に袋が積まれていた。私は小麦粉か何かの袋の上に腰を掛けた。ＩＲＡ兵士は見当たらず、やがて誰か――某将軍か誰か、それが誰だったのか、私は今もって思い出せない――がシィーヒィー・スケフィントン夫人と長い間話合った。しかし、彼らはどのような条件でも交渉の意思はない、すでにその中にいるのだから、戦って出る以外に出口はないと、彼らは言った。

内戦はダブリンから地方へ拡大、自由国兵士《フリー・ステイター》と、人々が「ダイハード」と呼んだＩＲＡは、対英ゲリラ戦より更に凄惨な戦いを一〇か月戦うことになる。

われわれは幻想を糧に心を養った、
それを喰らった心は残忍になった。
われわれの愛よりも
われわれの憎悪により実体がある。嗚呼《ああ》、蜜蜂たちよ、
ムクドリの空の巣に来て巣を作れ。

絶望と祈りが交錯するイェイツの詩「内戦時の瞑想」の詩行。

オコンネル通りの市街戦は死者六五名を出し、負傷者は三〇〇名近くに上った。(19) モード・ゴンは聖スティーヴンズ・グリーンの家の一階を仮設病院に仕立て、負傷者の救護に当たった。イズールトは好意的な医師から医療品を手に入れ、アメリカや他の外国のメディアとのインタヴューに追われた。ストゥアートも綿棒の浮いたバケツを運び出す、地下からトレイを運び上げると言った慎ましい仕事を割り振られ、時には簡単な傷の手当てに当たることもある。医学生や「アイルランド女性同盟」の若い女性たちが立ち働く中――

時折、マダムは、大戦中、パリ－プラージュの病院で働いていた時に身に着けた、帽子の前に小さな赤十字の付いた白い制服を着て、看護の当番に当たった。(20)

政治に無関心だったストゥアートは、義理の兄弟の影響か、或いは彼特有の冒険・反抗精神からか、大陸へ渡って、ＩＲＡのために武器・弾薬の調達に走り成功する。しかし、八月、彼も逮捕・投獄された。

八月一二日、アーサー・グリフィスが脳出血で倒れ、五一歳で帰らぬ人となる。晩年――と呼ぶには早すぎる晩年――の彼は、背負った責任の重圧と過労のため「失意の老人」[21]。悲嘆《ハート・ブレイク》による死と、人々は言った。一〇日後、八月二二日、マイケル・コリンズが、彼のふる里コークを巡回中、IRA狙撃兵の銃弾に命を落とす。対英ゲリラ戦、イングランドとの講和会議、誕生した自由国政府にあって、常に、牽引車の役を果たしたコリンズの死は、アイルランド中を衝撃と喪失感に陥れた。

二本の柱を失った自由国政府を引き継いだのは、ウィリアム・コスグレイヴ、ケヴィン・オヒギンズ、リチャード・マルカヒの若いトリオ。この頃までに、主要な町は政府軍の手に落ち、IRAはゲリラ化していった。九月、無許可の武器・弾薬所持を、ケースによっては、死刑の刑罰をもって禁じる治安維持法が制定される。一一月、IRA要人の一人アースキン・チルダーズが法に抵触し、抗議の声が沸き起こる中、処刑された。IRAは、議会議員の暗殺、暗殺未遂、家屋の焼き打ちで応酬、政府は、報復として、IRA要人の囚人を処刑、「国家規模の復讐劇」[22]へ堕ちていった。一二月七日、議会議員一名が暗殺され、もう一人が負傷。翌朝、報復として、フォア・コーツから投降し収監されたIRA将校四名が処刑された。その一人はロリ・オコナー。彼と同じ房にいたのはショーンである。未明に、二人は起こされ、オコナーは連行、ショーンは房に留まるように言われた。朝六時か七時頃、彼の耳に銃声が響いた[23]。処刑が行われた週、「ダブリンは狙撃兵の銃撃や爆弾の炸裂に揺れた」[24]。内戦中、報復処刑されたIRA囚人の総数は七七名。復活祭蜂起で処刑された――ロウジャー・ケイスメントを入れて――一六名と比較しても、異状な数字である。

各所の監獄や収容所に拘禁された囚人の数は一万を超え、彼らの苦境もさることながら、囚人の母親、妻、姉妹たち、女性たちにとっても試練の日々。肉親の所在も、生死も分からず、一家の稼ぎ手を失った物質的窮乏は彼女たちを苦しめた。モード・ゴンも息子と義理の息子を囚人に持つ母親である。彼女は、牢獄の囚人たちと彼らの家族を支援するため、「囚人擁護女性同盟」（Women's Prisoners' Defence League）を結成する。同盟結成に至った経緯を、モード・ゴンは次のように語っている。

同盟は、一九二二年八月、非公式に、マウントジョイ監獄の門の外で、IRA囚人の母親、妻、姉妹たちによってスタートした。「囚人への」訪問禁止、情報は皆無、或る女性はウェリントン兵舎に収容された夫の消息を求めて片足を撃たれ、或る青年は息子の消息を求める女性に同行し、マウントジョイ監獄の外で殺された。軍刑務所で、囚人に対する鞭打《むち》ち、拷問の、恐ろしい噂が情報として出回り――不幸なことに、後に事実と確認――、牢獄で「囚人を処刑する」銃声は止まず、傷を負う囚人は跡を絶たず、囚人擁護同盟の必要は明白、かつ緊急を要した。(25)

シャーロット・デスパードがダブリンへ移住し、モード・ゴンの家に同居を始めて一年以上が経過する。囚人擁護女性同盟は、シャーロット・デスパードを会長に、モード・ゴンを幹事に、発足した。同盟の中心的支柱はモード・ゴン。彼女が会長の座をシャーロット・デスパードに譲ったのは、二二歳年上のデスパード夫人に敬意を表したのであろう。同盟の会員資格は、囚人を持つ女性の家族であること、週半ペニーの会費である。一九二〇年代、モード・ゴンの時間とエネルギーは同盟の活動に注がれ、一九三〇年代に入っても、同盟の活動は続いた。

「ザ・マザーズ」なる愛称を付される同盟は、統制のとれた組織から遠く、任意の女性たちの集団で、活動の場が即オフィスである。一九二〇年代、毎週日曜日、正午のミサの後、オコンネル通りを行進、瓦礫の一角で開かれる同盟の集会は、通りの一部のような光景となった。監獄の門の外で同盟が開く、夜を徹した抗議集会も見慣れた光景となる。会員たちは、監獄、法廷、議会、あらゆるところに出没、囚人一人ひとりの所在や安否に関して得た情報を皆が共有。パレード、即席の街頭集会、報道機関に送りつける「手紙の洪水」等、世の人々の注意を喚起するありとあらゆる手段に訴えた。時に、「アムネスティを祈るため、囚人の子供たちの列を教会へ率いる」[26]といった演出も辞さない。

同盟の女性たちは、唾《つば》、放水、銃撃さえ浴びた。モード・ゴンは自叙伝に、囚人処刑に抗議して、同盟がリチャード・マルカヒの家の外で開いた大集会の模様を語っている。彼は政府の中軸を成す若いトリオの一人。

自由国兵士たちは鉄柵の内側に並び、何発か私たちの頭上に発砲、一発が一人の女性の帽子を貫通した。命令を発する声がして、最前列の兵士たちが膝を着き、ライフルを構えた――或る者は顔が青ざめ震えていた。私は鉄柵の欄干に飛び乗って、士官に侮蔑の笑みを投げた。〔……〕私たちは一分間睨《にら》み合っていた。命令は下されなかった。[27]

オコンネル通りで、警察や軍との大小の衝突は頻繁。一一月二〇日、『アイリッシュ・タイムズ』は、同盟の大集会に軍が発砲、三名の負傷者を報じた。[28] こうした脅威の中、一九二〇年代、「ザ・マザーズ」はコスグレイヴ政権の露骨な弾圧政治に抗議する抵抗勢力の一つとなり続ける。

長身、今尚「生きた伝説」のモード・ゴンと半分ほどの背丈に見えるデスパード夫人のペア――街頭行進の先頭を行く、黒装束の二人の老女の姿は、ダブリンの街の一種の名物となる。街の口汚い輩が二人に献上した呼び名は――「モード・ゴン・マッド」(Maud Gonne Mad) と「ミスイズ・デスパレート」(Mrs Desperate)。

当初、自由国政府に協力を惜しむことのなかったモード・ゴンは、囚人の報復処刑が始まった頃から、反政府、

IRA支持に転じる。囚人擁護女性同盟が反政府姿勢を鮮明に打ち出すと、モード・ゴンの家は政府軍や警察による頻繁な襲撃に晒された。九月二二日、聖スティーヴンズ・グリーンの彼女の家は政府軍に襲われる。五度目の襲撃。翌日、モード・ゴンはIRA寄りの新聞に「マックブライド・ハウス襲撃」を投稿、「神聖なホーム」に対する冒瀆、裏切りを告発した。[29] 一一月一三日、『フリーマンズ・ジャーナル』は「燃える書類の山　マダム・マックブライドの家宅捜索事件」の見出しを振った記事を掲載。現場に駆けつけた新聞記者が目にした光景は——

街頭行進するモード・ゴンと
シャーロット・デスパード、1923年頃

二階の部屋で、戸棚や食器棚が引き開けられ、棚の中身は辺りに散乱。軍は暫《しばら》く現場に留まり、撤退する前に、道路の真ん中に書類を山積みにし、火を放って燃やした。[30]

モード・ゴンが点々と移動して生きた人生の中で守ってきた宝物——ノートブック、切り抜き、思い出の品等々——全てが炎の中に消えた。灰となった中に、イェイツがモード・ゴンに送った手紙の数々。ゴン－イェイツ書簡集に収録されたイェイツの手紙で、この事件以前のものは僅か一一通に過ぎない。

一二月初め、自由国議会に上院が設置され、イェイツは上院議員六〇名のリストに名を列ねた。政府に協力する政治家と判事を、ＩＲＡは誘拐、暗殺、家屋の焼き打ち標的リストに挙げ、上院議員もそのリストに加わった。詩人で外科医のイェイツの友人オリヴァー・セイント・ジョン・ゴガティは犠牲者の一人。誘拐された彼は、幸い、リッフィー川に飛び込んで暗殺を免れた。一九二三年二月までに、上院議員三七名の家が焼き討ちに遭って、炎上。(31) ゴガティも家を焼かれた一人である。

一九二三年に入り、政府は反体制分子に対する弾圧をますます強化、ＩＲＡの集会や出版物は禁止され、囚人擁護女性同盟も禁止措置に遭う。一月五日、ロンドンのオリヴィア・シェイクスピアへ近況報告の手紙を綴っていたイェイツは、中断を余儀なくされる。

生憎、ペンを置かなければなりません。今、モード・ゴンが逮捕されたと聞いたところです。イズールトに手紙を書き、当局に暖かい毛布の件で援助を申し出なければなりません。逮捕の前日、彼女は、もし私が政府を糾弾しなければ、私との交際を永久に断つと手紙を書いてきました。彼女の釈放ではなく（それに関して、私は何もできません）、毛布の援助では彼女の怒りを鎮めることはできそうにもありません。彼女は箒の柄と糸巻き棒のどちらかを選ばなければならず（多分、女性は皆そうでしょう）、箒の柄を選んだのです――魔女の帽子という意味です。(32)

イェイツの毛布の援助は必要なかったようである。翌日、モード・ゴンは釈放された。かつてイングランドを忌み嫌った憎悪を自由国政府に向けるモード・ゴンと、上院議員イェイツの関係は冷え込んでいった。

政府は反体制分子の掃討作戦を展開、その網に懸かって、四月一〇日、再び、モード・ゴン逮捕。収監されたキルメイナム監獄で、彼女は、直ちに、ハンガー・ストライキに入った。囚人が取り得る唯一の抵抗手段である。モード・ゴン逮捕の一報を聞いて駆けつけたシャーロット・デスパードは、「咄嗟に、意を決し[33]」、監獄の門の前に座り込み、モード・ゴンが収監されていた二〇日間、抗議の座り込みを続けた――支援者が差し入れた椅子に座って。八〇歳の彼女にとって苛酷な日々――「異様な夜と昼、厳しい寒さ、嗚呼、厳しい寒さと夜の長さ[34]」。彼女はこの時の体験をこう振り返った。

上院議長や大司教も政府に寛大な処置を求めて動き、イェイツは自由国大統領コスグレイヴにモード・ゴンの釈放を直訴した。「モード・ゴンは五七歳で、若い女性たちと同じ重圧に耐えることはできない[35]」、と。二〇日後、

キルメイナム監獄の門前で
座り込みをするシャーロット・デスパード

彼女は担架で運び出され、待機する救急車で自宅に搬送された。
五月、イズールトも掃討作戦の網に懸かって、投獄。しかし、イェイツが間に入って、長期間拘禁されることはなかったようである。

五月二四日、IRAは投降、内戦は終結する。しかし、人々が「心に負ったトラウマの傷は深く」、傷が容易に癒えることはなかった。内戦終結時、囚人の数は一万二千、女性四〇〇名が含まれていた[36]。囚人の釈放はゲリラを野に放つも同然、政府は彼らを獄内に拘禁し続けた。一〇月、マウントジョイ監獄で、四〇〇人規模の集団ハンガー・ストライキが始まる。「一〇月から一一月、来る日も来る日も、モード・ゴン、シャーロット・デスパード、ハナ・シィーヒィー・スケフィントンの厳しい顔をしたトリオは、同じ小さな集団を率いて、『自由か、墓場か』と書いたプラカードを掲げ、ダブリンの通りを行進した[37]」。一一月、集団ハンガー・ストライキは、死者二名を出し、中止。冬の到来を前に、獄内でインフルエンザの蔓延を恐れた政府は囚人の釈放を始め、クリスマスまでに、大半の囚人が解放された。イズールトの夫フランシス・ストゥアートも家族の元に帰った。ショーンは、幾度か脱獄未遂を重ねた揚句、一〇月、マウントジョイ監獄からキルメイナム監獄へ移送中に脱走に成功、逃走中である。

一九二二年夏、モード・ゴンとシャーロット・デスパードは、ダブリン郊外クロンスキー（Clonskeagh）に、家を一軒共同購入し、そこへ移り住んだ。「ロウバック・ハウス」（Roebuck House）の名を持つ建物は、ヴィクトリア朝初期の大きな一戸建ての家で、曲線の短いドライヴが玄関に続き、成長した樹木が茂る広い庭、幾つかの付属の建物、一九二〇年代当時、周辺に田園が開けた。
ロウバック・ハウスは賑やかな家となる。フランスからゴン一家に同行した料理人、ハウスキーパー、メイド、

ロウバック・ハウス

車の運転手のスタッフに加え、訪問客や一時的滞在者が跡を絶たない。モード・ゴンの子供たち――後には、孫たち――が定期的に集い、「囚人擁護女性同盟」や「アイルランド女性同盟」の集会が開かれ、釈放された囚人が一時的に身を寄せ、負傷者は傷を癒す、逃走中の男たちがふらっと立ち寄ることもある。モード・ゴンの動物好きは相変わらず。ペットの大型犬の脅威を突破すれば、誰でも歓迎される家と言われた。ロウバック・ハウスはモード・ゴンの終《つい》の棲家《すみか》となり、彼女亡き後は、ショーン・マックブライド一家がここに住み続けた。

ロウバック・ハウスが逃走中のＩＲＡを匿う「セイフ・ハウス」の評判が立ち始めると、聖スティーヴンズ・グリーンの家と同様、政府軍による襲撃が始まった。八月一七日、『シン・フェイン』は、「デスパード夫人の家の放火未遂」を報道。火曜日の夜の出来事。「水曜日の夜中、付属の建物の一つに爆弾が仕掛けられた。木曜日の朝、庭師がそれを発見。マダム・ゴン・マックブライドがラスドラム（Rathdrum）警察にそれを持ち込み、『あなた方の所有物を返します』と言って、差し出した」[38]。一九二〇代と一九三〇年代の初めまで、ＩＲＡの息子の母の家は頻繁な襲撃に晒され続ける。

　二つの戦いで疲弊しきったアイルランドは慢性化した失業と貧困に苦しんだ。牢獄から釈放されたＩＲＡ囚人たちを待っていたのは失職と失業である。モード・ゴンから、聖スティーヴンズ・グリーンの家の階上を借り、そこに居住していたドロシー・マカードルは教師をしていた女子カレッジを解雇され、ハナ・シィーヒィー・スケフィントンはドイツ語教師のポストを失った。

　元ＩＲＡ囚人やその家族に雇用を生むため、一九二四年、ロウバック・ハウスで、一種の家内産業が立ち上げられ、シャーロット・デスパードは手作りジャムを、モード・ゴンは貝殻をアレインジした装飾品作りに乗り出した。

　デスパード夫人は意気軒高、周辺の畑を買い入れ、そこで育て、収穫したフルーツを調理、瓶詰め、ラベル貼り、更に、喫茶店や食料品店に車で注文を取って回った。一九二五年夏、ＩＲＡ機関紙『共和国』（*An*《アン・》 *Phoblacht*《フォブラクト》）の発行が始まると、紙面に、「ロウバック・ジャム」と銘打った「一〇〇パーセント純粋なアイリッシュ・ジャム」の広告が定期的に掲載された。しかし、ジャム作りは、瞬く間に、失望に変わった。経費と労力のみを要し、利益が上がらなかった。季節には、一五名の労働者を雇い入れることができたが、失業解消には焼け石に水。それに追い打ちをかけるように、ジャム工場から金銭が消える事件が発生。工場で働いていた者の犯行と分かり、デスパード夫人は、一九二七年、事業から撤退を余儀なくされた。

　モード・ゴンの貝殻装飾品も、ＩＲＡ囚人やその女性の家族に雇用を生むため始まった。失業の解消に貢献することはなかったが、デスパード夫人の事業より多少の成果を上げた。古代ケルトの貝殻ネックレスにヒントを得たという、貝殻――アイルランドの貝殻――を花の形にアレインジした「シェル・フラワー」は、絵心のあるモード・ゴンの芸術的センスが生きたのであろう、海辺で見掛けるおぞましいお土産品ではなく、「アール・デコ風のデザイン[39]」。モード・ゴンの孫娘アナ・マックブライド・ホワイトは、子供の頃、祖母のお伴をして、ダブリンの夏の一番の賑わい、ホース・ショーや、市長公舎で開かれるクリスマスの集いへ出掛けた思い出を語っている。祖母は、「黒い布で覆ったストールの後ろに腰掛け、鏡に映って宝石のようにきらきら輝くシェル・フラワーを売った[40]」。

一九二三年一一月、イェイツの元にノーベル文学賞受賞の報が届いた。詩人イェイツの最も優れた作品が発表されるのはこの後である。上院議員の任務に励む彼は自称――「笑みを浮かべる公人《スマイリング・パブリック・マン》」（「学童たちの間で」）。モード・ゴンとの関係は冷え、その上、デスパード夫人とは犬猿の仲、彼がロウバック・ハウスに足を運ぶことは滅多にない。一九二四年夏、イズールトの夫、フランシス・ストゥアートの詩集『我らは信義を守った』がアイリッシュ・アカデミーの賞を受賞した。彼が獄中にあった間に編集、出版された小さな詩集。受賞を知らせる

上院議員イェイツ

ためロウバック・ハウスを訪れたイェイツは——

ドアを入ったところで足を止め、ライオンのような頭を上げ（ライオン、鷲《わし》、ラビット——後に、様々な場で、Hは想像した、イェイツは全てに似ていると）、告げた、「モードに用があったのではありません。私たちは会わない方が賢明だと思いました」。一房髪毛が秀《ひい》でた額に落ち、ずんぐりした指で掻き上げられた。黒いリボンが眼鏡からジャケットの折り返しに落ち、僅かに膨れた腹部を覆うチョッキの襞——Hが出会う、最初の、恐らく唯一の、偉大な作家が見せる徴候全てを、彼は記憶に留めた。(41)

ショーン・マックブライドは、脱走に成功した後、逃走中の身。一九二六年一月、彼はカタリナ・ブルフィンと結婚する。五人兄弟の一番下で「キッド」の愛称で呼ばれる彼女はフォア・コーツに共に立て籠った同志。彼女の父ウィリアム・ブルフィンは一九歳でアルゼンチンに渡り、ブエノスアイレスで、アイルランド系住民を読者層とする新聞のオーナーとなり、ジャーナリストとして活躍した経歴の持ち主。コスモポリタン的環境で育ったカタリナの人となりは——「一九二〇年代の典型的な女性の一人、エレガントで、長いホールダーでたばこを吸い、ショート・スカート、大きくくった襟元(42)」と伝えられている。結婚した若いカップルはパリ、ロンドンに住み、年末、アナが誕生するとダブリンへ戻り、母の元に同居を始める。デスパード夫人のジャム工場は、若い夫婦に引き継がれた。

イェイツとグレゴリ夫人が手塩にかけ育てたアベイ・シアターは、一九二五年八月、自由国政府から助成金を獲得、名実共にアイルランドのナショナル・シアターの地位を確立した。創設以来、常に、騒動の渦を巻き起こし、J・M・シングの『西国のプレイボーイ』を巡って暴動まで引き起こした劇場は、一九二六年二月、再び暴動の場と化した。

演目はショーン・オケイシーの『鋤《すき》と星』、一九一五年の政治集会から、翌年の復活祭蜂起下のダブリンを描いた四幕劇。劇の題名は、復活祭蜂起軍の一角を成したシティズン・アーミーの、労働者と労働運動の志を象徴する「鋤と星」を象った旗に由来する。[43]「一九一六年復活祭」は一つの神話となり、命を落とした男たちを神格化する風潮がアイルランド社会を支配した。それを嘲笑うように、オケイシーの劇に登場するのは、ダブリンのスラムに生きる売春婦、酔っ払い、ヤクザな男たち。彼らは、些細なことに反目、薄汚い動機で小競り合いを繰り返し、最後に、国家の破局的事件に呑み込まれてゆく。

二月一一日、アベイ・シアター、『鋤と星』公演四日目――

「鋤と星」を象ったシティズン・アーミーの旗

> 一〇数人の女性たちが平土間席の両側から駆け下り、舞台によじ登ろうとした。やがて彼女たちは首尾を果たし、舞台の上で、役者たちと侵入者たちの間で本物の乱闘が繰り広げられた。〔……〕青年が一人女性たちと一緒に舞台に上がっていた。彼はモーリーン・ディレイニーを狙って顔面を殴り、次にメイ・クレイグを狙った。その瞬間、バリ・フィッツジェラルド〔……〕が、一発で、彼を舞台の袖に殴り倒した。[44]

「初めから終わりまで、女性たちの暴動だった」[45]。こう報じた『アイリッシュ・タイムズ』の記事が事件の性格を語っている。暴動の主役は「復活祭未亡人」たち――ハナ・シィーヒィー・スケフィントン、キャスリーン・クラーク等——を中心とした女性たちである。オケイシーの劇は国家のために命を捨てた男たち——夫たち——のヒロイズムを矮小化《わいしょう》し、復活祭一週間の「歴史の偉大な叙事詩(46)」を茶番化するものだというのである。暴動のリーダーはシィーヒィー・スケフィントン。警官が導入され、劇場から排除された彼女は決め台詞を残して去った——「私は復活祭未亡人の一人です(47)」。

三月一日、『鋤と星』を巡って公開討論会が開かれた。ここでも、シィーヒィー・スケフィントン夫人が非難・攻撃の先鋒に立ち、オケイシー自身が弁護役に回った。モード・ゴンは劇を観ることはなかったが、討論会に出席、スピーカーの一人として暴動のリーダーを援護。これは同志である彼女に寄せたいわば友情出演で、劇作家に激しい非難を浴びせることはなかったようである(48)。

モード・ゴンに関して、われわれの興味はむしろ、この時、オケイシーが残した彼女の肖像——

彼女はクラシカルな装いをし、ダークブルーのヴェールを頭に被り、両端が肩に流れ落ちていた。彼女は、一度だけ、ゆっくり彼の方を向いて一瞥を投げた。ショーンが見たのは女王のように歩む美しい彼女ではなく、「哀れな老婆」。声は愚痴っぽく、多くの辛辣な言葉を吐いても、親切な言葉は少なかった。〔……〕そこに、彼女は石のように黙し座していた。かつては愛国精神の巫女だった彼女、神託を発することはなかった。今、彼女は黙し、老い、深く窪み、据わった目に失望の光がひかっていた。群衆の歓呼の声を愛しても、群衆の中で安んじることはなかった。今尚、連隊長の娘(49)。

「ダブリンのスラム劇作家」を自演したオケイシーは、上層階層の人々に憎悪を抱いていたと言われ(50)、明らかに、彼の偏見に曇った目のレンズに映ったモード・ゴン像である。同じ頃、もう一つ、対照的な彼女の肖像を記録に残した人がいる。

フランシス・マクマナスはアイルランド国営ラジオ局に勤務、晩年のモード・ゴンをインタヴューした番組のディレクターとして知られる。一九二七年、彼がユニヴァーシティ・カレッジの学生としてダブリンへやってきた時、街は「苦難と耐え難い試練」に「尚早に老いた老婆(51)」のように見えた。二度の市街戦でオコンネル通りは廃墟と化し、建物と建物の間が空き、隙間に黒ずんだ瓦礫が堆く積もっていた。或る日、通りを歩いていた彼の耳に、脇の通りからどっと上がる歓声が聞こえてきた。三、四〇〇人の群衆を前にして――

一人の女性が話していた。聴衆の頭や肩越しに彼女を目にする前に、私は彼女の声を聞いた。それは忘れることのできない声だった。私はそんな声を聞いたことがなかった。〔……〕私の記憶に残ったのは彼女が言った言葉ではなく、その印象――流調で、断固たる、やや芝居がかったスピーチ、それ以上に、大きな女性のヴァイタリティと大きな希望の印象だった(52)。

モード・ゴンの声には「魔力《ウイッチクラフト》(53)」があったと、マクマナスは言う。

集会が終わり、群衆が解け、モード・ゴンは通りを去っていった。

彼女は背を真っ直ぐ立て、足どりは堂々としていた。薄手の黒い衣服が揺れ、人々は振り向いて彼女を見た。この後、何年も、人々が振り向くのを私は見た。彼女は、生涯の物語を全て身に纏って歩いているようだった。〔……〕ダブリンは城砦で、その上を、彼女、ヘレンは歩んだ(54)。

老いて尚、集会で最も目立つ存在の彼女は、否応なく、人目を惹いた。しかし、振り向いた人々が、皆、賛美の目を向けたとは限らない。作家のテレンス・ドゥ・ヴィア・ホワイトはモード・ゴンとシャーロット・デスパードを初めて見た時、ショックを受ける。馬車の御者はドアを開けようともしなかった。彼は更にショッキングな場面に遭遇する。街を行くモード・ゴンを見掛けた時、彼女が通り過ぎた足元の舗道に、学友の一人が唾を吐きかけた[55]。

イェイツは、今や、上院議員《セネター》イェイツ。学校を視察する委員に任命された彼は、一九二六年五月初旬、ウォターフォードの学校を訪れた。その二、三週間後、彼は「学童たちの間で」と題する詩を書き始める。

私は長い教室を質問しながら歩き、
白いフードの親切な老修道尼が応える。
子供たちは数や唄を習い〔……〕

あの子、この子に目を注ぐ彼が想いを馳せるのは学童の年齢のモード・ゴン、「あの年頃、彼女もあんな風だったのだろうか」と想い巡らし――

彼女の現在のイメージが心に浮かぶ、〔……〕
頬は瘦《こ》け、風を飲み水に、
影を糧に喰らったようだ。
私はレダの仲間ではないが、
かつては美しい羽をしていた――それはもういい、
微笑む子供たちに微笑みかけ、見せよう、

そこにいるのは気楽な老いぼれの案山子《かかし》だと。

「学童たちの間で」はイェイツの傑作の一つ。詩を収録した『塔』（一九二八）と『螺旋階段』（一九三三）のペア詩集は詩人としての彼の名声を不動のものとした。

アイルランド議会議員は、議会開会に先立ち、国家元首たる英国王・女王へ「忠誠の誓い」を義務づけられている。ドゥ・ヴァレラ率いるＩＲＡ「議員」たちは、忠誠の誓いを拒否して、議会をボイコットし続けた。一九二六年、自由国誕生から四年が経過、革命によって「共和国」実現の展望は立たず、国政の外に立ち続けるディレンマに追い込まれたドゥ・ヴァレラは、翌年に予定された総選挙を視野に入れ、方針の大転換を図った。「忠誠の誓い」は単なる空虚な形式に過ぎないとして、彼は「シン・フェイン」――ＩＲＡと殆ど同義語――を離脱、自身の政党「フィアンナ・フェイル」(Fianna Fail,「運命の戦士」の意）を結成する。コンスタンス・マーキエヴィッチを始めとする多くの人々がドゥ・ヴァレラと命運を共にし、ショーン・マックブライドはＩＲＡに留まった。一九二七年六月に実施された総選挙で、「フィアンナ・フェイル」は善戦、政府与党の四七議席に対し、四四議席を獲得。ドゥ・ヴァレラ政権への第一歩となる。

それから間もない、七月一五日、コンスタンス・マーキエヴィッチが五八年の生涯を閉じた。一〇月の議会開会を前に、彼女は、「忠誠の誓い」を立てることなく、あの世へ旅立った。四〇歳にして労働運動と政治闘争の世界に身を投じ、晩年、燃え尽きたように「消耗し果て(56)」、ダブリンの貧しい病院で最期を迎えた。彼女を送る葬送の儀式は、この街が愛国の勇者たちを送った最も盛大な一つ。大群衆が沿道を埋め、葬列がオコンネル通りを通過するのに二時間を要した。モード・ゴンは囚人擁護女性同盟を率いて葬列に参加。グラスナヴィン墓地で弔辞を述べたドゥ・ヴァレラは――「安楽と地位を、彼女は捨てた。〔……〕犠牲、誤解、軽蔑が、彼女が取った道を塞いだ。しかし、彼女は怯むことなくその道を歩んだ〔……〕[57]。

こうした出来事に先立つ、七月一〇日、ケヴィン・オヒギンズが、朝、ミサへ向かう途上、三人のテロリストに襲われ暗殺された。二〇世紀の、ＩＲＡによる最も悪名高い暗殺事件の一つ。オヒギンズは、アーサー・グリフィスとマイケル・コリンズを失った自由国政府を引き継いだ若いトリオの一人。内戦中、法務大臣として、七七名の囚人処刑を容認した責任者である。

八月二四日、ショーン・マックブライドを含む暗殺容疑者が逮捕され、その週の抗議集会は全て禁止された。

次の日曜日、正午、毎週開かれる囚人擁護女性同盟の集会が予定されていた。オコンネル通りは制服・私服警官で溢れた。〔……〕予定された時刻、通りを埋めた群衆の中に一筋の道が開け、マダム・マックブライド率いる同盟の女性たちが、一列になって、ゆっくり行進を始めた。彼女は大きな花束を抱え、顔は輝いていた。〔……〕[58]

モード・ゴンのこうした行動に、不屈の勇気と喝采を送る人がいる一方、芝居がかった自己顕示欲と眉を顰める人々もいた。

逮捕されたショーン・マックブライドは、オヒギンズ暗殺前日、ベルギーへ向かう船上にあった。同じ船に乗り合わせた上院議員ブライアン・クーパーの証言があり、彼の無実は明白。それにもかかわらず、彼は拘留され続けた。怒る母が頼ったのは上院議員イェイツ。「二人を分かつ政治的距離にもかかわらず、彼女は何時ものようにイェイツに助けを求め、何時ものように彼は応じた[59]」。九月二八日、モード・ゴンがイェイツに送った手紙——

無論、ショーンも私も共和国支持者《リパブリカン》です。アイルランドは独立する権利を有すると、私は娘の時から信じ、今もその信念に変わりはありません。あなたもかつてはそう信じていました――でも、あなたに長い手紙を書いて何の役に立つでしょう。治安維持法に賛成票を投じ、警察を判事の上に置き、法を嘲笑、愚弄《ぐろう》した責任者なのですから。〔……〕(60)

二日後、イェイツからモード・ゴンへ――

これだけは確信しています。自由国政府の首脳たちはジョン・マックブライドの息子に不正を為そうと思っていません。貴女の夫は私のヒーローではありません――彼の勇敢な死は、彼の貴女に対する仕打ちを帳消しにするものではありません――しかし、彼は首脳たちのヒーローです。一九一六年、彼［マックブライド］の隣の房にいたのはコスグレイヴで、彼は次に処刑される筈でした。(61)

一〇月、「昨晩、ショーンは釈放されました。説明、釈明、補償、一切なしです(62)」と、モード・ゴンはイェイツに報告した。

ドゥ・ヴァレラが去った後のＩＲＡは方向を失った集団、「革命を模索する革命軍(63)」と呼ぶ人もいる。革命によって「共和国」実現――というより、当面、支配政権打倒――のため、武力闘争路線に固執するグループと、政治に活路を求めるグループに分かれた。ショーン・マックブライドは徐々に後者へ傾斜、革命を目論む様々な団体と政党結成の企てに参加した。しかし、政府の弾圧は厳しく、雑多な寄せ集めの集団が離合集散を繰り返すばかりで、確かな成果は生まれなかった。今や、ＩＲＡの息子との共闘が母の行動路線。一九三〇年四月一五日、政府は次のようなリポートを残している。

こうした革命組織は全て何らかの共通点を持ち、その数は面喰らうほど、いわば毎週、新しい組織が誕生する。〔……〕また、注目すべき点は、ほぼ同じ人々がいくつかの組織の背後に現われ、モード・マックブライド夫人はありとあらゆる組織に出没している。(64)

ショーン・マックブライドは二〇代半ば、IRA中軸スタッフの一人として不法な集会開催、非合法組織結成といった罪状で、逮捕・投獄を繰り返した。それに平行して、ロウバック・ハウスは頻繁な襲撃に晒される。一九三一年前後の三年間に一一回の襲撃を受けたと、マックブライド自身が証言する。(65) 一九三一年七月一七日の襲撃は最悪。早朝、三〇人の特殊警察がロウバック・ハウスに乗り込んだ。「リヴォルヴァー、電気トーチ、木製の柄の鉄棒、普通のステッキを装備した彼らは、家中の部屋を荒し回った」(66)。引き出しや戸棚をひっくり返し、手紙や書類を読み、壁を小突き、床を叩き、暖炉の鉄格子を外し、煙突を探り、夕方六時に、一隊が引き上げた後の家は、「特に乱暴なチンパンジーの一団が暴れ回った」後のようだったという。(67)

この年一〇月、コスグレイヴ政権は、軍事法廷設置を容認する悪名高い治安維持法を制定し、IRAを含む一二の団体を禁止した。囚人擁護女性同盟もその一つ。今や、同盟はダブリンの街の一部、「人民の権利協会」と名前を変え、集会を強行。「薔薇は名前を変えても、甘い香りは変わらない」(68)と、ヘレナ・モロニは集会でぶち、支持者たちの喝采を浴びる。そうした集会の一つに遭遇した人は——

私は、生涯で最も異様な集会を見た。二人の男性を含むスピーカーたちはいくつかのセクションに分かれ、オコンネル通りを上下に移動しながら、話し続けた。公衆はスピーカーたちの後について移動し、群衆は警官の後を追った。マダム・マックブライドは二時間デモを続け、稀有《けう》な成功を収めた。次の日曜日も、彼女は同じ作戦を繰り返し、言った、「政府が集会を一つ禁止すれば、私は集会を三つ開きます[69]」。結果、政府は集会の禁止を諦めたという。

一九三二年二月の総選挙実施が発表されると、モード・ゴンの囚人擁護女性同盟はコスグレイヴ政権打倒に照準を合わせ、活動を開始する。それは、ドゥ・ヴァレラの政党「フィアンナ・フェイル」支持を意味した。七七名のＩＲＡ囚人を報復処刑した政府首脳は「殺人者」であり、「裏切り者[70]」たち。「あのような醜悪な犯罪でアイ

ヘレナ・モロニとモード・ゴン

ルランドの名を汚した裏切り者や犯罪者を、彼らが名誉を汚した街で、公の場に現われることは許さないと、同盟の女たちは誓った」[71]と、モード・ゴンは言う。

同盟の女たちが取った作戦は、政府の大臣ポストにある候補者たちをつけ回し、選挙運動の妨害である。デスパード夫人、八八歳、につけ狙われたのは防衛大臣デズモンド・フィッツジェラルド——対英ゲリラ戦下、広報担当相だった彼。大臣の選挙カーから二、三ヤードの場所に、移動式演台を設営した彼女と防衛大臣の間で、舌戦が戦われた。デスパード夫人は殺人集団——即ちＩＲＡ——の仲間、ドゥ・ヴァレラはそのボスと、防衛大臣に挑発されると、デスパード夫人は、かつて自身が英国政府の囚人だった防衛大臣が、今、自国の政治犯囚人に振るう非道な仕打ちを挙げ、応酬。この後も、場所を変え、二人の舌戦は続いたという[72]。

二月一六日、総選挙投票結果は、政権与党五七議席に対し、「フィアンナ・フェイル」は七二議席を獲得、ドゥ・ヴァレラ政権が誕生する。以後一五年間、彼の連続長期政権の始まりである。

第一〇章　ＩＲＡの息子の母　一九三二―一九三九

モード・ゴン、囚人擁護女性同盟の集会で、1930年頃

一九三二年三月九日、自由国大統領に就任したドゥ・ヴァレラは、一番に、選挙スローガンに掲げた政治犯囚人釈放を実行した。三月一三日、トゥリニティ・カレッジ正門前の広場で、牢獄から解放された何百という数の囚人を迎え、祝う大集会が開かれた。その規模三万人。壇上に立った人々の中に、モード・ゴン、シャーロット・デスパード、ハナ・シィーヒィー・スケフィントンが揃い、スピーカーたちはコスグレイヴ政権打倒に果たした彼女たちの貢献を称えた。ニュース映画フィルムは、モード・ゴンが、「壇上を絶え間なく動き、コスグレイヴと強権政治家たちに対する人民の勝利を宣言する」、「激情した」[1] 姿を映し出しているという。ショーン・マックブライドは、「ナショナリスト全勢力が団結し、全てのアイルランドから成る自由なアイルランド共和国へ向かって行進する」[2] よう、檄《げき》を飛ばした。母とＩＲＡの息子との共闘路線は更に緊密度を増し、母の言動は、内部分裂の激しいＩＲＡの中でマックブライドが属す党派の路線に沿ったものとなる。

集会の前日、モード・ゴンは、再開したＩＲＡ機関紙上で、囚人擁護女性同盟の活動終息を宣言した。

> 同盟は活動を終息します。「マザーズ」は休息することができます。〔……〕多分、オコンネル通りは、日曜日の朝、私たちのために少し淋しいと感じるでしょう。[3]

モード・ゴンがアイルランドの政治活動に飛び込んで半世紀が経過する。政権が交替した頃、彼女に近い女性たちの間で、「アイルランドの独立とアイルランドの政治犯囚人のために尽くした、五〇年間の彼女のヒロイックな努力[4]」を、公式に、称える企画が持ち上がる。モード・ゴンは、新聞に公開書簡を寄せ、「感謝や栄誉の話は止める[5]」よう辞退すると、「ジョン・ブレナン」のペン・ネイムでジャーナリストとして活躍するシドニ・ギフォードが声を挙げた。「エリンの娘たち」の会員だった彼女は、囚人擁護女性同盟の会員としてモード・ゴンを支える一人。「私たちはマダム・ゴン・マックブライドに伝えました。彼女の栄誉を称えることによって、同時に、私たちは、彼女と共に戦った人々全てを記念し、その栄誉を称えるのです、と。何故なら、彼女はアイルランドの力のあの大きな源――恐れを知らぬ、献身的女性らしさ《ウーマンフード》の象徴だからです[6]」。

こうした経緯を経て、一二月、プレゼンテーションは、モード・ゴンを「最も偉大なアイルランド女性の一人」と称えて始まり、金の腕時計と鍵型のブローチが彼女に贈られた。後者は監獄の門の象徴。モード・ゴンは、同盟の会員三三名に銀のメダルを、同盟の活動を支援した他の人々に小さなポーチを贈って、感謝を表わした。

囚人擁護女性同盟の終息宣言から四か月後、七月一六日、ＩＲＡ機関紙に、モード・ゴンは再び記事を寄せた。

> 特殊警察は従来の迫害手段を再開しています。次の日曜日、同盟は、毎週カーハール・ブルア通りで開く集会を再開し、必要がある限り、続けます[7]。

ドゥ・ヴァレラは、コスグレイヴ政府が発動した悪名高い治安維持法を停止し、彼女と、選挙戦で「フィアンナ・フェイル」応援に回ったＩＲＡとの「蜜月[8]」が続いていた頃。一度終息宣言した同盟の活動再開を「必要」とする状況があったとは思えない。声を発し、存在をアピールする「舞台」を「必要」としたのはモード・ゴン自身

モード・ゴン、愛犬と、1930年頃

であろう。今や、ＩＲＡは「アイルランド三二州から成る共和国が実現するまで終わることのない革命兵士(9)」の集団であり、島国から政治犯囚人が跡を絶つことはなかったから、一九三〇年代も、同盟の活動の「必要」は続いた。しかし、多くの人々にとって、同盟は「時代遅れの滑稽な存在(10)」と化し、集会に集まる聴衆は減少の一途を辿った。

オコンネル通りか、どこか監獄の門の外で、だんだん小さくなる集会を開き、巫女《シビル》のように老いた今、かつて若く美しかった時と同様に、彼女にとって専制暴虐と思えるものに抗議する、私の若き日の、殆ど唯一生き残った友〔……〕(11)。

一九三二年一月、イェイツが『スペクテイター』に寄稿した記事の一節。

一九二〇年代、ダブリンの街で、一種の名物に等しい光景だったモード・ゴンとシャーロット・デスパードの揃い踏みを見ることもなくなった。一九三三年、デスパード夫人はロウバック・ハウスを去って、エクレス通りに家を買い、そこへ移り住んだ。モード・ゴンとの間に何があったのか、二人とも口を閉ざしている。仲違いも噂されているが、友好的別れが真相のようである。ショーン・マックブライドと彼の家族が母の元に同居を始めて後、年毎に、息子の家族が中心を占めるようになったロウバック・ハウスの中で、家の半分の権利を有するデスパード夫人は影の薄い存在へ追いやられていったのであろう。翌年九〇歳を迎える彼女は相変わらずのレベル。今や、「ソヴィエット・ロシアが彼女の希望のオアシス(12)」である。一九三〇年夏、ソヴィエット視察団に加わって、彼女はロシアへ旅した。移り住んだエクレス通りの家はワーカーズ・カレッジの基地として、彼女が幹事を務める「ソヴィエット・ロシアの友」の本部として利用し、この不屈の八九歳は独自の活動に乗り出した。

ドゥ・ヴァレラ政権が矢継ぎ早に打ち出した政治犯囚人釈放や治安維持法停止によって、社会の安定に向かうと思われた期待は、政権交代から一年後、アイルランド国産ファシスト――歴史家の定義によれば、「擬似」[13]ファシスト――の出現によって破られた。彼らが身に着けた制服から、「ブルーシャツ」(Blueshirts) と呼ばれた集団である。政権与党「フィアンナ・フェイル」に対抗する政治勢力として出発した彼らは、一九三三年七月、ドゥ・ヴァレラによって警察長官の地位を追われたオーエン・オダフィがリーダーとなった後、右傾化。パレード、敬礼、制服と、ヨーロッパ大陸のファシストを思わせる彼らの言動に、ダブリンは騒然となる。しかし、八月、クーデターの噂が渦巻く緊迫した状況下、オダフィが計画したパレードは禁止され、ドゥ・ヴァレラは停止した治安維持法を復活、「ブルーシャツ」の組織そのものを禁止した。

ソヴィエット誕生後、ヨーロッパを覆ったコミュニズムへの警戒感――赤い恐怖――から、アイルランドも無縁ではない。コミュニズムの脅威からアイルランドを守ることを自らの使命とする「ブルーシャツ」と、「赤い恐怖」を煽るカトリック教会に勢いづき、アイルランド共産党本部コノリ・ハウスを暴徒が襲い、放火、炎上。暴徒の矛先はエクレス通りのデスパード夫人に向かい、彼女の家を襲撃、奪略、打ち壊した。急遽、動員されたIRAガードがデスパード夫人を建物から救出する一幕も。「南」に幻滅した彼女は、翌一九三四年、ベルファストへ移住、生涯最後の六年間を、「北」で、「南北」問題と、「北」の労働者の中から革命を起こす「夢」を追い続ける。

アイルランドの「南北」分断は、国家を二つに割り、内戦を引き起こした最大争点の一つである。IRAや「リパブリカン」と呼ばれる人々にとって、「一九一六年とその後に死んだ者たちの血で清められた」三二州から成る共和国は譲ることのできない「神聖な」大義。IRA機関紙編集を補助するハナ・シィーヒィー・スケフィントンは最もアクティヴな「リパブリカン」の一人である。一九三三年一月、「北」のIRA政治犯囚人の釈放を要求する集会で講演を依頼された彼女は、北アイルランド政府の入国禁止を破って、「国境」を越え、逮捕、一か月投獄された。「私は私の民族を恥じます。アーマー、ダウン、デリー、或いは三二州の何処であれ、異邦人《エイリヤン》であることを認めるなら、私は私の殺害された夫に恥じます」[14]。法廷で、彼女は熱い弁論を弁じ立てた。一か月後、釈放された彼女は、ダブリンで、彼女の「南」への帰還を祝う大集会に迎えられた。

カトリックとプロテスタントが対峙する「北」の刺々《とげとげ》しい環境は、時に、流血を伴った暴動を引き起こす。一九三五年夏、「一一名の死者、広範囲の放火、器物損壊」[15]を伴う最悪の事態に発展。モード・ゴンにとっても、「南北」の分断は、政治犯囚人と並ぶ、火急の重要課題である。一二月、彼女は、「北」で活動するデスパード夫人――「不屈の友」[16]――を支援するためベルファストへ遠征。彼女は、二つ講演を行ったところで、真夜中、滞在していた友人宅で逮捕、「南」へ強制送還された。それを予期して、モード・ゴンは片道切符だけを用意して「北」へ向かっていた。

ドゥ・ヴァレラは、政権就任後、講和条約に盛られた「忠誠の誓い」を始めとする不平等条項の撤廃、是正を進めた。しかし、「南北」二つのアイルランドは、時間の経過と共に、ますます実現が遠ざかり、二つの戦争とコスグレイヴ政権の強権政治に疲れた「南」の人々の、「分断」に対する感情も風化していった。「失ったアルスターの住民は不愉快な人々だから、残るアイルランドと再統合することがないように望む[17]」とは、イェイツの弁。晩年の彼特有の皮肉たっぷりの発言に賛同する、「南」の住民も少なくなかったかもしれない。

そうした時代の潮流をものともせず、革命によってアイルランド三二州から成る「共和国」実現を振りかざすＩＲＡは過激な不満分子の集団と化し、大半の人々にとって無意味な存在となっていった。一九三五年、ＩＲＡ機関紙『共和国』は、支持を失って、廃刊に追い込まれた。そして、一九三六年六月、ドゥ・ヴァレラはついにＩＲＡを非合法組織として禁止した。自由国誕生時、ＩＲＡを率いて内戦を引き起こした彼である。「革命を支持して国家に敵対した男たちは、国家を支持して、今尚、革命を神聖な義務と信じる男たちに敵対した[18]」と、歴史家は解説する。地下に潜った「秘密の軍」に対し、ドゥ・ヴァレラは、コスグレイヴ政権と同様、強権発動をもって対処した。すでに投獄されていたＩＲＡチーフは三年の強制労働の刑を受け、空白になったポストに就いたのはショーン・マックブライド。これは繋ぎの措置で、翌一九三七年、彼はＩＲＡを去った。彼がこの組織に身を置いて二〇年、一九三九年初め、イングランドで爆弾キャンペーンを開始するＩＲＡは革命軍というよりテロリスト集団、限界と踏んだのであろう。高名な両親を持ち、フランス語は母国語同然、フランス語訛りを矯正するため貴族のような英語を話したと言われる彼は、ＩＲＡの中で――「奇妙なアイリッシュマン、独特のアクセント、教育が有り過ぎ、非常に、非常に利口《クレヴァー》」[19]。平均的ＩＲＡメンバーはこう感じていたという。

ＩＲＡを去った時、ショーン・マックブライドは三三歳。ユニヴァーシティ・カレッジで法律の学問を再開していた彼は、ＩＲＡを去ると同時に、弁護士資格を得て、新たなキャリアへ踏み出した。一九四三年、彼は上級弁護士となり、アイルランドの歴史で最速達成記録を作った。マックブライドは、ＩＲＡ政治犯囚人を――しばしば無報酬で――弁護することが多く、とかく物騒がせなそうした事件で、弁護士として名を成していった。

一九三七年五月、モード・ゴンは、四ページの月刊新聞『プリズン・バー』（*Prison Bar*）の発行を始め、一九三八年末まで続けた。第一号によれば、新聞は、「ドゥ・ヴァレラの強権政治」と、「首都と地方のアイルランドの報道機関を警察が訪問、囚人に関する情報や、囚人の虐待に対する抗議集会の報道は同様の［発禁］措置を招くと警告を受けた[20]」ことに発するという。モード・ゴンが記事を投稿する主要な場だったＩＲＡ機関紙が廃刊になったことも、新聞発行の一因だったかもしれない。「無価値な女」（a woman of no importance）による編集と、彼女はいかにも謙虚な姿勢を示した。

一九三〇年代のモード・ゴンを代表する記事は「ファシズムとコミュニズムとアイルランド」（一九三八）。

一世代前、思想も行動も果敢な、ヒロイックな若者たちは共和国を宣言した。共和国宣言は、男女全ての市民に平等な権利と機会に基づいた社会政策を具現化した。現世代が共和国を放棄した時、あらゆる建設的思想を放棄してしまったように思える。〔……〕アイルランドはコミュニストになることも、ファシストになることも、望まないかもしれない。しかし、二つの相反する体制が共有する良い点に目を向ける勇気を持とうではないか。[21]

あらゆる建設的思想は「共和国」にありとする前半と、後半の、コミュニズムとファシズム――「不思議な比較[22]」――、「二つの相反する体制が共有する良い点」とは、計画経済や国家金融政策等、国家による統制を指した。単純な公式や図式を行動の拠り所としたモード・ゴンの真骨頂とも言うべき記事である。「イングランドの友はアイルランドの敵」、「イングランドの敵はアイルランドの友」――彼女のこの公式も、依然、有効。「私が深く研究する用意のない事柄に関して、安全なルールは、イングランドがどちらに付くか見て、その反対側に立つことだと私は信じ、今も信じています[23]」と、彼女はイェイツに書き送っている。イェイツが、ウィンダム・ルイスを引いて、モード・ゴンを「単純馬鹿的革命家《レヴォルショナリ・シンプルトン》[24]」と定義したのも、あながち的外れではないかもしれない。

政権就任後、ドゥ・ヴァレラが進めた改革の総仕上げとして、一九三七年、新しい憲法が制定され、アイルランド自由国は「エール」と名前を変えた。古ゲール語に由来する呼び名と「北」六州を欠く以外は、共和国同然。殆どドゥ・ヴァレラ一人の作品と言われる一九三七年の憲法が拠って立つ二大理念は、「議会民主制」と「神政国家という古い中世概念[25]」。五月、憲法草案が発表されると、フェミニストたちから批判を超えた怒りの声が挙がった。憲法四一条は、女性は「家庭《ホーム》にあって、国家をサポートし、それなくして共通の福利を達成することはできない」、母親の「義務は家庭にある」[26]と、規定したからである。男女平等を謳った、一九一六年復活祭の共和国宣言から大きな後退だった。二つの戦争を戦って、独立を勝ち取った国家は――「ローマに掌握されたカトリック小教国――検閲その他、偏狭で田舎臭い物の見方、プラス自己満足的独善」[27]。ハナ・シィーヒィー・スケフィントンは、自嘲気味に、こう語った。「その他」の一つは離婚禁止。モード・ゴンの『プリズン・バー』七月号は全ページをドゥ・ヴァレラの憲法草案批判に当て、「女性に関する条文と、特殊法廷設置を容認する条文を盛った憲法草案は、私の目に、失敗作」[28]と、彼女は断じた。アイルランド社会全般にわたって女性が経験する「無数の変則、不公平、不当」[29]の始まり、「アイルランド女性は壊滅的な敗北を喫した」[30]。

この頃までに、モード・ゴンの囚人擁護女性同盟は「ワン・ウーマン・ショーと化し」[31]、多くのダブリン市民にとって、彼女は「絶望的な変人で、奇人」[32]――要するに、「モード・ゴン・マッド」である。しかし、今も昔も、我が道を行くのが彼女の流儀。七〇歳の彼女を行動へ駆る事件が起きる。ＩＲＡの青年が仲間を密告したとして射殺され、一九三六年五月、容疑者マイケル・コンウェイに死刑の判決が下った。彼が働く自動車修理工場の車に残った指紋が唯一の物的証拠で、何よりも、彼はＩＲＡのメンバーだった。モード・ゴンは、思想・信条を超えた人々から成る小さな委員会を立ち上げ、パンフレット「コンウェイ・ケース」を作成、五〇〇〇部のコピーをアイルランドとイングランド、更にフランスまで流布させた。そうした活動を支えたのは彼女の「同盟」の女性たち。結果、コンウェイの死刑執行は保留になり、二年後、彼は釈放された。「この果敢な女性の最後の至高の努力」[33]と大迎に言い立てることもないかもしれないが、逆に、僅か人ひとりの命と過小評価するのも公正さを欠くであろう。

モード・ゴンが「南北」の分断に注ぐ情熱も変わらない。一九三八年夏、ドニゴール、バンドーラン（Bundoran）――北アイルランド、ファーマナの州境から四マイル――で、分断に抗議する集会が開かれた。

モード・ゴンは、逮捕のリスクが伴う北アイルランドを通過する列車を避け、車でスライゴーへ、更にドニゴールを目指した。八月第一日曜日、抗議集会でスピーチに立った後、モード・ゴンは車で帰途に着き、ダブリンに到着したのは朝の五時を優に回った時刻。彼女は半世紀にわたる歴史の生き証人である。ドニゴールからダブリンへの道中、車に同乗した人たちは、彼女の尽きることのない昔話に耳を傾けたという。[34]

それから二か月後の、一〇月、モード・ゴンの自叙伝『女王の僕』が出版された。一九〇三年、ジョン・マックブライドとの結婚に至る彼女の半生、三七歳までの記録である。彼女が、自叙伝執筆を思い立ったのは二年前、著作権料収入を見込んだ経済的理由が大きかったと言われる。ショーン・マックブライドはＩＲＡを去るまで殆ど無収入の身であり、弁護士稼業を始めた後も、ＩＲＡ囚人を、無報酬で、弁護することが多かった。彼と彼の家族を支え続けたのは母である。大戦で資産を減らした彼女にとって重い負担だった。

七〇歳を過ぎて手掛けた自叙伝執筆は、想像以上の困難と障害が伴った。内戦中、聖スティーヴンズ・グリーンの家が政府軍の襲撃を受け、手紙やその他の書類を焼失し、殆ど記憶に頼らざるを得なかったことが最大の障害。「或る記憶は苦痛に曇り、また或る記憶は薄れ[35]」、一五年に及ぶ政治活動の記録は、「一連の劇的出来事」を「思い出すがまま[36]」綴ったもの。結果、日付は少なく、時系列は曖昧、細部はぞんざい――「気紛れな自叙伝[37]」と手厳しい評価も、その責任全てを著者に帰すのは酷かもしれない。

もう一つ高いハードルは、モード・ゴン自身と家族のプライヴァシーの問題である。父トマス・ゴンの死後明るみに出た異母妹の存在、モード・ゴンとミルヴォアとの愛人関係、第一子の誕生と死、イズールトの誕生等々、広範囲の人々を巻き込む問題を孕んでいた。ショーン・マックブライドは母より遥かに保守的な体質だったと言われ、法曹・政界でキャリアを積み始めた彼は、「家族の骸骨何一つ空気に晒す[38]」ことに断固として反対。母は、息子のキャリアを損なうことも、生涯、張り巡らしてきた秘密のヴェールを、七〇歳を過ぎて、一挙に剝《は》ぎ取ることも、躊躇われたであろう。結果、自叙伝は「彼女が生涯通してきたフィクションを継続する」[39]ことになった。「モード・ゴンの複数人生――と嘘」と非難される背景である。

一九三八年春、ヴィクター・ゴランクスと出版契約を結ぶに至ったが、本の題名で揉めた。モード・ゴンは、――「女王」が自由へ至る途上で足を踏む――『あの小さな石の一つ』（*One of Those Little Stones*）、或いは『笑い、戦い』（*Laughing and Fighting*）を提案。出版者は、題名にアイルランドの語が入ればイングランドの読者を遠ざけると警戒し、『私が戦ったバトル』（*Battles I Fought*）を提案した。どれも要領を得ない、インパクトを欠いたもの。結局、採用されたのは『女王の僕』、ヴィクトリア「女王」を連想させる、紛らわしい題名になった。

『女王の僕』は「明晰で、正確な歴史的記録」から遠く、モード・ゴンの「ヒロイックなイメージ」――「アイルランドのジャンヌ・ダルク」、或いは「フーリハンの娘キャスリーン」――を「補強する」[40]ことに意を注いだ書である。「私は女王を見た」と題する一ページの「序文」に、全てが集約されていると言えるかもしれない。

> 私はメイヨーから勝利の帰途にあった。勇気と意思は不屈であり、国土の神秘的力と結びついた時、何事も為し遂げることができると信じる私の信念を多くの人々に共有させることによって、私は飢饉を止め、多くの命を救った。死と絶望が引いてゆくのを、私は見なかっただろうか[41]。

「戦争回想録の言語が鳴り響く[42]」劇的書き出しに始まって、列車の車窓から「女王」フーリハンの娘キャスリーンを見たこと、女王の足が踏む「小さな石の一つ」となる決意、そして「老いて、勝利に浸ることができない今、自由へ至る『あの小さな石の一つ』だった至福を、私は知っている[43]」と、序文は結ばれる。序文のページを繰《く》った読者が、本文の冒頭で見るのは、母の棺を前に、四歳の娘に父が諭した教え――「どんなことも恐れてはならない、たとえ死であっても」。父の教えを守り、「女王の僕」として、「笑い、戦い」生きた半生――著者が意図したシナリオである。そこに、我が子の死に悲嘆に暮れる彼女も、孫娘が明かした、「砂漠を果てしなくさ迷っている夢」に憑きまとわれ、「不断の孤独感」に苦しむ彼女も、存在しない。

アイルランドの書評が、「類稀な勇気と美貌に恵まれ」、「それを、彼女が忠誠を捧げた唯一の女王に奉仕するため武器として使った(44)」と称賛の声を挙げる一方で、大戦の影が忍び寄り、ＩＲＡが爆弾キャンペーンを開始するイングランドに、アイルランドのレベルの自叙伝が歓迎される環境はなかった。売り捌《さば》いた部数は一五〇〇。大戦中、出版社の倉庫がロンドン大空襲に遭い、製本前のページは炎の中、灰に帰した。

かつて帝国へ向けた激しい憎悪をコスグレイヴ政権へ向けるモード・ゴンと、上院議員イェイツの関係は、一時、冷え込み、二人は互いを避ける年月が続いた。「長い間、政治は私たちを分かち、政治を巡ってお互いに神経を苛立たせ、会いたいと思うことはなかった(45)」と、モード・ゴン自身が語っている。イェイツが中心となって実現したアイルランドの新しい硬貨を、モード・ゴンは散々に酷評した。「英国人のデザイン、イングランドで鋳造、イングランド的価値を表わし、支払はアイルランドの人々(46)」。モード・ゴンの酷評にもかかわらず、「嫌味を含んだ新聞のいくつかのパラグラフにもかかわらず、新しい硬貨は、一般に、好評だった(47)」。

一九二八年、イェイツが上院を辞した頃から、二人の関係は改善を見せ始める。イェイツにとって、モード・ゴンが「私の若き日の、生き残った殆ど唯一の友」であるように、彼女にとっても同じこと。一九三二年、イェイツはダブリン市街の家を引き払い、郊外ラスファーナム（Rathfarnham）、リヴァーズデイルへ越した。モード・ゴンが住むクロンスキーは近く。イェイツと親交があり、詩人の死後いち早く彼の伝記を著わすジョセフ・ホーンは、この頃の二人の関係を次のように解説する。

イェイツがモード・ゴンをロウバック・ハウスに訪問することは滅多になかった。時折、二人はダブリンのレストランで会って、食事をした。政治は危険な話題であり、彼はロンドンの才気溢れる若い人たちの話をして、彼女を楽しませようとした――余りうまくいかなかった。彼女は彼の「バタフライ・トーク」を好まず、それは彼らしくないと思っていた[48]。

上院を辞した頃から、イェイツは健康を損ね、太陽と暖かい気候を求め国外で過ごすことも多くなった。彼はロンドンの「才気溢れる若い人たち」の中には、晩年の詩人が愛した複数の「ガールフレンド」も入っていたかもしれない。イェイツの詩は「難解で」、彼の話は「みだら[49]」だと、モード・ゴンは思っていたという。

プロテスタントの植民移住者を先祖に持つ「アングロ・アイリッシュ」。二つの戦争の中で、自身が属する階層は没落、終焉。替わって誕生した国家は――「ローマに掌握されたカトリック小教国――検閲その他、偏狭で田舎臭い物の見方、プラス自己満足的独善」。「その他」の一つ離婚禁止を巡って、上院で、彼は雄弁な反対演説を行った。肉体の衰えに抗し、生きづらい時代と社会に抗して、彼の創作力は衰えることがなかった。医師から「あらゆる緊張や興奮を避けるよう命じられ」、「詩を書き、詩以外のことは何も考えていません[50]」と、彼は、モード・ゴンに送った手紙の最後の一つに記している。「ここ二、三週間、生涯を通じ、同じ期間でより多くの詩を書きました。私を、厳格な会派の修道僧と思って下さい[51]」。

詩作に明け暮れる晩年の日々から書かれた詩の一つが「青銅の頭像」（一九三八）、最後のモード・ゴン詩の一つである。前年夏、ダブリン市美術館を訪れた折、ロレンス・キャンベル制作のモード・ゴンの胸像を見て、受けた「ショック[52]」が詩を書く切っ掛けになった。

　ここ、エントランスの右手に、この青銅の頭像、

人、超人、鳥の丸い目、
それ以外は全て枯れ、死んだミイラ。

黒いヴェールと黒の衣装――モード・ゴンがダブリンへ帰還後、人々の目に定着した彼女のイメージは、一九一六年とその後、「共和国」の理想のために倒れた多くの死者たちを弔うものになっていった。そうした「彼女の現在のイメージ」を衝いて、老詩人の脳裏に蘇るのは、若く、美しかったモード・ゴン――

かつては墓にとり憑いた闇の女ではなかった――彼女の姿《フォーム》は全身が
遍《あまね》く照らす日の光に満ち溢れているようだった。

あの出会いの日、二三歳の青年詩人の目が捉えた彼女のイメージ――「木漏れ日の差す林檎の花のように光り輝いて立つ彼女」――は、半世紀を経て生き続け、その鮮やかさを失うことはなかった。

イェイツは、生涯そうだったように、モード・ゴンに相変わらず親切で、援助の手を差し延べ続けた。一八九〇年代にイェイツが著わし、モード・ゴンに贈ったイギリス・ロマン派詩人ウィリアム・ブレイクの象徴体系を解明した共著――五〇部限定の稀少本――の売却を断る彼女に、彼は快く応じ、より高価に売れるよう、「本の由来を説明した一〇数行の文を書き入れましょう(53)」と申し出た。モード・ゴンが『女王の僕』にイェイツの詩の引用許可を求めると――

無論、貴女は私について言いたいことを言って構いません。ただ、私が「絶望的闘争」と言ったとは思いません。私はアイルランドの闘争を「絶望的」と感じたことは決してありませんでした。「辛い闘争」、或いは

「悲劇的闘争」、何かそのようなフレーズにして下さい[54]。詩の引用について——「私の呪いを望まないなら、ミスプリントしないで下さい。人々は絶えず引用をミスプリントします[55]」。

そして、一九三八年八月二二日、イェイツはモード・ゴンをリヴァーズデイルの自宅に招いた——「金曜日の四時半に、お茶に来て下さい。四時か四時過ぎに、車が迎えに行きます[56]」。この頃、イェイツは椅子から立ち上がることも困難な半病人。彼に残された人生の時間は後数か月である。

イェイツの死の翌年、モード・ゴンはこの日を次のように振り返った。

モード・ゴンの胸像（ロレンス・キャンベル制作）

私が最後にイェイツに会った時、彼が、それを最後にアイルランドを発つ直前のことだった。私たちは別れを告げながら、彼は、肘掛椅子に座ったまま、言った——立ち上がるのも苦労だった——、「モード、私たちは英雄たちの城を続けるべきだった、今からでも始めることができるかもしれない」。〔……〕私は、ものも言えず、彼の傍らに突っ立っていた。「赤毛のハンラハンの唄」が私の心の中で鳴っていた[57]。

一八九〇年代、イェイツが情熱を注ぎ続けた「英雄たちの城」は、構想が成就した暁《あかつき》に、モード・ゴンの愛を勝ち得ると信じた彼の見果てぬ夢だったのであろう。
「赤毛のハンラハンのアイルランドの唄」（一八九四）は、イェイツの詩の中で、モード・ゴンが最も気に入っていたと言われる作品の一つ――

荒れ騒ぐ雲のように我らの怒りは心臓を鼓動させる、
だが、我らは身を低く、低く、屈め、静かに立つ足に口づけする、
フーリハンの娘、キャスリーンの。〔……〕

我らの身も、我らの血も、溢れる洪水のごとくして、
だが、聖なる十字架の前の高い蠟燭のように清らかな
フーリハンの娘、キャスリーン。

イェイツは、人生をくね曲がる蛇行曲線に準えた。イェイツとモード・ゴン――二人の人生は、迷路のように入り組み、交錯しながら、半世紀が経過した。「私は、この世で彼と再び会えるだろうとは思わなかった[58]」と、後に、モード・ゴンは語っている。イェイツも同じ想いだったろう。
一〇月末、イェイツはアイルランドを発ち、翌一九三九年一月二八日、南仏で、七三年の生涯を閉じた。

第一一章　老いの牢獄　一九三九―一九五三

マックブライド一家：モード・ゴンと、後列向かって左から、アナ、ショーン、キッド、1948年

イェイツの死の翌年、詩人を追悼して編まれた記念エッセイ集に寄せた一文に、モード・ゴンは憂いを含んだ言葉を綴っている。

彼は逝ってしまった、私は老いの囚人、解放を待つ身。〔……〕私の牢獄から〔……〕[1]

解放は容易に訪れなかった。モード・ゴンは、イェイツの死から更に一五年近い年月を生きる――その大半をベッドに横たわって。一〇年も以前、彼女はイェイツに次のように語っていた。「どれほどあなたは老いを憎んでいることでしょう。そう、私も同じです。〔……〕でも、私はあなたより人間に対してレベルで、自然に対してレベルではありません。だから、不可避を受け容れ、優しくそれに添い、不可知の世界へ入っていきます[2]」。こう語った時、六〇歳を出たばかりの彼女は、それから更に四半世紀を、その最後の一〇年をベッドに身を委ね、生きることを予想しただろうか。「アクション」を信条とし、「活動」に生きた彼女が籠って過ごす晩年の部屋は「牢獄」となり、「彼女はキリスト教徒の忍従でそれを受け容れる振りを装ったが、実際は、激しく憤った[3]」。類稀な美貌を彼女に与えた自然が、美貌を奪い、八六年の長い人生を生き長らえさせたのは、自然の気紛れ、悪戯だったのだろうか。

イェイツが逝って、夏が訪れ、イェイツ夫人からモード・ゴンに、彼女が彼に書き送った手紙の束が返されてきた。

私は、今日、それを開く勇気がありません。多くのことを蘇らせる古い書類に目を通すことがどんなに辛いか、分かって下さると思います。でも、次の月曜日、ミスター・ホーンが私に会いに来られるまでに、目を通しておくようにします。[4]

「ミスター・ホーン」はジョセフ・ホーン。イェイツと親交のあった彼は、一九四三年に出版される詩人の伝記の準備を開始していた。インタヴューを受けた後、モード・ゴンはホーンに手紙を送った。「お話ししてとても楽しかった。あなたと話していると、私の記憶から忘れてしまっていた古い物事を掘り起こす助けになりました」[5]。

老いの日々の支えは娘と息子。ロウバック・ハウスに同居する息子の家族——彼、彼の妻、二人の子供たち——は特に身近な存在である。孫娘のアナは、「おばあちゃん《グラニー》」と呼ばれることを嫌う祖母を、「皆がそうするように、自然に、『マダム』と呼ぶようになった」。「一つの名前で、儀礼ではない」[6]と、アナは言う。しかし、小さな孫まで「マダム」と呼んだ祖母が、老いて尚、一家の中で占める地位——女家長のそれ——を物語るエピソードである。娘の記憶に残る父は——「そそくさ出て行く」[7]姿。彼は多忙。義理の母は息子の妻について、「ショーンは彼女と結婚できて幸運な子」[8]と語った。講和条約に反対してフォア・コーツに息子と共に立て籠った彼女を、「私たちの自由のための戦いで、恐れを知らぬ役割を担った」[9]とも。「恐れを知らぬ《フィアレス》」はモード・ゴンの信条にして、最上級の褒め言葉。義理の母と娘の間には同志のような絆が存在したのかもしれない。

娘イズールトは、二人の子供たちを連れ、ロウバック・ハウスをよく訪れ、滞在した。一九二八年、モード・

ゴンはノルマンディのヴィラを売却した代金で、ウィックロー、ララ（Laragh）に、家を一軒買い、娘夫婦に贈った。ララは、歴史的遺跡の残るグレンダロッホ（Glendalough）の近く。財産と呼べるものが何もない娘のために、母が払った配慮であろう。一七九八年のユナイティッド・アイリッシュマンの反乱の時代に兵舎だった建物を、後の所有者が城砦風に改築し、「ララ城」（Laragh Castle）と呼ばれた。「城」は名のみ。

イズールトの結婚生活は崩壊状態のまま続いていた。詩を捨て小説に転じたフランシス・ストゥアートは、一九二七年から一九三九年までに、一三の小説——大半は著作権料目当ての失敗作——を生産し続けた。ララにある時、彼は独り修道僧のように立て籠り、ダブリンかロンドンで、「アルコール、女、競馬」[10]に入り浸る生活。一九三九年、彼は、ドイツ学術交換の招待で、ナチ・ドイツの諸都市を講演して回り、ベルリン大学から講師のポストを提供される。一時アイルランドに帰国した彼は、すでに大戦が始まっていたナチ・ドイツへ渡った。イズールトから逃れる格好の口実だったかもしれない。これが事実上の夫婦の別れ。ベルリンで、ストゥアートは教え子の一人と恋仲になり、同棲。大戦後、二人はドイツとフランスを逃亡、放浪、投獄、揚句の果てに辿りついたパリに二年間住み、ロンドンへ帰還したのは一九五一年。一方、夫の母と二人の子供たちと共にララに残ったイズールトは、義理の母の僅かな収入に縋り、子供の成長と庭の花々を生きがいに孤独な日々を送ることになる。

イェイツが「墓にとり憑いた闇の女」と表現した晩年のモード・ゴンは、彼女が住むクロンスキーの住民にとって、時に、肝を冷やす存在だったようである。隣人の一人は——

夕闇が迫る時刻、私はクロンスキーの静かな道路の角を曲がったところで、ばったり幽霊に出会った。それはとても背が高く、痩せた老女で、頭から足もとまで黒の衣を纏い、ウルフハウンドを引いていた。彼女は

私を通り過ぎていった――一〇月の黄昏の中の亡霊だった。〔……〕[11]

老いの孤独を深める一つは、友人・知人に先立たれる悲哀である。一九三九年一一月一〇日、シャーロット・デスパードが、「北」で、九五年の生涯を閉じた。不屈の同志にして友の死に、モード・ゴンは悲嘆に暮れる。ダブリン、グラスナヴィン墓地に葬られたデスパード夫人の弔辞を述べたのは彼女。

囚人や迫害された者たちを擁護する彼女は白熱した炎のようだった。囚人擁護女性同盟の会長として、彼女は家を出て、人間の自由のために国中を活動して回った。今日、命ある多くの男たちと同様、私は私の命を彼女に負っています。[12]

モード・ゴンは「声を詰まらせ、続けることができなかった[13]」という。すでにヨーロッパは第二次世界大戦へ突き進んでいた。「イングランドの敵はアイルランドの友」の公式が罷り通るこの国で、ドゥ・ヴァレラは「中立」を宣言、西の果ての小さな島国は大戦の戦火も戦禍も被ることはなかった。その代償は「孤立」。島国は、ヨーロッパから、世界から、とり残されていった。

大戦中、マックブライド一家は親ドイツと見なされていた。上記の公式を我がものとする母は紛れもなく親ドイツ。「彼女がどれほどファシストで、どれほど反英だったか、判断し難い[14]」。イズールトは、「夫」がドイツにあり、アイルランド駐在ドイツ大使は彼女の数少ない友人である。一九四〇年五月、ララで、一大事件が発生する。ナチ・ドイツの諜報将校ヘルマン・ゲールツが、ララに、現われた。彼は「明らかに予期されたゲスト[15]」。ベルリンで、ゲールツはフランシス・ストゥアートを知り、ＩＲＡと接触するため、パラシュートでダブリンの北ミース州に降下、ララまで、七〇マイルを四日掛けて徒歩で踏破。事件の詳細に踏み込むことは控えるが[16]、イズールトは三か月投獄され、ゲールツは、一九四七年、ドイツへ強制送還される前、服毒自殺した。

一九四二年頃から、モード・ゴンは「心臓の筋肉が衰え、歩行困難」[17]に陥った。部屋に籠って、ベッドで過ごす時間の多くなった彼女にとって、四人の孫たち――ショーンの子供アナとティアナン、イズールトの子供イーアンとケイ――は特別な存在、祖母の「グレイト・ダーリン」[18]、「喜び」[19]である。一番下の孫、一九三四年生まれのティアナンは祖母のペット。七歳年上で、この頃一〇代半ばのアナは、晩年の祖母に関する貴重な情報源である。モード・ゴンがロウバック・ハウスに住んで既に二〇年が経過、「彼女は大木が茂り、石塀に囲まれた庭のある、大きな、古い、老朽化した家を愛していた」[20]と、孫娘は言う。アナの記憶に残る晩年の祖母の生活は――

> 忙しい家の中で、彼女の部屋は一つの聖域だった。そこで、本、書類、編み物の毛糸、刺繍の絹、鳥、植物が雑然と置かれた中で、彼女は読み、書き、縫い、トランプの独り遊び《ペイシエンス》をした。そこを覗いて、こんにちはと言う、新しい買い物を見せる、本を借りる、植物に水をやる、鳥に餌を与える、眼鏡を捜す、何時も溢れそうな灰皿を空にするといった、小さな仕事を言いつかる場所だった[21]。

最後まで知力を失うことのなかったモード・ゴンは、ベッドの中で、手紙を書き、新聞に書簡を送った。彼女が特に力を注いだのは自叙伝二巻目の執筆。『時代の塔』（*The Tower of Age*）と名づけた二巻目は、いきなり結婚の崩壊と離婚訴訟から始まり、「二、三章進んだところで、余りに苦痛で続けることができなくなってしまった」[22]。他界する二年前、彼女が「依然、格闘中」[23]と語った自叙伝の二巻目は、結局、完成することなく終わった。

モード・ゴンは「最後まで、多くのよき友人を持ち、彼らは定期的に彼女を訪れた」[24]と、アナは言う。一九四〇年代、劇作家で役者のミヒォル・マックリアモールはロウバック・ハウスにモード・ゴンをよく訪問した一人。半分ほどの年齢の彼の目に映った、晩年のモード・ゴンの肖像を、多少長い引用になるが引いてみよう。一九四九年三月五日の日記の記述から――

マダム・ゴン・マックブライドとお茶。この儀式は、幾度重ねても、彼女から受けるロマンティックな喜びは変わらない。彼女のヒロイックな、今では洞《うろ》のような美は、何時も身に着ける黒い衣装に翳り、だんだん増す穏やかさとユーモアに輝いてもいる。今、彼女は人生を、そっと、遠くから、面白がっている風だ。〔……〕

無論、彼女と五分も一緒にいると、彼女が口に出すことはないが、彼［イェイツの詩］のイメージを呼び起こさずにはいない。私は座って、老いて背の曲がった華奢な体、絶えず動く手、一方に少し傾《かし》げ笑みを浮かべた頭、話すと曇ったり輝いたり交互に繰り返す金色の斑点のある目を見つめる。〔……〕彼女は、多分、この世界で、彼女のために作られた詩と同じくらい素晴らしい唯一《ワンダフル》のひと。それは彼女の世代の最も優れた詩だ。これほど一つの目的にひたむきに生きた者は誰もいない。〔……〕

彼女は、シェリー酒、お茶、たばこ、息子ショーンと彼の妻と共にいるのが好き。彼女は、貧しい人々、野鳥、思索、窓の向こうに山々が連なる地平線が好き。別れる時、彼女は、笑みを浮かべ、ゆっくり、ドアのところまで来て、さようならと手を振る。(25)

「演じることが好き」と自認し、「なかなかの役者」だったモード・ゴン。劇作家で役者のマックリアモールの目に、彼女は「悲劇の女王の役柄ぴったりに見えた(26)」。

彼女は、イングランドと言う度、拳で床を打ち、まるでイングランドは永遠に地下の石炭置場で生き、アイルランドは屋根の上の何処かで生きているみたいだ。「アイルランドのために一撃を」と言って、彼女の長い手は天井の上の方を指す。彼女がイングランドと言うと、彼女の目は憎悪で冷たくなった。(27)

「とてつもなく不条理で、途方もなくロマンティック、無限に素晴らしい《ワンダフル》」(28)──並べた形容語に、マックリアモールは尋常を突き抜けたモード・ゴンのパーソナリティを描き出している。

モード・ゴンはもう一人若い友人を得る──エセル・マニン。フィクション一冊、ノンフィクション一冊、計二冊を毎年生産する恐るべき多産な作家である彼女は、晩年のイェイツの「ガールフレンド」の一人。イェイツがマニンに出会った時、彼女は三四歳。「アール・デコのアルテミス」を思わせる容貌、「自由恋愛の使徒(29)」の評判を持つ彼女の自由な精神を、イェイツは愛した。

エセル・マニン　1930年

アイルランド、コネマラのマニン湾は彼女の先祖が命名したものと信じるエセル・マニンは、一九四〇年、湾の近くにコティッジを手に入れた。大戦が終わり、一九四五年一〇月、コネマラに向かう途上、マニンはモード・ゴンを訪問する。八〇歳に手の届くモード・ゴンにとって、訪問し、手紙を書き送る若い女性は、「外の世界からニュースを運んで来る自由な魂、エセルが送ったフリージア、シクラメン、香りの高いヒアシンスと同じように、彼女の孤独な部屋をリフレッシュする」[30]存在となる。「エセル、愛しいひと《ディア》――貴女の手紙はとても嬉しい。ロウバックで、夕暮れ時に、私は貴女に会いました」[31]（一九四五年一一月一四日）。「時間を割《さ》いて、七時の家族の夕食を共にして下さい――貴女が子供たちの群れが恐くなければ。彼らは私の喜びです。〔……〕息子ショーンと彼の妻に会って下さい」[32]（一九四五年一一月二〇日）。

一九四五年から一九五二年まで、モード・ゴンがエセル・マニンに書き送った三〇通に近い手紙は、この間のモード・ゴンの考えや彼女周辺の出来事を伝える貴重な資料である。その一通に――

私の母も英国人でした。私が四歳の時に亡くなりました。私の中の彼女の血は、私に英国人を理解し、貴女が言うよう、彼らのよい資質を評価させ、一方、私のアイルランドの血は英国政府と戦う義務を負わせます。[33]

モード・ゴンの伝記作家の一人サミュエル・レヴェンソンは、彼の眼が触れた限り、モード・ゴンが英国人に対し親切な言葉を吐いたのは唯一ここだけだと言う。[34]

大戦後、アイルランドで、「ドイツの子供を救う」運動が繰り広げられた。ドイツの孤児を養子として島国の家庭に引き取る動きが広がり、四〇〇の家庭に子供を送り込んだシドニ・ギフォードのような人もいる。飢えに苦しむ敗戦国へ食料を送る呼び掛けに応じた人々もいた。モード・ゴンの親ドイツは、大戦後も、不変。ナチ・ドイツによるユダヤ人虐殺が明るみに出た後も、「もし私がドイツ人だったなら、ヴェルサイユ条約後、ナチにならなかったとは断言できません」[35]と、彼女は言い続けた。無力な者たち、迫害された者たちに対するモード・ゴンの「憐憫」にも限界があった。イスラエルの民は彼女の「憐憫」の外に置かれた人々。ミルヴォアやブーランジェ将軍一派のユダヤ人排斥思想《アンティ－セミティズム》を共有した彼女は、最後までそれを捨てることはなかった。

大戦が終わった翌年、モード・ゴンはまた一人友人をあの世へ送る悲哀に遭う。四月二〇日、ハナ・シィーヒィー・スケフィントンが、七〇歳を前に、他界した。翌日、エセル・マニンに宛て、モード・ゴンは悲嘆を書きつけた。

私たちの大切な、大切な友ハナが逝きました――彼女は殆ど私の一番大切な友人で、私がこの地上で最も素晴らしいと思った女性でした。彼女を失ったのはアイルランドにとって恐ろしい。彼女のいないダブリンは同じ場所ではありません。〔……〕昨夜、彼女の死を聞いて以来、他のことは何も考えることができない。〔……〕[36]

同じ頃、モード・ゴンの政治犯囚人オブセッションを掻き立てる事件が起きる。一九三九年初め、ＩＲＡはイングランドにアイルランド全土からの撤退要求を突き付け、海峡の対岸で爆弾キャンペーンを開始した。島国の牢獄はＩＲＡ囚人で埋まり始める。ショーン・マコーギーもＩＲＡ囚人の一人。彼はＩＲＡチーフ代行を誘拐、監禁した罪で逮捕・投獄された。監獄で、彼は囚人服着用を拒否し、身を被うものは毛布一枚。そのため、彼は独房に監禁され、外部との接触を一切断たれ、トイレの使用も禁止。収監されすでに四年半が経過する彼は、即時釈放を要求して、食を、更に水を断つストライキを開始した。五月一〇日、モード・ゴンは――彼女の「牢獄」から――『アイリッシュ・タイムズ』に書簡を送った。

奉仕することができない者は何も要求できません。従って、八〇歳に近く、ベッドに寝たきりの私の最後のお願いです。〔……〕若いマコーギーを、死に至る前に、速やかに釈放して下さい。彼と共に、他の者たちも釈放して下さい。[37]

翌日、マコーギーは死亡。食を断って三一日、水を断って一二日目[38]。死因審問で、ショーン・マックブライドは、マコーギーが置かれた牢獄の「恐るべき状態《コンディション》」を述べ立て、最後に、監獄医に問うた――「あなたは自分の犬をこのような状態の中で飼いますか」。「ノー」と、監獄医は応えた[39]。ドゥ・ヴァレラが政権に就任してほぼ一五年、彼の威信に風穴を開けた一場面である。

上級弁護士として名を成す息子は母の大きな誇りだったであろう。一九四六年、ショーン・マックブライドは、政党（Clann na Poblachta《クラン・ナ・ポブラクタ》,「共和国家族」の意）を結成、翌一九四七年に行われた補欠選挙二つに勝利する。一つは彼自身の議席。ドゥ・ヴァレラが総選挙を一九四八年二月実施と発表すると、マックブライド一家は選挙戦一色となった。モード・ゴンの「孫だけでなく、知人の若い人たち皆が働き、話すこと、考えること、選挙のことばかり[40]」。「家は選挙事務所のようで、電話は鳴りっぱなし、タイプライターはカタカタ音を立て、ヴォランティアたちが絶えず部屋という部屋を出たり入ったり[41]」。開票結果、マックブライドの政党は一〇議席を獲得。ドゥ・ヴァレラは政権から降り、誕生した連立政権の一角を占めたマックブライドの政党は、閣僚ポストを二つ得た。外務大臣に就任した彼がいち早く手を打った一つは、南仏に仮埋葬されたイェイツの遺体を、彼の願いに沿って、アイルランドへもち帰ること。九月六日、アイルランド海軍コルベット艦に積まれた詩人の棺は、南仏からゴールウェイへ、陸路を経て、母の故郷スライゴーの外れ、曽祖父ジョン・イェイツが教区牧師だったドラムクリフの教会墓地へ運ばれ、そこに埋葬された。父を知らないマックブライドにとって代理の父親のような存在だった詩人――不思議な運命の巡り合わせである。

そして翌一九四九年、復活祭月曜日（四月一八日）、ついに「南」二六州は「アイルランド共和国」を宣言した――「北」六州を欠いたまま。この日、カトリック大聖堂で執り行われたミサに、モード・ゴンは、「虚弱、しかし意を決し[42]」、出席。雑誌『ライフ』（五月二日）が取材、掲載した何枚かの写真の中に、ミサの後、両脇を

ゴールウェイからスライゴーへ入ったイェイツの葬列、1948年9月17日

支えられ大聖堂を出るモード・ゴン・マックブライドの姿があった。

それから間もなく、モード・ゴンは転倒して腰の骨を折り、入院。「苦痛の長い悪夢[43]」に耐え、彼女は回復。退院すると、肺炎に罹った。モード・ゴンが老いに対して呪いに似た言葉を吐き始めるのはこの頃からである。「老年のぞっとするような無益[44]」と彼女は言い、七三歳であの世へ旅立ったイェイツを羨んだ。「ウィリ・イェイツは、時空の限界を超えたより自由な霊の世界へ逃れ、何と幸運でしょう[45]」。

一九五〇年は「エリンの娘たち」結成五〇周年。それを記念して、アイルランド国営ラジオ局がモード・ゴンのインタヴュー番組を企画した。ディレクターはフランシス・マクマナス、二〇年以上も前、オコンネル通りの囚人擁護女性同盟の集会に出くわし、モード・ゴンの「声」に魅了された人である。録音は、一九四九年八月、一一月、翌年一月、計三回行われた。マクマナスが録音のためロウバック・

『ライフ』(1949年５月２日)が掲載した、カトリック大聖堂を出るモード・ゴン・マックブライド、復活祭月曜日（４月18日）

ハウスを訪れると、モード・ゴンは、客間の深い長椅子に身を埋め、「俯《うつむ》けた頭を雲の固まりのように繁る栗の木の葉と、音もなく、静まりかえった野原の方へ向けていた[46]」。

老いた彼女には老いの美しさがあった。髪毛は絹のように細く、依然艶やか、耳の上に古風な渦巻きに編まれていた。それが頭の上に帽子のように乗って、額は殆ど見えない。深い皺の溝が頬を細かく並行して刻み、笑みを浮かべると、顔いっぱい笑顔になった。見事なかぎ鼻の上に輝く穏やかな目は、若い娘の目のように生き生きしていた[47]。

録音されたモード・ゴンの声は「確かで、メロディック[48]」。かつて群衆を熱狂させた彼女の声と話術は、八〇歳を過ぎて尚、「魔力」を秘めていたと、マクマナスは言う。録音が終わると、モード・ゴンは「少し上気して[49]」、たばこを吸い、雑談を交わした。マクマナスが別れを告げると、彼女は立ち上がった。「老いて肩から鎌の形に曲がった体が上がり」、「痩け、小さくなった顔が上がった[50]」。その一瞬、「あの真っすぐな背と不遜な頭はパラス・アテナ神」とイェイツが詠った詩行が閃いたと、彼は言う。

モード・ゴンがイェイツの影から逃れることは、永遠に、ないであろう。詩人の死後、彼の評価は上昇の一途を辿り、「イェイツのミューズ」を一目見るため、或いは研究の一助にするため、モード・ゴン詣でが始まった。一九四六年、イェイツ研究者の代表的一人となるリチャード・エルマンがロウバック・ハウスに二晩滞在した。モード・ゴンはエセル・マニンに懸念を打ち明ける。

　多分、ミスター・エルマンは親英だと思います。私にそう思わせることを、彼は何も言わなかったけれど。だから、アイルランドがウィリの思想と作品に与えた影響力を、彼は無意識に過小評価するかもしれません。(51)

モード・ゴンの「反英」も、これは完全な偏執、偏狭の域。

　モンク・ギボンは、アイリッシュ・アカデミーのゴールド・メダルを受賞し損ね、イェイツに対するその遺恨から、意趣返しを含んだ詩人の伝記（一九五九）をものする人である。一九五一年頃、ギボンが、アメリカの文学批評家ヴァン・ワイク・ブルックスと彼の妻を伴って、ロウバック・ハウスを訪れた。「モード・ゴンは、炉の傍らの大きな深い肘掛椅子に身を沈め、待っていた。広い額の顔は他に見たことがないほど皺が刻まれ、彼女の長い、痩せた、血管の浮き出た手は膝の上に置かれていた(52)」。ブルックス夫人が、どうして英軍将校の娘の彼女が、アイルランドのナショナリズムを奉じることになったのかと問うと、「彼女は、一瞬、躊躇った」後、語り始めた――幼い頃、追い立ての光景を見て、「大きくなったら、全てを変える(53)」と心に誓ったのだ、と。ギボンの「心を摑んだ(54)」、その「ストーリーがどれほど使い古したもので」、「彼女の一瞬の躊躇いがどれほど実践を重ねたものか、ミスター・ギボンは知る由もなかった(55)」と、モード・ゴンの伝記作家の一人サミュエル・レヴェンソンは解説する。

　一九五二年春、モード・ゴンが他界する一年前の或る晩、イェイツ研究者の一人ヴァージニア・ムアは彼女にインタヴューする機会を得た。ムアは目の前の老女に呆然とする――「私の心は痛んだ。この残骸、この廃墟、この魔女が、あの『法外なほど美しい』モード・ゴンであり得ようか(56)」。しかし、モード・ゴンは、「話し始めると、漲《みなぎ》る、殆ど子供のようなパーソナリティが沸き上がり(57)」、三時間、ヴァージニア・ムアに彼女の人生を物語った。

娘イズールトは、母が過去を共有できる数少ない一人。イズールトがロウバック・ハウスを訪れる度、娘は「母の寝室の古いロッキング・チェアに座って、たばこの青い煙が立ち込める中、二人だけが共有する思い出を振り返って、語り合った(58)」。母と娘はヘヴィー・スモーカー。イズールト自身すでに五〇代、子供たちは成長して家を出、義理の母とシャムネコが相手の孤独な魂。一九五〇年、彼女は心臓発作に襲われ、激しい痛みに耐え、生きる日々を送っていた。彼女の数少ない喜びの一つは母に手紙を書くこと。一九五二年、娘が母に送った一通――

私が理解できないことがあります。それは、例えば貴女や私が耐えなければならないような残酷な痛みや苦しみです。きっと、貴女が言うよう、それには或る意味があるのでしょう。でも、それは、幸せな心で安全に、遠くからしか見えないものです。私の可哀そうな、一番愛するひと、貴女が悲惨な目に耐えずに済むよう、どんなにか願っています。〔……〕(59)

一九五三年四月二七日、モード・ゴンが牢獄から解放される日が訪れた。最後に、彼女は、ミルヴォアとの間に誕生した第一子ジョルジュのベビー・シューズを棺に入れて欲しいと望んだという。

五月二日、イズールトは、「事実婚」の女性とロンドンに暮らすフランシス・ストゥアートに、母の最期を報告する手紙を書いた――

最後の二、三か月、彼女はとても苦しみました。たった二、三週間前、彼女はもううんざり、絶望的と言い続けました。それによって彼女は霊的になることはなく、利己的で、物質的になりました。この腐った心臓の経験から、私は惨めですが、同意するしかありません。そうして、亡くなる前の日、彼女は最後の聖体拝受を受けた後、何か神秘的な体験をし、表情は若返り幸福感に輝きました。〔……〕それから彼女は眠りに着き、次の日、子供のように静かな呼吸をしながら亡くなりました。(60)

これが、娘が、彼女の「法的」夫――義理の母を憎み続けた彼――に語った――どこかパタンをなぞった感の拭《ぬぐ》えない――母の最期である。

四月二九日、モード・ゴンは、グラスナヴィン墓地、「リパブリカン・プロット」と呼ばれる、「共和国」を奉じ、非業の死を遂げた人々が多く眠る一角に葬られた。マックブライド一家と親交のあった友人が弔辞を述べた。

アイルランドとの僅かな繋がりから、彼女が貧困、飢餓、不正に苦しむ人々の間に身を置いて、六〇年以上が経過した。不正は、彼女が許容できないものの一つだった。

彼女は、アイルランドをイングランドの支配から解放する以外に、人々の運命を変えることはできないと知って、生涯をアイルランドの人々に捧げた。(61)

モード・ゴンは、息子ショーンと彼の妻と共に、グラスナヴィン墓地に眠っている。

エピローグ

老年のモード・ゴン

イェイツの最後のモード・ゴン詩の一つ「青銅の頭像」から、すでに引用した二行を含む四行を引いてみよう――

かつては墓にとり憑いた闇の女ではなかった――彼女の姿《フォーム》は全身が
遍く照らす日の光に満ち溢れているようだった。
だが、とても淑やかな女。誰に言い得よう、
いずれの姿が彼女の実体を正しく表わしていると。

「光」と「闇」の究極のコントラストは、時の破壊力を衝撃的に映し出す。五〇年の歳月を隔て、記憶に浮かぶ彼女の姿と眼前の変わり果てた姿に、呆然とする詩人の驚愕はわれわれのものでもある。ヨーロッパ随一の美女と称賛を一身に浴び、若く、美しかった彼女と、「巫女《シビル》のように老い」、怒れる魔女のような形相の彼女――二枚の写真に同一人物を重ね合わせることは容易ではない。人の子全てが人生の終わりに共有する運命がことさら残酷に思えるのは、モード・ゴンが生まれ持った美貌の代償だったかもしれない。

しかし、モード・ゴンには、初めから、複数の「姿《フォーム》」が存在した。イェイツの詩の中で、「遥かな、密やかな、神聖な薔薇」（「秘密の薔薇」）と詠われた彼女と、熱狂的群衆に交じって、打倒大英帝国を叫ぶ「アイルランド

のジャンヌ・ダルク」――二つは別人。一転、その彼女は、パリで、二人の庶子の母。或いは、エドワード七世のアイルランド訪問に抗議して、演壇で激しく渡り合うアマゾンのような彼女は、場面が一転、家の戸口に、「慈悲の像」のように、静かに佇む。イェイツが発した問いを、われわれも発しないではいられない――いずれが彼女の「実体」なのか。

「モード・ゴンの人生は一つの理想の大義に禁欲的に献身したモデルではない。彼女の人生は多面的で、矛盾に満ち、そうした評価は当たらない(1)」。モード・ゴンの伝記作家の一人マーガレット・ウォードはこう総括する。しかし、モード・ゴン自身の中でさしたる矛盾はなかったのかもしれない。彼女が熱烈なナショナリストだったことは疑い得ない。しかし、モード・ゴンの活動の焦点は社会正義に反する「不正《インジャスティス》」。彼女は不正を憤り、不遇な犠牲者たちへ、生涯、心を寄せ続けた。小作地から追い立てられる農夫、イングランドの牢獄に捕らわれた政治犯囚人、特に「反逆罪」犯、ダブリンの餓える子供たち、労働争議の中で飢餓線上をさ迷う貧困層――彼らは一つの共通の根源が生んだ犠牲者たちだったから、モード・ゴンの標的はその一点へ向かった――打倒大英帝国。しかし、不遇な犠牲者たちの救済はアイルランド国内に留まらなかった。一九一〇年のパリの大洪水の被害者の支援に、第一次世界大戦中、負傷兵や病人兵の看護に、彼女は変わらず献身を傾けた。更に、アイルランド自由国が誕生した後、かつて彼女が支配者へ向けた憤りは、強権、弾圧を揮う自国政権へ向かい、彼女の政治的・人道的キャンペーンは、殆ど生涯の終わりまで、続いた。

モード・ゴンの行動パタンを、彼女は「不正を憤り、燃える場所へ駆けつけ〔……〕そうした場所を追って、抗議の声を挙げた(2)」――同時代の活動家の一人はこう表現する。モード・ゴンは、自叙伝の中で、自らの活動を振り返って、次のように述べている。

私は戦場の小さな一角に夢中になって、重要なスポットを見失うことがあった。だから、私は、必要を見出すため、盲目的にアイルランドの霊力に頼り、それに身を委ね、衝動を絶やさず手近な仕事を手掛けた。(3)

「盲目」、「衝動」、「アイルランドの霊力」という神がかりは、モード・ゴンの活動に潜在する或る危うさを示唆している。それは、彼女を行動へ駆る根源を突いて、イェイツが残した二つのフレーズに通ずるものでもある――「憐憫に心狂い」、「憐憫の盲目的高貴さ」(4)。無力な者たち、迫害された者たちへ寄せる「憐憫」から、モード・ゴンは行動を起こした。貧困、飢餓、牢獄の恐怖に苦しむ人々を「憐れみ」、「不正」を生む元凶に向けた怒りと憎悪に、心は「狂い」、「盲目的」に、彼女は過激な行動へ走った。「憐憫」という「高貴な」情動が「狂信と憎悪」に変わる、モード・ゴンの中に潜む危険なメカニズムを、イェイツの二つのフレーズは浮き彫りにする。(5)

活動家の彼女の過激な言動は批判や非難を誘発した。行動に逸る彼女が「興奮を追い求めている」(6)と顰蹙を買うこともあれば、活動のスポットとして、彼女は「自己を益する、芝居がかった場面」(7)をピック・アップしていると、疑惑の目を向ける人々もいた。「なかなかの役者」で、「魔力」を秘める声を持つ彼女が、大衆を鼓舞、扇動する恐るべきパブリック・スピーカーだった反面、政治集会は彼女の舞台であり、万来の拍手喝采の中、センター・ステージでスポット・ライトを浴びるにも似た場面、瞬間をモード・ゴンが好んだことも否定できない。そうしたセンセーショナリズムは彼女の真摯な政治的、人道的活動を翳らせ、彼女が「実際以上の功績を我がものとする」(8)と、批判の声が止むことはなかった。

モード・ゴンの長身と美貌は否応なく人々の注目の的となり、時代の慣習、出自、ジェンダーに平然と違反する彼女は、スキャンダラスなゴシップから正当な批判まで、穿鑿《せんさく》や譴責《けんせき》の対象になり続けた。そうした負の側面を差し引いても、モード・ゴンが「戦場の小さな一角」で果たした貢献に議論の余地はない。それを証する「最も説得力を持った証言の多く」[9]は、彼女の努力から恩恵を受けた人々——追い立ての犠牲者、貧困層の人々、政治犯囚人たちから寄せられたものである。イェイツの「モード・ゴン詩」の一つに、「彼女へ送る称賛」と題する作品がある——

若者たちは彼女を褒め称え、老人たちは非難した、
だが、貧しい人々は、老いも若きも、彼女を褒め称えた。

モード・ゴンとイェイツ——モード・ゴンの人生はイェイツを抜きに語ることはできない。イェイツがモード・ゴンの周りに築いた多くの神話は、彼女の人生と才能を助けると同時に阻害した——しばしば挙がる異議である。しかし、アイルランドのモード・ゴン伝説は「彼女自身の想像力とエネルギーが創造した」[10]ものでもある。その典型は「フーリハンの娘キャスリーン」。モード・ゴンが、舞台で演じた「役」に沿って、彼女の人生を「演出」したことは、自叙伝からも明白。他方、イェイツとの長い、一方的友情に、モード・ゴンの評価は冴えない。モード・ゴンは、生涯、詩人を——「鼻面を引いて」——翻弄し続けたと、イェイツ批評は彼女を非難する。

モード・ゴン自身の回想の中で、二人が出会った頃、彼女は、パリのドレスも色褪せる「溢れんばかりのゴールド・ブラウンの髪毛と美貌の娘」、彼は「みすぼらしい服の〔……〕ひょろ長い青年《ボーイ》」[11]。出会いの初めから、二人の関係は一つのパタンに収まった——女王と廷臣、或いは、イェイツの初期のストーリーに登場する宮廷道化。それは、西欧の愛の伝統である宮廷恋愛のパタンに則って、イェイツが自らに割り振った役柄であり、神々の一族と見紛う美しいミューズに、詩人が捧げたオマージュでもあったろう。「みすぼらしい服の〔……〕ひょろ長い青年《ボーイ》」が、詩人として揺るぎない地位と名声を確立した後も、イェイツはモード・ゴン上位の姿勢を崩すこと

はなかった。「報いられない愛」にどれほど苦悩しようとも、生涯、彼の詩の源泉であり続けたミューズへ捧げた敬意であり、感謝であろう。

「青銅の頭像」で、イェイツは自身が発した問いに自答する――

恐らく、実体は複合的なものかもしれない、
博学なマクタガートはそう考えた、一息の中に、
一口の息の中に、死と生の両極が宿る。

J・M・E・マクタガートはヘーゲル哲学者。彼は、過去は記憶に保存され、人の全て、経験全ては、永遠に、同時に、現在の中に存在すると論じた。マクタガートの哲学に立てば、「日の光に満ち溢れているようだった」彼女は、「墓にとり憑いた闇の女」の中に、永遠に、同時に、存在する――モード・ゴンの人生を解し、彼自身の彼女への愛――「狂おしい」情熱――を解して、ヘーゲル哲学者を礎に、イェイツが人生の終わりに辿りついた自答である。

あの出会いの日、「木漏れ日の差す林檎の花のように光り輝いていた」彼女から、「死んだミイラ」のように枯れ果てた彼女――五〇年の歳月に標されたモード・ゴンの幾つもの「姿《フォーム》」は、イェイツの詩集一巻に、永遠に、同時に、存在する。

モード・ゴンの二人の子供たちのその後。母の死後、イズールトが陥った孤独は想像に余りある。ショーンの娘アナが語る彼女は孤独な魂そのもの。母の死から間もない頃、彼女はアナが入院する病院を訪れた。イズールトは心臓を病む身。ウィックロー、ララからバスでダブリンへ、更に一時間バスに乗り継いでやってきた彼女は、

「以前にもまして病み」、病人のアナより「死の近くにある」ように見えた。帰りのバスの時刻を確かめることもなく、「何もない田舎道をとぼとぼ歩いて(12)」去ったイズールトの姿を、その後も長い間、アナは思い続けた。イズールトは、母の死から一年も経たない、一九五四年三月二二日、六〇歳を前に他界した。

一方、ショーンは――一九四八年、彼の政党は連立政権の一角を占め、獲得した二つの閣僚ポストのもう一つに、ノエル・ブラウンが保健相として就任した。彼は社会主義者にして医師、政治家としてのキャリアは皆無。ブラウンが打ち出した母子の医療費公費負担制度は、カトリック教会の厳しい抵抗に遭い、あえなく挫折。その混乱と批判の中で行われた一九五一年の総選挙で、マックブライドの政党は二議席に落ち、一九五七年、彼自身も議席を失った。アイルランド政界から足場を失ったマックブライドは、国際政治の場に活路を拓いていった。一九六一年、彼はアムネスティ・インターナショナルを共同創設、会長に就任。国連や他の国際機関で、紛争の裁定や和平ミッションを歴任した彼は、アムネスティ・インターナショナル会長を辞した一か月後の、一九七四年一二月、ノーベル平和賞を受賞した。(因みに、共同受賞者は佐藤栄作氏。)更に、一九七七年、彼はレーニン平和賞を受賞、二つの賞をダブル受賞した最初となる。一五歳に満たずしてＩＲＡガンマンとして出発したショーン・マックブライドの「驚異の人生」は、栄光の終章を迎えた。

モード・ゴンの二人の子供たちは、母に宿る光と影をそれぞれ映し取って、生きたのかもしれない。

あとがき

『レイディ・グレゴリ』（二〇一〇）を刊行して間もない頃、大学のティー・ルームで笹山隆先生とお話をしていた時、先生から意外な言葉が出た――三部作の最後のものを、僕の目の黒いうちに読ませて下さい。『アベイ・シアター　一九〇四―二〇〇四』（二〇〇四）、『レイディ・グレゴリ』に次ぐ三作目という意味らしい。私に「三部作」なるもののプランはなく、ないプランを先生に申し上げる筈がない。笹山先生一流の挑発と知りつつ、チャレンジ受けて立ちますと始めたのがこの書である。

モード・ゴンは魅力的な素材である。絶世の美女、「イェイツのミューズ」、「アイルランドのジャンヌ・ダルク」――これだけ魅力的な条件を備えた素材もそう多くはない。グレゴリ夫人の伝記を書き終えた後、次に手掛ける選択肢の一つというより、最も近い選択肢として、モード・ゴンの名がちらついていた。しかし、私は踏み出すことを躊躇っていた。

一九世紀末から二〇世紀初頭、女性参政権や女性解放、労働運動等の反政府活動家の女性たちは、概ね、皆フェミニストである。モード・ゴンも例外ではない。特にフェミニストでもなく、ラディカルから遠い私は、フェミニスト志向の過激な革命家に心情的に傾斜する余地は少なかった。むしろ、極貧に喘ぐ小作農を小作地から追い立てる土地所有者を「撃ち殺してしまえ」と事もなげに言ってのけるモード・ゴン、イェイツが「狂信と憎悪にとり憑かれた」魂と言った彼女に、好感を抱くことは難しかった。また、イェイツとの長い交友も、利用価値の高い彼を――グレゴリ夫人の目にそう映ったように――「利己心と虚栄心から弄んでいる」印象の拭えない彼女に、不愉快というか、心のザラつく想いを禁じ得なかった。

笹山先生の挑発に乗って見切り発車した私は、モード・ゴン周辺の資料を繰る中、或ることに思い当たった。活動家のモード・ゴンを解く鍵は「憐憫」なのだと。そのことに目を開かせたのは、モード・ゴンを行動に駆り立てる根源的情動を突いて、イェイツが残した二つのフレーズである――「憐憫に心狂い」、「憐憫の盲目的高貴さ」。当時のアイルランド、特に西部の農村やダブリンのスラムの惨状を思えば、そうした「不正《インジャスティス》」を生む現実に、憎悪と怒りで心が狂っても不思議はない。心を狂わせない者は誠実さを欠いているのかもしれない。そう思い至った時から、私の躊躇いは消えた。

本書は、言うまでもなく、「イェイツのミューズ」モード・ゴンと、「アイルランドのジャンヌ・ダルク」の彼女、二つを軸に構成した。後者に関して、モード・ゴンが「アイリッシュ・ナショナリスト」として活動を開始した時から、一貫して、彼女が与した同志は武力闘争を是とする最も急進的ナショナリストたち――「一握りの狂信者たちの一団」である。アイルランド南部二六州をついに独立へ導いたのは彼ら、一握りの狂信者たちだったから、彼女の八六年の生涯は、一九世紀後半と二〇世紀前半、アイルランドを劇的に変容させたほぼ一世紀の独立闘争史の軌跡と一致する。

アイルランドは、二つの民族、二つの国家から成ると言われた。グレゴリ夫人が身をもって生きたアイルランドが「アングロ―アイルランド」(Anglo-Ireland)、即ちプロテスタントの植民移住者を先祖に持つ支配階層のそれだったなら、モード・ゴンは支配者からの分離・独立を目指した「アイリッシュ―アイルランド」(Irish-Ireland)を代弁する一人である。グレゴリ夫人とモード・ゴン――対極的な二人は、一人の生涯が、支配階層が終焉に向かって崩壊の一途を辿った歴史の壮大なドラマを体現していたなら、もう一人は、強大な支配者に立ち向かった人々の壮絶な闘争史の証人である。二冊の伝記は、補完し合って、――コインの半分と半分が合わさって一つになるように――二人が生きたほぼ一世紀の間、この島国が辿った歴史全体の輪郭を映し出すよう、本書の原稿を書き進めるに当たって特に配慮した。

本書のもう一つの軸である、半世紀に及ぶモード・ゴンとイェイツの交友――ここに描き出した二人の関係はモード・ゴンの側に立ったそれである。イェイツの側に立って、――彼が「迷宮」(labyrinth)と呼んだ――一人の女性に寄せる愛のため陥った迷路、その心の軌道を追えば、異なった様相の愛の物語が現われるかもしれない。しかし、それは本書の守備圏外である。

離婚訴訟後、政治活動から身を引いてパリに退いたモード・ゴンは、イェイツに、「あなたは広い心で、無私に、愛してくれました」と、数少ない感謝の言葉を送っている。彼女の「情なさ」と彼の無限の「心の広さ」に、また半世紀という長い時間に、私は驚嘆を禁じ得ない。しかし、「情なき美女」に非難を浴びせるのは筋違いであろう。愛や恋は、所詮、当事者の心の秘密である。また、モード・ゴンを「情なき美女」と一括りに括ってしまうのは、長い愛の物語の「真実」から遠いのかもしれない。彼女との「和解」を機に書かれた「モード・ゴン詩」の一つ（"King and No King," 一九〇九）に、イェイツは次のような詩行を置いている。

一時一時の優《カインドネス》しさ、日々の共通の話題、
慣《ならい》となった、互いが互いに満ち足りて。

私自身は、上記の詩行に、半世紀という長い時間、紆余曲折を経ながら、二人が「友」であり続けた「秘密」を垣間見るように思う。

モード・ゴンが、彼女の人生の「唯一の目的にして目標」と定めたアイルランドの自由・独立――その達成にどれほどの貢献を果たしたのか、しばしば問われる問いである。彼女の華麗な外観やセンセーショナルな言動にもかかわらず、実質的貢献は僅かとする意見もある。しかし、長い異国の支配を打ち破るには、特定の一人、或いは一握りの少数が成し得る業ではない。モード・ゴンは自身を「小さな石の一つ」に準えた。幾世紀もの歴史を覆し得たのは、石の大小はあっても、――過去の世代を含む――多くの石が結集して、勝ち取った結果である。モード・ゴンがその「小さな石の一つ」だったことに、疑問の余地はない。

本書は、モード・ゴンの言動をジャッジすることも、著者の私的意見――まして心情――を絡めることは極力控え、資料から明らかになる「事実」を追うことに徹した。彼女を包む伝説や、モード・ゴン自身が張り巡らした「フィクション」や「嘘」が交錯する中、彼女の人生の「事実」「真実」に迫る方法はそれ以外にないと思われるからである。

晩年のモード・ゴンと親交のあったミヒォル・マックリアモールは、彼女を評して次のように言っていた――「これほど一つの目的にひたむきに生きた者は誰もいない」と。モード・ゴンの生涯を「ひたむき」と感嘆するか、「マッド」と呆れるか、その判断は読者に委ねたい。


本書の刊行に当たって、お世話になりました方々にお礼を申し述べます。

まず、国書刊行会編集部、礒崎純一氏、『レイディ・グレゴリ』に次いで、モード・ゴンの原稿を出版企画として取り挙げていただきましたこと大変感謝しております。二冊の伝記を「ペア」と捉えている私にとって、同じ出版社から刊行していただきましたこと、特別に嬉しく思っております。お礼を申し上げます。

そして、本書をご担当下さいました国書刊行会編集部、川本奈七星氏、お世話になりました。たった一枚の図版のために、大学の図書館から借り出した、『ライフ』のバック・ナンバーを何冊も綴じた、重い、分厚い冊子を送り付ける著者の我儘に快く付き合って下さいました。著者にとって歓喜の瞬間は、原稿を書き終えた時と、「本」を手にした時。その時を楽しみに待ちながら、感謝とお礼を申し上げます。

二〇一四年一二月一四日　赤穂浪士討ち入りの日

杉山　寿美子

(50) Ibid., 132.
(51) Maud Gonne to Ethel Mannin, 29 Oct. 1946, Cardozo, 405-406.
(52) Monk Gibbon, *The Masterpiece and the Man: Yeats as I Knew Him* (London: Hart-Davis, 1957), 72.
(53) Ibid., 73.
(54) Ibid.
(55) Levenson, 412.
(56) Virginia Moore, *The Unicorn: William Butler Yeats' Search for Reality* (New York: Macmillan, 1954), 424. モード・ゴンを「法外なほど美しい」(outrageously beautiful)と形容したのはG. B. ショー。
(57) Ibid.
(58) *IG-Y&P*, 156.
(59) Ibid., 157.
(60) Elborn, 236.
(61) *Irish Press* (30 April 1953), Cardozo, 410-411.

エピローグ

(1) Ward, *Maud Gonne*, 193.
(2) Interview with Maire Comerford, Jan. 1975, ibid., 121.
(3) *SQ*, 287.
(4) W.B.Yeats, *A Vision* (London: Macmillan, 1969), 6.
(5) エズラ・パウンドは、モード・ゴンがフランスからロンドンへ渡航を敢行した時、彼女に初めて会った。*The Selected Letters of Ezra Pound to John Quinn 1915-1924* (Durham and London: Duke UP, 1991), 168で、この時の彼女の印象を、パウンドはジョン・クインに次のように書き送っている：彼女は「狂っている《ルーナティック》ようには見えません。〔……〕あれほど魅力に溢れながら、この特定の話題[イングランド]になると、それに関するあらゆることを、彼女の心はねじ曲げてしまうのはとても残念なことです」。
(6) *SQ*, xiv.
(7) *INW*, xxvii.
(8) Ibid., xxx.
(9) Ibid.
(10) L.R. Pratt, "Maud Gonne: 'Strange Harmonies amid Discord'," *Biography: An Interdisciplinary Quarterly*, 6, 3 (1983), 189.
(11) Gonne, "Yeats and Ireland," 17.
(12) *IG-Y&P*, 158.

257.
(13) Cardozo, 395.
(14) *MG-WBY*, 454.
(15) *IG-Y&P*, 151.
(16) 事件の詳細については、ibid., 151-153.
(17) Maud Gonne to Ella Young, 8 June 1943, Levenson, 393.
(18) Ibid.
(19) Maud Gonne to Ethel Mannin, 20 Nov. 1945, Cardozo, 399.
(20) *MG-WBY*, 1.
(21) Ibid.
(22) Ibid., 454.
(23) Maud Gonne to Ethel Mannin, 23 Jan. 1951, Cardozo, 404.
(24) *MG-WBY*, 3.
(25) Micheal MacLiammoir, *Put Money in Thy Purse: The Diary of the Film of Othello* (London: Methuen, 1952), 22-23.
(26) Balliett, "Micheal MacLiammoir Recalls Maud Gonne MacBride," 60.
(27) Ibid., 47.
(28) Ibid., 60.
(29) Foster II, 511.
(30) Cardozo, 405.
(31) Ibid.
(32) Ibid., 398-399.
(33) 3 May 1949, Levenson, 405.
(34) Ibid.
(35) To Ethel Mannin, possibly 1949, Cardozo, 407.
(36) To Ethel Mannin, 21 April 1946, Ward, *Hanna Sheehy Skeffington*, 345.
(37) Maud Gonne, "A Request," *Irish Times* (10 May 1946), *INW*, 37.
(38) Bell, 243.
(39) Sean MacBride, 132-135.
(40) Maud Gonne to Ethel Mannin, 10 Feb. 1948, Levenson, 402.
(41) Ibid.
(42) *MG-WBY*, 455.
(43) Levenson, 397.
(44) To Ethel Mannin, 23 Jan. 1951, Cardozo, 403.
(45) Ibid., 407.
(46) Francis MacMaus, 130.
(47) Ibid.
(48) Ward, *Maud Gonne*, 189.
(49) Francis MacManus, 131.

(35) Cardozo, 387.
(36) *SQ* , xiv, xiii.
(37) Foster II, 639.
(38) *SQ*, xii.
(39) Ibid.
(40) *INW*, xxx.
(41) *SQ*, 9.
(42) *INW*, xxx.
(43) *SQ*, 9.
(44) *Irish Press* (24 Oct. 1938), Ward, *Maud Gonne,* 177.
(45) Maud Gonne to Ethel Mannin, Nov. 1945, *MG-WBY*, 453.
(46) *An Phoblacht* (Dec. 1928), Foster II, 333-334.
(47) Ibid., 334.
(48) Hone, 442-443.
(49) *MG-WBY*, 3.
(50) ? 5 Nov. 1937, ibid., 450.
(51) Ibid.
(52) Foster II, 640.
(53) 6 Sept. 1928, *MG-WBY*, 446.
(54) 16 June 1938, ibid., 451.
(55) Ibid.
(56) Ibid., 452.
(57) Gonne, "Yeats and Ireland," 25.
(58) To Ethel Mannin, Nov. 1945, *MG-WBY*, 453.

第一一章　老いの牢獄　一九三九―一九五三

(1) Gonne, "Yeats and Ireland," 25-26.
(2) 16 June 1928, *MG-WBY*, 445.
(3) Levenson, 393.
(4) Maud Gonne to George Yeats, *MG-WBY*, 3.
(5) 20 July 1939, Cardozo, 395.
(6) *MG-WBY*, 2.
(7) Interview with Anna MacBride White, August 1988, Ward, *Maud Gonne,* 144.
(8) Maud Gonne to Ethel Mannin, 20 Nov. 1945, Cardozo, 398.
(9) Ibid., 399.
(10) *IG-Y&P*, 129.
(11) James Plunkett, "People and Places," *Conor Cruise O'Brien Introduces Ireland*, ed. Owen Dudley Edwards (London: Andre-Deutsch, 1969), 193.
(12) Andro Linklater, *Unhusbanded Life: Charlotte Despard* (London: Hutchinson, 1980),

(2) *An Phoblacht* (19 March 1932), Cardozo, 379.
(3) *An Phoblacht* (12 March 1932), ibid.
(4) Gifford, xxxviii.
(5) *Irish Press* (15 March 1932), Levenson, 370.
(6) *Irish Press* (March 1932), Gifford, xxxviii.
(7) *An Phoblacht* (16 July 1932), Cardozo, 380.「カーハール・ブルア」は最も強硬な講和条約反対論者の一人、オコンネル通りの市街戦で、自決に等しい壮絶な死を遂げた。
(8) Murphy, 83.
(9) Lyons, 535.
(10) Cardozo, 380.
(11) W.B.Yeats, "Ireland, 1921-1931," *Spectator* (30 Jan. 1932), *Uncollected Prose by W.B. Yeats, Vol. 2*, eds. John P. Frayne and Colton Johnson (London: Macmillan, 1975), 487-488.
(12) Mulvihill, 169.
(13) Murphy, 82.
(14) *An Phoblacht* (28 Jan. 1933), Ward, *Maud Gonne*, 163.
(15) Murphy, 159.
(16) Cardozo, 384.
(17) Hone, 469.
(18) Lyons, 535.
(19) Bell, 130.
(20) Maud Gonne, "The Birthday of *Prison Bar*," *Prison Bar* (May 1938), *INW*, 35.
(21) Maud Gonne, "Fascism, Communism, and Ireland," *Ireland Today* (3 March 1938), ibid., 239.
(22) Ward, *Maud Gonne*, 180.
(23) 4 Oct. 1927, *MG-WBY*, 437.
(24) To Lady Gregory, 1 April 1928, *L*, 739.
(25) Lyons, 538.
(26) Ward, *Maud Gonne*, 173.
(27) H. Sheehy Skeffington to Esther Roper, Ward, *Hanna Sheehy Skeffington*, 305.
(28) Maud Gonne, "1937 Constitution," *Prison Bar* (July 1937), *INW*, 234.
(29) Ennice McCarthy, "Women and Work in Ireland," *Women in Irish Society: The Historical Dimension*, eds. Margaret Mac Curtain and Donncha O Coarrin (Dublin: Arlen House, 1978), 103.
(30) Ward, *Maud Gonne,* 174.
(31) Ibid., 172.
(32) Levenson, 369.
(33) O'Kelly.
(34) Ibid.

Burnham, *The Years of O'Casey, 1921-1926* (Gerrards Cross: Colin Smythe, 1992), 295.
(45) Ibid., 296.
(46) "New Play Resented," *Evening Herald* (12 Feb. 1926), ibid., 303.
(47) "Riotous Scenes," *Irish Independent* (12 Feb. 1926), ibid., 301.
(48) Ibid., 323が引用する Hogan and O'Neill, *Abbey Theatre* によれば、モード・ゴンは、「オケイシーは実在する人物――パトリック・ピアス――を劇に登場させるのは正しくない」と発言した。
(49) Sean O'Casey, *Inishfallen, Fare Thee Well* (London: Macmillan, 1949), 188-189.
(50) Garry O'Connor, *Sean O'Casey: A Life* (New York: Atheneum, 1988), 83.
(51) Francis MacManus, "The Delicate High Head," *Capuchin Annual* (1960), 128.
(52) Ibid., 128-129.
(53) Ibid., 131.
(54) Ibid., 129.
(55) Conversation with Terence de Vere White, 1973, Cardozo, 360.
(56) Foster II, 347.
(57) Haverty, 229.
(58) Fox, *Rebel Irishwomen*, 12-13.
(59) Foster II, 344.
(60) *MG-WBY*, 433.
(61) Ibid., 434.
(62) Ibid., 443.
(63) Sean Cronin, *The McGarrity Papers* (1972), quoted in Keane, 52.
(64) J. Bowyer Bell, *The Secret Army* (Dublin: Academy Press, 1979), 80.
(65) Uinseann MacEoin, *Survivors* (Dublin: Argenta Publications, 1980), 122.
(66) *An Phoblacht* (25 July 1931), Cardozo, 378.
(67) Mulvihill, 177.
(68) Maud Gonne, "How We Beat the Terrorist Proclamations: The People's Rights Association," *An Phoblacht* (12 Nov. 1932), *INW*, 229. モロニの言は、シェイクスピア『ロミオとジュリエット』(第二幕第二場)のジュリエットの台詞――「私たちが薔薇と呼ぶものは、名前を変えても甘い香りは変わらない」――をもじったもの。
(69) Seamus O'Kelly, "Personal Recollections of Maud Gonne MacBride," *Irish Independent* (31 Aug, 1966).
(70) Maud Gonne, "Must We Fight Again for Ireland's Honour?" *An Phoblacht* (9 Dec. 1933), *INW*, 231.
(71) Ibid.
(72) Mulvihill, 178.

第一〇章　IRA の息子の母　一九三二―一九三九

(1) Ward, *Maud Gonne*, 161.

(13) Gonne, "The Real Case against Partition," 266-267.
(14) Ibid., 267.
(15) Ibid.
(16) Ibid.
(17) *MG-WBY*, 428.
(18) Fox, *Louie Bennett*, 77-78. 女性たちは二つのグループに分かれ、それぞれ政府軍とIRAに和平を働きかけた。唯一、両軍との交渉に当たったのがルーイ・ベネットである。Maud Gonne, "Condemnation of the Provisional Government," *Eire* (22 Sept. 1923), *INW*, 222で、モード・ゴンは、和平条件を政府は「拒否し」、ＩＲＡは「交渉に同意した」と、ＩＲＡ寄りの発言を残している。
(19) Edward Purdon, *The Irish Civil War 1922-1923* (Dublin: Mercier, 2000), 36.
(20) Stuart, *Black List, Section H*, 73.
(21) Fox, *Louie Bennett*, 77.
(22) Michael Hopkinson, *Green against Green* (1992), quoted in Foster II, 230.
(23) Sean MacBride, 67.
(24) Foster II, 228.
(25) Mulvihill, 143-144.
(26) Ibid., 144.
(27) *SQ*, 15.
(28) *Irish Times* (20 Nov. 1922), *WBY-GY*, 88 (n9).
(29) Maud Gonne, "MacBride House Raided," *Republic of Ireland* (23 Sept. 1922), *INW*, 218.
(30) "BONFIRE OF PAPERS, Sequel to Search of Madame MacBride's House," *Freeman's Journal* (13 Nov. 1922), Cardozo, 354.
(31) Foster II, 230.
(32) *L*, 697.
(33) Mulvihill, 148.
(34) Ibid., 149.
(35) Ward, *Maud Gonne*, 140.
(36) Margaret Ward, *Unmanageable Revolutionaries* (London: Pluto, 1983), 190.
(37) Ward, *Maud Gonne*, 142.
(38) *Sinn Fein* (17 Aug. 1923), Cardozo, 361.
(39) Ward, *Maud Gonne*, 143.
(40) *MG-WBY*, 1.
(41) Stuart, *Black List, Section H*, 121-122.
(42) C.S. Andrews, *Man of No Property* (Dublin and Cork: Mercier, 1882), 35.
(43) ショーン・オケイシーは、シティズン・アーミーの幹事として、軍の組織化に奔走した。
(44) "Abbey Theatre Scene," *Irish Times* (12 Feb. 926), Robert Hogan and Richard

（52）Maud Gonne to W.B.Yeats, Oct. 1920, *MG-WBY*, 415.
（53）Dorothy Macardle, *The Irish Republic*（London: Corgi Books, 1968）, 328.
（54）*MG-WBY*, 416.
（55）Sean MacBride, 24-25.
（56）Helena Swanwick, *I Have Been Young*（London: Victor Gollancz, 1935）, 329.
（57）Ibid.
（58）Mulvihill, 133.
（59）Maud Gonne to John Quinn, 21 Feb. 1921, *MG-JQ*, 230.
（60）Ibid.
（61）Ibid.
（62）*MG-WBY*, 420.
（63）Ibid., 422.
（64）Maud Gonne to W.B.Yeats, March 1921, ibid., 423.
（65）Ibid.
（66）Ibid., 426.
（67）End of July, 1921, *IG-Y&P*, 122.
（68）W.B.Yeats to Lady Gregory, 9 Aug. 1921, *CL*（*E*）.
（69）Ibid..
（70）*MG-WBY*, 427.
（71）Maud Gonne to Ethel Mannin, 1949, 1950（?）, Cardozo, 345.
（72）Ibid.
（73）一九二〇年二月、英国首相ロイド・ジョージは、「北」六州と「南」二六州それぞれに自治権を認める法案を議会に提出、これが、事実上、「南北」分断を容認するものとなった。

第九章　ザ・マザーズ 一九二二―一九三二

（1）Lyons, 444.
（2）Ibid., 447.
（3）Sean MacBride, 56.
（4）Ibid.
（5）Ibid.
（6）Ibid.
（7）Foster II, 206.
（8）*SQ*, 173.
（9）Ibid.
（10）Roy Foster, ed., *The Oxford Illustrated History of Ireland*（Oxford: Oxford UP, 2000）, 253.
（11）Maud Gonne, "The Real Case against Partition," *Capuchin Annual*（1943）, *INW*, 266.
（12）*MG-WBY*, 428.

（21） Reid, 351.
（22） 20 Nov. 1918, ibid., 352.
（23） W.B.Yeats to John Quinn, *MG-JQ*, 215.
（24） John Quinn to W.B.Yeats, 20 Dec. 1918, ibid., 215-216.
（25） Maud Gonne to W.B.Yeats, 1 Nov. 1918, *MG-WBY*, 399.
（26） Derek Patmore, ed., *My Friends When Young: The Memories of Brigit Patmore* (London: Heinemann, 1968), 92.
（27） Maud Gonne to W.B.Yeats, 1 Nov. 1918, *MG-WBY*, 399.
（28） Balliett, "Micheal MacLiammoir Recalls Maud Gonne MacBride," 45.
（29） *MG-WBY*, 42.
（30） W.B.Yeats to Lady Gregory, 14 Dec. 1918, Foster II, 135.　この手紙（ibid.）でイェイツは、「私が彼女の家を所有し続けるため、私がショートと謀って、彼女をイングランドの療養所に閉じ込めようとしていると、彼女は信じるに至りました」と書いている。ショートはアイルランド行政府事務長官。
（31） Iseult Gonne to Ezra Pound, early December 1918, *IG-Y&P*, 142.
（32） ? 8/9 Dec. 1918, ibid., 143.
（33） Foster II, 135.
（34） *MG-JQ*, 13-14.
（35） Maire Comerford, *The First Dail* (Dublin: Joe Clarke, 1969), 51.
（36）「ブラック・アンド・タンズ」は、正規の軍服が足りず、予備軍が身に着けた臨時の「カーキー」の外套と、「黒」のズボンと帽子に由来するあだ名。
（37） W.B.Yeats to George Yeats, 9 Aug. 1920, *WBY-GY*, 55.
（38） Iseult Gonne to Ezra Pound, ? late Nov. 1918, *IG-Y&P*, 142.
（39） Francis Stuart, *Black List, Section H* (Carbondale and Edwardsville: Southern Illinois UP, 1971), 20.
（40） W.B.Yeats to Olivia Shakespear, 25 July 1932, *L*, 800.
（41） 14 Jan. 1920, *IG-Y&P*, 118.
（42） Foster II, 171.
（43） Francis Stuart, *Faillandia* (1985), quoted in Geoffrey Elborn, *Francis Stuart: A Life* (Dublin: Raven Arts , 1990), 277.
（44） Stuart, *Black List, Section H*, 20.
（45） Ibid., 33.
（46） W.B.Yeats to George Yeats, 1 Aug. 1920, *WBY-GY*, 41.
（47） Ibid.
（48） Interview with Sean MacBride, May 1987, Ward, *Maud Gonne*, 127.
（49） Sean MacBride, 34.
（50） Interview with Sean MacBride, Tim Pat Coogan, *Michael Collins: A Biography* (London: Hutchinson, 1990), 143.
（51） To Eva Gore-Booth, 10 Oct. 1920, *Prison Letters of Countess Markievicz*, 251.

（45） W.B.Yeats to Lady Gregory, 12 Aug. 1917, *L*, 628.
（46） Ibid.
（47） Gonne, "Yeats and Ireland," 31-32.
（48） To John Quinn, 3 Aug. 1917, *MG-JQ*, 209.
（49） W.B.Yeats to Lady Gregory, 18 Sept. 1917, *L*, 632.
（50） Foster II, 91.
（51） 20 Sept. 1917, ibid.
（52） *L*, 632.
（53） Maud Gonne to W.B.Yeats, ? Oct. 1917, *MG-WBY*, 392.
（54） 11 Nov. 1917, Cardozo, 320.
（55） *MG-JQ*, 212.

第八章　マダム・マックブライド、アイルランドへ帰還 一九一八―一九二二

（1） モード・ゴンの脱出に関しては、主として、Sean MacBride, 14-15に拠る。
（2） Iseult Gonne to W.B.Yeats, Jan. 1918, *IG-Y&P*, 95.
（3） Ibid., 98.
（4） Levenson, 319.
（5） Michael Farrell, "The Extraordinary Life and Times of Sean MacBride," Part 1, *Magill*（Christmas 1982）and Part 2, *Magill*（Jan. 1983）.
（6） Lyons, 381.
（7） Mulvihill, 3.
（8） Kathleen Clarke, *Revolutionary Woman: Kathleen Clarke 1878-1972*（Dublin: O'Brien Press, 2008）, 203.　以下、三人の獄中生活に関する情報は、主として、この書に拠る。
（9） *MG-WBY*, 395.
（10） To Eva Gore-Booth, 22 June 1918, *Prison Letters of Countess Markievicz*, ed. Esther Roper（London: Longmans, Green, 1934）, 180. ギリシア神話の「ニオベ」、聖書の「ラケル」は子を失って嘆く母親の代名詞的存在。
（11） Kathleen Clarke, 212.
（12） To Eva Gore-Booth, 8 June 1918, *Prison Letters of Countess Markievicz*, 179.
（13） 八月二八日付、イェイツへ宛てた手紙（*IG-Y&P*, 109）で、イズールトは「面会が許可されれば」と述べている。七月、ショーンは学校教育について母と話し合うため、特別に面会が許可された。
（14） Elizabeth Coxhead, *The Daughters of Erin*（London: Secker & Warburg, 1965）, 66.
（15） Ibid., 66-67.
（16） Kathleen Clarke, 210.
（17） *MG-JQ*, 215.
（18） Medical Report, 22 Oct. 1918, Cardozo, 328.
（19） Kathleen Clarke, 211.
（20） To Eva Gore-Booth, 22 Jan. 1919, *Prison Letters of Countess Markievicz*, 192.

(9) To John Quinn, 11 May 1916, *MG-JQ*, 169.
(10) 29 July 1916, ibid., 172.
(11) Lady Gregory to W.B.Yeats, 7 May 1916, Foster II, 47.
(12) Coogan, 89.
(13) G.B.Shaw, "Easter Week Executions," *Daily News*, London (10 May 1916), *The Matter with Ireland*, eds. Dan H. Laurence and Nicholas Grene (London: Rupert Hart-Davis, 1962), 112-113.
(14) Lyons, 373.
(15) Margaret Ward, *Hanna Sheehy Skeffington : A Life* (Cork: Attic Press, 1997), 155-157.
(16) *MG-WBY*, 372.
(17) Maud Gonne to John Quinn, 11 May 1916, *MG-JQ*, 169.
(18) Ward, 112.
(19) 18 May 1916, *IG-Y&P*, 52.
(20) Foster II, 56.
(21) Ibid., 55-56.
(22) Ibid., 56.
(23) Ibid.
(24) Ibid., 57.
(25) Ward, *Maud Gonne*, 116.
(26) To Lady Gregory, 3 July 1916, Foster II, 56.
(27) To Lady Gregory, 21 Aug. 1917, *L*, 630.
(28) To Lady Gregory, 18 Aug. 1916, ibid.
(29) Foster II, 52.
(30) Ibid., 63.
(31) 8 Nov. 1916, *MG-WBY*, 384.
(32) 15 Oct. 1916, *IG-Y&P*, 65.
(33) Foster II, 63-64.
(34) To W.B.Yeats, 8 Nov. 1916, *MG-WBY*, 384.
(35) Ibid.
(36) Maud Gonne to John Quinn, 24 Nov. 1916, *MG-JQ*, 181.
(37) Ibid.
(38) Maud Gonne to John Quinn, 15 April 1917, ibid., 193.
(39) Young, 133.
(40) *MG-WBY*, 391.
(41) *MG-JQ*, 206.
(42) Ibid.
(43) Foster II, 90.
(44) Ibid., 91.

(71) Lyons, 277.
(72) A.E., "To the Masters of Dublin," *Irish Times* (6 Oct. 1913), *MG-WBY*, 326.
(73) R.M.Fox, *Louie Bennett* (Dublin: Talbot, 1957), 42.
(74) Maud Gonne to W.B.Yeats, Nov. 1913, *MG-WBY*, 326.
(75) Maud Gonne to W.B.Yeats, 19 Jan. 1914, ibid., 337.
(76) To John Quinn, 8 March 1914, *MG-JQ*, 123.
(77) Ibid.
(78) Foster I, 518.
(79) Joseph Lee, *The Modernisation of Irish Society 1948-1918* (Dublin: Gill and Macmillan, 1973), 153.
(80) To W.B.Yeats, 30 July 1914, *MG-WBY*, 346.
(81) Ibid., 347-348.
(82) To W.B.Yeats, 7 Nov. 1914, ibid., 351.
(83) To John Quinn, 7 Jan. 1915, *MG-JQ*, 147.
(84) To W.B.Yeats, Dec. 1914, *MG-WBY*, 353.
(85) Ibid., 355.
(86) Maud Gonne to W.B.Yeats, 9 July 1914, ibid., 344.
(87) 20 March 1915, ibid., 355.
(88) To W.B.Yeats, summer 1915, ibid., 358.
(89) To W.B.Yeats, 1 Oct. 1915, ibid., 359.
(90) To John Quinn, 30 July 1917, *MG-JQ*, 206.
(91) To W.B.Yeats, 16 March 1916, *MG-WBY*, 368.

第七章　復活祭　一九一六年　一九一六―一九一七

(1) Tim Pat Coogan, *1916: The Easter Rising* (London: Cassell, 2001). 六度の武装蜂起は、IRB（一八六七)、アイルランド青年党（一八四八)、ロバート・エメット（一八〇三)、ユナイティッド・アイリッシュマン（一七九八)、名誉革命時、ジェームズ二世の将軍として目覚ましい武勇を示したパトリック・サースフィールド、エリザベス朝時代、イングランドの侵攻に抗したヒュー・オニールを指すと思われる。
(2) 'Proceedings of court martial of John MacBride,' 5 May 1916, Elizabeth Keane, *Sean MacBride: A Life* (Dublin: Gill and Macmillan, 2007), 25.
(3) Lyons, 372.
(4) Ibid., 374.
(5) *MG-WBY*, 372.
(6) To W.B.Yeats, May 1916, ibid.
(7) W.B.Yeats to Florence Farr, 19 Aug. 1916, Foster II, 54-55.
(8) Sean MacBride, *That Day's Struggle: A Memoir 1904-1951* (Dublin: Carragh Press, 2005), 13. マックブライドは、父の死を彼が通うイエズス会の学校の神父から聞いたと述べている。

（34）Ibid., 54.
（35）Maud Gonne to W.B.Yeats, Feb. /March 1910, *MG-WBY*, 287.
（36）Ibid.
（37）*Mem*, 247.
（38）To John Quinn, 19 Sept. 1909, *MG-JQ*, 50.
（39）Foster I, 421.
（40）Maud Gonne to W.B.Yeats, Aug. 1910, *MG-WBY*, 292-293.
（41）Ibid., 286.
（42）"The Children Must be Fed," *Bean na hEireann*, 18（May 1910）, *INW*, 141.
（43）*Bean na hEireann*, 19（June 1910）, 9.
（44）Lyons, 277-278.
（45）*MG-JQ*, 57-58.
（46）Maud Gonne to John Quinn, 17 June 1911, ibid., 77.
（47）Gifford, 46.
（48）*MG-JQ*, 62.
（49）"Ladies School Dinner Committee, Under Receipts and Disbursements," ibid., 269（n19）.
（50）3 Nov. 1911, ibid., 87.
（51）To John Quinn, 13 Feb. 1911, ibid., 70.
（52）3 Nov. 1911, ibid., 87.
（53）Haverty, 100.
（54）Fox, 68.
（55）Ibid.
（56）*MG-WBY*, 506（n257:2）によれば、家は取り壊されることなく、モード・ゴンのアトリエと共に、通りに面した建物の背後に残ったという。
（57）Maud Gonne to W.B.Yeats, Jan. 1912, ibid., 306.
（58）Maud Gonne to John Quinn, 11 April 1912, *MG-JQ*, 96.
（59）29 June 1912, *MG-WBY*, 309.
（60）Margaret Mulvihill, *Charlotte Despard: A Biography*（London: Pandora, 1989）, 97.
（61）Ward, 101.
（62）Ibid.
（63）Ibid., 101-102.
（64）Cousins, 158.
（65）Ibid., 158-159.
（66）Ibid., 159.
（67）Ibid., 160.
（68）Ibid.
（69）Young, 199.
（70）W.B.Yeats to Lady Gregory, 8 Aug. 1912, Foster I, 467.

(3) Maud Gonne to W.B.Yeats, 29 Sept. 1910, ibid., 294. この手紙（ibid.）に、モード・ゴンは意味深遠な言葉を綴っている：「私の仕事も私の努力も後に残るものは殆どないと、私は思います。私は憎悪に駆られて仕事をした（I worked on the ray of Hate）からです。私にとり憑いた憎悪の悪鬼《ディーモン》は永遠ではありません――あなたが私のために書いたものは生き続けます。私たちの愛は高く、純粋だったからです――あなたは広い心で、無私に、愛してくれました。そうした男性は多くいません。それが、人生の残骸から私に残ったものであり、私が［あの世へ］もって行けるものです」。
(4) Young, 101-102.
(5) Cardozo, 240.
(6) Levenson, 236.
(7) Interview with Sean MacBride, May 1987, Ward, 91.
(8) To W.B.Yeats, Feb. 1907, *MG-WBY*, 237.
(9) Ibid., 241.
(10) P.I.A.L.diary, 1909, Foster I, 387. P.I.A.L.（Per Ignem ad Lucem: Through fire to light）は、黄金の夜明けの会で、モード・ゴンのモットー。
(11) *Mem*, 173.
(12) W.B.Yeats to Mabel Dickinson, 11 June 1908, Foster I, 388.
(13) W.B.Yeats to J.B.Yeats, 17 July1908, ibid., 387.
(14) *MG-WBY*, 255.
(15) Ibid., 256.
(16) To W.B.Yeats, 26 July 1908, ibid., 257.
(17) Foster I, 393.
(18) Ellmann, xxvi.
(19) Dec. 1908, *MG-WBY*, 258.
(20) Ibid.
(21) Foster I, 395.
(22) 13 Jan. 1909, *MG-WBY*, 261.
(23) May 1909, ibid., 271.
(24) Ibid., 272.
(25) R.M.Fox, *Rebel Irishwomen*（Dublin: Progress House, 1967）, 66.
(26) Gifford, 42.
(27) F.X.Martin, ed., *Leaders and Men of the Easter Rising: Dublin 1916*（London: Methuen, 1967）, 233.
(28) *Bean na hEireann*, 8（June 1909）, 11.
(29) Fox, 66.
(30) Haverty, 78.
(31) Lyons, 256.
(32) Gifford, 39-40.
(33) *MG- JQ*, 53.

(51) Maud Gonne to W.B.Yeats, Jan. 1905, ibid., 185.
(52) W.B.Yeats to Lady Gregory, 9 Jan. 1905, *CL IV*, 8.
(53) *MG-WBY*, 184-185.
(54) Foster I, 331.
(55) 11 Jan. 1905, *CL IV*, 10.
(56) To Lady Gregory, 9 Jan. 1905, ibid., 9.
(57) To Lady Gregory, 15 Jan. 1905, ibid., 22.
(58) To Lady Gregory, 14 Jan. 1905, ibid., 19.
(59) Maud Gonne to W.B.Yeats, 15 July 1905, *MG-WBY*, 208.
(60) *CL IV*, 19.
(61) To W.B.Yeats, [13] Jan. 1905, *MG-WBY*, 186.
(62) To W.B.Yeats, March 1905, ibid., 195.
(63) 11 March 1905, *CL IV*, 50.
(64) W.B.Yeats to Lady Gregory, 27 Feb. 1905, ibid., 47.
(65) Maud Gonne to W.B.Yeats, April 1905, *MG-WBY*, 203.
(66) Ibid., 204.
(67) Ibid., 184.
(68) Foster I, 333.
(69) John Quinn to W.B.Yeats, 6 May 1905, *CL IV*, 96.
(70) Levenson, 230.
(71) Ibid., 230-231.
(72) Toomey, Book review of Margaret Ward, *Maud Gonne* and Murgery Brady, *The Love Story of Yeats and Maud Gonne*, 340.
(73) Ibid.
(74) Ibid.
(75) Maud Gonne to W.B.Yeats, Nov. 1905, *MG-WBY*, 215.
(76) Maud Gonne to W.B.Yeats, Nov. 1905, ibid., 216.
(77) Ibid., 215, 218.
(78) Maud Gonne to W.B.Yeats, Dec. 1905, ibid.
(79) Nov./ Dec. 1905, ibid., 221.
(80) *CL IV*, lv. マックブライドの名誉棄損訴訟は、新聞報道の時点で、「不倫」は立証されていなかったとして、勝訴、原告は一ポンドの慰謝料を獲得した。
(81) Mary Colum, *Life and the Dream* (Dublin: Dolmen, 1966), 123-124.
(82) To W.B.Yeats, probably 14 May 1905, Foster I, 333.
(83) To W.B.Yeats, 15 Feb. 1906, *MG-WBY*, 224.

第六章　エグザイルの年月　一九〇六―一九一六

(1) 28 Sept. 1907, *MG-WBY*, 246.
(2) Ibid., 246-247.

(14) A.E., 47.
(15) Deutsch-Brady, 6, 8.
(16) *Irish Times* (4 July 1903), ibid., 9.
(17) Ibid.
(18) 14 Aug. 1903, *CL III*, 417. イーディス・クレイグは、女優として、舞台衣装デザイナーとして活躍した演劇人。
(19) Deutsch-Brady, 9.
(20) Ibid.
(21) MacManus, 55-56.
(22) Balliett, "The Lives—and Lies—of Maud Gonne," 34-35.
(23) Maud Gonne to W.B.Yeats, 9 Sept. 1903, *MG-WBY*, 175.
(24) Maud Gonne to W.B.Yeats, 28 Sept. 1903, ibid., 179.
(25) Maud Gonne, "A National Theatre," *United Irishman* (24 Oct. 1903), *INW*, 203.
(26) Sam H. Bell, *The Theatre in Ulster* (Totawa, New Jersey: Rowman and Littlefield, 1972), 2.
(27) *CL III*, 468.
(28) Balliett, "The Lives—and Lies—of Maud Gonne," 36.
(29) Maud Gonne' s legal petition, *CL IV*, 7 (n3).
(30) *MG-WBY*, 179.
(31) Ward, 85.
(32) Ibid., 84.
(33) *MG-WBY*, 180.
(34) Ibid.
(35) Ward, 85.
(36) Ibid.
(37) William Fay to Maire Garvey, 30 June 1904, *CL III*, 607 (n1).
(38) Ibid., 616 (n7).
(39) Reid, 109.
(40) Maud Gonne, *Dawn*, *INW*, 212.
(41) Levenson, 226.
(42) Cardozo, 245.
(43) *CL IV*, 6 (n1).
(44) Cardozo, 245.
(45) *CL IV*, liv.
(46) MacBride's allegation, ibid., 10-11 (n4).
(47) To W.B.Yeats, Jan. 1905, *MG-WBY*, 185.
(48) Maud Gonne's legal petition, *CL IV*, 7 (n4).
(49) *MG-WBY*, 183.
(50) Ibid.

(77) Balliett, "The Lives—and Lies—of Maud Gonne," 31.
(78) Ward, 76.
(79) Balliett, "The Lives—and Lies—of Maud Gonne," 31.
(80) Ibid., 32.
(81) Ibid.
(82) Ibid., 33.
(83) To W.B.Yeats, 10 Feb. 1903, *MG-WBY*, 166.
(84) Aug./Sept. 1902, ibid., 157.
(85) Robert Hogan and James Kilroy, *Laying the Foundations 1902-1904* (Dublin: Dolmen, 1971), 38.
(86) 28 Dec. 1902, *MG-WBY*, 160.
(87) Richard Ellmann, *The Man and the Masks* (Oxford: Oxford UP, 1979), 159-160.
(88) Foster I, 284.
(89) *MG-WBY*, 166.
(90) Ibid., 165.
(91) Foster I, 285.
(92) Ibid.
(93) To W.B.Yeats, 24 Feb. 1903, *MG-WBY*, 167.
(94) *SQ*, 349.
(95) Ibid.
(96) *MG-WBY*, 167.
(97) Ibid.
(98) Ibid., 168.

第五章　堕ちたヒーロー　一九〇三―一九〇六

(1) A. E., *Letters from AE*, ed. Alan Denson (London: Abelard-Schman, 1961), 45-46.
(2) *MG-WBY*, 168.
(3) Ibid.　モード・ゴンはバイユーからハネムーンへ向かった。
(4) *CL III*, 356.
(5) Ibid., 356-357.
(6) Ibid., 359.
(7) Edward Martyn, a letter to *Freeman's Journal* (4 April 1903), Deutsch-Brady, 3. *Times* (6 April 1903) は記事のコピーを掲載した。
(8) *CL III*, 346.
(9) Ibid.
(10) *Irish Society* (2 May 1903), Deutsch-Brady, 4.
(11) *Dublin Evening Herald* (19 May 1903), ibid., 5-6.
(12) Ibid., 6.
(13) *Freeman's Journal* (19 May 1903), *CL III*, 377 (n1).

(48) Ward, 69.
(49) *Irish World* (23 Feb. 1901), Cardozo, 206.
(50) Ibid.
(51) *MG-WBY*, 141.
(52) Ibid., 139.
(53) Ibid.
(54) Ibid.
(55) Cardozo, 210.
(56) *SQ*, 315.
(57) Ibid., 315, 317.
(58) Ibid.
(59) モード・ゴンは自叙伝（ibid., 319)に、この時、イェイツと交わした会話を記している。「貴女は幸せなのか、不幸せなのか」と問うイェイツに、彼女は次のように応えた：「私は殆どの人より幸せだったとも、不幸せだったとも言えます。でも、私はそのことを考えません。私とあなたの大きな違いはその点です。これまで苦しんだほど苦しむことはもうないと分かっているのは大きなことです。大きな安らぎと大きな力になり、何も恐れるものはなくなります。私は手掛けた仕事が面白く、それが私の人生であり、私は生きています」。
(60) Young, 58.
(61) *MG-WBY*, 146.
(62) Ibid.
(63) *SQ*, 176.
(64) Ibid., 344.
(65) Ibid., 345.
(66) March 1902, *MG-WBY*, 151.
(67) Ibid.
(68) *The Variorum Edition of the Plays of W.B. Yeats*, ed. Russell K. Alspach (London: Macmillan, 1979), 226.
(69) Ibid.
(70) Ibid., 229.
(71) James H. Cousins and Margaret E. Cousins, *We Two Together* (Madras: Ganesh, 1950), 70.
(72) Seamus O'Sullivan, *The Rose and the Bottle and Other Essays* (Dublin: Talbot, 1946), 121.
(73) Shiubhlaigh, 19.
(74) William Fay and Catherine Carswell, *The Fays of the Abbey Theatre, An Autobiographical Record* (London: Rich and Cowan, 1935), 119.
(75) Quoted in Joseph Hone, Yeats 1865-1939 (London: Macmillan, 1965), 175.
(76) *MG-WBY*, 154.

（20） Healy, 230.
（21） *Irish World* (10 Feb. 1900), Cardozo, 179.
（22） *MG-WBY*, 479 (n70:4).
（23） *Freeman's Journal* (14 March 1900), Adrian Frazier, *George Moore, 1852-1933* (New Haven and London: Yale UP, 2000), 290. 兵士徴募に応じた者に、その場で、一シリングが与えられた。
（24） *CL II*, 502-504.
（25） Ibid., 508-509.
（26） Maud Gonne, "The Famine Queen," *United Irishman* (7 April 1900), *INW*, 56.「シャムロック」はアイルランドのエンブレムの一つ。「赤い制服」は英国陸軍の制服、「血塗られた赤」(bloody red)と、アイルランドの急進的ナショナリストたちは言った。
（27） *Times* (7 April 1900), *CL II*, 510 (n6).
（28） *MG-WBY*, 123.
（29） Ibid.
（30） "The Story of the First Meeting," *Bean na hEireann*, 20 (July 1910), 3.
（31） "Patriotic Children's Treat," *United Irishman* (19 May 1900), 7.
（32）「三万人」は多少サバを読んだ数字と思われる。*United Irishman* (30 June 1900), 8 は、「すでに二万五千人の子供が参加登録し、毎日、参加希望を受け付けている」と報じている。
（33） "Patriotic Children's Treat," *United Irishman* (7 July 1900), 7.
（34） Yeats, *Autobiographies*, 368.
（35） *SQ*, 270.
（36） Ibid., 279, 280.
（37）『シャン・ヴァン・ボフト』(*Shan Van Vocht*)は、ベルファストで、一八九六年一月から一八九九年四月まで、アリス・ミリガンとアナ・ジョンストンによって共同編集されたナショナリスト・ジャーナル。「シャン・ヴァン・ボフト」は「哀れな老女」(Poor Old Woman)の意、アイルランドの国土の化身である。
（38） Constance Markievicz, *Women, Ideals and the Nation* (Dublin: Inghinidhe na hEireann, 1909), flyleaf.
（39） "Inghinidhe na hEireann (Daughters of Erin)," *United Irishman* (13 Oct. 1900), 8.
（40） *MG-WBY*, 485 (n100:3).
（41） Maire Nic Shiubhlaigh, *The Splendid Years* (Dublin: James Duffy, 1955), 2.
（42） Young, 70-71.
（43） Sidney Gifford, *Years Flew By* (Galway: Arlen House, 2000), 42.
（44） Ibid., 44.
（45） *Éire* (14 July 1923), Anne Harverty, *Constance Markievicz* (London: Pandora, 1988), 98-99.
（46） *SQ*, 308.
（47） Ibid., 310.

(72) Ibid.
(73) Foster I, 203.
(74) *CL II*, 356-357.
(75) 19 March 1899, *Lady Gregory's Diaries 1892-1902*, ed. James Pethica (Gerrards Cross: Colin Smythe, 1996), 203.
(76) Ibid.
(77) Tynan, 142.
(78) Henry Nevinson, *Changes and Chances* (London: Nesbit, 1923), 210.
(79) Ibid.
(80) Ella Young, *Flowering Dusk* (New York and Toronto: Longmans, Green, 1945), 54.

第四章　エリンの娘とボーア戦争のヒーロー　一八九九―一九〇三

(1) モード・ゴンはグリフィスに生活費として週二五シリングを支払い、一九〇〇年、彼女がアメリカ講演旅行で獲得した三〇〇〇ドルは、経費を差し引いて、『ユナイティッド・アイリッシュマン』維持のため、グリフィスへ渡った。
(2) Donal P. McCracken, *MacBride's Brigade: Irish Commandos in the Anglo-Boer War* (Dublin: Four Courts, 1999), 31. 正確な隊員数を把握することは困難であると言われる。*United Irishman* (9 Dec. 1899), 5は、隊員数を一七〇〇と報じている。
(3) John MacBride, "The Irish Brigade in South Africa," *Freeman's Journal* (13 Oct. 1906), Anthony Jordan, *John MacBride* 1965-1916 (Westport: Westport Historical Society, 1991), 24.
(4) McCracken, 9.
(5) Georges-Denis Zimmermann, *Songs of Irish Rebellion: Political Street Ballads and Rebel Songs 1780-1900* (Dublin: Allen Figgis, 1967), 293.
(6) Thomas Pakenham, *The Boer War* (London: Weidenfeld and Nicolson, 1979), 572.
(7) To Susan Mary (Lily) Yeats, 1 Nov. 1899, *CL II*, 462.
(8) *SQ*, 266.
(9) *CL II*, 454 (n2).
(10) "The Transvaal Meeting," *United Irishman* (7 Oct. 1899), 3.
(11) Ibid.
(12) McCracken, 73.
(13) 2 June 1900, *CL II*, 533.
(14) "A Proclamation—and What Comes out of It," *United Irishman* (23 Dec. 1899), 5.「馬車《ブレイク》」は演台仕立ての馬車、馬車仕立ての街頭演説カーのようなもの。
(15) Ibid.
(16) Sean O'Casey, *Pictures in the Hallway* (New York: Macmillan, 1956), 314.
(17) *CL II*, 477 (n2).
(18) O'Casey, 306.
(19) *SQ*, 283.

(38) Maud Gonne, "Famine in the West," *Irish Daily Independent* (10 March 1898), ibid., 119.
(39) Levenson, 135.
(40) Maud Gonne to W.B.Yeats, March 1898, *MG-WBY*, 88.
(41) *Ballina Herald* (17 March 1898), Cardozo, 143.
(42) *SQ*, 258.
(43) Ibid.
(44) W.B.Yeats to Lady Gregory, 25 April 1898, *CL II*, 214.
(45) Ibid., 703.
(46) Ibid.「極悪の部類のダブリン被疑者」は警察がマークするIRB党員。
(47) Lily MacManus, *White Light and Flame: Memories of the Irish Literary Revival and the Anglo-Irish War* (Dublin: Talbot, 1929), 20.
(48) アミルカレ・シプリアーニはイタリアの革命家でパリに亡命中、モード・ゴンの友人。
(49) *Mem*, 114.
(50) *CL II*, 704-705.
(51) Ibid., 705.
(52) Ibid.
(53) *Mem*, 114.
(54) *SQ*, 263.
(55) 記念碑は、バラナァのマーケット広場から町の外れに移され、一九八七年八月二一日、モード・ゴンの息子ショーン・マックブライドによって、再除幕が行われた。
(56) *Connaught Telegraph* (27 Aug. 1898), Balliett, "The Lives—and Lies—of Maud Gonne," 26.
(57) *Freeman's Journal* (29 Aug. 1898), ibid.
(58) *United Ireland*, ibid.
(59) Maud Gonne to W.B.Yeats, 27 Sept. 1898, *MG-WBY*, 95.
(60) Maud Gonne to W.B.Yeats, Nov. 1898, ibid, 96.
(61) *Mem*, 132.
(62) Ibid.
(63) Ibid., 132-133.
(64) Ibid., 47.
(65) Ward, 55.
(66) *CL II*, 320.
(67) Deirdre Toomey, "Labyrinths: Yeats and Maud Gonne," *Yeats and Women:Yeats Annual, 9*, ed. Deirdre Toomey (London: Macmillan, 1992), 97.
(68) *CL II*, 314.
(69) Ibid., 320.
(70) *SQ*, 321.
(71) *Mem*, 134.

Synge, Vol. 1, ed. Ann Saddlemyer (Oxford: Clarendon Press, 1983), 47.
(2) *SQ*, 259.
(3) W.B.Yeats, "The Circus Animals' Desertion."
(4) *Mem*, 112.
(5) *CL II*, 698.
(6) Ibid.
(7) Yeats, *Autobiographies*, 368.
(8) *SQ*, 217.
(9) *Irish Daily Independent* (23 June 1897), *CL II*, 113 (n1).
(10) *Mem*, 113.
(11) To William Sharp, *CL II*, 117.
(12) モード・ゴンは自叙伝で「監禁」について何も触れていない。
(13) *Mem*, 113.
(14) 1897, *MG-WBY*, 72.
(15) Levenson, 123. コノリの死後、モード・ゴンのノートは彼の遺品の中に残されていたという。
(16) *SQ*, 245.
(17) *Mem*, 125.
(18) To Olivia Shakespear, 27 Feb. 1934, *L*, 820.
(19) W.B.Yeats to Lady Gregory, 3 Oct. 1897, *CL II*, 133, 135.
(20) Ibid., 134.
(21) 13 Oct. 1897, *MG-WBY*, 79.
(22) To Lady Gregory, 1 Nov. 1897, *CL II*, 138.
(23) Levenson, 128.
(24) "Maud Gonne Here," *Irish World* (30 Oct. 1897), Cardozo, 137.
(25) Ibid.
(26) *New York Times*, Levenson, 129.
(27) *SQ*, 236.
(28) Ibid.
(29) Levenson, 131.
(30) *MG-WBY*, 79.
(31) *Western People* (15 Jan. 1898), *CL II*, 178 (n9).
(32) "The Rights of Life and the Rights of Property," *INW*, 113.
(33) Ibid.
(34) *MG-WBY*, 86.
(35) *Western People* (12 March 1898), *CL II*, 196 (n5).
(36) *SQ*, 255.
(37) Maud Gonne, "Famine! My Experiences in Mayo," *Daily Nation* (10 March 1898), *INW*, 115.

(33) *SQ*, 129.
(34) Ward, 37.
(35) *MG-WBY*, 49.
(36) *Mem*, 59.
(37) Ibid., 60.
(38) *Cork Examiner* (24 Jan. 1893), *CL I*, 341 (n4).
(39) Ibid., 484.
(40) *Mem*, 66.
(41) Ibid., 65.
(42) Ibid., 67.
(43) Ibid.
(44) Yeats, *Autobiographies*, 31.
(45) *Mem*, 68.
(46) Ibid., 73.
(47) Foster I, 139.
(48) Iseult は、フランス語では「イズー」であるが、本書では、英語読みの「イズールト」と記す。
(49) *SQ*, 222.
(50) *Mem*, 72.
(51) *MG-WBY*, 52.
(52) Nov. 1895, ibid., 53.
(53) Foster I, 157.
(54) *Mem*, 87.
(55) Ibid., 89.
(56) John Harwood, *Olivia Shakespear and W.B. Yeats* (London: Macmillan, 1989), 51.
(57) *Mem*,, 85.
(58) Chris Healy, *Confessions of a Journalist* (London: Chatto and Windus, 1904), 227-228.
(59) Ibid., 229.
(60) *CL II*, 87 (n2).
(61) *MG-WBY*, 66.
(62) Ibid., 93.
(63) Ibid.
(64) *Mem*, 104.
(65) Gonne, "Yeats and Ireland," 22.
(66) *Mem*, 125.
(67) Ibid., 105.

第二節　ヴィクトリア女王即位六〇周年と「九八」運動

(1) J. M. Synge to Maud Gonne, 6 April 1897, *The Collected Letters of John Millington*

(7) W.B.Yeats, "Maud Gonne," *Boston Pilot* ((30 July 1892), *Letters to the New Island* (London: Oxford UP, 1970), 149.
(8) Ward, 35.
(9) *United Ireland* (2 July 1892), *CL I*, 295-296 (n3).
(10) W.B.Yeats, "The New 'Speranza'," *United Ireland* (16 Jan. 1892), *Uncollected Prose by W.B.Yeats, Vol. 1*, ed. John P. Frayne (London: Macmillan, 1970), 213.
(11) Ibid.
(12) Ibid.: *L'Etendard Nationale* からの引用。
(13) Ibid., 214: *Le Bien Public* からの引用。
(14) Ibid., 215: *L'Etendard Nationale* からの引用。
(15) Ibid.
(16) Yeats, "Maud Gonne," 149.
(17) Ibid.
(18) Ibid., 151.
(19) Ibid.
(20) *Mem*, 114. 'sweet and low' は女性の甘美な声を表わす決まり文句。
(21) T.W.Moody and F.X.Martin, eds., *The Course of Irish History* (Cork: Mercier, 1978), 216.
(22) *MG-WBY*, 461 (n11:2)が挙げる Frank Hugh O'Donnell, *The Irish Abroad* (1915)によれば、聖パトリック協会は一八九三年に設立され、ティローン・オニール子爵によって主宰されたという。
(23) *SQ*, 166, 169.
(24) Ibid., 188.
(25) Matthew McNamara, "The Irish Amnesty Association of Great Britain, 1892-'99," *United Irishman* (4 Nov. 1899), 3. 記事は、協会の名誉幹事によって、協会活動の最終報告として書かれたもの。
(26) *SQ*, 129.
(27) 一九名の囚人の中で、Dr. Gallaher に当たる人物と思われる。彼は獄内で発狂、一八九六年に釈放された時、完全な狂人 (raving maniac)だった。McNamara 参照。
(28) Maud Gonne, "Political Prisoners: Outside and In," *The Voice of Ireland* (1924), *INW*, 20.
(29) Ibid.
(30) McNamara 参照。
(31) McNamara は、レッドモンドが『フォートナイトリ・リヴュー』に、一九名の囚人の存在に「世論を喚起するアピール」を寄稿したことに触れ、また、Thomas J. Clarke, *Glimpses of an Irish Felon's Prison Life* (Dublin: Maunsel & Roberts, 1922), 16は、著者が、獄中で、レッドモンドから「度重なる訪問を受けた」と証言している。著者クラークは一九名の囚人の一人。
(32) *Mem*, 107.

(47) Ibid., 134.
(48) Ibid., 140.
(49) Ibid., 158.
(50) Ibid., 117.
(51) Ibid., 120.
(52) Ibid., 123.
(53) Ward, 29.
(54) *SQ*, 119.
(55) Ward, 29.
(56) Balliett, "The Lives—and Lies—of Maud Gonne," 25.
(57) *Mem*, 133.
(58) Ibid., 44.
(59) Ibid.
(60) *SQ*, 147.
(61) *Mem*, 45.
(62) Ibid.
(63) Ibid., 46.
(64) Ibid.
(65) *SQ*, 176.
(66) *Mem*, 47.
(67) *MG-WBY*, 14.
(68) Ibid., 15.
(69) *Mem*, 47-48.
(70) Ibid., 48.
(71) *SQ*, 208, 207.
(72) Ibid., 211.
(73) Ibid., 212.

第三章　アイルランドのジャンヌ・ダルク　一八九一—一八九八

第一節　追い立て・政治犯囚人・文学運動

(1) 9 Nov. 1891, *CL I*, 270.
(2) To W.B.Yeats, Jan. 1900, *MG-WBY*, 119.
(3) *SQ*, 161. 一八九一年一一月九日付、オレアリに宛てたイェイツの手紙（*CL I*, 270）に、「ミス・ゴンはパリへ発ったところで、多分、一週間か一〇日間パリに留まり、それからここ[ロンドン]に二、三日戻って、それからダブリンへ帰ります」とあり、この頃、モード・ゴンがパリ—ロンドン—ダブリン間を頻繁に移動していたことを示している。
(4) *SQ*, 148.
(5) *Mem*, 60.
(6) To D.J.Donoghue, *CL I*, 295.

ンドの家庭にアイルランドの本があった場合、ムアのこの本だったと言われるほど人気を博した一冊。

(19) *SQ*, 93.

(20) Stephen Gwynn, *Experiences of a Literary Young Man* (London: Thornton Butterworth, 1926), 74.

(21) Ibid.

(22) Tynan, 319.

(23) Dominic Daly, *The Young Douglas Hyde: The Dawn of the Irish Revolution and Renaissance 1874-1893* (Dublin: Irish UP, 1974), 95.

(24) Ibid.

(25) ハイドの日記 (ibid., 95-96)に次のような記述が見られる。「一一時に、ゲール語の最初のレッスンのためモード・ゴンの所へ行った。〔……〕ゲール語は余りやらなかった」(二月四日);「暖炉の傍で一緒にオムレツを食べ、長い話に耽った」(二月七日);「午前中、レッスンのためミス・ゴンの所へ行った。二、三時間いたが、ゲール語は余りやらなかった」(二月一八日)。

(26) *SQ*, 95.

(27) Ibid., 91.

(28) Ibid., 97.

(29) Nancy Cardozo, *Maud Gonne: Lucky Eyes and a High Heart* (New York: New Amsterdam, 1990), 75.

(30) *SQ*, 106.

(31) ドニゴールからの帰路、スライゴーで、モード・ゴンは靴職人にダグダ用のブーツを作ってもらい、遠距離の旅行には、彼にブーツを履かせた。

(32) Ibid., 110.

(33) Ibid., 113.

(34) Ibid., 116.

(35) Ibid.

(36) Ibid.

(37) *Mem*, 40.

(38) Ibid.

(39) Susan Mary (Lily) Yeats's notebook, Foster I, 87.

(40) W.B.Yeats, *Autobiographies* (London: Macmillan, 1970), 123. 冬の季節であり、恐らく、「林檎の花」は「アーモンドの花」であろうと言われている。

(41) *Mem*, 40.

(42) *CL I*, 134.

(43) Ibid., 140-141.

(44) 21 March 1889, ibid., 154.

(45) W.B.Yeats to Katharine Tynan, 23 Oct. 1889, ibid., 192.

(46) *SQ*, 133.

（44） Ibid., 35.
（45） Elizabeth Plunkett Fingall, *Seventy Years Young, Memories of Elizabeth, Countess of Fingall*, told to Pamela Kinkson (London: Collins, 1937), 61.
（46） Ibid.
（47） *SQ*, 42.
（48） Balliett, "The Lives—and Lies—of Maud Gonne," 23.
（49） Ward, 11.
（50） *Irish Times* (Dec. 1886), *MG-WBY*, 496 (n156:2).
（51） *SQ*, 45.
（52） Ibid., 50.
（53） Ibid.
（54） Ibid., 51.
（55） Ibid., 59.
（56） Ibid., 60.
（57） Foster I, 91は、一九九七年の時点で、四万ポンドを二〇〇万ポンドの時価に相当すると換算している。

第二章　アイルランドを祖国として 一八八七―一八九一

（1） *SQ*, 63. モード・ゴンは、後に、彼女がミルヴォアに出会ったのは一九歳の時、父が存命中の出来事だったとイェイツに告白する。
（2） Ibid., 64.
（3） Ibid.
（4） Ibid., 65.
（5） Ibid., 79.
（6） *Review of Reviews* (7 June 1892), ibid., 84.
（7） Ibid., 85.
（8） Ibid., 86.
（9） Ibid.
（10） Ibid., 87.
（11） Ibid., 89.
（12） Ibid.
（13） Foster I, 41.
（14） *Mem*, 42.
（15） *SQ*, 89.
（16） Ibid., 91.
（17） Maud Gonne, "Yeats and Ireland," *William Butler Yeats: Essays in Tribute*, ed. Stephen Gwynn (New York: Kennikat, 1965), 19.
（18） Thomas Moore, *Irish Melodies and Songs* (London: George Routledge, 1887), 50. ムアの『アイリッシュ・メロディーズ』は、アイルランドは言うまでもなく、当時、イングラ

(8) Ibid.
(9) Ibid., 14.
(10) Ibid., 9.
(11) *MG-WBY*, 9.
(12) Toomey, 339.
(13) *SQ*, 14.
(14) Ezra Pound to John Quinn, 20 Sept. 1917, B.L. Reid, *The Man from New York: John Quinn and His Friends* (New York: Oxford UP, 1968), 305.
(15) *SQ*, 17.
(16) Ibid.
(17) Ibid., 16.
(18) Ibid., 58.
(19) Ibid., 19.
(20) Ibid.
(21) Ibid.
(22) Ibid.
(23) Ibid., 20.
(24) Ibid., 21.
(25) Ibid.
(26) Ibid.
(27) Ibid., 22.
(28) Ibid., 23.
(29) Ibid., 24.
(30) Ibid.
(31) Tennessee Claflin, "Virtue: What it is and What it is not," Margaret Ward, *Maud Gonne: A Life* (London: Pandora, 1990), 7.
(32) *SQ*, 25.
(33) Ibid.
(34) Ibid., 26.
(35) Ibid.
(36) Balliett, 22.
(37) *MG-WBY*, 7.
(38) General Gordon to William Ewart Gladstone, 1880, Lyons, 169.
(39) *SQ*, 30-31.
(40) Ibid., 31.
(41) Ibid., 29.
(42) Conrad A. Balliett, "Micheal MacLiammoir Recalls Maud Gonne MacBride," *The Journal of Irish Literature*, VI, 2 (May 1977), 54.
(43) *SQ*, 40.

プロローグ

（1）Samuel Levenson, *Maud Gonne* (London: Cassell, 1977), 1.

（2）Katharine Tynan, *Twenty-five Years: Reminiscences* (London: Smith, Elder, 1913), 318.

（3）*Mem*, 40.

（4）*SQ*, 319.

（5）*Ibid*., 9.

（6）Maud Gonne to W.B.Yeats, 28 Sept. 1907, *MG-WBY*, 246.

（7）*Dublin Evening Herald* (19 May 1903), Chantal Deutsch-Brady, "The King's Visit and the People's Protection Committee 1903," *Éire-Ireland*, 10, 3 (autumn 1975), 7.

（8）Foster II, 232.

（9）Conrad A. Balliett, "The Lives—and Lies—of Maud Gonne," *Éire-Ireland*, 14, 3 (autumn 1979), 17.

（10）Deirdre Toomey, Book review of Margaret Ward, *Maud Gonne* and Murgery Brady, *The Love Story of Yeats and Maud Gonne, Yeats and Women: Yeats Annual, 9*, ed. Deirdre Toomey (London: Macmillan, 1992), 336-341.

（11）書簡集は、モード・ゴンの書簡三七三通とイェイツの書簡三〇通を収録する。イェイツがモード・ゴンに送った恐らく膨大な数の手紙の中、或るものはパリで散逸、また或るものは、アイルランド内戦中、ダブリンのモード・ゴンの家が政府軍の襲撃を受け、この時、他の書類と共に、火を放たれ焼失した。イェイツの書簡三〇通の中、この事件以前のものは僅か一一通に過ぎない。

第一章　連隊長の娘　一八六六―一八八七

（1）Levenson, 4.

（2）*SQ*, 166. 'Gonne' の姓のルーツに関して、確証はないという。Edward MacLysaght, *The Surnames of Ireland* (Dublin: Irish Academic Press, 1985), 131 参照。

（3）Edith Mary Johnston, *Ireland in the Eighteenth Century* (Dublin: Gill and Macmillan, 1980), 171.

（4）F.S.L.Lyons, *Ireland since the Famine* (Glasgow: Collins/Fontana, 1973), 44.

（5）IRB 党員は、ケルト英雄伝説の戦士「フィアンナ」に因んで、「フィニアン」(Fenian) と呼ばれた。

（6）イングランドによる度重なる侵略と植民は、アイルランドを、植民移住者を先祖に持つプロテスタントの支配階層と、土着のカトリックの民とに二分した。アイルランドが「二つの国家」、「二つの民族」から成ると言われる所以である。一九世紀後半のアイルランドは、国家を二分する根源的対立に加え、一八〇一年、アイルランドを帝国に併合した「合併法」を支持する「ユニオニスト」と、民族自立を目指す「ナショナリスト」とが反目し合う二重に引き裂かれた国家だった。ナショナリスト陣営も、合併法によって失った「自治」権回復を目指す合法的議会運動、脱「政治」を原則とする文化・文学運動、武装闘争を是とする地下組織 IRB まで、色分けは多岐。

（7）*SQ*, 11.

注

注において、以下の略符号を用いる。

CL I *The Collected Letters of W.B.Yeats, Vol. I*, ed. John Kelly (Oxford: Clarendon Press, 1986).

CL II *The Collected Letters of W.B.Yeats, Vol. II*, eds. Warwick Gould, John Kelly and Deidre Toomey (Oxford: Oxford UP, 1997).

CL III *The Collected Letters of W.B.Yeats, Vol. III*, eds. John Kelly and Ronald Schuchard (Oxford: Clarendon Press, 1994).

CL IV *The Collected Letters of W.B.Yeats, Vol. IV*, eds. John Kelly and Ronald Schuchard (Oxford: Oxford UP, 2005).

CL (E) *The Collected Letters of W.B.Yeats: Electronic Edition*, ed. John Kelly (Charlotteville, Virginia: InteLex, 2002).

Foster I Roy Foster, *W.B.Yeats: A Life, I. The Apprentice Mage* (Oxford: Oxford UP, 1997).

Foster II Roy Foster, *W.B.Yeats: A Life, II. The Arch-Poet* (Oxford: Oxford UP, 2003).

IG-Y&P *Letters to W.B.Yeats and Ezra Pound from Iseult Gonne*, eds. A. Norman Jeffares, Anna MacBride White and Christina Bridgwater (London: Palgrave Macmillan, 2004).

INW Maud Gonne, *Maud Gonne's Irish Nationalist Writings*, ed. Karen Steele (Dublin: Irish Academic Press, 2004).

L *The Letters of W.B.Yeats*, ed. Allan Wade (London: Rupert Hart-Davis, 1954).

Mem W.B.Yeats, *Memoirs*, ed. Denis Donoghue (London: Macmillan, 1972).

MG-JQ *Too Long a Sacrifice: The Letters of Maud Gonne and John Quinn*, eds. Janis and Richard Londraville (Selinsgrove: Susquehanna UP, 1999).

MG-WBY *The Gonne-Yeats Letters 1893-1938: Always Your Friend*, eds. Anna MacBride White and A. Norman Jeffares (London: Hutchinson, 1992).

SQ Maud Gonne, *A Servant of the Queen*, eds. A. Norman Jeffares and Anna MacBride White (Chicago: Chicago UP, 1995).

WBY-GY *W.B.Yeats and George Yeats: The Letters*, ed. Ann Saddlemyer (Oxford: Oxford UP, 2001).

——. "Labyrinths: Yeats and Maud Gonne." Ed. Deirdre Toomey. *Yeats and Women: Yeats Annual, 9*. London: Macmillan, 1992.

——, ed. *Yeats and Women: Yeats Annual, 9*. London: Macmillan, 1992.

Tynan, Katharine. *Twenty-five Years: Reminiscences*. London: Smith, Elder, 1913.

Ward, Margaret. *Hanna Sheehy Skeffington : A Life*. Cork: Attic Press, 1997.

——. *Maud Gonne: A Life*. London: Pandora, 1990.

——. *Unmanageable Revolutionaries*. London: Pluto, 1983.

Yeats, W.B. *Autobiographies*. London: Macmillan, 1970.

—— *The Collected Letters of W.B. Yeats, Vol. I*. Ed. John Kelly. Oxford: Clarendon Press, 1986.

——. *The Collected Letters of W.B. Yeats, Vol. II*. Eds. Warwick Gould, John Kelly and Deidre Toomey. Oxford: Oxford UP, 1997.

——. *The Collected Letters of W.B. Yeats, Vol. III*. Eds. John Kelly and Ronald Schuchard. Oxford: Clarendon Press, 1994.

——. *The Collected Letters of W.B. Yeats, Vol. IV*. Eds. John Kelly and Ronald Schuchard. Oxford: Oxford UP, 2005.

——. *The Collected Letters of W.B. Yeats: Electronic Edition*. Ed. John Kelly. Charlotteville, Virginia: InteLex, 2002.

——. *The Letters of W.B. Yeats*. Ed. Allan Wade. London: Rupert Hart-Davis, 1954.

——. *Letters to the New Island*. London: Oxford UP, 1970.

——. *Memoirs*. Ed. Denis Donoghue. London: Macmillan,1972.

——. *Uncollected Prose by W.B. Yeats, Vol.1*. Ed. John P. Frayne. London: Macmillan, 1970.

——. *Uncollected Prose by W.B. Yeats, Vol. 2*. Eds. John P. Frayne and Colton Johnson. London: Macmillan, 1975.

——. *The Variorum Edition of the Plays of W.B. Yeats*. Ed. Russell K. Alspach. London: Macmillan, 1979.

——. *The Variorum Edition of the Poems of W.B. Yeats*. Eds. Peter Allt and Russell K. Alspach. New York: Macmillan, 1971

——. *A Vision*. London: Macmillan, 1969.

—— and Yeats, George. *W.B. Yeats and George Yeats: The Letters*. Ed. Ann Saddlemyer. Oxford: Oxford UP, 2001.

Young, Ella. *Flowering Dusk*. New York and Toronto: Longmans, Green, 1945.

Zimmermann, Georges-Denis. *Songs of Irish Rebellion: Political Street Ballads and Rebel Songs 1780-1900*. Dublin: Allen Figgis, 1967.

Macmillan, 1954.
Mulvihill, Margaret. *Charlotte Despard: A Biography*. London: Pandora, 1989.
Nevinson, Henry. *Changes and Chances*. London: Nesbit, 1923.
O'Casey, Sean. *Inishfallen, Fare Thee Well*. London: Macmillan, 1949.
―― . *Pictures in the Hallway*. New York: Macmillan, 1956.
O'Connor, Garry. *Sean O'Casey: A Life*. New York: Atheneum, 1988.
O'Kelly, Seamus. "Personal Recollections of Maud Gonne MacBride." *Irish Independent* (31 Aug, 1966).
O'Sullivan, Seamus. *The Rose and the Bottle and Other Essays*. Dublin: Talbot, 1946.
Pakenham, Thomas. *The Boer War*. London: Weidenfeld and Nicolson, 1979.
Patmore, Derek, ed. *My Friends When Young: The Memories of Brigit Patmore*. London: Heinemann, 1968.
Plunkett, James. "People and Places." Ed. Owen Dudley Edwards. *Conor Cruise O'Brien Introduces Ireland*. London: Andre-Deutsch, 1969.
Pound, Ezra. *The Selected Letters of Ezra Pound to John Quinn 1915-1924*. Durham and London: Duke UP, 1991.
Pratt, L.R. "Maud Gonne: 'Strange Harmonies amid Discord'." *Biography: An Interdisciplinary Quarterly*, 6, 3 (1983).
Purdon, Edward. *The Irish Civil War 1922-1923*. Dublin: Mercier, 2000.
Reid, B.L. *The Man from New York: John Quinn and His Friends*. New York: Oxford UP, 1968.
Shaw, G.B. "Easter Week Executions." *Daily News*, London (10 May 1916). Eds. Dan H. Laurence and Nicholas Grene. *The Matter with Ireland*. London: Rupert Hart-Davis, 1962.
Shiubhlaigh, Maire Nic. *The Splendid Years*. Dublin: James Duffy, 1955.
Short, K.R.M. *The Dynamite War: Irish American Bombers in Victorian England*. Dublin: Gill & Macmillan, 1979.
Stuart, Francis. *Black List, Section H*. Carbondale and Edwardsville: Southern Illinois UP, 1971.
杉山寿美子『アベイ・シアター　一九〇四―二〇〇四――アイルランド演劇運動――』東京：研究社、二〇〇四.
――『レイディ・グレゴリ――アングロ・アイリッシュ一貴婦人の肖像――』東京：国書刊行会、二〇一〇.
Swanwick, Helena. *I Have Been Young*. London: Victor Gollancz, 1935.
Synge, J. M. *The Collected Letters of John Millington Synge, Vol. 1*, Ed. Ann Saddlemyer. Oxford: Clarendon Press, 1983.
Toomey, Deirdre. Book review of Margaret Ward, *Maud Gonne* and Murgery Brady, *The Love Story of Yeats and Maud Gonne*. Ed. Deirdre Toomey. *Yeats and Women: Yeats Annual, 9*. London: Macmillan, 1992.

—— and Kilroy, James. *Laying the Foundations 1902-1904*. Dublin: Dolmen, 1971.
Hone, Joseph. Yeats 1865-1939. London: Macmillan, 1965.
Johnston, Edith Mary. *Ireland in the Eighteenth Century*. Dublin: Gill and Macmillan, 1980.
Jordan, Anthony. *John MacBride 1965-1916*. Westport: Westport Historical Society, 1991.
Keane, Elizabeth. *Sean MacBride: A Life*. Dublin: Gill and Macmillan, 2007.
Lee, Joseph. *The Modernisation of Irish Society 1948-1918*. Dublin: Gill and Macmillan, 1973.
Levenson, Samuel. *Maud Gonne*. London: Cassell, 1977.
Linklater, Andro. *Unhusbanded Life: Charlotte Despard*. London: Hutchinson, 1980.
Laurence, Dan H. and Grene, Nicholas, eds. *The Matter with Ireland*. London: Rupert Hart-Davis, 1962.
Lyons, F.S.L. *Ireland since the Famine*. Glasgow: Collins/Fontana, 1973.
MacBride, John. "The Irish Brigade in South Africa." *Freeman's Journal* (13 Oct 1906). [I cite from Anthony Jordan. *John MacBride 1865-1916*. Westport: Westport Historical Society, 1991, 24.]
MacBride, Sean. *That Day's Struggle: A Memoir 1904-1951*. Dublin: Carragh Press, 2005.
MacEoin, Uinseann. *Survivors*. Dublin: Argenta Publications, 1980.
MacLiammoir, Micheal. *Put Money in Thy Purse: The Diary of the Film of Othello*. London: Methuen, 1952.
MacLysaght, Edward. *The Surnames of Ireland*. Dublin: Irish Academic Press, 1985.
MacManus, Lily. *White Light and Flame: Memories of the Irish Literary Revival and the Anglo-Irish War*. Dublin: Talbot, 1929.
MacManus, Francis. "The Delicate High Head." *Capuchin Annual* (1960).
Macardle, Dorothy. *The Irish Republic*. London: Corgi Books, 1968.
Markievicz, Constance. *Prison Letters of Countess Markievicz*, Ed. Esther Roper. London: Longmans, Green, 1934.
——. *Women, Ideals and the Nation*. Dublin: Inghinidhe na hEireann, 1909.
Martin, F.X., ed. *Leaders and Men of the Easter Rising: Dublin 1916*. London: Methuen, 1967.
McCarthy, Ennice. "Women and Work in Ireland." Eds. Margaret Mac Curtain and Donncha O. Coárrin. *Women in Irish Society: The Historical Dimension*. Dublin: Arlen House, 1978.
McCracken, Donal P. *MacBride's Brigade: Irish Commandos in the Anglo-Boer War*. Dublin: Four Courts, 1999.
McNamara, Matthew. "The Irish Amnesty Association of Great Britain, 1892-'99." *United Irishman* (4 Nov. 1899).
Moody, T. W. and Martin, F. X., eds. *The Course of Irish History*. Cork: Mercier, 1978.
Moore, Thomas. *Irish Melodies and Songs*. London: George Routledge, 1887.
Moore, Virginia. *The Unicorn: William Butler Yeats' Search for Reality*. New York:

(Christmas 1982).
——. "The Extraordinary Life and Times of Sean MacBride," *Part 2. Magill* (Jan. 1983).
Fay, William and Carswell, Catherine. *The Fays of the Abbey Theatre, An Autobiographical Record*. London: Rich and Cowan, 1935.
Fingall, Elizabeth Plunkett. *Seventy Years Young, Memories of Elizabeth, Countess of Fingall*, told to Pamela Kinkson. London: Collins, 1937.
Foster, Roy. *W.B.Yeats: A Life, I. The Apprentice Mage*. Oxford: Oxford UP, 1997.
——. *W.B.Yeats: A Life, II. The Arch-Poet*. Oxford: Oxford UP, 2003.
——, ed. *The Oxford Illustrated History of Ireland*. Oxford: Oxford UP, 2000.
Fox, R.M. *Louie Bennett*. Dublin: Talbot, 1957.
——. *Rebel Irishwomen*. Dublin: Progress House, 1967.
Frazier, Adrian. *George Moore, 1852-1933*. New Haven and London: Yale UP, 2000.
Gibbon, Monk. *The Masterpiece and the Man: Yeats as I Knew Him*. London: Hart-Davis, 1957.
Gifford, Sidney. *Years Flew By* . Galway: Arlen House, 2000.
Gonne, Iseult. *Letters to W.B.Yeats and Ezra Pound from Iseult Gonne*. Eds. A. Norman Jeffares, Anna MacBride White and Christina Bridgwater. London: Macmillan, 2004.
Gonne, Maud. *Dawn*. Ed. Karen Steele. *Maud Gonne 's Irish Nationalist Writings*. Dublin: Irish Academic Press, 2004.
—— and Yeats, W.B. *The Gonne-Yeats Letters 1893-1938: Always Your Friend*. Eds. Anna MacBride White and A. Norman Jeffares. London: Hutchinson, 1992.
——. *Maud Gonne's Irish Nationalist Writings*. Ed. Karen Steele. Dublin: Irish Academic Press, 2004.
——. *A Servant of the Queen*. Eds. A Norman Jeffares and Anna MacBride White. Chicago: Chicago UP, 1995.
—— and Quinn, John. *Too Long a Sacrifice: The Letters of Maud Gonne and John Quinn*. Eds. Janis and Richard Londraville. Selinsgrove: Susquehanna UP, 1999.
——. "Yeats and Ireland." Ed. Stephen Gwynn. *William Butler Yeats: Essays in Tribute*. New York: Kennikat, 1965.
Gregory, Lady Izabella Augusta. *Lady Gregory's Diaries 1892-1902*. Ed. James Pethica. Gerrards Cross: Colin Smythe, 1996.
Gwynn, Stephen. *Experiences of a Literary Young Man*. London: Thornton Butterworth, 1926.
——, ed. *William Butler Yeats: Essays in Tribute*. New York: Kennikat, 1965.
Harverty, Anne. *Constance Markievicz*. London: Pandora, 1988.
Harwood, John. *Olivia Shakespear and W.B. Yeats*. London: Macmillan, 1989.
Healy, Chris. *Confessions of a Journalist*. London: Chatto and Windus, 1904.
Hogan, Robert and Burnham, Richard. *The Years of O'Casey, 1921-1926*. Gerrards Cross: Colin Smythe, 1992.

参考文献

A. E. *Letters from AE*. Ed. Alan Denson. London: Abelard-Schman, 1961.

A. E. "To the Masters of Dublin." *Irish Times* (6 Oct. 1913). [I cite from *The Gonne-Yeats Letters 1893-1938: Always Your Friend*. Eds. Anna MacBride White and A. Norman Jeffares. London: Hutchinson, 1992, 326.]

Andrews, C.S. *Man of No Property*. Dublin and Cork: Mercier, 1882.

Balliett, Conrad A. "The Lives—and Lies—of Maud Gonne." *Éire-Ireland*, 14, 3 (autumn 1979).

——. "Micheal MacLiammoir Recalls Maud Gonne MacBride." *The Journal of Irish Literature*, VI, 2 (May 1977).

Bell, J. Bowyer. *The Secret Army*. Dublin: Academy Press, 1979.

Bell, Sam H. *The Theatre in Ulster*. Totawa, New Jersey: Rowman and Littlefield, 1972.

Cardozo, Nancy. *Maud Gonne: Lucky Eyes and a High Heart*. New York: New Amsterdam, 1990.

Clarke, Kathleen. *Revolutionary Woman: Kathleen Clarke 1878-1972*. Dublin: O'Brien Press, 2008.

Clarke, Thomas J. *Glimpses of an Irish Felon's Prison Life*. Dublin: Maunsel & Roberts, 1922.

Colum, Mary. *Life and the Dream*. Dublin: Dolmen, 1966.

Comerford, Maire. *The First Dail*. Dublin: Joe Clarke, 1969.

Coogan, Tim Pat. *Michael Collins: A Biography*. London: Hutchinson, 1990.

——. *1916: The Easter Rising*. London: Cassell, 2001.

Cousins, James H. and Cousins, Margaret E. *We Two Together*. Madras: Ganesh, 1950.

Coxhead, Elizabeth. *The Daughters of Erin*. London: Secker & Warburg, 1965.

Curtain, Margaret Mac and Coárrin, Donncha O., eds. *Women in Irish Society: The Historical Dimension*. Dublin: Arlen House, 1978.

Daly, Dominic. *The Young Douglas Hyde: The Dawn of the Irish Revolution and Renaissance 1874-1893*. Dublin: Irish UP, 1974.

Deutsch-Brady, Chantal. "The King's Visit and the People's Protection Committee 1903." *Éire-Ireland*, 10, 3 (autumn 1975).

Edwards, Owen Dudley, ed. *Conor Cruise O'Brien Introduces Ireland*. London: Andre-Deutsch, 1969.

Elborn, Geoffrey. *Francis Stuart: A Life*. Dublin: Raven Arts, 1990.

Ellmann, Richard. *The Man and the Masks*. Oxford: Oxford UP, 1979.

Farrell, Michael. "The Extraordinary Life and Times of Sean MacBride," *Part 1. Magill*

Mary Ann Meredith ('Bowie') 21, 22, 24-26, 29, 36, 143
「もう一度、国家に」 "Nation Once Again" 144
『モーニング・リーダー』 *The Morning Leader* 173
モーリー、ジョン John Morley 88
モロニ、ヘレナ Helena Molony 189, 191, 199, 201, 206, 215, 233, 282, 283

ヤ行

ヤング、エラ Ella Young 134, 141, 155, 157, 172, 181, 183, 194, 203
ユナイティッド・アイリッシュマン United Irishmen 18, 99, 110, 146
『ユナイティッド・アイリッシュマン』 *The United Irishman* 120, 122, 127-131, 137, 142, 159, 167
ユナイティッド・アイリッシュマンの反乱 United Irish Rising 18, 94, 104, 109, 144, 307
『ユナイティッド・アイルランド』 *The United Ireland* 77

ラ行

ライアン、マーク Mark Ryan 81, 126
『ライフ』 *Life* 314, 316
ラーキン、ジム Jim (James) Larkin 204
『ラ・パトリ』 *La Patrie* 90
ラファエロ Raphael 188
流血の日曜日 251
リラダン、ヴィリエ・ド Villiers de L'Isle-Adam 86
『アクセル』 *Axël* 86, 87
ルイ一四世 Louis XIV 79
ルイ一五世 Louis XV 79
ルイス、ウィンダム Wyndam Lewis 294
ルーカス、エミリ Emily Lucas 27, 28
ルーニー、ウィリアム William Rooney 120, 130, 137, 150
レイズ、ドクター・W. J. Dr W. J. Leyds (Leijds) 125
レヴェンソン、サミュエル Samuel Levenson 13, 312, 317
レオ一三世 Leo XIII 160
レッドモンド、ジョン John Redmond 82, 109, 111, 126, 159
ロイド・ジョージ、デイヴィッド David Lloyd George 245
労働運動 35, 98, 190, 191, 196, 204, 205, 226, 252, 262, 275, 279, 324
ロウバック・ハウス Roebuck House 270-274, 282, 290, 298, 306, 309, 310, 312, 315-318
ロゼッティ、ダンテ・ゲイブリエル Dante Gabriel Rossetti 102
《シリアのアシュタルテ》 *Astarte Syriaca* 102
ロビンソン、レノックス Lennox Robinson 246, 251
ロンドン・アムネスティ協会 Irish National Amnety Association of Great Britain 80, 82, 102, 104

ワ行

ワイズ-パワー、ジェニー Jennie Wyse-Power 133, 200
ワイルド、オスカー Oscar Wilde 32, 77
ワイルド、レイディ・ジェイン・フランチェスカ Lady Jane Flancesca Wilde 77, 78
ワーグナー、リチャード Richard Wagner 33, 256

マ行

マカードル、ドロシー Dorothy Macardle 272
マーキエヴィッチ、カシミール Casimir Markievicz 190
マーキエヴィッチ、コンスタンス Constance Markievicz 189-193, 197, 199, 201, 204, 215, 223, 226, 227, 233-239, 244, 245, 249, 259, 260, 279
マクタガート、J. M. E. J. M. E.McTaggart 327
マクドナ、トマス Thomas MacDonagh 191, 193, 211, 214, 223, 225
マクマナス、リリー Lily MacManus 161
マクマナス、フランシス Francis MacManus 277, 315, 316
マコーギー、ショーン Sean McCaughey 313, 314
マックスィーニー、テレンス Terence MacSwiney 250
マックブライド、アンソニ Anthony MacBride 170, 211
マックブライド、ジョセフ Joseph MacBride 148, 150, 166, 172, 175
マックブライド、ショーン Sean MacBride 156, 164, 165, 170, 174, 176-178, 180-182, 186, 195, 198, 199, 201, 202, 205, 206, 208, 215, 216, 218, 221, 225, 226, 229, 233-239, 242, 244, 248, 249, 251, 254-256, 259, 260, 262, 264, 265, 270, 271, 274, 279-282, 287, 290, 293, 296, 304, 306, 309, 310, 312, 314, 319, 327, 328
マックブライド、ジョン John MacBride 10, 119-121, 123, 136-138, 143, 146-148, 150, 151, 155-157, 162, 164-178, 184, 195, 211, 214-216, 218, 223, 225, 234, 281, 293, 296
マックブライド、ティアナン Tiernan MacBride 309
マックブライド部隊→アイルランド部隊（1899）
マックリアモール、ミヒォル Micheal Mac Liammóir 241, 310
マーティン、エドワード Edward Martyn 158-160
マニン、エセル Ethel Mannin 311-313, 317
マニング枢機卿 Cardinal Manning 105
マルカヒ、リチャード Richard Mulcahy 264, 266
マルクス、カール Karl Marx 98
ミケランジェロ Michaelangelo 188
ミラボー Comte de Mirabeau 128, 205
ミリガン、アリス Alice Millingan 141
　『赤毛のヒューの解放』 *The Deliverance of Red Hugh* 141
　『フィアンナの最後の宴』 *The Last Feast of the Fianna* 141
ミルヴォア、リュシアン Lucien Millevoye 10, 13, 41-45, 59, 61, 63, 65, 68, 76, 80, 87, 89, 90, 95, 112-114, 132, 147, 157, 168, 170, 172, 207, 234, 235, 243, 296, 312, 318
ムア、ヴァージニア Virginia Moore 318
ムア、ジョージ George Moore 127
ムア、トマス Thomas Moore 52
　『アイリッシュ・メロディーズ』 *Irish Melodies* 52
　「エリンよ、忘るなかれ」 “Let Erin Remember” 52
メイ→ゴン、メイ（ミスイズ・バーティ-クレイ）
メイザーズ、マックグレガー MacGregor Mathers 70, 92
名誉革命 Glorious Revolution 79
メレディス、メアリ・アン（'ボウィ'）

291, 293, 307, 308, 312
フィアンナ　Fianna　193, 235, 244
フィアンナ・フェイル　Fianna Fail　279, 283, 284, 288, 291
『フィガロ』　*Le Figaro*　77, 129
フィッツジェラルド、デズモンド　Desmond Fitzgerald　254, 284
フィッツジェラルド、バリ　Barry Fitzgerald　275
フィッツジェラルド、レオ　Leo Fitzgerald　255
フィニアン同盟　Fenian Brotherhood　20
フィーニックス公園暗殺　31, 32
フェイ、ウィリアム　William Fay　142, 146, 165
フェイ、フランク　Frank Fay　142, 146
フォスター、ロイ　Roy Foster　13, 114, 220
婦人土地同盟　Ladies' Land League　55, 132, 133
復活祭蜂起　Easter Rising　12, 193, 204, 208, 211, 213, 216, 217, 223, 234-237, 244, 259, 264, 275, 276, 295
ブラウン、ノエル　Noel Browne　328
ブラック・アンド・タンズ　Black and Tans　245, 250, 253, 255, 259
プランケット、ジョセフ　Joseph Plunkett　191, 193, 216, 217
ブーランジェ将軍　General Boulanger　41, 44, 45, 61, 65, 69, 89, 312
『プリズン・バー』　*Prison Bar*　293, 295
『フリーマンズ・ジャーナル』　*The Freeman's Journal*　107, 127, 158, 159, 267
ブルーシャツ　Blueshirts　291
ブルックス、ヴァン・ワイク　Van Wyck Brooks　317
ブルフィン、ウィリアム　William Bulfin　274
ブルフィン、カタリナ（'キッド'）　Catalina（'Kid'）Bulfin（MacBride）　274, 304, 306, 310, 312, 319
ブレイク、ウィリアム　William Blake　300
ブレイク、ジョン　John Blake　120, 123
フレンチ卿　Lord French　235, 236, 252, 253
プロテスタント　protestant　18, 24, 30, 47, 50, 79, 101, 123, 146, 189, 246, 260, 292, 299
ヘーゲル、ゲオルグ・ウィルヘルム・フリードリッヒ　Georg Wilhelm Friedrich Hegel　327
ベネット、ルーイ　Louie Bennett　262
ベル、エドワード（'アイヴォリ'）　Edward（'Ivory'）Bell　90
ベルクソン、アンリ・ルイ　Henri Louis Bergson　92
『ペル・メル・ガゼット』　*Pall Mall Gazette*　46
ヘンリ二世　Henry II　18
ボーア戦争　Boer War　119-126, 129, 134-136, 146, 147, 155, 157, 164, 168, 170, 176, 214, 216
ホゥス卿　Lord Howth　24
『ボストン・パイロット』　*The Boston Pilot*　78
ホーニマン、アニー　*Annie Horniman*　173
ホーマー　Homer　10
ホワイト、アナ・マックブライド　Anna MacBride White　13, 68, 243, 244, 273, 274, 298, 304, 306, 309, 327, 328
ホワイト、サー・ウィリアム　Sir William White　44
ホワイト、テレンス・ドゥ・ヴィア　Terence de Vere White　277
ホワイト、リラ　Lilla White　44
ホワイト・クロス→アイリッシュ・ホワイト・クロス
ホーン、ジョセフ　Joseph Hone　298, 306

Delany　169
ディレイニー、モーリーン　Maureen Delany　275
デスパード、シャーロット　Charlotte Despard　252, 253, 262, 265-267, 269, 270, 272-274, 277, 284, 287, 290, 291, 308,
デスパード、マクシミリアン　Maxmilian Despard　252
ドゥ・ヴァレラ、イーモン　Eamon de Valera　215, 245, 256, 259, 279, 281, 283, 284, 287, 288, 291-295, 308, 314
ドクター・シーガソン→シーガソン、ドクター・ジョージ
ドクター・レイズ→レイズ、ドクター・W. J.
土地戦争　land war　31, 33, 47
土地同盟　Land League　30, 34, 46, 55, 56, 63
トランスヴァール委員会　Transvaal Committee　122, 123
トランスヴァール共和国　Republic of the South Africa (Transvaal)　119, 120, 122
トーン、ウルフ　Wolfe Tone　18, 24, 95, 98, 99, 108-111, 119, 130

ナ行

内戦→アイルランド内戦
ナイティンゲール、フロレンス　Florence Nightingale　37
国民同盟《ナショナル・リーグ》　National League　58, 80
ナポレオン・ボナパルト　Napoleon Bonaparte　41, 43
『ニュー・ヨーク・イーヴニング・ワールド』　*The New York Evening World*　174
『ニュー・ヨーク・タイムズ』　*The New York Times*　102
『ネイション』　*The Nation*　77, 84
ネヴィンソン、ヘンリ　Henry Nevinson　115, 116, 146, 166

ハ行

ハイド、ダグラス　Douglas Hyde　54, 91, 260
ハイド-リース、ジョージィ（ジョージ・イェイツ）　Georgiana Hyde-Lees (George Yeats)　188, 229, 241, 242, 247, 250, 306
パウンド、エズラ　Ezra Pound　13, 228-230, 235, 239, 240, 242, 243
パーサー、セアラ　Sarah Purser　40, 66, 186
パトモア、コヴェントリ　Coventry Patmore　240
パトモア、ブリジット　Brigit Patmore　240
パーネル、アナ　Anna Parnell　55, 132, 199
パーネル、チャールズ・ストゥアート　Charles Stewart Parnell　30, 31, 50, 55, 69, 75, 77, 94, 111, 125, 132, 137, 199, 200
ハリントン、ティモシー　Timothy Harrington　56, 64, 91, 159, 160
反逆罪／反逆罪犯／反逆罪法　treason felony / treason felon / Treason Felony Act　80, 103, 193, 324
パンクハースト、シルヴィア　Silvia Pankhurst　233
ピアス、ウィリアム　William Pearse　216
ピアス、パトリック　Patrick Pearse　191, 193, 211, 214, 216, 223, 225
ヒーリ、クリス　Chris Healy　90, 126
ピルチャー、ソーラ　Thora Pilcher　255
ピルチャー、トマス　Thomas Pilcher　61, 123, 138
ピルチャー、トム　Tom Pilcher　207
ピロン、ジョセフィーヌ　Josephine Pillon　233, 270
ファシズム／ファシスト　fascism / fascist

『シン・フェイン』 *The Sinn Fein* 271
シン・フェイン・コート Sinn Fein court 254
人民の権利協会 People's Rights Association 282
人民を守る委員会 People's Protection Committee 159-161
スティーヴンズ、ジェイムズ James Stephens 48, 191
スティード、W. T. W. T. Stead 46
ストゥアート、イーアン Ian Stuart 309
ストゥアート、キャサリン('ケイ') Katherine ('Kay') Stuart 309
ストゥアート、ヘンリ・フランシス Henry Francis Stuart 246-248, 256, 263, 265, 270, 273, 307, 308, 318
　『ブラック・リスト／セクションH』 *Black List, Section H* 247
　『我らは信義を守った』 *We Have Kept the Faith* 273
『スペクテイター』 *Spectator* 290
スペランツァ→ワイルド、レイディ・ジェイン・フランチェスカ
スペンサー伯爵 5th Earl of Spencer 31
スレイド・アート・スクール Slade Art School 36, 37
スワニック、ヘレナ Helena Swanwick 251
聖パトリック St Patrick 79, 182
聖パトリック協会 St Patrick Association 79, 91, 182, 183
聖ブリジット St Brigit 133
ソヴィエット・ロシアの友 Friends of Soviet Russia 290

タ行

第一次世界大戦 World War I 204, 206-208, 218, 219, 225, 228, 235, 240, 241, 253, 256, 263, 296, 324
対英独立戦争 Anglo Irish War 12, 204, 222, 234, 245, 246, 248, 251, 254, 255, 262, 264, 284, 291
ダイナマイト戦争 dynamite war 20, 80, 103, 132, 193
タイナン、キャサリン Katharine Tynan 60, 61, 191
タイナン、パトリック Patrick Tynan 90
第二次世界大戦 Wold War II 298, 307, 308, 311, 312
『タイムズ』 *The Times* 76, 129
ダヴィット、マイケル Michael Davitt 30, 46, 47, 55, 91, 122
タゴール、ラビンドラナ Rabindranath Tagore 207
『タトラー』 *The Tatler* 165
ダフィ、チャールズ・ガヴァン Charles Gavan Duffy 84, 85
ダブリン城 Dublin Castle 32, 33, 106, 124, 259, 260
タールトン、オーガスタ Augusta Tarlton 25, 26, 30, 35-37
治安維持法 Public Safety Act 258, 264, 281, 282, 288, 291
チェンバレン、ジョセフ Joseph Chamberlain 123
チョティ→ゴン、キャサリン('チョティ')
チルダーズ、アースキン Erskine Childers 254, 264
ティアナン→マックブライド、ティアナン
ディッグズ、ダドレイ Dudley Digges 163
ディニーン神父 Father Dinneen 141
　『魔法の泉』 *An Tabar Draoidheachta* 141
テイラー、J. F. J. F. Taylor 85, 90
ティーリング、マッカシー Macarthy Teeling 91
ディレイニ、メアリ・バリ Mary Barry

293
「マックブライド・ハウス襲撃」 "MacBride House Raided" 267
自伝、劇作
『時代の塔』 *The Tower of Age* 309
『女王の僕』 *A Servant of the Queen* 11-13, 20-22, 25, 26, 31, 32, 34-36, 43, 46, 62, 64, 66, 68, 76, 81, 83, 87, 108, 110, 121, 131, 132, 142, 151, 266, 296-298, 300, 324, 326
『夜明け』 *Dawn* 167, 168

サ行

佐藤栄作 328
『ザ・ピープル』 *The People* 50
ザ・マザーズ→囚人擁護女性同盟
シィーヒィー・スケフィントン、ハナ Hanna Sheehy Skeffington 196, 197, 200, 201, 217, 238, 254, 262, 270, 275, 276, 287, 291, 295, 312, 313
シィーヒィー・スケフィントン、フランシス Francis Sheehy Skeffington 201, 217, 238
シェイクスピア、オリヴィア Olivia Shakespear 87-89, 91, 101, 229, 268
ジェイムズ二世 James II 79
ジェイムスン、アイーダ Ida Jameson 47, 52
シーガソン、ドクター・ジョージ Dr George Sigerson 54, 63, 85
シズランヌ伯爵夫人（メアリ叔母） Comtess de la Sizeranne 33, 41
自治／自治法案／自治推進派 Home Rule / Home Rule Bill / Home Ruler 30, 31, 34, 47, 50, 64, 75, 88, 123, 158, 200, 204-206, 217, 244, 256
シティズン・アーミー Citizen Army 193, 204, 211, 275
シプリアーニ、アミルカーレ Amilcare Cipriani 109
シモンズ、アーサー Arthur Symons 88, 229
ジャーマン・プロット German Plot 236, 245
『シャン・ヴァン・ボフト』 *Shan Van Vocht* 133, 141
宗教改革 Reformation 18
自由国→アイルランド自由国
囚人擁護女性同盟（ザ・マザーズ） Women's Prisoners' Defence League 265-268, 271, 279, 280, 282, 286-288, 295, 308, 315
『自由なアイルランド』 *L'Irlande Libre* 95, 118, 128
ショー、G. B. G. B. Shaw 217
ジョイス、ジェイムズ James Joyce 207
『若き日の芸術家の肖像』 *A Portrait of the Artist as a Young Man* 207
ジョージ五世 George V 199
女性解放運動 236, 252
女性参政権、女性参政権運動 28, 46, 196, 200, 201, 233, 236, 238, 251, 252
ジョセフィーヌ→ピロン、ジョセフィーヌ
ジョルジュ・シルヴェール Georges Silvère 10, 61, 63, 65, 68-70, 75, 87, 88, 113, 165, 296, 298, 318, 324
ジョンストン、アナ Anna Johnston 133, 141
ジョンソン、ライオネル Lionel Johnson 87
シング、J. M. J. M. Synge 94, 163, 168, 183, 184, 194, 274
『西国のプレイボーイ』 *The Playboy of the Western World* 183, 274
『谷間の影』 *The Shadow of the Glen* 163, 184
シン・フェイン Sinn Fein 135, 193, 194, 235, 236, 244, 279

ケルト文学協会　Celtic Literary Society　120, 130
ゴア-ブース、イーヴァ　Eva Gore-Booth　233, 237
ゴガティ、オリヴァー・セイント・ジョン　Oliver St. John Gogarty　268
国文学協会　National Literary Society　75, 83, 84
国民会議　National Council　89, 90, 161
コスグレイヴ、ウィリアム　William Cosgrave　264, 269, 281, 282, 287, 288, 292, 293, 298
コノリ、ジェイムズ　James Connolly　98, 99, 101, 105, 124, 196, 204, 211, 214, 216, 218, 225, 291
コミュニズム／コミュニスト　communism / communist　291, 293, 294
コラム、メアリ　Mary Colum　177
コリンズ、マイケル　Michael Collins　250, 256, 259, 261, 262, 264, 280
コールズ、ラムジー　Ramsey Colles　129
コンウェイ、マイケル　Michael Conway　295
コンテンポラリ・クラブ　Contemporary Club　50-52, 115, 200
ゴン、イズールト　Iseult Gonne　10, 13, 87, 88, 94, 113, 127, 132, 138, 147, 150, 156, 157, 162, 169, 175, 176, 180, 181, 183, 186, 194, 195, 198, 202, 203, 205-207, 215, 217-221, 223, 225, 227, 233-235, 237, 240-242, 246-248, 255, 256, 263, 268, 270, 273, 296, 306-309, 318, 319, 324, 327, 328
ゴン、イーディス　Edith Gonne (Cook)　11, 17, 20, 21, 23, 25-27, 35, 143, 297, 312
ゴン、ウィリアム（モード・ゴンの曾祖父）　William Gonne　17
ゴン、ウィリアム（モード・ゴンの伯父）　William Gonne　35-37, 44, 81
ゴン、キャサリン（'チョティ'）　Katherine（'Chotie'）Gonne　36, 37, 59, 138
ゴン、キャスリーン（ミスイズ・ピルチャー）　Kathleen Gonne (Mrs Pilcher)　20, 21, 23-26, 28-32, 34-37, 41, 59, 61, 123, 136, 138, 147, 162, 207, 243, 255
ゴン、メイ（ミスイズ・バーティークレイ）　May Gonne (Mrs Bertie-Clay)　36, 56, 59, 85, 101, 138, 170, 175, 194, 207, 218
ゴン、チャールズ　Charles Gonne　36
ゴン、トマス　Thomas Gonne　11, 17, 18, 20-22, 24, 28-30, 32-36, 42-44, 47, 50, 91, 113, 129, 132, 143, 146, 276, 296-298
ゴン、モード　Maud Gonne (MacBride)
誕生　11, 17；父トマス・ゴン　11, 17-18；母イーディス・クック　11, 17；父アイルランドの陸軍基地へ赴任　11, 17, 18；母の死　20-21；肺疾患体質　22, 23, 37, 63, 85, 108, 239；ペット　22-23, 53-54, 59, 202, 228, 271；ホゥスに住む　23-25, 43；妹キャスリーン誕生　20；ロンドンの母の叔母・叔父に預けられる　25-28, 44；父の海外勤務　28-30；南フランスに移住　28, 29；父インドから帰国　30；ゴン一家アイルランドへ帰還　31；美貌　9, 30, 33, 53, 55, 60, 79, 115, 116, 141, 161, 166, 177, 240, 251, 319；社交界へデビュー　32；父の死　35；父の長兄ウィリアム・ゴン宅に身を寄せる　35-37, 44；異母妹アイリーン　36, 143, 166, 167, 172, 175, 296；従姉妹メイとチョティ　36, 37；両親の遺産　37；リュシアン・ミルヴォアとの出会い、愛人関係　10, 13, 41-43；コンスタンティノープルへ休暇の旅　44, 45；サンクト・ペテルスブルグへの秘密ミッション　45, 46；ジョン・オレアリと出会う　50-52；ゲール語レッスン　55；ドニゴール

学校給食／学校給食法　196, 199, 205
合併法　Act of Union　18, 30, 158
カードーゾ、ナンシー　Nancy Cardozo　13
カトリック／カトリック教徒／カトリック教会　Catholic　18, 24, 30, 42, 56, 79, 105, 122, 146, 148-150, 158, 247, 260, 261, 291, 292, 295, 299, 314, 328
北アイルランド（アルスター）　12, 64, 66, 133, 204, 206, 240, 244, 256, 260, 291, 294-296, 308, 314
ギフォード、グレイス　Grace Gifford　217
ギフォード、シドニ　Sidney Gifford　193, 197, 198, 217, 288, 312
ギボン、モンク　Monk Gibbon　317
キャヴァナ神父　Father Kavanagh　197
ギャラハー、ドクター　Dr Gallaher　81
キャンベル、パトリック　Patrick Campbell　187
キャンベル、ロレンス　Lawrence Campbell　299, 301
「九八」運動　'98 movement　94, 95, 98, 99, 102, 104, 107-112, 119, 120, 128, 163
共和国→アイルランド共和国
『共和国』　*An Phoblacht*　272, 287, 288, 291-293
キング、ジョセフ　Joseph King　236
クイン、ジョン　John Quinn　13, 167, 171, 173, 194, 196, 198, 205, 216, 227-229, 239, 243, 253
クイン、モーラ　Maire Quinn　131, 133, 161, 163
グイン、スティーヴン　Stephen Gwynn　53
クック、ウィリアム　William Cook　17, 27
クック、フランシス　Francis Cook　27, 28
クーパー、ブライアン　Bryan Cooper　280
クラーク、キャスリーン　Kathleen Clarke　236-239, 254, 276
クラーク、トマス　Thomas Clarke　193, 214, 236
グラッドストン、ウィリアム・エワート　William Ewart Gladstone　30, 50, 88, 123
クラフリン、テネシー　Tennessee Claflin　28
クラン・ナ・ゲール　Clann na Gael　20, 136
クラン・ナ・ポブラクタ（共和国家族）　Clann na Poblachta　314
グリフィス、アーサー　Arthur Griffith　119, 120, 122, 127-131, 135-137, 150, 159, 160, 163, 189, 193, 235, 244, 256, 259, 261, 262, 264, 280
クリミア戦争　Crimean War　37
クレイグ、イーディス　Edith Craig　161
クレイグ、メイ　May Craig　275
グレゴリ夫人　Lady Isabella Augusta Gregory　101, 102, 108, 114, 115, 123, 142, 156-158, 164, 167, 171, 177, 218-220, 222, 228, 238, 255, 274
　『監獄の門』　*The Goal Gate*　177
　『フーリハンの娘キャスリーン』　*Cathleen Ni Houlihan*　142-146, 149, 164
クレマンソー、ジョルジュ　Georges Clemenseau　80
クレモン伯爵　Comte de Crémont　79, 91, 183
ケイ→ストゥアート、キャサリン（'ケイ'）
ケイスメント、ロウジャー　Roger Casement　222, 264
ケイン、クロード　Claude Cane　34
ゲール運動協会　Gaelic Athletic Association　130, 131, 193
ゲール・クラブ　Cumann na nGaedheal　135, 143, 149, 160, 176
ゲールツ、ヘルマン　Herman Goertz　308
ゲール同盟　Gaelic League　54, 143, 193

『フーリハンの娘キャスリーン』 *Cathleen Ni Houlihan* 142-146, 149, 164
記事
「新しいスペランツァ」 "The New Speranza" 77
「モード・ゴン」 "Maud Gonne" 78
ヴィクター・ゴランクス 297
ヴィクトリア女王 Queen Victoria 26, 94, 95, 98, 99, 118, 127, 128, 130, 157, 159, 297
ウィルソン、アイリーン Eileen Wilson 36, 143, 162, 166, 169, 172, 175, 296
ウィルソン、サー・ヘンリ Sir Henry Wilson 261
ウィルソン、マーガレット Margaret Wilson 36
ウィルソン大統領 President Woodrow Wilson 238
ヴェジン、ハーマン Hermann Vezin 37
ウォード、マーガレット Margaret Ward 13, 34, 64, 82, 113, 200, 220, 324
AE（ジョージ・ラッセル） Æ（George Russell） 70, 87, 144, 155, 160, 167, 172, 191, 204, 236, 246
『デアドラ』 *Deidre* 144
英国国教会 Church of England 18, 148
エドワード一世 Edward I 140
エドワード七世 Edward VII 27, 32, 33, 150, 157, 159, 160, 162, 189, 201, 324
エメット、ロバート Robert Emmet 18, 24
エリオット、T. S. T. S. Eliot 240
エリンの娘たち Inghinidhe na hEireann 132-135, 140-142, 144, 146, 150, 160, 161, 176, 182, 189, 193, 195-197, 199-201, 205, 288, 315
エルマン、リチャード Richard Ellmann 317
追い立て eviction 30, 34, 44, 55-59, 62, 64, 75, 76, 79, 80, 317, 324, 326
黄金の夜明け Golden Dawn 71
オキャラハン→ギャラハー、ドクター
オケイシー、ショーン Sean O'Casey 124, 125, 275, 276
『鋤と星』 *The Plough and the Stars* 275
オコナー、ロリ Rory O'Connor 264
オコンネル、ダニエル Daniel O'Connell 109
オダフィ、オーエン Eoin O'Duffy 291
オドネル、フランク・ヒュー Frank Hugh O'Donnell 125, 126
オドノヴァン・ロッサ O'Donovan Rossa 104
オヒギンズ、ケヴィン Kevin O'Higgins 264, 280
オブライアン、バリ Barry O'Brien 170
オブライアン、パット（パトリック） Pat（Patrick）O'Brien 59
オマリ、アーニー Ernie O'Malley 250
オルダム、チャールズ Charles Oldham 47, 50-52, 115, 200
オルダム夫人 Mrs Oldham 200
オルファーツ Colonel Olpherts 56, 57
オレアリ、エレン Ellen O'Leary 51, 59, 60
オレアリ、ジョン John O'Leary 50-52, 54, 55, 67
オレンジ共和国 Republic of the Orange Free State 119
オレンジ公ウィリアム William III of Orange 79

カ行

カズンズ、グレタ（マーガレット） Gretta（Margaret）Counsins 201
カズンズ、ジェイムズ James Counsins 201

125, 140, 164
アイルランド民族会議　Irish Race Congress　260
アイルランド連合同盟　United Irish League　137
アベイ・シアター　Abbey Theatre　164, 174, 177, 178, 183, 184, 246, 251, 274, 275
アムネスティ・インターナショナル　Amnety International　328
アムネスティ運動　48, 75, 80, 82, 219, 266
アルスター義勇軍　Ulster Volunteers　204, 206
アルスター文学座　Ulster Literary Theatre　164
アレグザンドラ王妃　Queen Alexandra　27
アングロ・ノルマン侵攻　18
アンベール将軍　General Humbert　104, 110, 111, 112, 144
イーアン→ストゥアート、イーアン
イェイツ、アン　Ann Yeats　242
イェイツ、J. B.　J. B. Yeats　60, 88, 242
イェイツ、ジャック　Jack Yeats　260
イェイツ、ジョン　John Yeats　242, 314
イェイツ、W. B.　W. B. Yeats　9, 10, 13, 50, 51, 60, 61, 65-71, 75-80, 82-95, 98-102, 106, 108-110, 112-116, 120, 121, 123, 125-127, 129, 131, 137-140, 142, 143, 145-150, 155-161, 163-175, 177, 181, 183-189, 194, 195, 199, 201-203, 205-208, 215, 218-223, 225, 227-229, 233, 236, 238-243, 246-248, 252, 254, 255, 260, 263, 267-270, 273, 274, 278, 280, 281, 290, 292, 294, 298-302, 305-307, 310, 311, 314-318, 323-327
詩
「赤毛のハンラハンのアイルランドの唄」 "Red Hanrahan's Song about Irelan 301, 302
「アダムの呪い」 "Adam's Curse"　138
『アッシーンの放浪』 *The Wanderings of Oisin*　60
「美しくも気高きもの」 "Beautiful Lofy Things"　67, 316
「男の思い出」 "His Memories"　187
「学童たちの間で」 "Among School Children"　278, 279
「風のなかで踊る子へ」 "To a Child Dancing in the Wind"　203
「彼女へ送る称賛」 "Her Praise"　326
「サーカスの動物逃亡」 "Circus Animals' Desertion"　83, 98
「死の夢」(「墓碑」) "A Dream of Death" ("Epitaph")　66
「一六人の死者たち」 "Sixteen Dead Men"　222
「白い鳥」 "The White Bird"　67
「青春の思い出」 "A Memory of Youth" 202
「青銅の頭像」 "A Bronze Head"　299, 307, 323, 327
「大衆」 "The People"　184
『塔』 *The Tower*　279
「内戦時の瞑想」 "Meditations in Time of Civil War"　263
「秘密の薔薇」 "The Secret Rose"　323
「復活祭　一九一六年」 "Easter 1916" 222, 224, 228
「ホーマーが詠った女」 "A Woman Homer Sung"　10
「夜明けの中へ」 "Into the Twilight"　86
「和解」 "Reconciliation"　149, 186
「わが娘のための祈り」 "A Prayer for My Daughter"　242
『螺旋階段』 *The Winding Stair*　279
劇作
『デアドラ』 *Deidre*　187
『伯爵夫人キャスリーン』 *Countess Cathleen*　68, 83, 125, 142

索引

ア行

IRA（アイルランド共和国軍） Irish Republican Army 235, 245, 248-250, 255, 261-265, 267, 268, 270-272, 279, 281-284, 287, 288, 290-293, 295, 296, 308, 313, 328
IRB（アイルランド共和国同盟） Irish Republican Brotherhood 17, 18, 20, 31, 46, 50, 51, 80, 90, 91, 95, 98, 102, 104, 110, 111, 119, 125, 126, 136, 166, 173, 193, 222
IRB 軍事会議 IRB Military Council 208, 211, 214, 216
愛国子供の会 Patriotic Children's Treat 130-132
アイリッシュ・アカデミー Irish Academy 273, 317
『アイリッシュ・インディペンデント』 *The Irish Independent* 125, 174
『アイリッシュ・シティズン』 *The Irish Citizen* 201, 217
『アイリッシュ・タイムズ』 *The Irish Times* 52, 204, 266, 275, 313
『アイリッシュ・ブリティン』 *The Irish Bulletin* 254
アイリッシュ・ホワイト・クロス Irish White Cross 254
アイルランド演劇運動 Irish Literary Movement 94, 101, 125, 140, 141, 146, 167, 177, 260
アイルランド議会 Dail Eireann 200, 232, 244, 245, 256, 259, 260, 279
アイルランド義勇軍 Irish Volunteers 204-206, 208, 211, 234, 236, 245
アイルランド協会 Association Irelandaise 94, 142, 163
アイルランド共和国 Republic of Ireland 12, 31, 210, 211, 216, 244, 245, 256, 259, 279, 281, 287, 290, 291, 292, 300, 314, 319
アイルランド共和国軍→ IRA
アイルランド共和国同盟→ IRB
アイルランド国民演劇協会 Irish National Theatre Society 142, 146, 163, 164, 274
アイルランド自由国 Irish Free State 12, 204, 259, 261, 264, 266, 268, 269, 274, 279, 281, 287, 291, 292, 324
アイルランド女性参政権同盟 Irish Women's Franchise League 196, 200, 252
アイルランド女性同盟 Cumann na mBan 205, 234, 263, 271
アイルランド青年党 Young Ireland 18, 77, 84
アイルランド青年同盟 Young Ireland League 94, 95
アイルランド内戦 Irish Civil War 12, 204, 222, 234, 259, 261, 262, 264, 270, 279, 290, 291, 295
『アイルランドの女性』 *Bean na hEireann* 189, 190, 191, 196, 201
アイルランド部隊 Irish Brigade 79
アイルランド部隊（1899） Irish Brigade 119, 120, 122, 123, 136, 147, 176
アイルランド文学運動 Irish Dramataic Movement 54, 75, 83, 87, 94, 125, 140, 167, 177
アイルランド文学協会 Irish Literary Society 75
アイルランド文学座 Irish Literary Theatre

杉山寿美子（すぎやま　すみこ）
M.Phil. in English（レスター大学）、文学博士（関西学院大学文学部）、信州大学教養部講師・助教授（1982-1995）、1995年４月から関西学院大学文学部教授。著書に『アベイ・シアター　1904-2004』（研究社、2004）、『レイディ・グレゴリ』（国書刊行会、2010）ほか。

モード・ゴン　一八六六 - 一九五三

アイルランドのジャンヌ・ダルク

2015年２月10日　初版第１刷印刷
2015年２月15日　初版第１刷発行

著　者　杉山寿美子
装　釘　臼井伸太郎
発行者　佐藤今朝夫
発行所　株式会社国書刊行会
東京都板橋区志村１-13-15　〒174-0056
TEL03-5970-7421　FAX03-5970-7427
http://www.kokusho.co.jp
印刷所　三松堂株式会社
製本所　三松堂株式会社

ISBN 978-4-336-05886-7

レイディ・グレゴリ　アングロ・アイリッシュ一婦人の肖像

杉山寿美子

19世紀末から20世紀初頭、アイルランドに起きた文学・演劇運動の中でイェイツに並ぶ最も重要な人物として知られた女性劇作家、グレゴリ夫人。その激動の生涯を明らかにする傑作評伝。**3,400円**

青い夕闇

ジョン・マクガハン／東川正彦訳

アイルランドの小さな村を舞台に、専制的な父親の元で自分の将来についてさまざまに思い悩んで成長していく一人の若者の姿を、ジョイス、ベケットらにも連なる実験的手法を用いて赤裸々に描き、発表当時発禁処分まで受けた青春小説の傑作。**2,200円**

湖畔

ジョン・マクガハン／東川正彦訳

ロンドンからアイルランドの田舎の湖畔に越してきた一組の夫婦。近隣の住民との濃密な交流、労働と収穫の喜び、生、死——ゆるやかに流れる日々の営みを滋味溢れる筆致で描いた、マクガハン晩年の名作。**2,500円**

小道をぬけて

ジョン・マクガハン／東川正彦訳

最愛の母の死、専制的な父との確執、そして旅立ち。美しくも過酷なアイルランドの四季折々を背景に、現代アイルランド第一の作家が自らの半生を重ね合わせて綴った遺作傑作長篇。**2,200円**

聖母の贈り物

ウィリアム・トレヴァー／栩木伸明訳

“孤独を求めなさい”——聖母の言葉を信じてアイルランド全土を彷徨する男を描く表題作他、運命にあらがえない人々の姿を鮮やかに映し出す珠玉の短篇全12篇。本邦初のベスト・コレクション。**2,400円**

アイルランド・ストーリーズ

ウィリアム・トレヴァー／栩木伸明訳

名匠トレヴァーの祖国アイルランドを舞台にした作品のみをセレクト。アイルランドに生きる普通の人々の生活を圧倒的な描写力と抑制された語り口で鮮やかに映し出す全12篇を収録。**2,400円**

＊税別価格。定価は改定することがあります。